Selene

ANDREA MINUTILLO

Herstellung und Verlag:
BoD - Books on Demand, Norderstedt
ISBN 978-3-7347-8715-7

Selene

Fasziniert sitze ich da und betrachte diese Frau. Eine Stimme, wie perlendes Wasser, untermalt mit nur einer Gitarre, die sie selbst spielt. Ihre Musik ist vollkommen. Es ist eine ruhige, leise Musik, die uns allen unter die Haut kriecht, die an unseren verkümmerten Nervensträngen kitzelt, die bereits seit viel zu langer Zeit im Verborgenen schlummern.

Die Künstlerin erscheint mir unmöglich alt. Im Geiste ziehe ich die feinen Linien ihres Gesichtes nach. Sie ergeben ein filigranes Muster und verleihen dieser Frau eine solche Anmut und Ausstrahlung, wie ich es noch nie zuvor gesehen habe.

Ich tippe meine Freundin Mona an: „Was glaubst du, wie alt kann die sein?"

Mona zieht ihre Mundwinkel runter und sucht irgendwo schräg oben nach der richtigen Antwort. „Puh! Bestimmt über fünfzig!", raunt sie.

„Glaubst du wirklich? Meinst du, so etwas ist möglich?", frage ich erstaunt nach.

Mona zuckt mit den Achseln: „Ich habe keine Ahnung! Aber ende vierzig auf jeden Fall!"

„Sie singt schön, nicht wahr?" Mona nickt und konzentriert sich wieder auf die Bühne.

Erneut tippe ich sie an: „Kann es diesen Ort wirklich geben, von dem sie singt?" Mona sieht genervt zu mir rüber. Sie will das Konzert genießen. *Gut, dann bin ich eben still!*

Gebannt folge ich den Texten dieser faszinierenden Lieder. Die alte Frau singt von Wäldern, Bächen, einem See, in dem man nachts auf dem Grund die Steine zählen kann, in dem lebendige Fische schwimmen. Sie begleitet sich gekonnt mit ihrer Gitarre.

Unter ihren Händen erklingen die Töne kristallklar und scheinen sich bis zum Himmel zu erheben. Die eben noch lärmende Menge ist mucksmäuschenstill. Der ganze Saal hängt an den Lippen dieser Frau.

Den Namen der Künstlerin habe ich mir nicht gemerkt. Ich nehme meine Eintrittskarte zur Hand. Maya Delshay. *Nie gehört! Ein seltsamer Name.*

Vielleicht gibt es diesen Ort tatsächlich. Sehr, sehr weit weg muss das sein. Das Paradies? Vielleicht. Obwohl ich immer dachte, die Geschichte aus der Bibel sei reine Fiktion. Ein altmodisches Buch aus einer anderen Zeit. Andere Wertvorstellungen, andere Ziele, als heute.

Aber eventuell ist diese Maya Delshay Sängerin und Träumerin zugleich. Sie trägt ihr Haar offen. Es ist so lang, dass die Spitzen auf der Sitzfläche des Stuhles liegen. Einzelne Strähnen erzählen, dass sie einst sehr schwarz waren. Sie ist eine Schönheit, trotz, oder gerade wegen der Falten in ihrem Gesicht.

Wenn ich mich so umschaue, gibt es nur junge, geradezu faltenfreie Gesichter. Eins, wie das andere. Ihre dunklen Augen ruhen auf dem Publikum. Sie wirkt nicht aufgeregter, als würde sie unter der Dusche für sich selbst singen. Ganz lässig sitzt sie vor über tausend Menschen und trägt ihre Lieder vor, aus einer Welt, die sich hier niemand vorstellen kann.

Wieder tippe ich an Monas Schulter: „Danke, dass du mich gefragt hast, ob ich mitkommen möchte." Sie lächelt mich kurz an. Dann sind ihre Augen wieder auf die Frau geheftet, deren Stimme so brillant schimmert, wie die Orte, die sie in ihren Liedern beschreibt.

Ich kann mir das nicht vorstellen. *Unser normales Klima ist um die dreißig, fünfunddreißig Grad warm. Der Himmel meist Ocker zugezogen und der Wind treibt einem den sandigen Dreck in die Augen. Und sollte die Sonne ausnahmsweise durch die Wolkendecke stoßen, ist es wenig ratsam, vor die Tür zu gehen! Nicht, wenn man so hellhäutig ist, wie ich!*

Die Künstlerin steht auf, kommt an die Bühnenkante und verbeugt sich. Alle klatschen wie besessen. Das Publikum tobt, johlt, will sie auf keinen Fall schon gehen lassen.

Maya Delshay setzt sich wieder auf ihren Stuhl und greift nach der Gitarre. Sofort beruhigen wir uns wieder und lauschen ihrer Stimme.

Das Lied erzählt von einem traurigen Mann, der unsere Welt nicht verlassen kann. *Pfff. Jeder Pampel kann in den Weltraum fliegen! Doch jeder weiß, da ist es auch nicht besser,* denke ich mir. Ich erkenne nicht den Sinn dieses Liedes.

Es ist alles zerstört, irgendwann muss der Mensch richtig fett gelebt haben. Leider auf unsere Kosten, doch das wird die Menschheit in ihren Gräbern kaum stören!

Mein Wavewatch blinkt. Ich berühre die Oberfläche des kleinen wellenförmigen Gerätes an meinem Handgelenk. Es zeigt mir an, dass Maya Delshay sich im Anschluss an das Konzert, Zeit für ihr Publikum nehmen wird. Ich tippe Mona an. Erneut sieht sie genervt zu mir rüber.

Ich halte ihr meinen Wavewatch hin: „Wenn wir uns jetzt durch die Menge zwängen, können wir gleich ganz vorne sein!"

Mona dreht mit den Augen. Ich halte meine Hände trichterförmig an ihr Ohr: „Ich ge he schon mal und ver su che dir ei nen Platz frei zu hal ten." Sie nickt mir lächelnd zu. Ich quengele mich durch die Menge.

Wir standen zwar nicht wirklich vorne, aber die Leute haben ziemlich dicht aufgeschlossen. Keiner hat Verständnis dafür, dass jemand kurz vor Ende des Konzertes mal raus muss. Böse Blicke treffen mich. Manch einer schuppst mich sogar!

Bin ich die Einzige, die diese Nachricht bekommen hat? Das ist ja wohl kaum möglich! Endlich stehen die Leute etwas lockerer. *Von hier kann man die Musik auch gut hören.* Kurz drehe ich mich zur Bühne. *Hier kann ich aber überhaupt nichts sehen, obwohl ich nicht gerade klein bin. Gut, dass Mona mich bei Zeiten mit nach vorne gezwungen hat.*

Endlich erreiche ich den Ausgang. Den Türsteher frage ich, wo gleich das Gespräch stattfinden wird und ob noch Plätze frei sind. Er deutet mit einem schiefen Grinsen in die Richtung. Als sich die große Tür hinter mir schließt, sehe ich, dass ich nicht fragen brauchte. Sie rechnen mit großem Andrang!

Ein Podium mit Mikrofon ist aufgebaut. Ich setze mich direkt in die erste Reihe, genau in die Mitte. Auf den Platz neben mir lege ich meine Jacke. Ich höre den donnernden Beifall aus dem Konzertsaal. Keiner sitzt hier und wartet, nur ich. Mutterseelenallein. Nun komme ich mir doch ein wenig albern vor. Ich fühle mich angestarrt von dem grellen Neonlicht. Es wird ruhiger im Saal. Erneut höre ich gedämpft die Frauenstimme. *Wie viele Zugaben wird die noch geben?* Kurz spiele ich mit dem Gedanken, doch wieder reinzugehen, *aber das ist ja noch lächerlicher!* Also bleibe ich stur sitzen und warte einfach ab.

Plötzlich öffnen sich die großen Flügeltüren und die lärmende Menge schwallt ins Foyer. Begeisterte Mienen, wohin man sieht. Schnell sind die Stühle besetzt, die eben noch den Anschein erweckten, es seien viel zu viele. Dahinter stehen ganze Menschentrauben und drängen sich nach vorn, um auch etwas mitzubekommen.

Mona kommt zu mir: „Du bist die Größte!" Zufrieden schenkt sie mir ein Lächeln und gibt mir einen Schmatzer auf die Wange. Sie nimmt die Jacke auf und setzt sich zu mir auf den leeren Platz.

Das Gemurmel erstirbt. Maya Delshay betritt in Begleitung von zwei kräftigen Männern das Podium. Ihr schlichter brauner Anzug, bestehend aus einer weiten Hose und einer Tunika erscheint ebenso edel, wie unscheinbar.

Bei diesem Licht und aus nächster Nähe kann ich an den Säumen blätterartige Ranken ausmachen. Sie müssen im Stoff eingewebt sein. *Was für eine wunderbare Arbeit!* Staune ich im Stillen. Kurz tippt sie an ihr Mikrofon, um zu testen, ob es in Betrieb ist. Dann begrüßt sie erneut die Menge.

Das Publikum stellt Fragen, diese faszinierende Frau antwortet. Ruhig, freundlich, überhaupt nicht zu überdreht, nicht aufgesetzt, affektiert, wie so viele Künstler. Sie strahlt eine anmutige Kraft aus. Die Leute fragen, sie redet und redet. Ich verstehe kein Wort. Etwas nimmt mich gefangen. Die Aura, die von ihr ausgeht, ist so beeindruckend, dass mir der Kopf schwirrt.

Plötzlich spüre ich Monas Ellenbogen in meiner Seite. Ich sehe sie erschreckt an. Mona deutet mit ihrem Kinn auf Maya Delshay. So aufmerksam wie möglich sehe ich zu ihr auf.

„Sie sind die junge Frau, die das Konzert frühzeitig verlassen hat, um an dem Künstlergespräch teilzunehmen, nicht wahr?", spricht sie mich tatsächlich an. *Mich!* Ich schlucke.

Hoffentlich muss ich jetzt nichts sagen! Mein Hals ist staubtrocken, ich kann unmöglich sprechen! Vor meinen Augen erscheint ein Mikrofon an einem langen Stab, dass von so einem geleckten Typen durch das Publikum gelenkt wird. Erschreckt starre ich auf das Ding!

Streiche meine nassen Hände an der Latexhose ab. Versuche in meinem Mund Spucke zu sammeln. Vergebens! Staubtrocken, meine Lippen kleben auf den Zähnen. Zum Glück erkennt sie meine Not und gibt dem jungen Mann ein Zeichen. Das Mikrofon schwenkt in eine andere Richtung. Dankbar und erleichtert nicke ich ihr zu.

Sie schenkt mir ein warmes Lächeln. „Einer der jungen Herren wird Sie gleich in meine Garderobe begleiten, dann können wir uns unterhalten. Unter vier Augen." Ein Raunen geht durch die Menge. *Meint sie wirklich mich?* Ihr Gesicht sagt: „Ja Selene, ja, dich möchte ich kennenlernen."

Erneut spüre ich Monas Ellenbogen. Sie sieht mich aufgeregt an. Ich weiß nicht, wie ich gucken soll. *Welcher Gesichtsausdruck ist der Situation angemessen?*

Prompt meint sie: „Nun mach doch nicht so ein Gesicht! Maya Delshay möchte mit dir persönlich reden!" Unsicher zucke ich mit den Schultern. Enttäuscht dreht sich Mona wieder nach vorn und folgt dem Künstlergespräch. Ich sitze da, mir schwirrt der Kopf.

Großes Stühlerücken um mich herum. Einer der beiden jungen Männer tritt an mich heran: „Kommen Sie." Ich nicke, rühre mich aber nicht. Behutsam nimmt er meinen Arm und hilft mir auf. Bei ihm untergehakt verlasse ich die Menge.

„Sie müssen keine Scheu haben, Maya beißt nicht", sagt er leise in mein Ohr. Ich sehe ihn an, ohne etwas zu sagen. Wir sind gleich groß, der Bodyguard und ich. Wir gehen einen langen Flur entlang. Vor einer unscheinbaren, grauen Tür bleiben wir stehen. Der Mann klopft an.

„Kommt rein", schallt es von drinnen. Mir wird die Tür geöffnet. „Kommen Sie, setzen Sie sich besser", sagt der junge Mann zu mir und rückt mir einen Stuhl zurecht. „Der jungen Dame scheint es nicht gut zu gehen", meint er an die anmutige Frau gerichtet.

Frau Delshay wendet sich mir zu: „Hey Kindchen, wir trinken erst mal einen Tee." Schon schenkt sie ein bernsteinfarbenes, klares Getränk in feine Gläser mit einer Metallhalterung ein. Die zarten Aussparungen darauf sind so angeordnet, dass ein Rankenmuster, ähnlich, wie das auf der Tunika, hindurch leuchtet.

Vorsichtig nippe ich an dem Getränk. „Du wunderst dich, warum du jetzt hier sitzt, nicht wahr?", fragt mich diese seltsame Frau. Erneut nippe ich an dem etwas zu heißen Tee und nicke. Sie schenkt mir ein Lächeln.

„Hast du meine Lieder verstanden?"

Ich sehe sie erstaunt an: „Ich denke schon."

Sie winkt ab: „Das denken viele, aber nur die wenigsten begreifen, wovon ich singe."

„Eine neue Welt?"

Sie schüttelt den Kopf: „Die alte Welt. Wie sie einmal war und wie sie wieder werden kann."

Enttäuscht stelle ich das Teeglas weg: „Ich wusste, es ist nur ein Traum, Sie eine Träumerin!" Frau Delshay lächelt. Kurz ist es still im Raum.

„Es gibt sie, die alte Welt. Ganz sicher bin ich eine Träumerin, aber diesen Traum habe ich nicht erdacht. Möchtest du dorthin?"

Ich versuche gelassen zu bleiben: „Jeder möcht dorthin, wozu diese Frage?"

„Wie sehr?"

Ich sehe sie fragend an.

„Na, wie sehr möchtest du? Willst du wirklich?"

„Ja, aber warum ich?", wundere ich mich, „und was muss ich dafür tun?"

„Es wird nicht leicht, du wirst einiges zurücklassen."

„Warum ich?", wiederhole ich meine Frage.

Sie lächelt gewinnend: „Genau deswegen!"

Ich stehe auf: „Ich habe keine Ahnung, was Sie von mir wollen! Danke für den Tee." Ich gehe zur Tür.

„Halt!", sagt sie sehr bestimmt, ohne die Stimme zu heben. „Setz dich hin", sie zeigt auf den verwaisten Stuhl, den ich zurückgelassen habe.

Eigentlich ist mir die Lust vergangen. *Sie ist eine Spinnerin!*

„Du denkst abfällig von mir", die Frau sitzt mit verschränkten Armen da und taxiert mich, „nun setz dich wieder."

Langsam gehe ich zum Stuhl zurück, ohne wirklich zu wissen, warum ich das tue. Dahinter bleibe ich stehen und stütze mich auf die Stuhllehne: „Ich bleibe nur, wenn Sie offen mit mir sprechen. Ansonsten wartet draußen meine Freundin."

Frau Delshay zieht einen Mundwinkel breit und verkneift sich nur mühsam ein Lächeln. *Oder etwa ein Lachen?* „Was tust du beruflich?", beginnt sie das Gespräch von Neuem.

„Ich weiß nicht, für wen das interessant sein soll! Ich arbeite in der Müllverwertung. Unser Team versucht, besseren Treibstoff mit weniger Emissionen herzustellen."

„Und bist du erfolgreich?"

„Zumindest habe ich gute Ideen."

Sie sieht mich abschätzend an: „Aber die Lorbeeren heimsen andere ein, stimmt`s?"

Wie kann sie das wissen? Sie trifft genau ins Schwarze!

„Du wunderst dich, aber die Antwort ist einfach. Du bist ein Querkopf, ein Freidenker. Du tust, was du für richtig hältst. Und genau deshalb habe ich dich hierher bringen lassen."

Sie reicht mir mein Glas Tee: „Dieses war mein zwölftes Konzert auf dieser Deutschlandtour. In jeder Vorstellung haben wir vorzeitig die Nachricht für das Künstlergespräch über den Wavewatch geschickt. Du bist die Erste, der das Gespräch so wichtig war, dass sie das Konzert verlassen hat. Die anderen, über den Daumen gepeilt, zwanzigtausend Besucher wollten zwar auch dorthin, wollten aber gleichzeitig erst das Konzert fertig hören. Sie wollten nicht das Risiko eingehen, etwas zu verpassen. Hatten nicht den Schneid, durch die Menge zum Ausgang zu gehen, weil es ihnen wichtig war. Sie wollten alles, aber bitte umsonst! Und um Himmelswillen nicht anecken, nicht auffallen … Ach, ich könnte es endlos weiter ausführen. Du weißt, was es bedeutet. Wenn du es für richtig hältst, schlägst du deinen eigenen Weg ein. Ohne Wenn und Aber. Außerdem geht eine gewisse Spannung von dir aus, Mädchen. Und genau deshalb kann ich dich nicht einfach so gehen lassen."

Überrascht sehe ich die Frau an: „Sie interpretieren viel zu viel in diese Situation! Ich bin nicht so, wie Sie annehmen."

„Ach Kindchen, vor dir sitzt eine Frau, die das Leben kennt, glaube mir", sie hebt ihren Zeigefinger, „wenn du bereit bist, neue Ufer zu betreten, helfe ich dir dabei. Aber es wird wirklich nicht einfach."

Ein aufgeregtes Prickeln windet sich durch meinen Körper. Frau Delshay sieht es mir an: „Ich deute das als Zusage!"

Ich reiße meine Augen auf: „Ich weiß immer noch nicht, worum es geht und welche Rolle ich spielen soll!"

„Natürlich weißt du das, Kindchen. Es bleibt nichts, wie es ist. Und du wirst dich aktiv daran beteiligen. Wenn es sein muss, mit vollem Einsatz!"

„Mein Leben?"

„Es geht um unsere Welt, die Erde! Stell dir nur einmal vor: Vor vielen Jahren sah sie aus dem All betrachtet aus, wie eine blaue Murmel! Wunderschön. Kein Preis ist zu hoch!"

Sie ist eine Spinnerin! Trotzdem werde ich ihr folgen, was habe ich schon zu verlieren? Ich bin achtundzwanzig, wenn alles gut läuft, habe ich vielleicht noch zehn Jahre. Aber wenn sie nicht rumspinnt, bekomme ich noch zwanzig oder sogar noch mehr ... Oder ich verliere ein paar ... Was macht´s ...

Frau Delshay erhebt sich: „Sehr gut, wollen wir direkt los?"

„Ich sagte doch, meine Freundin wartet draußen!"

Sie hält mir einen Bogen Papier hin: „Schreib ihr eine Nachricht, sie wird sie bekommen."

„Ich kann ja wohl kurz mit ihr reden! Oder haben Sie solche Angst, ich könnte noch einmal meinen Entschluss überdenken?"

„Dann lauf schnell, wir haben nicht viel Zeit!"

Der junge Mann von eben nimmt meinen Ellenbogen und führt mich zügig zur Tür. Gemeinsam eilen wir den Gang entlang.

„Was hat diese Frau mit mir vor?", frage ich.

Mit der freien Hand streicht er mir über meinen Unterarm: „Großes, Mädchen, Großes."

„Danke für die umfangreiche Info." Er sieht mich kurz an, seine Augen deuten ein Lächeln an, dann steuern wir auf den Ausgang zu.

Wie erwartet, steht Mona dort. Sie sieht mich fragend an. Dann huscht ihr Blick zu den jungen Mann.

Ich fasse sie am Arm: „Wie soll ich es dir sagen? Ehm, ich komme nicht mit nach Hause. Und im Labor werde ich auch nicht mehr erscheinen. Na, irgendwann vielleicht, ich melde mich bei dir, ja?"

Mona sieht mich perplex an.

„Hast du verstanden? Du musst dich jetzt allein um unseren Tiger kümmern!"

„Selene, was redest du? Natürlich kommst du mit!"

„Nein Mona, ich werde mit Maya Delshay gehen!" Kurz werfe ich einen Blick auf meinen Begleiter.

„Du bist ja völlig durchgedreht! Hätte ich das gewusst, hätte ich dich niemals mit hierher genommen!"

„Sag bitte in der Firma Bescheid, dass ich bis auf Weiteres nicht mehr erscheinen werde."

Ihre Augen tackern sich in meinem Gesicht fest: „Du meinst das ernst! Aber das kannst du nicht machen!"

„Natürlich! Ich kann! Denkst du, ich erzähle irgendwelchen Unfug? Ich melde mich bei dir, in ein paar Tagen. Jetzt habe ich leider nicht genug Zeit, um dir alles zu erklären."

Sie ist völlig geschockt. Ich drücke sie kurz an mich: „Halt die Ohren steif, meine Liebe. Ich melde mich auf jeden Fall bei dir." Dann wende ich mich meinem Beschützer oder so, zu: „Wir können, mehr ist im Augenblick nicht drin." Er nickt zustimmend.

Gemeinsam eilen wir weiter und lassen die vollkommen verdatterte Mona stehen. Ich wage es nicht, mich zu ihr umzudrehen.

Es geht nicht wieder zurück zur Garderobe, sondern woanders lang. Am Hinterausgang wartet schon das gesamte Team der Maya Delshay. Wir steigen in den Tour Bus und schon geht sie los, meine Reise ins Ungewisse.

Frau Delshay sitzt mir gegenüber. Sie sieht mich ruhig an: „Du darfst dich nicht verunsichern lassen. Der Mann, zu dem ich dich bringe, ist ein alter Griesgram." Sie wiegt ihren Kopf hin und her: „Er kann schon mal ein bisschen schwierig sein."

Ich sehe sie überrascht an: „Bis gerade nahm ich an, ich werde in gewisser Weise erwartet."

„Das wirst du, Kindchen, aber trotzdem wird er dich prüfen. Eingehend prüfen, bis er dich wirklich aufnimmt. Wie ist eigentlich dein Name, Kindchen?"

„Ich heiße Selene. Selene von Lichtstetten."

„Schön Selene. Ich heiße Maya Delshay, es ist mein wirklicher Name, kein Künstlername. Ich wurde nach meiner Großmutter benannt. Maya bedeutet, die Strahlende."

„Der Name passt gut zu Ihnen", antworte ich nicht nur aus Höflichkeit, sondern, weil es wirklich der Fall ist.

Sie lächelt mich an: „Ich bin heilfroh, dich gefunden zu haben. Denke immer daran, auch, wenn du ihm gerade am liebsten etwas gegen den Kopf schmettern würdest."

Ich sehe sie erschreckt an: „So schlimm?"

„Nicht unbedingt, aber es ist im Rahmen des Möglichen. Ich kenne ihn schon sehr lange. Ein ganzes Leben lang. Er hat ein wirklich gutes Herz. Das Leben spielte ihm übel mit und die Jahre ließen ihn vorsichtig werden. Er schenkt dir nichts. Doch du kannst gewiss sein, wenn du etwas bekommst, hast du es dir verdient."

Glorreiche Zeiten werden auf mich zukommen. Ich soll einen alten Sauertopf für mich gewinnen!

„Wir sind so etwas, wie eine Familie. Wie soll ich sagen ... Er ist ein guter Freund meines Urgroßvaters, ehm und meines Ururgroßvaters."

Ich sehe sie irritiert an. *Sie spinnt! Und zwar so richtig, nicht nur ein bisschen!* „Vielleicht überlege ich es mir doch noch einmal", sage ich in möglichst belanglosem Ton, um sie nicht aufzuschrecken, „sie können mich einfach bei der nächsten Gelegenheit rauslassen. Ich komme schon wieder nach Hause."

Wie viel Geld habe ich bei mir? Auf keinen Fall reicht es für die Heimfahrt! Ich kriege das trotzdem hin. Irgendwie.

„Dir wird doch jetzt nicht bange!", sie beugt sich zu mir vor und nimmt meine Hand. „Gib nicht zu schnell auf, Selene. Nicht bevor es überhaupt begonnen hat! Du musst das Ziel im Auge behalten. Eine schöne Welt, in der es sich leben lässt."

Ich sehe sie kalt an: „Ich lebe doch, oder? Wie alt soll der Mann denn sein, von dem Sie so viel Gutes zu erzählen haben?"

„Lass mich kurz überlegen, ich weiß es nicht genau ... Er müsste jetzt so um die einhundertfünfundvierzig Jahre sein, vielleicht liege ich aber auch ein, zwei Jahre daneben. Am besten, du fragst ihn selbst. Aber sei behutsam! Er ist etwas dünnhäutig, was sein Alter betrifft."

Sie sieht mich unschuldig an: „Tut mir leid, er ist eben keine zwanzig mehr. Ich bin mir sicher, er war in jüngeren Jahren ein Wahnsinnstyp. Mit der Zeit wird er dir gar nicht mehr so alt erscheinen. Hab keine Angst vor ihm. Es regt ihn auf, wenn die Leute sich vor ihm fürchten und kleinlaut werden."

„Guter Tipp, danke schön", sage ich etwas resigniert. „Ehrlich gesagt, ich glaube nicht, dass Sie die Richtige ausgewählt haben." Mein Herz klopft laut in meiner Brust, obwohl ich nicht einmal angekommen bin. Frau Delshay hält meine Hand ein wenig fester und versucht mich zu beruhigen. Leider erfolglos. Der Bus hält.

„Selene, ab hier müssen wir laufen. Der Bus ist für das Gelände nicht geeignet."

Gemeinsam steigen wir aus. *Wie dumm, dass es dunkel ist, ich kann überhaupt nicht sehen, wo wir langgehen!*

„Kommen die zwei Aufpasser nicht mit?", frage ich verwundert. Frau Delshay knipst eine Taschenlampe an: „Die müssen auch mal Pause machen, hier werden sie nicht gebraucht. Du wirst bald feststellen, wie friedlich es hier ist."

Der Lichtstrahl tastet den Boden ab. Wir verlassen den Asphalt. Der Boden wird sandig. Nach einigen Metern sehe ich feine Grashalme im Lichtkegel. Ich bücke mich, um mit der Handfläche darüber zu streichen. *Wie weich sie sich anfühlen!*

„Komm Selene, ich muss schnell zum Bus zurück, wir haben nicht viel Zeit."

Ich sehe zu, dass ich hinterher komme. Ich halte meine Arme ausgebreitet. Bin mir nicht sicher, doch ich glaube, wir befinden uns in einem Wald! Ab und an berühre ich ... *Was berühre ich? Ist das die Rinde von Bäumen?* Ich weiß nichts, staune einfach nur.

Die Luft ist so klar, dass sie mir fast in der Lunge Schmerzen bereitet. Und kühler ist es außerdem. Es scheint mir, als würden die Bäume hier dichter stehen.

„Bitte Selene trödele nicht! Ich glaube dir, dass du gerne schauen möchtest, aber wir müssen noch an diesem Abend das nächste Ziel erreichen! Ich verdiene so mein Geld. Die ganze Crew verdient so ihr Geld, deshalb beeile dich bitte."

Mir entfährt ein Stöhnen.

„Er wird dir alles zeigen, vertrau mir. Er wird sich ein wenig quer stellen, aber insgeheim freut er sich über Gesellschaft."

Ich sehe kurz hinter mich. Alles dunkel, niemand zu sehen. Es fühlt sich an, als würde ich beobachtet. Falsch - eher anvisiert. Etwa so, wie von einem Scharfschützen!

„Frau Delshay, wir hätten wenigstens einen der beiden Aufpasser mitnehmen sollen. Ich bin mir sicher, wir werden verfolgt."

„Lass dich nicht einschüchtern, er beobachtet uns. Beobachtet dich! Bestimmt ist er neugierig", lacht sie.

Sie lacht! Ist das wirklich lustig?

„Ist es noch weit?", frage ich.

„Ein Stückchen schon noch, Selene. Wirst du müde?"

„Nein, ich wundere mich nur." Leise flüstern Stimmen um mich herum, oder ist es der Wind? „Nicht er beobachtet mich, wir werden von allen Seiten angestarrt! Es wird über uns geredet, über mich geredet!", rufe ich hysterisch in den Rücken, der vor mir herläuft.

Meine Begleiterin lacht laut auf. Ich starre auf ihren Nacken und verstehe nicht, was jetzt so komisch ist. Ein leichter Anflug von Panik überfällt mich. *Immer wieder diese Stimmen! Das kann nicht der Wind sein. Wind habe ich Zuhause zu genüge, den würde ich leicht erkennen.*

„Was?", werfe ich ihr hinterher. Ihr Lachen macht mich ungehalten.

Sie dreht sich freudestrahlend zu mir um und hält mich bei den Schultern: „Du bist genau die Richtige. Und das wird Frithjof auch schon wissen."

„Frithjof, heißt so der alte Mann?"

„Oh, lass ihn das nicht hören!", lacht sie schon wieder auf. „Wir sind gleich da."

Ich folge dieser kleinen Frau, die für ihr Alter ein ganz ordentliches Tempo vorlegt. Der Trampelpfad hat hier eine Abzweigung. Sie bleibt stehen und hält meinen Oberarm. „Selene, sieh mal nach oben", fordert sie mich mit einem Lächeln in der Stimme auf.

Mir stockt der Atem! Die Luft ist klar, der Himmel voller Sterne. In vielen Büchern habe ich von so einem Sternenhimmel gelesen. Ich habe es mir nie richtig vorstellen können. Gebannt starre ich himmelwärts. Je länger ich dastehe und schaue, desto mehr Sterne kann ich ausmachen, so erscheint es mir.

Frau Delshay holt mich wieder zurück: „Na, habe ich zu viel versprochen?" Diese Antwort bleibe ich ihr schuldig. Sie zieht mich weiter. „Komm, wir sind jetzt gleich da."

Wir treten aus dem Wald heraus. In zwanzig, fünfundzwanzig Metern Entfernung brennt ein Lagerfeuer. *Lagerfeuer sind verboten, weil sie so schädlich sind! Es darf nichts wild verbrannt werden, nur in den dafür vorgesehenen Institutionen!*

Der Mann versteckt sich wohl, denn ich kann ihn nicht sehen. Die Flammen blenden stark in der Dunkelheit. Plötzlich höre ich ganz nah eine sanfte Männerstimme: „Maya, wie schön, dass du mich besuchst. Ich habe gerade Holz nachgelegt, dann können wir noch ein Weilchen im Warmen sitzen."

Und jetzt kann ich ihn sehen. Er nimmt Frau Delshay in seine Arme und begrüßt sie herzlich. Ein großer Mann mit wildem Haar. *Ich hatte ein kleines, hutzeliges Männlein mit übler Laune erwartet, doch er hat meine Größe, steht aufrecht und verbreitet eine Herzenswärme, die ihres Gleichen sucht. Hundertvierzig oder was? Blödsinn!*

„Ich kann leider nicht bleiben, mein Lieber, schade nicht wahr, doch wir müssen weiter. Aber ich habe dir eine Schülerin mitgebracht."

Ich höre ihn flüstern, kann aber nichts von dem, was er sagt verstehen. Mein Herz klopft wie wild. *Was, wenn er mich gar nicht hier haben will? Doch wenn er diese Frau ausschickt, um die Augen aufzuhalten, dann muss er Vertrauen zu ihr haben und sich auf ihr Urteil verlassen.*

„Bitte kümmere dich gut um sie. Sie hat alles zurückgelassen!"

Er brummt irgendetwas. Dann lösen sie die Umarmung auf und Frau Delshay macht einen Schritt auf mich zu: „Kindchen, in einem guten Monat haben wir unsere Tour beendet, dann sehen wir uns wieder. Alles Gute."

„Danke, ich wünsche Ihnen auch alles Gute und immer ein begeistertes Publikum."

Ich spüre seine dunklen Augen auf mich gerichtet. Ich versuche, nicht zu vorsichtig zurückzuschauen. Frau Delshay bekommt das mit. Sie schuppst ihn an seiner Schulter: „Und du, sei nicht zu streng! Lass sie erst mal ankommen!" Er nickt, sie verschwindet.

Zu zweit stehen wir in der Dunkelheit. Ein alter Mann und ein vergleichbar sehr junges Mädchen. Nie fühlte ich mich so gehemmt, wie in diesem Augenblick. Der Mann starrt mich an. Plötzlich wird sein Blick weich. Er reicht mir seine Hand.

„Wir sind hier nur zwei lebendige Wesen, ich denke, wir brauchen keine Form zu wahren und können einfach du sagen. Mein Name ist Frithjof."

„Ich heiße Selene." Ich kann trotz der Dunkelheit ausmachen, wie seine immer noch dunklen Augenbrauen erstaunt in die Höhe schnellen. Wir schütteln uns die Hände.

„Komm, wir setzen uns ans Feuer, dort ist es schön warm. Selene. Tragen heutzutage viele Frauen diesen Namen?"

„Nein, er ist eher selten. Eigentlich nennen mich nur die wichtigen Personen so. Also die, die mir nahe stehen, der Rest kürzt auf Lene ab."

„Darf ich dich Selene nennen? Ich meine, wir kennen uns kaum, aber es gefällt mir besser."

„Natürlich, Frau Delshay kam auch nicht auf die Idee, meinen Namen abzukürzen."

„Vielleicht gehöre ich irgendwann zu dem engen Personenkreis. Wer weiß schon, was das Schicksal für uns bereit hält. Weißt du über deinen Namen Bescheid? Ich meine, kennst du seine Bedeutung?"

„Nein, Selene eben. Ich fühle mich wie eine Selene. Ich mochte diesen Namen schon immer."

„Selene, das ist der Name der griechischen Mondgöttin. Du trägst ihren Namen. Ein großer Name. Machst du ihm Ehre?"

Ratlos sehe ich mein Gegenüber an. „Ich habe stets mein Bestes gegeben."

„Das ist gut so, etwas anderes erwarte ich hier auch nicht von dir. Dein Bestes könnte gerade so ausreichen", sagt er mit einem leicht scharfen Unterton und blickt zum Himmel. Ich folge seinem Blick.

Der Mond strahlt hell in einer schmalen Sichel.

„Abnehmend oder zunehmend?", reißt er mich aus meinen Gedanken.

„Keine Ahnung", antworte ich wahrheitsgemäß.

„Das solltest du aber, als Mondgöttin", er schüttelt den Kopf und weist mit dem ausgestreckten Finger in den Himmel. „Siehst du, die Sichel steht nach rechts offen, das bedeutet, wir befinden uns im letzten Viertel. In ein paar Tagen werden wir überhaupt keinen Mond am Himmel erkennen können. Also abnehmend."

„Das ist irgendwie traurig."

Er sieht mich abfällig an: „Ich habe eine gute Nachricht für dich." Ich sehe erwartungsvoll in sein Gesicht. „Er wird wieder kommen", erklärt mein Gegenüber höhnisch.

Ich sage nichts dazu. *Ich habe auch eine Schule besucht. Bloß sind die Lehren der Astronomie sehr schwer vorstellbar, wenn man kaum mal die Sonne zu Gesicht bekommt, geschweige denn, den Mond und die Sterne. Das Ganze war mir immer sehr abstrakt und so habe ich mich auf anderes konzentriert.* Ich spüre wieder seinen Blick auf mir und wende mich ihm zu.

„Sind das Sommersprossen auf deinem Gesicht?"

„Es sind Pigmentflecken, ich bin voll davon."

Er schürzt seine Lippen: „Also Sommersprossen! Ich werde dir eine Salbe anrühren, die wirst du brauchen. Du bekommst sicher leicht einen Sonnenbrand."

Erschreckt reiße ich die Augen auf: „Sind wir hier etwa vor der Sonne ungeschützt?"

„Nicht, wenn du dich eincremst."

Ich reibe mir gestresst die Stirn: „Das wird wohl kaum reichen!"

„Wo ist dein Problem, Mädchen? Es ist kein Drama!" Ich springe auf und schreie ihn an: „Die Sonne wird mich umbringen! Das ist mein Problem, das weiß doch jedes Kind!"

Er nimmt meine Hand und zieht mich wieder runter. Dann legt er seine Hand auf meine zitternde Schulter. Die Berührung stellt mich ruhig. *Seltsam, mit einem Mal fühle ich mich träge und zufrieden. Noch nie hatte ein schlichter Handabdruck eines Fremden, eine solche Wirkung. Eigentlich sollte mir jetzt bange werden, doch ich kann keine Furcht empfinden.*

„Geht`s besser?", fragt er milde. „Dann höre mir mal gut zu. Du bist nicht mehr in eurer verseuchten Giftwüste. Du bist jetzt hier. Hier bei mir! Und wenn du stark genug sein solltest, wirst du mir helfen, diesen Wald kontinuierlich zu vergrößern und zu schützen. Hier wird die Sonne auch brennen, ohne Frage! Aber sie tötet nicht! Ganz im Gegenteil! Sie ist wundervoll. Du wirst sicherlich noch viel mehr Sommersprossen bekommen, sie werden sich wie ein Teppich auf deiner Haut ausbreiten, aber so schlimm ist das nicht. Glaub mir, hier kann man ganz gut leben."

Stille. Das Feuer knackt. Ich fühle mich müde, dennoch bin ich mir sicher, keinen Schlaf finden zu können. Ein kurzer Blick auf meinen Wavewatch verrät mir, dass wir schon frühen Morgen haben. „Wir sollten schlafen gehen", meint der Mann an meiner Seite, während er mich kritisch beobachtet. „Wie das? Ich kann bestimmt keine Ruhe finden." „Ich kann mir nicht vorstellen, wie du dich fühlst. Ich wurde noch nie in eine fremde Welt befördert. Aber glaube mir, es ist für dich eine Verbesserung. Also reg dich ab." Er nimmt meinen Arm und zieht mich hoch: „Ich habe noch nichts für dich vorbereiten können, du kommst für mich sehr überraschend. In der Werkstatt steht eine Pritsche. Für dich zu kurz, ich habe sie immer gehasst, aber im Augenblick habe ich nichts Besseres."

Und plötzlich sieht er mich schalkhaft überlegen an: „Das Bett in meiner Hütte ist groß genug für zwei Personen unserer Größe. Aber das willst du sicherlich nicht!" Und jetzt lacht er mich laut aus! Ich bin hin und her gerissen. *Ich mag ihn und gleichzeitig kann ich ihn nicht ausstehen!* „Ganz sicher nicht!", zische ich ihn an. Sein Lachen wird lauter: „Komm, ich zeige dir, wo du schlafen kannst." Er schüttelt den Kopf: „Das wird lustig mit uns zweien!" Und erneut lacht er laut auf.

Der ist nicht ganz richtig! Und ich bin jetzt mit diesem Verrückten allein! Ihm allein ausgesetzt! Abrupt bleibt er stehen und hält mich an den Schultern: „Vorsicht, schreie deine Gedanken nicht heraus. Viele halten mich für verrückt. Doch sie sollten sich besser selbst mal unter die Lupe nehmen!" Er zeigt mir an, in welcher Richtung die Werkstatt steht, in der ich meine erste Nacht verbringen soll. Einige Hütten stehen hier. *Wie nett, dass er sich nicht mal die Mühe macht, mir zu erklären, wo alles ist. Ein wirklich freundlicher und charmanter Gastgeber!*

„Ich werde dir alles zeigen, wenn es hell ist. Es macht in der Dunkelheit einfach keinen Sinn!" Er öffnet die Tür und greift nach einem Teil, das an einem Haken befestigt ist: „Sieh her, dies ist eine Petroleumlampe." Mit einem Streichholz zündet er sie an. Ein schummeriges Licht tanzt auf unseren Gesichtern.

„Wenn du den Docht ein wenig herunter drehst, kannst du das Licht dimmen. Ein wenig zu viel, und es ist erloschen. Pass immer auf, wo du sie hinstellst. Hier drin ist alles sehr trocken, es kann leicht brennen!" „Ich lasse sie besser aus", sage ich unsicher. „Das musst du nicht. Du gibst einfach ein wenig acht, das war`s. Das da ist die Pritsche", er zeigt auf ein schmales, kurzes Ding. Dann geht er in eine Ecke und kramt irgendetwas.

In der Dunkelheit kann ich ihn kaum ausmachen. Mit einem Stapel Decken kommt er zurück. „Damit du nicht frierst, ich habe aus dem eben genannten Grund in dieser Hütte keine Feuerstelle." Er geht zur Tür hinaus und lässt mich allein. Unentschlossen stehe ich rum.

Dann entscheide ich mich, lieber auf dem Boden zu schlafen. Ein paar Decken breite ich aus. Meine Jacke rolle ich zu einem Kissen zusammen und mit den übrigen Decken halte ich mich warm.

Es klopft. Im selben Augenblick schwingt die Tür auf. Erschreckt zucke ich zusammen. „Warum benimmst du dich so?", fauche ich ihn an. „Du hast überhaupt keine Manieren!"

„Der ungehobelte alte Sack bringt dir was zum Trinken." Still hält er mir ein Glas hin. „Was ist da drin?" „Milch." „Das sehe ich, was ist außerdem noch drin?" „Trink einfach." „Du willst mich vergiften! Irgendetwas ist doch faul hier!" Ich rieche an der Milch. Kann nichts feststellen.

„Trink einfach", wiederholt der fremde Mann mit Nachdruck. „Never! Das Zeug kannst du selber trinken!" Ich stehe auf und stelle das Glas auf ein großes Ding, von dem ich in der Dunkelheit nicht ausmachen kann, was es ist.

Er nimmt die Milch und drückt sie mir wieder in die Hand. „Nun trink schon!" Er wird lauter. Ich stehe da, in die rechte Hüfte gestützt und betrachte still meinen Gastgeber. „Du musst mir schon vertrauen, ich bin der Einzige hier. Wenn du das nicht kannst, sieht es nicht gut für dich aus, Kindchen", erklärt er mir herablassend.

Aus der Gesäßtasche meiner Hose hole ich einen kleinen Taschenspiegel und strecke ihm diesen entgegen: „Frithjof, sag doch bitte noch einmal so nett wie gerade eben; nun trink schon!

Und bitte siehe dabei in den Spiegel. Überleg dir genau, ob du Vertrauen zu dir hättest." Ich halte ihm den Spiegel vor die Nase. „Mach jetzt", fordere ich ihn auf.

Ich warte. Er regt sich nicht. Es dauert ein bisschen, plötzlich meint er: „Ok, das war gut. Jetzt trink." „Du lernst nicht besonders schnell, was?" *Mit diesem Ton komme ich bei ihm garantiert weiter, der will keinen Schmusekurs!*

„Doch Kindchen, schneller, als du denkst." Er kommt einen Schritt auf mich zu, greift mir fest in den Kiefer, sodass ich meinen Mund öffnen muss! Nun kippt er mir die Milch in den Rachen! Danach verlässt er ohne ein Wort die Hütte.

Ich wische mir die verkleckerten Milchreste vom Gesicht und starre auf die Tür. Gerade will ich mir den Finger tief in den Hals stecken, da werden auch schon meine Knie weich. Ich sehe den Boden auf mich zukommen, versuche mich noch an dem riesen Gestell festzuhalten, doch meine Muskeln sind zu schlaff.

Ich bekomme noch mit, dass ich nicht auf den Boden knalle. Jemand kümmert sich. Ein weiches Kissen schiebt sich unter meinen Kopf. Meine Beine werden aus der engen Latexhose gepellt und mein Körper sorgsam zugedeckt. Das Küsschen auf der Stirn ist das Letzte, was ich wahrnehme.

Geblendet vom Sonnenlicht, das durch die Fenster auf mich fällt, erwache ich. Schnell bedecke ich mit der Hand mein Gesicht und rolle mich zur Seite in den Schatten. Ich stehe auf, sehe mich um. In Glitzertop und String suche ich nach meiner Hose. Kurz überlege ich, was gestern war.

Langsam fällt mir alles wieder ein. Dieses Ungeheuer hat mich gezwungen, seine verseuchte Milch zu trinken. *Seltsamerweise bin ich wieder aufgewacht*, geht es mir durch den Sinn. Dafür ist die Hose weg! Ich binde mir eine Decke um die Hüfte. Erst jetzt fällt mir das feine Muster auf! Traumhaft schön, so filigran, dass man es kaum zeichnen könnte. Genauso, wie die Hose von Maya Delshay.

Nun suche ich nach meiner Jacke. Ich weiß genau, ich faltete sie zu einem Kissen und legte sie dorthin, wo jetzt das echte Kissen liegt. Ein wenig durcheinander lege ich mir eine weitere Decke über den Kopf und verberge gleichzeitig meine Schultern darunter. Gut geschützt verlasse ich die Hütte.

Ich sehe durch den Schlitz meiner Decke. Der alte Mann kauert über irgendeiner Arbeit an der erloschenen Feuerstelle. Er sieht auf und macht ein belustigtes Gesicht.

„Guten Morgen Selene. Bist du zum islamischen Glauben übergetreten? Oder wofür soll das gut sein." Ich pule einen Finger unter der Decke hervor und zeige nach oben. „Ich muss mich vor der Sonne schützen!"

Er schüttelt den Kopf. „So lass doch wenigstens ein paar Strahlen an dein Gesicht, das wird dich hübsch machen", meint er auffordernd. Vorsichtig lasse ich die Decke auf meine Schultern fallen. Erstaunt sieht er mich an. Irritiert frage ich: „Was ist?"

Er strahlt mich an: „Vor mir steht eine Schönheit. Selene, du bist eine wahre Schönheit." Gerade überlege ich, wie ich wohl aussehe. Meine kurzen rotblonden Haare werden nach dem Schlafen sicher in alle Himmelsrichtungen abstehen, zu unterstreichen wäre noch der platt geknetschte Hinterkopf. Dazu mein verpenntes Gesicht! *Willkommen in der Wirklichkeit. Für einen Moment dachte ich, er wäre nett! Aber er verkackeiert mich nur!*

Ich kneife meine tiefgrünen Augen leicht zusammen: „Das Kompliment kann ich nur zurückgeben. Dieser straffe muskulöse Männerkörper, die fülligen dunklen Locken und die vor Verstand strotzenden, scharfen, dunklen Augen! Wie soll ich mir neben dir nicht klein und farblos vorkommen!"

Sein Lächeln gefriert: „Du verhöhnst mich. All das, was du aufführst, hatte ich mal zu bieten! Woher wusstest du das?" „Es ist durchaus abzulesen, aus den Resten, die noch vorhanden sind", erwidere ich kalt.

Er steht schweigend auf und verlässt die Lichtung. Dieser Mann verschwindet einfach im Wald. Etwas verdattert stehe ich da und überlege, was zu tun ist.

Ich werde mich erst mal ein wenig umsehen. Neben der Werkstatt steht eine weitere Hütte. Vorsichtig öffne ich die Tür. Ein wirklich großes Bett für einen Mann, der allein lebt. Na ja, aufgeräumt ist es. Vielleicht hat er lange Zeit beim Militär gedient. Ich öffne ein Paar Schranktüren, überall penible Ordnung.

Auf dem Tischchen neben seinem Bett liegt eine kleine Puppe. Sehr klein, ein grünes Kleidchen aus Flitz, das ein wenig angekokelt zu sein scheint und ein vergammeltes Haarbüschel als Frisur. Diese Puppe ist garantiert sehr alt. Es kommt mir vor, sie würde bei einer Berührung von mir zu Staub zerfallen. Ich strecke meine Finger nach ihr aus, doch etwas hält mich zurück.

Vielleicht ist das eine Voodoopuppe und eine unglückliche Person wird von diesem Mann da draußen regelmäßig drangsaliert! Daher die Brandspuren! Es schüttelt mich. Plötzlich fühle ich seinen Blick in meinem Nacken und bin froh, die Puppe nicht in meinen Händen zu halten.

Langsam drehe ich mich um, doch wider meine Erwartung, ist der Türrahmen leer. *Habe ich mir nur eingebildet, dass er mich beobachtet? Ich habe kein schlechtes Gewissen! Genauso gut könnte er mich ja auch herumführen und mir alles zeigen. Doch das hält er scheinbar nicht für nötig. Ob er mir auch ein Haarbüschel gestohlen hat? Ich muss auf der Hut sein!*

Langsam verlasse ich die Hütte. Direkt gegenüber befindet sich ein Beet. Wilde Blumen, hochgewachsen und mit Gesträuch vermischt, bilden eine rechteckige Fläche. Ein schmaler Pfad führt zur Mitte, in der Frithjof still mit dem Rücken zu mir sitzt und zum Himmel sieht.

Ich setze mich auf die Bank an der Feuerstelle und beobachte ihn. Es scheint ihn nicht zu stören, er rührt sich nicht. Sitzt nur da und weiter nichts.

Minuten verstreichen. Ich stehe auf und nehme meine Entdeckungstour wieder auf. Die nächste Hütte. Ich öffne die Tür. Ein riesen Bottich steht in der Mitte. Ein Regal mit ordentlich gefalteten Handtüchern. Ein kleiner Hängeschrank. Ich sehe nach, was darin ist. Jede Menge Fläschchen, hübsch ordentlich aufgereiht.

Ich greife mir eins und möchte daran schnuppern. „Halt!" schreit es hinter mir. Schnell stelle ich das Glas zurück und wirbele herum. Ich bin allein. *War er das?* Ich bin mir nicht sicher. Wieder strecke ich meine Hand nach den Fläschchen aus. „Ksssss!", direkt an meinem Ohr! Ich fahre herum. Nichts. Und es war keine Männerstimme!

Zügig schließe ich den Schrank und eile aus der Hütte. Immer noch sitzt er auf der kleinen Wiese. Er scheint sich nicht gerührt zu haben. Ich laufe zu ihm. „Frithjof!" rufe ich, „Frithjof, da ist irgendwer!" Der alte Mann schenkt mir keine Beachtung.

„Nun sei doch nicht so, das war eben blöd und gemein von mir, entschuldige. Jetzt hör mir bitte zu, in der Hütte, die wohl ein Bad sein soll, versteckt sich jemand!" Er bewegt sich keinen Millimeter. *Was für eine Memme!* „Du bist hier die Memme, wer soll schon in der Badehütte sein, du hast zu viel Fantasie. Außerdem ziehst du die falschen Schlüsse. Und jetzt schnüffele weiter rum und lass mich in Frieden", sagt er in gelangweiltem Tonfall ohne sich auch nur die Mühe zu machen, mich anzusehen. Ich fühle mich geschlagen. Langsam gehe ich auf die kleine Sitzgruppe zu.

Ich sehe mir an, womit er sich eben beschäftigt hatte, als ich verschlafen aus der Werkstatt kam. Ein kleiner Stoffberg liegt da. Als ich ihn auseinandernehme, erkenne ich, dass es eine Hose werden soll. Vorsichtig suche ich nach der Nadel und stichele da weiter, wo Frithjof aufgehört hat. Die Zeit vergeht, mein Gastgeber sitzt still auf seinem Fleckchen und ich nähe eine Naht nach der anderen.

Mein Nacken schmerzt von der ungewohnten und zugleich steifen Haltung. Trotzdem stichele ich weiter. Ich habe sowieso nichts zu tun. Mein Magen knurrt. Ich ignoriere ihn. *Irgendwann wird dieser Frithjof wieder aufstehen. Ich halte das aus.*

Jetzt noch unten die Hosenbeine säumen, dann ist dieses Traumstück fertig! Irgendwie macht mich das zufrieden. Ich möchte die Arbeit schnell zu Ende bringen, bevor er aus seinem Koma erwacht. Ein halbes Hosenbein habe ich schon geschafft, da wird mir von hinten ganz sachte die Decke von meinen Schultern gezogen.

Frithjofs kräftige Hände greifen in meine Nackenmuskulatur. Mir liegt ein „Finger weg!" auf der Zunge, aber ich spreche es nicht aus. „Du bist zu verkrampft, Selene", sagt er gedämpft. „Das ruhige Sitzen ist ein wenig ungewohnt, aber ich mache das jetzt fertig."

„Die Hose ist für dich." „Für mich?", ich bin erstaunt, halte sie kurz in die Höhe, „ein bisschen groß, oder?" „Du lächelst ja." „Das hörst du?" „Natürlich." Ich nähe weiter.

Ganz weich fahren seine Hände über meinen Nacken. Es ist sehr angenehm. Ich atme tief ein. Am liebsten würde ich jetzt mein Kinn auf die Brust sacken lassen, aber ich will das hier erst noch fertig schaffen.

„So, nur noch ein Hosenbein, dann hab ich`s", feuere ich mich selbst an. „Auch, wenn sie etwas groß ist." „Ich dachte mir, dann hättest du es bequem." „Danke Frithjof."

Er breitet seine Massage auf meine Arme aus. Ich muss lachen: „Hey, so werde ich niemals fertig! Du wackelst an mir rum! Dann wird alles nur krumm und schief!" „Macht nichts, Selene. Es wird ja nicht meine Hose."

Ich sehe zu ihm auf. Er zwinkert mir zu: „Das eine Hosenbein ist doch egal!" Ich schüttele den Kopf und mache fix weiter. „Was hast du da eben gemacht? Auf der Wiese, meine ich." „Hab nachgedacht." „Und, irgendwelche Ergebnisse?" „Nein." „Prima, knapp und präzise, das gefällt mir."

„Lehne deinen Kopf mal zurück, du könntest dich auch selbst einreiben, aber an meinen Händen ist noch genug Öl." Ich tue, was er sagt, und lasse meinen Kopf in den Nacken fallen. Frithjof streicht mir übers Gesicht, meinen Hals, mein Dekolleté. Er macht das sehr sanft, es fühlt sich seltsam vertraut an.

„Ich habe das eben ernst gemeint." „Hm?", kurz öffne ich die Augen und sehe ihn an. „Du bist eine Schönheit. Auch wenn dein Styling heute etwas fragwürdig ist." Ich spüre, dass er lacht. Ich stimme mit ein: „Tut mir ehrlich leid, ich war sauer, auch du siehst ganz passabel aus, aber das weißt du. Du brauchst niemanden, der dir das erklärt." „Dennoch ist es schön zu hören."

Ich lehne mich an ihn und lasse mich gehen. „Nur damit das klar ist", meint er in strengem Ton, „ich bin schon vergeben." Ich sehe wieder zu ihm auf. Er grinst breit und lässt seine Augenbrauen tanzen. „Schade, wo es doch gerade so schön wird", flapse ich rum und wende mich wieder meiner Arbeit zu.

„Ha, geschafft", ich halte das gute Stück in die Höhe, „nicht schlecht fürs erste Mal, nicht wahr?" „Nun, ich würde sagen, es war gut vorbereitet." „Ja klar, du sitzt stundenlang in der Gegend rum, und willst dann die Lorbeeren einheimsen!" Frithjof hält hinter mir inne.

Langsam setzt er sich hinter der Bank ins Gras. Ich gehe um sie herum und betrachte ihn. Er kauert auf der Wiese. Seine Augen starr in die Ferne gerichtet. Ich hocke mich neben ihn, warte ab, bis er sich etwas gefangen hat.

Langsam richtet er seinen Blick auf mich. Ich will ihm mit meiner Hand über den Arm streichen. Habe das Gefühl, ihn beruhigen, oder sogar trösten zu wollen. Obwohl ich gar nicht weiß, was mich dazu bewegt.

Mit einer kräftigen Armbewegung schuppst er mich von sich weg. „Habe ich etwas Falsches gemacht?", frage ich aufgebracht. Er antwortet mir nicht. Stur sieht er geradeaus. Irgendetwas zischt er wütend vor sich hin. Plötzlich steht er auf und stapft davon.

Ich sehe ihm verwundert nach. Doch es dauert nicht lange und er dreht sich abrupt wieder um und kommt mit großen Schritten auf mich zu. *Ein bisschen Angst macht mir dieser Mann schon!*

Er schüttelt den Kopf: „Ich bin ein sonderbarer alter Mann. Ich habe viel gesehen in meinem Leben und dennoch überraschst du mich. Ich bin mir sicher, dass dich so leicht nichts schockt", er unterzieht mich einer letzten Prüfung, sieht mir tief in die Augen, als könne er so sämtliche Geheimnisse meiner Seele entschlüsseln.

Oh doch, ich bin geschockt. So viele Stimmungsschwankungen in ein paar Sekunden! Dieser Mann ist völlig wirr. Ich muss mich vor ihm schützen! Aber wie? In seinem Blick sehe ich, dass er genau weiß, was ich denke. *Schon manches Mal ging mir durch den Sinn, ob dieser Mann Gedanken lesen kann. Je länger ich hier bin, desto sicherer bin ich mir dessen.*

„Du bist ihr so ähnlich, der Liebe meines Lebens. Was du eben gesagt hast, das hätte ebenso aus ihrem Mund kommen können", sagt er mit belegter Stimme. „War sie auch voller Pigmentflecken?" „Nein, sie hat keine Sommersprossen. Vom Typ ist sie ganz anders. Sie ist ein bisschen klein, hat langes kastanienbraunes Haar und funkelnde türkisfarbene Augen. Und außerdem ein freches Mundwerk. Darin seid ihr euch ungeheuer ähnlich!"

„Du redest in der Gegenwart von ihr, ich hatte schon Angst, sie würde nicht mehr leben." „Jetzt kommt der Teil, den ich sonst niemandem erzählen kann. Sie ist seit einhundertundvier Jahren tot."

Frithjof steht vor mir und schnauft erst mal durch, nebenbei beobachtet er genau meine Reaktion. Ich bemühe mich, gelassen zu bleiben. Er lehnt sich lässig an die Bank.

„Sie ist eine Zauberin. Ein paar Vollidioten hielten sie für eine Hexe, doch sie hat niemandem, aber auch gar niemandem, etwas angetan! Niemals! Sie webt diese Decken." Frithjof zeigt mit seinem Finger auf meine Hüften. „Sie ist Weberin von Beruf."

Ich streiche andächtig über die Decke, die ich wie einen Wickelrock trage. „Ihr Webstuhl steht in der Werkstatt. Ich pflege die Tiere, sie webt ihre Decken und Stoffe noch heute."

Ich muss schlucken. „Jetzt bist du doch geschockt, nicht wahr?" „Nein, erzähl weiter", schwindele ich. „Sie haben Otruns Hütte angezündet, während sie schlief. Ich kam zu spät auf die Lichtung, um sie zu retten. Doch dies ist ein magischer Ort. Außer wenigen Eingeweihten wusste das niemand. Alle ihre Ahnen leben hier auf ewig. Auch Otrun, meine große Liebe. Nun, sie ist verbrannt, doch als ihre Asche über die Lichtung wehte, war sie frei für immer. Ich lebe hier mit ihr und ihren Ahnen und habe ein Auge auf diesen magischen Ort. Wo sollen sie hin, wenn es dieses Waldstück nicht mehr gibt? Das alles ist wie gesagt schon über hundert Jahre her."

„Bist du auch ein Zauberer?" Frithjof grinst ein wenig zu breit: „Otrun bezeichnet mich schon immer als Hexer. Und ich bin wirklich gut! Ich habe es geschafft, zwei nichtmagische Menschen in die Ewigkeit zu befördern." „Weil sie das wollten?" „Ja, Selene, weil sie es so wollten. Der Erste war Wondering Bear Dustin Delshay. Er ist jetzt bei seiner großen Liebe in der Ewigkeit. Und sein Sohn Widukid Delshay, er ist bei seinem Vater und bei unserer gemeinsamen Freundin Otrun."

„Die Maya Delshay, die mich hierher gebracht hat, sie sagte, du seist mit ihren Urgroßvater und ihrem Ururgroßvater befreundet. Sind sie das?" „Ja, das sind sie. Sie leisten mir Gesellschaft, aber jetzt habe ich ja dich", grinst er mich etwas seltsam an. „Das alles klingt für mich sehr verwirrend. Du sagst Otrun ist auch die Freundin von diesem …!" „Wido. Widukid Delshay. Ja wir waren immer ein Dreiergespann." Ich sehe mein Gegenüber mit großen Augen an: „Entschuldige, wenn ich noch mal nachfrage. Ihr seid beide mit ihr …?"

Frithjof grinst mich an. Er hat eindeutig Freude an meiner verunsicherten Mine: „Und ich dachte, heutzutage wären alle so frei in der Liebe." „Nun, ich nicht! Für mich klingt das alles nach Beziehungswirrwarr!" „Ein wenig, aber das macht nichts, die meiste Zeit ist Otrun bei mir. Sie hat mir aufgetragen, dir unsere Geschichte zu erzählen und freundlich zu dir zu sein. Ich sage es nur ungern, aber sie wacht über dich. Sie mag dich, obwohl du für sie erschreckend groß bist."

Frithjof lächelt mich frech an. „Du hast sie schon gestern Nacht gespürt und sogar gehört. Noch nicht verstanden, doch du hast sie deutlich wahrgenommen. Mir war sofort klar, dass Maya die Richtige gefunden hatte." „Ich habe eben ein klares „Halt" gehört." „Ja, du warst an meinen Ölfläschchen. Ich werde dir alles zeigen, alles beibringen, wenn du soweit bist. Zu gegebener Zeit. Du musst Vertrauen zu mir haben, auch wenn ich nicht der knuddelige Opa von nebenan bin. Du hast deinen eigenen Kopf, das gefällt mir", er nickt mir anerkennend zu, „ich aber auch, das wird dir vielleicht nicht immer so sehr gefallen! Aber ich bin sicher, du kannst es schaffen, vorausgesetzt, du willst."

Frithjof zuckt mit den Schultern: „Habe ich noch was vergessen?" Ich sehe ihn unschlüssig an. „Frag ruhig, wenn du Fragen hast." Ich deute auf die bunte Wiesenfläche: „Stand dort ihre Hütte?"

„Ja, irgendwann konnte ich die Trümmer und Kohlereste nicht mehr ertragen. Ich habe alles beseitigt und das Stück sich selbst überlassen. Wie ist es? Hast du eigentlich keinen Hunger? Und, du könntest dich endlich mal waschen!" Kurz schlucke ich, dann übergehe ich diese Frechheit ganz einfach. „Du kannst kochen?" „Ich kann so manches, Selene. Du badest, ich koche. Dann musst du dir heute den Rücken allerdings selber schrubben."

Nachdem Frithjof mir geholfen hat, das viele Wasser heranzuschaffen, das in diesen Bottich passt, sitze ich nun hier im Holzfass. Bemüht, mich auf seine etwas raue Art zu verwöhnen, hat er mir, ohne mich auch nur zu fragen, ein paar Tropfen Irgendwas ins Wasser gegeben. *Es duftet angenehm.*

Mein erstes Bad, seit ich ein Baby war. Mama hat mich als Neugeborenes im Waschbecken gebadet. Doch nur ein paar Monate später hat sie mich dann auf ihrem Arm mit unter die Dusche genommen. Ich stelle mir das recht schwirig vor. Doch Mama sagte, ich hätte immer Freude daran gehabt.

Hm. Wannen sind offiziell nicht erlaubt, weil zu viel Wasser verbraucht wird. In dem einen oder anderen alten Haus findet man trotzdem schon mal eine. Mona hatte, bis sie in den Neubau umzog, eine in der Wohnung. Doch sie haben niemals darin gebadet. Also, wenn ich eine Badewanne gehabt hätte, ich hätte sie genutzt. Es gefällt mir sehr, mich hier im Wasser zu entspannen. Vielleicht auch, weil es so neu und ungewöhnlich ist. Es fühlt sich auf jeden Fall sehr luxuriös an!

Ich lächele vor mich hin, während ich mir sachte mit der hohlen Hand das Wasser über meine Schultern schaufele. *Von mir geht eine Spannung aus? Und Frithjof meinte, er hätte sofort gemerkt, dass Maya die Richtige mitgebracht hat. Ich weiß nicht recht, was ich davon halten soll. An diesem Ort wird angenommen, ich hätte magische Kräfte. Wo sollen die denn schlummern? Von wem soll ich sie haben? Von Papa, einem einfachen Arbeiter?*

Er wurde auf radioaktiv verseuchtem Grund eingesetzt. Gestorben ist er sehr früh, da war ich in der zweiten Klasse. Er sagte mir immer, ich solle in der Schule gut aufpassen, damit ich mal einen Beruf mit Zukunft erlernen kann. Das habe ich getan. Bis gestern habe ich an einem äußerst wichtigen Projekt gearbeitet. Keine kleine Aufgabe. Aber nichts, im Vergleich zu dem, was sich die Leute hier so denken, vermute ich mal. Also, Papa war auf keinen Fall magisch, sonst hätte er das doch nicht mit sich machen lassen! Oder?

Und Mama? Hm, sie war eben Mama. Als ich zur Schule ging, fing sie wieder an, im Friseursalon zu arbeiten. Mit vierzig Jahren ist auch sie gestorben. Ein gutes Alter, besser als Papa, mit achtundzwanzig. Genauso alt, wie ich jetzt! Mama, hatte sie Magie? Ich glaube kaum. Ich habe sie noch immer sehr lieb. Sie war lebhaft und überraschend, gerecht und liebevoll. Hatte immer ein offenes Ohr für meine Jungensangelegenheiten. Was haben wir gemeinsam gelacht! Über die verrückten Jungs, die sich stets in meinem Windschatten aufhielten! Na ja, am Ende blieb keiner, nur Mona, und die habe ich gestern ganz schön im Stich gelassen! Hoffentlich denkt sie nicht schlecht von mir.

Aber hatte ich eine Wahl? Mona hätte es an meiner Stelle sicher genauso gemacht. Ich werde ihr bei Gelegenheit eine Nachricht zukommen lassen. Ein paar erklärende Worte werden die Wogen sicher glätten …

Es klopft heftig an der Tür. Gleichzeitig geht sie mit Schwung auf! Und wieder zu! Ein Stück auf, dann knallt sie mit einem Rums erneut zu. Erschreckt und irritiert starre ich auf die Tür.

Draußen höre ich Frithjofs erregte Stimme: „Ich bringe ihr doch nur ihre Anziehsachen! … Ja, natürlich Prinzessin! Mach dir mal keine Sorgen! … Ich bin ja nett! Hast du schon mal jemand Netteren, als mich gesehen? … Du träumst, meine Liebe! … Wido? Na dann ist ja alles klar! Spitzenklasse! … Sie braucht die Salbe, hast du dir mal angesehen, wie weiß die ist?   Außerdem hat sie eine Höllenangst vor der Sonne! … Ich gehe da jetzt rein und gebe ihr alles, was sie braucht! … Ich habe gesagt, ich bringe ihr nur, was sie braucht, weiter nichts!"

Mit einigem Schwung fliegt die Tür auf, Frithjof kommt eilig rein und schließt sie mit einem kräftigen Ruck. Er steht mit geschlossenen Augen, seinen Rücken an die Tür gelehnt und atmet erst mal durch.

„Ärger, wegen mir?", frage ich vorsichtig nach. Er öffnet die Augen. „Pass auf, dass du keine Schwimmhäute bekommst!", fährt er mich an. Erschreckt sehe ich meine Hände an. Ich stelle erleichtert fest, dass meine Haut zwar etwas aufgeweicht und schrumpelig aussieht, sich aber noch keine Schwimmhäute gebildet haben.

Ich halte meine Hände in die Luft und lächele ihn an: „Glück gehabt, noch nichts passiert!" Mit kalter Miene sagt mein Gegenüber: „Das war ein Scherz", und schüttelt den Kopf. „Oh! Und ich dachte schon, es wäre wirklich möglich!"

„Ich habe hier deine Sachen, die Hose und ein Oberteil, das hatte ich schon zusammengenäht, als du noch geschlafen hattest."
„Danke, Frithjof. Du musst wirklich früh aufgestanden sein! Und das alles wegen mir! Danke."

Er winkt ab: „Schon gut, Selene. Sieh her, ich habe hier eine Salbe, die wird dich vor der Sonne schützen. Bis sich deine Haut an die Sonnenstrahlen gewöhnt hat, sollte es reichen, wenn du sie morgens und mittags benutzt. Mit der Zeit wirst du sie nicht mehr brauchen. Vergiss den Nacken nicht!"

Während er redet, legt er mir zwei große Handtücher zurecht. „Sieh zu, dass du fertig wirst, das Essen ist beinahe bereit. Ok?" Ich nicke. Er verlässt die Hütte. Mit einem lauten Woms fliegt die Tür wieder zu. „Zufrieden?", höre ich ihn draußen laut poltern …

Ich gebe mir alle Mühe, nicht zu lange zu brauchen, doch die Salbe lässt sich nur schwer verteilen. Auf meiner Haut ziehen sich weiße Schlieren entlang. Ich fühle mich klebrig. Unzufrieden überlege ich, dass ich gar nicht baden brauchte, wenn ich mich anschließend schlechter fühle, als vorher. Ich habe überhaupt keine Lust, über diese Pampe, die neuen Sachen anzuziehen!

Fest umfasse ich meinen Arm. Als ich ihn loslasse, sind kleine weiße Fettbröckchen sichtbar. Ich stehe in der Hütte und bin unschlüssig, was ich machen soll. Es klopft erneut an der Tür. Dieses Mal allerdings weniger energisch. Gedämpft dringt Frithjofs Stimme durch die Tür: „Was ist los, Selene. Bist du mit dem Abwasser in der Grube gelandet? Oder gibt es ein Problem? Du wirst auch keinen Fön finden!"

Gedämpftes Lachen hinter der Tür. Ich überlege kurz, fühle mich so erbärmlich. *Was soll ich ihm sagen?* „Selene, alles in Ordnung?" Seine Stimme klingt jetzt ein bisschen besorgt. Zögerlich antworte ich: „Ja, es ist nur ..." Ich weiß nicht was ich sagen soll. *Ich bin zu doof, mich einzucremen? Wohl kaum!*

Die Tür schwingt auf. Frithjof steht da und betrachtet mich amüsiert. Nun stehe ich mit weiß eingepamptem Körper vor ihm, und der grinst mich höhnisch an! Schnell greife ich mir eines der beiden Handtücher und halte es vor mich. Er beißt sich in die Wange, um nicht laut loszulachen, das kann ich deutlich sehen.

Auch ihm entgeht meine Erkenntnis nicht. „Der gute Wille zählt, nicht wahr? Und Selene, im Ernst, du stellst mich auf eine harte Probe!" Er lächelt mich an. „Was ist das für ein Zeug?" frage ich in einem Anflug von Verzweiflung. „Ich sagte ja, eine Salbe. Keine Lotion. Kennst du den Unterschied?" „Natürlich!" „Gut, warum hast du dann so viel benutzt?" „Es lässt sich nicht verteilen!", knurre ich durch meine zusammengebissenen Zähne.

Der alte Mann geht schmunzelnd zum Wasserkrug, stippt ein kleines Tuch hinein und wringt es kräftig aus. „Nun dreh dich mal um, Selene." Kurz betrachte ich mir sein Grinsen, dann drehe ich ihm meinen Rücken zu.

Mit dem feuchten Lappen streicht er über meine Schultern und verteilt die Salbe auf meinem Rücken. „Diese Salbe ist auf Vaselinebasis. Sie verteilt sich besser auf feuchter Haut. Du konntest das nicht wissen und ich habe nicht daran gedacht, es zu erwähnen. Entschuldige."

Jetzt streicht er mit seiner Hand über meinen Rücken: „Das fühlt sich besser an." Er drückt mir den Lappen in die Hand und geht zur Tür. „Bis gleich", und verschwindet. Mit dieser Technik bearbeite ich meinen ganzen Körper. Langsam geht es mir besser. Das klebrige Gefühl verschwindet und was bleibt, ist eine ausgesprochen zarte Haut. Sorgsam streiche ich mir noch das Fett von den Fingern und wuschele mir durch mein kurzes Haar. Fertig.

Jetzt ziehe ich mir meine neue Kleidung über. Die Hose ist zwar weit, aber durchaus kleidsam. Ich bin überrascht. Das Oberteil ist zum Wickeln. Ich knote mir die Bänder auf der Seite zusammen. Die langen Ärmel schlage ich zweimal um. Der Blick in den Spiegel macht mich sehr zufrieden. Das Rostrot, das er ausgesucht hat, steht mir ausgezeichnet. Der Schnitt ist bequem und sieht überraschend gut aus. Ich wirke groß, schlank, komme mir vor, wie ein Model.

Zufrieden gehe ich vor die Badehütte. Ich sehe mich nach Frithjof um und bin enttäuscht. Ich hatte angenommen, er sitzt an der Feuerstelle und wartet auf mich. *Er wollte doch das Essen zubereiten. Dachte ich`s mir doch, alles nur leere Worte. Ich kann so manches, Selene!* Langsam gehe ich auf die Feuerstelle zu und lasse mich auf die Bank fallen. Mit verschränkten Armen sitze ich da.

„Selene, bitte komm, das Essen wird nicht besser, während es auf dich wartet!" Ich schrecke auf. *Wo kam das denn nun her?* Eilig stehe ich auf und gehe ein paar Schritte zurück. Als ich zwischen Frithjofs Hütte und der Werkstatt durchschaue, entdecke ich ihn.

Er sitzt mit zurückgebundenen Haaren an einem kleinen Tisch. Festlich gedeckt, mit weißem Tischtuch, Kerzenhalter, Weingläsern. Er sieht mir meine Verblüffung an und strahlt. Seine Schnurrbartspitzen ziehen sich weit auseinander. Die dunklen Augen verschwinden beinahe in den Fältchen. In diesem Moment sieht er aus, wie der knuddelige Opa von nebenan, von dem er vorgibt, es nicht zu sein.

Er steht auf und hält den leeren Stuhl für mich bereit. „Selene, wenn ich das bemerken darf, du siehst umwerfend aus!" Während ich mich setze, rückt er ihn zurecht, sodass ich bequem an dem Tisch sitze.

„Ich liebe es, mich mit schönen Frauen zu umgeben", raunt er. „Hier im Halbschatten ist es angenehmer, sich näher kennenzulernen, dachte ich mir." Er öffnet den Topf. „Vor allem für dich." Ein herrlicher Duft schwallt mir entgegen. „Hase in Weinsoße und frischen Pilzen aus unserem schönen Wald. Dazu Kartoffeln an Petersilie und frischer Salat aus Löwenzahn und Minze."

Ich staune nicht schlecht. „In diesem Wald gibt es nicht nur Bäume, Mädchen. Es lässt sich hier gut leben. Man muss nur wissen, wie. Und ich werde dir alles zeigen. Also, wenn du Petersilie magst, ich weiß da einen Ort …" Schmunzelnd beobachtet er mich.

Er genießt meine Verblüffung sichtlich. Lächelnd schenkt er zuerst den Wein ein, dann füllt er uns beiden ein zweites Glas mit Wasser. Zielgerichtet greift er nach dem Wein und hebt sein Glas: „Willkommen auf unserer schon leicht übervölkerten Lichtung." Er prostet mir zu, dann hebt er sein Glas in mehrere Richtungen um ihn herum. Ich mache es genauso und halte auch mein Glas in alle möglichen Richtungen.

Es hört sich an, als würde der Wald singen. Der Wind rauscht in den Baumspitzen. Ich sehe nach oben. Riesig erhebt sich das Dach aus Tannennadeln über uns. Gewaltige Baumstämme um uns herum. Klein, geborgen und beschützt sitzen wir hier unten.

„Auf uns, Selene. Auf eine schöne Zeit miteinander!" Trotz meiner Verwirrung stoßen wir an. Frithjof gibt mir die Speisen auf den Teller. Die Art und Weise, wie er das tut, zeigt mir seine große Liebe zum Essen. Alles ist fein säuberlich angerichtet. Es sieht sehr appetitlich aus, ich wage es kaum, dieses Kunstwerk zu zerstören.

„Ich habe gekocht, damit wir davon essen. Es wird sicher so gut schmecken, wie es aussieht, vertrau mir", fordert er mich lächelnd auf, den Anfang zu machen. Ich liebe es nicht unbedingt, beim vorsichtigen Probieren mit Blicken durchbohrt zu werden, doch das scheint meinem Gegenüber ziemlich egal zu sein.

Aber jetzt, da mein Mund gefüllt ist, kann mich nichts mehr stören. Ich sitze da, mit geschlossenen Augen und genieße. *Unglaublich! Noch nie, wirklich niemals, habe ich so etwas gegessen. Vollkommen! Bisher dachte ich, ich könnte gut kochen, doch hiergegen bin ich ein Dilettant! Ein Stümper!*

Genüsslich kaue ich und schlucke. Ich öffne wieder meine Augen. Mit meiner Gabel nehme ich den Salat auf. *Löwenzahn!* Ein Bild von einer einzelnen Löwenzahnpflanze sitzt in meinem Kopf fest.

Ein Riss im Asphalt und diese Pflanze. Mitten auf der Straße. Manches Auto hatte sie platt gefahren, doch immer wieder stellte sie sich auf. „Überlebenskünstler, nicht kaputt zu kriegen, so wie ich!", sagt Frithjof gut gelaunt, wie als Antwort auf meine Gedanken. Frithjof dreht sich halb nach hinten: „Prinzessin, ich bin wirklich nett! … Was du immer hast! Selene, bitte sage ihr, dass ich mich dir gegenüber ordentlich verhalte. Otrun macht mir die Hölle heiß!"

„Aber das muss sie doch sehen! Du hast herrlich gekocht. Woher kannst du so gut kochen? Und du hast mir gezeigt, wie ich die Salbe loswerde! Immerhin hast du kaum gelacht! Das war geradezu edelmütig! Ich danke dir von ganzem Herzen. Ich muss sagen, du bist ein netter Kerl, auch wenn du das manchmal gekonnt versteckst."

„Siehst du", meint er schräg nach hinten. Und zu mir: „Sie sitzt mir im Nacken!" Ich konzentriere mich auf das Essen, dennoch muss ich grinsen. Frithjof fährt fort: „Als Erstes werden wir deine Antennen schärfen. Du nimmst sie wahr, stimmt`s? Doch ihre Signale sind noch nicht verständlich für dich. Vielleicht, oder ich glaube bestimmt, wirst du sie alle sehen können."

Ich blicke erstaunt auf: „Du meinst, ich werde mit deinen Geistern so zusammenleben können, wie du?" „Ich hoffe das, dann muss ich nicht ständig zwischen den Welten korrespondieren! Sie sitzen alle hier und sind neugierig. Auf dich!" Er grinst gemein.

Verunsichert sehe ich ihn an. „Es ärgert sie, wenn ich so rede." „Jemand starrt mich an, das merke ich genau. Aber nur eine, liege ich richtig? Ist es deine Freundin Otrun?" „Nein, sie ist es nicht und ja, jemand kann seinen Blick nicht von dir wenden. Ich sagte ja schon, du bist eine sehr schöne Frau." „Ein Mann?"

Frithjof hebt unschuldig seine Hände: „Ich sage nichts, ich will keinen Ärger, verstehst du?" Ich nicke unsicher. *Ich verstehe gar nichts!* „Iss Mädchen, sie sind ein bisschen neidisch. Weißt du, sie haben immer alle gern gegessen." Mein Gegenüber lacht schallend über seinen Witz.

Ich sehe ihn fragend an. Er winkt nur ab: „Konzentrieren wir uns lieber auf uns. Du hast einiges zurückgelassen, hm?" „Eine Freundin, eine Katze und einen guten Job." „Aha, keinen Mann?" Ich schüttele den Kopf. Frithjof sieht mich fragend an: „Das ist unverständlich!", und schräg nach hinten gewandt: „Und zufrieden?"

Zwischen dem Kauen sage ich: „Zu eigensinnig, das will keiner der Herren auf Dauer. Und ich werde den Teufel tun und zu allem Ja und Amen sagen, nur damit ein Mann sich toll fühlt!" „Gute Einstellung, Mädchen! Bloß keinen Streit vermeiden, das war auch immer meine Devise." „Ich streite ja nicht extra, ich will nur nicht gesagt bekommen, was zu tun ist, oder was ich zu denken habe." Ich zucke mit den Achseln: „Das ist alles."

„Und dein Chef kommt damit klar?" „Nein, aber er lässt mich trotzdem machen, weil ich einen klaren Verstand besitze, doch am Ende der Geschichte, gibt er meine als seine Ideen aus." „Hm, ihm sollte mal der Kopf gewaschen werden!" Ich blicke auf.

Frithjof hat ein gefährliches Grinsen im Gesicht, doch schnell weichen seine Züge wieder auf. „Und in welcher Branche arbeitest du?" „Ich forsche." Frithjof hebt fragend seine dunklen Brauen. „Wir entwickeln im Team einen Kraftstoff aus Abfall. Wir müssen einen innovativen, guten Sprit erzeugen, der sauber ist und viele Kilometer schafft."

Anerkennend nickt mir Frithjof zu: „Vor mir sitzt ein sehr schöner und zugleich kluger Kopf. Und deine Freundin?" „Sie arbeitet mit mir im gleichen Team." „Hat sie dein Niveau?" Ich zucke mit den Schultern: „Ich denke schon, wir ergänzen uns sehr gut." Frithjof nickt. „Eine wichtige Aufgabe, die du für uns hast sausen lassen."

Ich halte die gut bestückte Gabel in der Luft: „Werde ich jetzt zurückgeschickt?" Er lächelt: „Oh nein, aber du solltest dich um deine Freundin kümmern. Zu gegebener Zeit natürlich." *Bei dem Gedanken, in diese Kloake zurückzukehren, bleibt mir fast das Essen im Halse stecken.* Zur völligen Verwirrung fügt er erklärend hinzu: „Du kannst sie mit Ideen versorgen, die sie umsetzen wird." Einen Moment Stille. „Wie? Wie das?", frage ich.

„Stehst du auf Indianer?", übergeht er meine Frage. Ich sehe ihn mit hochgezogenen Brauen an: „Ich habe Winnetou gelesen, aber nur den ersten Band. Konnte nicht viel damit anfangen, warum?" Frithjof haut sich vor Vergnügen auf seinen Oberschenkel. *Ich muss einen höllisch guten Witz gerissen haben!*

Hinter vorgehaltener Hand lacht er laut auf und kriegt sich kaum ein. Er hält inne und wischt sich ein paar Tränen aus dem Gesicht. „Nur so, Selene, einfach nur so", kichert er. *Ich kann mir zwar nicht vorstellen, dass dieser Mann einfach so eine banale Frage zwischen wirft, gehe aber nicht weiter darauf ein.*

„Woher kannst du so überragend kochen?" Er lächelt mich an: „Das ist mein Beruf. Otrun hat mich drauf gebracht. Gemeinsam haben mein Bruder und ich das Hotel unseres Vaters übernommen. Als mein Bruder starb, ergab das Ganze für mich keinen Sinn mehr. Ich habe alles, was Familienbesitz war, zu Geld gemacht und diesen Wald davon gekauft. Dann habe ich mich komplett hierher zurückgezogen. An diesem ruhigen Ort konnte ich an mir selbst arbeiten, sodass ich irgendwann die Kraft besaß, dies alles hier zu schützen und zu erhalten. Und jetzt hause ich auf dieser Insel, während unser Planet sich dem Ende entgegen dreht." Ich lausche dem Wind. Vogelgezwitscher. Ansonsten Stille.

Wir hängen beide unseren eigenen Gedanken nach. Ich widme mich ganz dem guten Essen und sehe mir dabei mein Gegenüber genauer an. Sein hellgrauer Rauschebart weht in dem leichten Wind. Die Haare hat er zu einem Zopf zusammengefasst. Von dem Leben hier draußen ist seine Haut braungebrannt und wettergegerbt.

Gebrechlich wirkt er nicht gerade, er sitzt aufrecht und hat eine kraftvolle Ausstrahlung, obwohl die Schultern sicher irgendwann ein gutes Stück breiter waren. Seine weite Hose und die Tunika lassen seine Statur nur erahnen. Doch mir erscheint es, als verbirgt sich ein überaus fitter Körper darunter.

Auf seinen Armen kringeln sich weiße Löckchen und seine Hände sehen aus, als müssten sie des Öfteren kräftig zupacken, dennoch sind sie sehr gepflegt, die Fingernägel Tipp Top in Ordnung. Das

Faltenmuster auf seiner Stirn erzählt von schwierigen Zeiten. Von Durchsetzungsvermögen und Grübeleien. Das Muster um seine Augen spricht eine ganz andere Sprache. Auf dieser Lichtung muss definitiv viel gelacht worden sein. Die Mundpartie ist nicht klar erkennbar, der Bart verbirgt seine Züge.

Abgelenkt, von dem Gefühl angestarrt zu werden blicke ich auf einen leeren Fleck unter den Bäumen. Es bringt mich völlig aus der Fassung, dieses Gefühl, ständig beobachtet zu werden und dennoch selbst niemanden zu sehen.

Frithjof hat es mir ja erklärt. Sie sitzen alle um mich herum und machen sich ein Bild vor mir. Ähnlich, wie bei einem Verhör mit verspiegelter Glasscheibe. Meine Position in diesem Spielchen ist nicht gerade vorteilhaft!

Mit einem Mal ändert sich das Gefühl, wird weicher. Und noch bevor ich mir bewusst werden kann, warum das so ist, wendet Frithjof das Wort an mich: „Was wollen wir heute tun? Ein wenig vom Tag haben wir ja noch." Aus meinen Gedanken gerissen, frage ich perplex: „Keine Ahnung. Habe ich schon alles gesehen?"

„Wohl kaum", meint er, „ich stelle dir gleich, als Erstes meine, nein unsere, Tiere vor. Und dann sehen wir weiter. Doch zuerst müssen wir aufräumen." Ich nicke ihm zu und stehe auf. Gemeinsam ist die Arbeit schnell erledigt und alles wieder sauber an seinem Platz.

„Was meinst du, könnte ich ihr gefallen?" frage ich Otrun, während wir hinter den beiden zur Weide schlendern. „Warum solltest du ihr nicht gefallen, Wido?" „Nun, sie sagte, sie kann nicht viel mit Indianern anfangen." „Bist du ein Indianer?", fragt sie mich mit gerunzelter Stirn. „Immerhin ein Halber", gebe ich kleinlaut zurück.

Sie schüttelt sich die Haare aus dem Gesicht: „Mein Lieber, Selene sagte, sie konnte mit der Geschichte von Winnetou nicht viel anfangen. Bang, Bang! Und Zziuuu! Du schießt ja wohl kaum mit Pfeil und Bogen um dich. Das hat überhaupt nichts mit dir zu tun. Die weiß gar nichts über Indianer!" „Hm, hoffentlich hast du recht."

Ich sehe mir an, wie sie die weichen Alpakas streichelt. Sie hat Freude an den Tieren. *Diese Welt hier draußen scheint ihr so fremd zu sein und trotzdem steht sie vielem geradezu furchtlos gegenüber.*

„Selene ist neugierig und offen, nicht wahr?" Otrun zwinkert mir zu: „Ja Wido, sie ist unglaublich." „Du nimmst mich auf den Arm!" „Unsinn, ich finde sie wirklich toll! Und das habe ich auch schon gesagt, bevor jeder deiner Sätze mit Selene begann", sie lacht schallend über ihren gelungenen Witz. Frithjof wirft uns einen strengen Blick zu. Otrun geht zu ihm hin und legt von hinten ihre Arme um seinen Körper.

Sie scheint ihm irgendetwas in Richtung Ohr zu flüstern, denn er dreht sich nach mir um und zwinkert mir zu. Ich gehe zu Selene rüber. Ganz nah stehe ich bei ihr, kann ihren Duft einatmen. Sie hält kurz inne, dann sagt sie zu Liona, dem braungescheckten Alpaka: „Eine seltsame Luft habt ihr hier draußen. Manchmal knistert sie förmlich."

Ihre Finger sind in der weichen Wolle vergraben. Ich versenke meine Hand auch in Liona`s Fell. Ganz langsam nähere ich mich Selenes Hand. Sachte berühre ich sie. Ein Schauer läuft durch meinen Körper. *Wie schmal und weich ihre Hand ist!* Sie kann mich tatsächlich spüren, denn plötzlich zieht sie erschreckt die ihre zurück!

„Hat Liona gebissen?", fragt Frithjof schadenfroh. „Nein, nein. Die ist ganz lieb." „Nun, dann erschrecke das Tier nicht!", weist er sie zurecht. „Frithjof, warum bist du so zu ihr?", nehme ich sie in Schutz. Frithjof antwortet mir nur mit einem genervten Blick. Otrun schaltet sich ein: „Komm Frithjof, wir lassen die beiden allein." „Selene, ich komme gleich wieder", sagt er zu ihr und wendet sich zum Gehen um.

Als er sich ein paar Meter entfernt hat, flüstert Selene dem Alpaka zu: „Wir werden Frithjof ganz sicher nicht vermissen, stimmt`s?" Das Tier leckt ihr über die Finger. Vor Liona`s flinker Zunge schreckt Selene nicht zurück, stelle ich betroffen fest. Ich bin im Begriff sie erneut zu berühren. Meine Hand schwebt über ihrem Nacken, doch fehlt mir der Mut. Ich will sie nicht noch einmal erschrecken. *Es wäre so wundervoll, könnte sie es einfach schön finden. Eine Berührung wie Wind. Vielleicht gelingt es mir, sie so leicht wie Wind, ein Sonnenstrahl oder ein Schmetterling zu berühren.*

Ich konzentriere mich, doch meine Hand zittert. Ich hole noch einmal tief Luft. Ich stehe so dicht bei ihr, dass mein Atem sie streift. Sie dreht sich kurz zu mir, konzentriert sich dann aber sofort wieder auf Liona. Sie hat sich nicht erschreckt! Nun streiche ich ihr doch über ihren Nacken. Sie hat einen hübschen, schlanken Hals. Das Haar ist kurz geschnitten, etwas rechts von der Mitte aus, zwirbelt sich charmant ein frecher Wirbel. Sie ärgert sich bestimmt ständig über ihn, doch ich finde ihn bezaubernd. Mit einer fahrigen Bewegung vertreibt sie mich, wie eine Fliege. Vor Freude, dass sie mich fühlen kann, muss ich lachen. Sie nimmt mich wahr, wie eine Schwingung. *Na immerhin ein Anfang!*

Frithjof kommt mit einer Schere zurück zur Weide. „Wenn du dieses Tier so sehr liebst, kannst du ihm direkt die Wolle schneiden." Selene sieht Frithjof mit großen Augen an. Er hält ihr nur die Schere hin. „Wie denn?", fragt sie, „wie mache ich das?" In ihrer Stimme schwingt Furcht mit. „Du schneidest einfach, schnipp, schnipp, immer an der Haut entlang. Die Tiere hier sind es gewohnt, dabei gestreichelt und geherzt zu werden."

Er drückt ihr die Schere in die Hand, dreht sich rum und geht zur Lichtung. Perplex bleibt Selene zurück. „Dieser arrogante, alte Sack! Die Tiere sind es gewohnt, dabei gestreichelt und geherzt zu werden! Klar, gerade von dem!", schimpft sie vor sich hin, „drückt mir einfach die Schere in die Hand und geht! Und wenn ich dich schneide, hm? Liona, ich verspreche dir, ganz, ganz vorsichtig zu sein." Sie hält die Schere in der Luft, traut sich aber nicht, das Tier damit zu berühren. *Wie gern würde ich sie in die Arme schließen und ihr erklären, dass es wirklich ganz einfach ist. Aber ich kann nicht!*

Selene steht zitternd vor dem Alpaka und weiß nicht, wie sie beginnen soll. Ich muss ihr helfen. Beherzt greife ich ihre Hand und zwinge sie, die Schere, über der Haut in das Fell des Tieres zu stecken. Wie erstarrt steht sie da und lässt es geschehen. Ich helfe ihr, die Schere zu öffnen und zu schließen. „Siehst du, es geht ganz einfach", flüstere ich in ihr Ohr. Geistesabwesend nickt sie! *Hat sie mich nun doch gehört?!* Jetzt bin ich sehr aufgeregt! Ich lasse sie lieber los, bevor wegen mir das Tier verletzt wird. Selene schneidet weiter.

Gedankenverloren sitze ich auf der Weide und beobachte jede ihrer Bewegungen. Ich stelle mir vor, ich sei Liona und bekäme auf so liebevolle Weise von Selene das Fell geschnitten. Als sie ihre Arbeit beendet hat, gibt sie dem Tier einen leichten Klaps. Liona springt weg und läuft ausgelassen über die Wiese. Sie macht hohe Sprünge und schlägt mit den Hinterläufen aus.

Selene lacht über den Übermut des jungen Alpakas und die Erleichterung darüber, dass sie es geschafft hat. Liona sieht gut aus: Selene ist ein gleichmäßiger Schnitt gelungen. Ich lege mich ins Gras und sehe in den Himmel, *es wird gleich dunkel werden. Sie spürt mich! Und sie hört mich! Wie auch immer.* Mein ganzer Körper kribbelt vor Aufregung. *Mein Atem, meine Hand, meine Worte. Alles hat sie mitbekommen. Ich muss geduldig sein. Vielleicht weiß sie irgendwann, was sie spürt, wen sie wahrnimmt. Mit ein bisschen Glück wird sie mich sogar mögen!*

Leises Rascheln, Selene lässt den Wolleberg beinahe auf meinen Kopf fallen, dann setzt sie sich neben mich und beobachtet Liona bei ihren Bocksprüngen. Das Tier hat die ganze Herde angesteckt und jetzt laufen drei Alpakas, eine sehr junge Ziege und vier Schafe ausgelassen über die Weide. Mara, die Kuh sieht sich das Spektakel kauend an.

Warum setzt sich Selene genau neben mich? Die Wiese ist doch wirklich groß genug! Sucht sie unbewusst meine Nähe? Ich lächele vor mich hin und strecke meine Hand nach ihr aus. Doch in letzter Sekunde halte ich inne. Ich warte auf die nächste Windbö. *Mit ihr gemeinsam werde ich über Selenes Körper streichen. Komm Wind, tu mir den Gefallen!* Ich knie mich hin, um bereit zu sein. Und dann bläst er, der Wind. Ich streiche mit meinen Fingerspitzen über ihre Arme, ihre Wange, streife ihr Ohrläppchen. *Sie fühlt sich so zart an!* Dann ist wieder Stille. *Danke Wind!* Selene lächelt in sich hinein. Sie sieht über alle Maßen zufrieden aus. Mit einem Mal drückt sie sich hoch und nimmt die Wolle auf. Sie geht zurück zur Lichtung. Schnell stehe ich auf und bin direkt hinter ihr.

Es dämmert. Ich sehe Frithjof auf seiner Wiese sitzen, auf der einst die Hütte gestanden hatte. „Ich störe nur ungern, aber wo lege ich die Wolle hin?", frage ich ihn. Es dauert ein wenig, bis er antwortet: „Am besten, du wäschst sie direkt am Bach aus, du weißt ja schon, wo das ist."

Der will mich bloß loswerden! Denke ich mir und gehe ohne ein Wort zum Bach. Es ist seltsam, allein im Dämmerlicht durch den Wald zu gehen. Zahlreiche Geräusche dringen an mein Ohr. Hier ein Rascheln, dort ein Vogel, der mit lautem Geschrei auffliegt.

Mich beschleicht das Gefühl, die Bäume beobachten mich. Ich fühle mich klein und auch ein wenig einsam. *Maya Delshay hatte ihre starken Jungs im Bus gelassen, weil der Wald so ein friedlicher Ort ist. Also versuche ich, der Angst keinen Platz zu machen.*

Langsam gehe ich weiter, Äste knacken. „Frithjof?" *Natürlich nicht, der hockt auf seiner Wiese. Soll er doch! Da ist ja schon der Bachlauf.* Ich überlege kurz, dann pule ich erst einmal die groben Verunreinigungen aus der weichen Wolle. Nun knie ich mich ans Ufer und lasse sie in den Bach fallen. Im Wasser wird die Wolle außerordentlich schwer. Schnell schmerzen mein Rücken und die Arme. Ich entschließe mich, ins Wasser zu steigen. Ich habe keine Ahnung, wie tief dieser Bach ist. Also ziehe ich zuerst meine neuen Sachen aus, damit ich anschließend etwas Trockenes auf dem Leib tragen kann. Splitterfasernackt steige ich in das kühle Wasser.

Es reicht mir bis etwas übers Knie. *Übertrieben vorsichtig!* Ärgere ich mich. *Wenn Frithjof mich so sieht, lacht der sich kaputt!*

Hoffentlich bleibt er auf seiner Wiese hocken! Ich merke deutlich, dass ich nicht allein bin. Der alte Mann würde sich vor mir nicht verstecken, das ist mir völlig klar. Wenn sich die Möglichkeit ergäbe, mich peinlich bloßzustellen, würde er sie nutzen.

Ich starre in die Dunkelheit. Er ist nicht hier. „Na, macht es euch Spaß, mich anzugaffen?", frage ich an die Geister gewandt. *Da ich jetzt sowieso schon zur Hälfte nass bin und mich hier vermutlich alle für etwas beschränkt halten, setze ich mich komplett in das frische Wasser und nehme ein Bad. Es ist zwar unerwartet kalt, aber irgendwie trotzdem gut. Frithjof wird mich nicht vermissen und vor den Blicken bin ich außerdem geschützt.*

Langsam lasse ich mich auf dem weichen Grund des Baches nieder und ziehe die Wolle hin und her durch das Wasser. „Wie mache ich das, seid ihr mit mir zufrieden? Ihr müsst mir schon ein Zeichen geben, irgendeins, damit ich euch verstehen kann", brabbele ich vor mich hin. Nichts. Nichts, das eine Antwort bedeuten könnte. „Dann eben nicht, ich komme auch so klar. Starrt mich ruhig weiter an." Ich hieve die Wolle ans Ufer, drücke sie so gut es geht aus, und gehe wieder ins Wasser zurück.

Nun fühlt es sich wirklich warm an. *Ich bleibe hier noch ein wenig sitzen. Zurück zur Lichtung zu gehen, zu diesem übellaunigen alten Mann, habe ich überhaupt keine Lust.* Ich lege mich aufs Wasser. Langsam schaukelt mich die Strömung. Ich lasse mich gleiten. Das Plätschern beruhigt meine Seele.

Nur übellaunig ist dieser Frithjof ja auch nicht. Manchmal ist er sogar richtig nett! Charmant, galant und witzig. Vielleicht sollte ich ihm zeigen, wie sehr ich es mag, wenn er sich so verhält, sodass er selbst gerne freundlich ist, um Lob und Ansehen zu kassieren. Ich grinse vor mich hin. Meine Arme ausgebreitet, die Beine liegen locker auf dem Wasser, wabere ich dahin.

Plötzlich trifft mich ein harter Schlag. Schnell stehe ich im hüfthohen Wasser. Ich halte mir meinen Schenkel. Irgendwo habe ich mich kräftig gestoßen. Ein dumpfer Schmerz durchdringt mich. Inzwischen ist die Dunkelheit hereingebrochen. Ich taste durch das Wasser. Ein Felsen. *Typisch, das kann ja wieder mal nur mir passieren!* Ich steige aus dem Wasser und mache mich auf den Weg, am Ufer entlang, zu der Stelle, an der die Wolle und meine Sachen liegen.

Ich muss achtgeben, der Boden ist unwegsam, Dornengestrüpp wächst hier und da am Ufer. Steine, Felsbrocken und Brennnesseln machen das Barfußgehen außerdem nicht angenehmer. *Wurde ich wirklich so weit vom Wasser getragen?* Wundere ich mich noch, bevor ich ein ungehaltenes Räuspern vernehme.

„Ich dachte schon, dich hätten die wahnsinnigen Waldgeister gefressen!" Ich schließe kurz die Augen und versuche mir mein Stöhnen zu verkneifen. Ich spüre deutlich, wie sein Blick an mir rauf und wieder runter gleitet.

„Zieh dir was über", meint er. „Ich war gerade im Begriff das zu tun", erzwinge ich von mir selbst ein Lächeln. „Ich hatte noch ein wenig gebadet. Wollte dir noch etwas Ruhe gönnen, bevor du dich wieder mit mir herumärgern musst." „Ich habe auf dich gewartet!" „Och, das tut mir jetzt aber leid", sage ich ironisch. „Doch ich muss zu meinem Bedauern bemerken, dass ich dich überhaupt nicht vermisst habe", füge ich noch hinzu.

Frithjof schüttelt den Kopf: „Warum bist du nur immer auf Streit aus?" Ich starre ihn entsetzt an. *Der ist irre, noch viel schlimmer, als ich erwartet hatte!* Er dreht sich um und will gerade zur Lichtung gehen. Er dreht sich jedoch noch einmal zu mir um: „Und wenn du mich für so irre hältst, erwarte ich mehr Verständnis von dir!"

„Du liest in meinen Gedanken!", rufe ich erbost aus. Ein höhnisches Lachen: „Du merkst aber auch alles!" Die Klamotten in der Hand stapfe ich hinter ihm her: „Was fällt dir ein, in meinen Kopf zu sehen?!" „Könnte ich dir nur vor die Stirn gucken, wäre ich wohl arm dran!" „So arm wie ich, versetz dich doch mal in meine Lage!" „Ich tue schon den ganzen Tag nichts anderes!" „Du gibst dir überhaupt keine Mühe, mich zu verstehen! Du kriechst nur, wie ein schleimiges Gewürm durch meine Gedanken!", zische ich ihn an.

Blitzschnell dreht er sich zu mir um. „Zieh dir endlich deine Sachen über", meint er abfällig. „Ist ja wohl egal. Ein alter Mann in festen Händen und eine junge Frau. Ich könnte mir noch Federn auf den Kopf binden, und wie ein Go-go-Girl tanzen, das würde hier draußen niemanden stören!"

Frithjof macht mit seiner Hand eine wilde Wischbewegung durch die Luft und stürmt auf seine Hütte zu. Mit einem lauten Rums knallt hinter ihm die Tür. Ich setze mich an die Reste des Feuers und atme erst einmal tief durch.

Was habe ich ihm nun alles an den Kopf geworfen? Ich weiß es schon nicht mehr. Ich bin immer auf Streit aus! Da kann man ja nur aus der Haut fahren! Noch einmal schnaufe ich durch. Ich sehe in die rote Glut. Beobachte, wie sich das gierige Feuer durch die Kohlefasern frisst.

Mich schaudert. Unwillkürlich muss ich daran denken, dass das Mädchen Otrun auf diese Weise gestorben ist. *Frithjof konnte nichts für sie tun. Kein Wunder, dass er etwas seltsam ist. Vielleicht muss er auch erst wieder lernen, mit Gesellschaft umzugehen. Bestimmt ist er gar nicht so schlimm. Wie sagte Maya Delshay? Wenn ich ihm etwas gegen den Kopf werfen will, soll ich daran denken, dass sie sehr froh ist, mich gefunden zu haben, oder so.* Ich schüttele meinen Kopf. *Sie wusste sehr genau, wie schwierig alles werden wird. Als die Beiden sich begrüßt hatten, war er ein ganz anderer. Ich werde mich morgen bei ihm entschuldigen.*

In Gedanken greife ich nach meinen Sachen und gehe zur Werkstatt. Ich muss schmunzeln, weil ich immer noch nackig durch die Gegend laufe. *Sicher sind die Geistertanten ganz aufgebracht ...* Als ich die Werkstatt betrete, sehe ich auf der Kante des großen Webstuhls, meinen Wavewatch leuchten. Ich greife danach und rufe die Nachricht ab.

Auf dem Display erscheint die aufgeregte Mona. Am Hintergrund ist zu erkennen, dass sie auf und ab läuft. „Selene, wo bist du bloß? Lässt mich einfach da stehen und verschwindest! Und in der Forschungsabteilung geht alles Drunter und Drüber! Matthias hat sich von mir sofort die Zugangsdaten zu deinem Wavewatch geben lassen. Entschuldige, ich hatte keine Wahl!" *Man hat immer eine Wahl, meine Liebe,* denke ich mir. „Auf jeden Fall hat er verfolgt, wo du bist. Es gibt diesen Ort nicht! Die Peilung ist irgendwo verschwunden! Ich hoffe so sehr, dass dir nichts Schlimmes passiert ist! Bitte antworte mir! Ich mache mir wirklich Sorgen um dich. Und unser Tiger ist auch völlig ungenießbar! Er hat mir ordentlich eins mit seinen Krallen verpasst. Bitte komm zurück, Selene!"

Das war`s, Nachricht beendet. Ich weiß nicht, was ich tun soll. Am liebsten würde ich jetzt bei Frithjof klopfen, aber das werde ich mir schön verkneifen. Ich schalte das Gerät ab. *Eigentlich brauche ich dringend Unterwäsche zum Wechseln. Vielleicht kann ich mir ein paar Sachen von Zuhause holen und dabei Mona alles erklären. Doch eines weiß ich ganz gewiss: Frithjof wird etwas dagegen haben. Er hat sicher gegen alles etwas.* Todmüde falle ich auf mein Deckenlager. Mein Körper hält keine Einschlafphase für mich bereit. Sofort dämmere ich in das Reich der Träume.

Mona redet auf mich ein, sie ist nicht zu bremsen. Seltsamerweise verstehe ich keines ihrer Worte. Sie interessieren mich auch nicht wirklich. Ich gehe zum Kühlschrank und sehe, was der zu bieten hat. Wie gewohnt ist er beinahe leer. Mich überfällt das schlechte Gewissen. Ich bin dran mit Einkaufen. Gleich morgen wollte ich das erledigen, doch die fremdartige Frau kam dazwischen. Ein Joghurt, der schon kurz vorm Ablaufen ist, steht dort und ein paar Tomaten, obwohl ich immer wieder sage, dass sie nicht in den Kühlschrank gehören! Das ärgert mich!

Ich hätte jetzt Appetit auf Hase, mit Pilzen und Kartoffeln, frisch und fein. Plötzlich habe ich den alten Mann vor Augen. Er grinst mich aus dem Eisfach an! Schnell schlage ich den Kühlschrank zu und drehe mich zu Mona um. Sie steht mit, in die Hüften gestützten Händen vor mir.

Sie redet wütend auf mich ein, doch ich habe ein lautes Rauschen in meinen Ohren. Ein Heulen und plötzlich ein Krachen. Ich versuche mich ihr verständlich zu machen, will durch den Lärm schreien: „Mona, so versteh doch! Du hättest es genauso gemacht, wie ich. Es tut mir leid, ich werde dir alles erklären können, nur jetzt noch nicht!"

Doch sie versteht mich nicht. Es tost um uns herum. Wenn Mona nicht so enttäuscht von mir wäre, würden wir gemeinsam unter die Decke kriechen und warten, bis der Sturm nachlässt. Doch heute stehen wir nur voreinander und werfen uns wütende Blicke zu. Ich will das nicht, fühle mich schrecklich.

Ein erneutes Krachen, näher als eben. Das Gewitter muss direkt über uns sein! Ich halte mir die Ohren zu und versuche mich zu beruhigen. Wieder das Krachen. Ein starker Windzug fährt mir um die Beine. Mona schüttelt meine Schulter. „Lass mich!", wehre ich sie ab. Mona schüttelt mich, wie besessen. Sie nimmt mich an den Schultern hoch, mein Kopf kollert auf meinem Körper hin und her, als hinge er an einem seidenen Faden.

Plötzlich sehe ich den alten Mann vor mir. Sofort wird mir klar, Mona hätte gar nicht die Kraft, mich hochzuziehen. Mit zusammengezogenen Brauen bohren sich seine stechenden Augen in mein Bewusstsein. Seine Haare tropfen mich nass. „Du schreist lauter, als das Gewitter! Komm mit mir in meine Hütte. Ich habe uns einen Tee gekocht." Mein Herz pocht wie wild. Ich weiß nicht, was ich davon halten soll.

Er zieht mich hoch, legt eine Decke um meine Schultern und schiebt mich vor die Tür. Der Wind peitscht uns ins Gesicht. Die Bäume biegen sich besorgniserregend Richtung Boden. Frithjof reißt die Tür zu seiner Hütte auf. Schnell flüchten wir uns vor dem starken Regen hinein. Hier ist es angenehm warm, das Feuer knistert, eine Lampe verbreitet ein dürftiges Licht am Tisch. Zwei Tassen stehen bereit.

„Bitte setz dich, Selene. Du hast wirres Zeug geträumt." „Ein schlimmes Gewitter da draußen, nicht wahr?" „Allerdings, manchmal ist mein Schutz zu gering. Ich hoffe, es wird nicht zu viel zerstört werden." „Sind die Tiere auf der Weide?", frage ich erschreckt. Frithjof dreht sich zu mir und schenkt mir ein warmes Lächeln: „Nein, ich habe sie eben in den Stall gebracht."

Er kommt mit den gefüllten Tassen an den Tisch: „Trink, Selene." Ich sehe ihn kurz an. „Es ist nur Tee!", meint er genervt zu mir. Ich atme tief durch und trinke einen Schluck. Nachdem Frithjof seine Haare trocken gerubbelt hat, zieht er sich ein frisches Oberteil an. *Ich wusste es! Er ist außerordentlich gut gebaut. Für meinen Geschmack ein paar zu viele Haare auf der Brust, aber sonst … Wie meinte diese Maya Delshay? Mit der Zeit wird er dir gar nicht mehr so alt vorkommen?* In vielem, was sie sagte, hatte sie recht.

Dummerweise entgeht ihm mein Blick nicht. Mit einem zufriedenen Lächeln setzt er sich zu mir an den Tisch. „Ich hatte es schon erwähnt, ich bin bereits in festen Händen." Ich atme geräuschvoll aus: „Ich bevorzuge jüngere Männer. Auf alle Fälle unter hundert." Frithjof grinst breit. „War der Witz so gut?", frage ich erstaunt nach. „Nein eigentlich nicht, du hast mich nur an eine Begebenheit erinnert." Still trinken wir unseren Tee aus.

Frithjof schmunzelt, ich überlege, an was er wohl denkt. Der Wind heult um die Hütte. „Komm, leg dich auf mein Bett, such dir eine Seite aus, ich hole ein Kissen für dich." Laut fällt meine Hand auf den Tisch. Kurz sehe ich zu ihm, dann auf das breite Bett.

Ich habe überhaupt keine Lust, mit diesem Mann in einem Bett zu schlafen. „Ich lege mich auf den Boden. Das macht mir nichts." *Sofort ist mir klar, dass das ein Fehler war.* „Stimmt, du bist ja noch jung", Frithjof wirft das Kissen und eine Decke auf den Boden, „na dann, gute Nacht!"

Eigentlich besser so, dass sie weg ist. Wie konnte ich bloß die ganze Zeit übersehen, wie süß ihre kleine Freundin ist? Pass auf dich auf, Matthias, mein Guter! Du bist auf dem besten Wege, dich zu verlieben! Ich betrachte kritisch mein Spiegelbild. Wahrlich nicht der Kräftigste, habe ich doch schön breite Schultern und neben Mona erscheine ich auch ziemlich groß. *Sie musste sich auf ihre Zehenspitzen stellen, um mir den flüchtigen Kuss auf die Wange zu hauchen,* stelle ich zufrieden fest.

Kurz wuschele ich mir durchs dunkelblonde Haar. Vom Scheitel aus, sind einige Strähnen etwas ausgeblichen. Ich halte mich für ganz passabel. Gelassen lächele ich mir entgegen. Teste ein paar Blicke. Auffordernd, lüstern, romantisch, heroisch, lieblich, den berühmten Hundeblick von unten herauf. Doch dann schüttele ich meinen Kopf. *Sei, wie du bist! Matthias sie wartet doch schon auf dich! Sie ist reif! Also mach dir keine Gedanken und genieße den Abend!*

Entschlossen drücke ich mich vom Waschbecken ab und gehe zu ihr in die Küche. Auf dem Weg durch den kurzen Flur überprüfe ich schnell, ob das Handtuch um meine Hüfte auch hält. Sie blickt von ihrer Tasse auf und sieht mich erstaunt an. „Matthias!", sie grinst, „was hast du vor?" „Ich dachte, du zeigst mir deine Briefmarkensammlung", ich strahle sie an. Sie ist so hübsch mit ihren Haselnussaugen.

Langsam erhebt sie sich und kommt auf mich zu. „So, so. Ich muss dich enttäuschen", sie fährt mit ihren kühlen Händen über meine Brust, „ich besitze gar keine. Aber ich weiß was anderes Schönes." Sie atmet geräuschvoll meinen Duft ein und schmiegt sich an mich. In meinem Kopf rauscht es und unter dem Handtuch regt sich was!

Selene

Ich liege auf dem harten Boden und ärgere mich. *Ein paar Decken aus der Werkstatt zu holen, wäre schwierig. Sie würden pitschnass werden, bis ich sie hier drinnen hätte. Aufs weiche Bett … Völlig ausgeschlossen!* Frithjof liegt ganz still. *Es war freundlich von ihm gemeint. Ein nettes Angebot. Zu spät.* Ich versuche, mich zu entspannen. Liege auf der Seite, doch bald tut mir die Hüfte weh. So lege ich mich flach auf den Rücken. *Immerhin ist das Kissen schön weich.*

Irgendwann muss mich das ewige Heulen doch eingelullt haben, denn ich werde wach, als sich die Tür leise schließt. Licht fällt durch das Fenster herein. Es ist Tag. Neugierig sehe ich nach, ob er irgendwo eine Uhr stehen hat. Fehlanzeige. Auf seinem Tischchen neben dem Bett liegt nur die seltsame Puppe. In die Decke eingewickelt stehe ich auf und setze mich auf die Bettkante. Erneut betrachte ich sie. Ganz vorsichtig strecke ich meine Hand nach ihr aus. Dieses Ding hat eine seltsame Aura. Ich weiß ganz sicher, dass ich es nicht tun sollte, dennoch schließen sich meine Finger um ihren Körper. Ein seltsames Gefühl schleicht sich an mich heran. Mir ist völlig klar, wenn Frithjof mich mit der Puppe in der Hand erwischt, wird er stinksauer sein, aber ich kann dieses Ding nicht mehr loslassen.

Nicht ich halte die Puppe, die Puppe hält mich! Der aufgestickte Grinsemund jagt mir Angst ein. *Vielleicht bin ich paranoid, aber ich fühle mich nicht wie sonst. Das bin ich nicht!* Diese Puppe *verändert mein Körpergefühl! Bin ich ich? Niemals!* Erneut versuche ich, mich von dem Ding zu lösen. Es gelingt mir nicht. Panik überfällt mich. Ich schreie, stöhne und Tränen rollen über mein Gesicht. Ich begreife nicht, was mit mir geschehen ist! Völlig außer mir sitze ich schreiend auf der Bettkante und werde die Puppe nicht mehr los!

Mit einem Mal öffnet sich die Tür. Frithjof steht im Türrahmen. Wie ferngesteuert laufe ich zu ihm und werfe mich ihm an den Hals. Er legt schützend seine Arme um mich. Ich in seiner festen Umarmung, gehen wir mit kleinen Schritten zum Bett zurück. Ich drücke mich an ihn und bin so froh, dass er gekommen ist. Er löst meine Finger von der Puppe und legt sie ehrfürchtig wieder an ihren angestammten Platz.

Mit einem Mal wird mir die Situation bewusst! Blitzschnell löse ich mich von ihm und greife nach der Decke, die mir eben auf den Boden gefallen sein muss, und verhülle eilig meinen Körper. „Was war das?", frage ich aufgeregt. „Warum schnüffelst du rum?" Frithjof sieht mich ernst an. „Ich habe nicht rumgeschnüffelt!", rufe ich aus, „das Ding hat mich dazu gezwungen! Ich hatte gar keine Wahl!"

Er verschränkt seine Arme und sieht auf mich herab: „Sie haben sich einen Scherz mit dir erlaubt, die bösen Mädchen!" „Hm?" „In dieser Puppe lebt der Geist einiger Ahnen von Otrun. Sie wollten dich wohl warnen. Schnüffele nicht herum, Selene. Du bekommst alles gezeigt! Nach und nach. In manchen Dingen sind sie ein wenig eigen." „Machen sie das mit dir auch?" Frithjof, immer noch mit verschränkten Armen hebt eine Augenbraue und meint herablassend: „Wohl kaum. Der Sturm hat sich beruhigt, du kannst dir in der Werkstatt etwas überziehen, dann Frühstücken wir gemeinsam."

Frische Kräuter, Beeren, Nüsse. Bisher kannte ich nur Flakes, Pops und Bitz. Wir sitzen an der erloschenen Feuerstelle. Die Sonne hat eine enorme Kraft. Das Holz ist, trotz des heftigen Regens in der Nacht, schon getrocknet. Ich sehe von meinem Müsli auf: „Das schmeckt toll, Frithjof. So etwas habe ich noch nie gegessen." „Hundert Prozent Natur, hundert Prozent gesund. Nicht so ein Fertigpampzeug aus der Packung." Ich schürze meine Lippen: „Also in der Werbung versichern sie, es sei gesund." Er wirft mir nur einen kritischen Blick zu, sagt aber nichts.

„Was machen wir heute?", frage ich unbedarft. „Ich werde ein wenig Ordnung machen und du wirst endlich Vertrauen zu mir erlernen." *Oh nein, was hat er jetzt wieder vor?!* „Und wie? Soll ich mich von einem Baum stürzen und hoffen, dass du mich auffängst?" „Nein Selene, wir werden nichts unternehmen, wobei du dich verletzen könntest." „Na, das klingt ja spannend." Ich überlege, was er wohl mit mir anstellen wird, habe aber keine Idee. „Bist du fertig mit essen?", fragt er nach. Ich nicke ihm zu. „Dann geh dich waschen." *Uoah!* „Ich bin kein kleines Kind! Ich werde mich schon waschen, keine Bange!" Frithjof zuckt mit den Achseln: „Bis jetzt bist du noch nicht von allein darauf gekommen." Ich stapfe zum Bad rüber. Seinen skeptischen Blick kann ich deutlich spüren.

Ich melde mich gehorsam bei Frithjof, der sich an dem Kräutergarten zu schaffen macht. „Bin fertig gewaschen. Sogar der Nacken und die Ohren", necke ich ihn. Belustigt sieht er zu mir auf: „So ist`s fein, Selene." „Wenn ich immer dieselben Sachen trage, werde ich trotzdem bald stinken." „Wenn du willst, kannst du was von mir anziehen. Und du hast ja auch noch deine Latexröhre." „Und eine Jacke. Diese Dinge sind allerdings auf höchst sonderbare Weise verschwunden."

„Entschuldige, die sind bei mir. Wegen der Größe, weißt du. Und dann muss ich sie vergessen haben. Ich bin ein alter Mann, erinnerst du dich?" Ich sehe ihn skeptisch an: „Warum kann ich das nicht glauben?" „Was?" „Dass du die Sachen vergessen hast." Frithjof zuckt mit den Achseln und wendet sich wieder seiner Arbeit zu. „Und? Du hast sie nicht vergessen, stimmt`s?" „Diese Art sich zu kleiden ist grässlich, Selene. Davon bekomme ich ein Augenleiden." Er sagt das, mit dem Rücken zu mir. Am liebsten würde ich ihm einen Tritt versetzen!

Er dreht sich zu mir um und lacht mir ins Gesicht: „Wir werden uns kümmern, in Ordnung? Aber nicht heute." „Stimmt, für heute hattest du dir irgendeine andere Quälerei für mich ausgedacht." „Richtig Selene. Du sollst unseren Ort, dich und unsere Beziehung mal genauer kennenlernen. In einem anderen Licht sozusagen. Ich gebe dir Zeit, alles zu überdenken."

Er steht auf: „Komm, wir gehen in meine Hütte." Ich folge ihm. Auf dem Tisch liegt ein schwarzes Stück Stoff. Im ersten Moment kann ich mir keinen Reim daraus machen. „Nimm bitte Platz", sagt er und zeigt auf einen Stuhl. Als ich sitze, verbindet er mir meine Augen.

„Du wirst die Binde nicht abnehmen. Ich könnte dir die Hände auf dem Rücken verschnüren, damit du das nicht tust. Doch dann kannst du nicht so viele wertvolle Erfahrungen machen, an diesem schönen Tag." „Ich soll den ganzen Tag blind durch die Gegend laufen?", empöre ich mich. „Nein, ich hatte mir gedacht, du bleibst an einem Fleck stehen. Ich werde dich jetzt dorthin bringen. Ein paar Ahnen passen auf dich auf. Verlass dich drauf, ich weiß sofort, wenn du mogelst."

Ungewollt entfährt mir ein Stöhnen. Er klopft sachte auf meine Schulter und schiebt mich nach draußen. „Gib mir deine Hand, ich führe dich ein wenig herum." „Dann stell mich wenigstens im Schatten ab, du weißt, ich vertrage nicht so viel Sonne." „Ehrensache, Selene", meint er jovial.

Langsam verlassen wir die Lichtung. Selbst wenn ich mich hier schon auskennen würde, wüsste ich schon bald nicht mehr, wo ich mich befinde. Wir scheinen kreuz und quer durch den Wald zu gehen. Immer wieder schlägt Frithjof eine andere Richtung ein. Ich bin froh, dass er darauf verzichtet hat, mir die Hände auf den Rücken zu binden.

Meine freie Hand lasse ich über Baumrinden, weiche Blätter und hohe Grashalme gleiten. *Es fühlt sich ähnlich an, wie an dem folgenschweren Abend, als Maya Delshay mich hierher brachte. Bloß, dass ich heute überhaupt nichts sehen kann.* „Orange, schwarz oder oliv", fragt Frithjof unvermittelt. „Bitte was?" „Ich überlege gerade, in welcher Farbe dein zweites Outfit sein könnte. Gibt es eine Farbe, die du besonders gern trägst?" Ich zucke mit den Schultern: „Weiß und gelb sind schrecklich an mir, ansonsten … Keine Ahnung. Ich glaube Naturtöne stehen mir ganz gut." „Ja, da bin ich mir sicher." Seine Stimme klingt sanft und freundlich.

„Otrun meint, wir könnten dir einen Wickelrock aus einer der leichteren Decken nähen. Würde dir das gefallen oder sind dir Hosen lieber?" „Ich würde mich sehr darüber freuen", antworte ich. *Nur ein paar freundliche Worte und es geht mir gut.*

„So Selene, wir sind da. Du stehst schön im Halbschatten. Es ist angenehm warm, aber du bekommst nicht zu viel Sonne ab. Ich möchte, dass du stehen bleibst. Das strengt an, aber Sitzen ist genauso anstrengend. Liegen ist Tabu!" Er streicht mir sanft über die Wange: „Es kann dir nichts passieren, du bist einfach nur für dich. Ich komme später wieder zu dir." Ich nicke. Er lässt meine Hand los. Ich höre, wie sich seine Schritte leise entfernen. Ein Knacken! Gewiss ist er auf einen Ast getreten.

Dann ist Ruhe. Ein leichter Wind weht mir um die Beine. Ich weiß nicht so recht, was diese Aktion soll. *Vielleicht will Frithjof nur seine Ruhe haben. Vielleicht bin ich ihm zu anstrengend. Mama meinte in solchen Situationen zu mir: Zum Streiten gehören immer zwei, Selene. Also ordnete sie mir stets eine Teilschuld zu. Aber in diesem Fall sehe ich das wirklich anders!*

Dieser Mann ist es gewohnt, allein zu leben. Er kann einfach nicht mit Gesellschaft! Und freundlich war er eben erst, als er sicher war, dass er mich im nächsten Augenblick los ist. Klarer geht's nicht. Maya Delshay erwähnte ja, dass es so kommen würde. Er ist es also, nicht ich!

Ich versuche, mich auf andere Gedanken zu bringen. *Eigentlich ist es wunderschön hier. Auch in diesem Fall hat Maya Delshay die Wahrheit gesagt. Als sie in dem Konzert ihre Lieder sang, dachte ich, diesen Ort kann es nicht wirklich geben. Doch wie real ist er nun? Mona sagte, mein Wavewatch sei auf dem Bildschirm verschwunden! Weg! Mich gibt es nicht mehr auf der Bildfläche! Aber wie schlimm ist das für mich? Im Ernst, es geht mir doch gut. Verdammt gut. Es kann mir also ganz egal sein. Auch, wenn dieser Frithjof ein komischer Kauz ist.*

Ich bin froh, aus der Kloake entkommen zu sein. Eigentlich bin ich einfach rausgestolpert. Ich halte in meinen Gedanken inne. Über mir zwitschern die Vögel. Sie fliegen auf und lassen sich auf einem anderen Ast nieder. Eine Weile beobachte ich mit meinem Gehör ihr Treiben. Es ist schön, ihnen zu folgen.

In meinem Kopf entstehen die passenden Bilder dazu. Ab und zu vernehme ich ein leises Plätschern. Nicht das Rauschen eines Baches, aber Wasser ist bestimmt hier in der Nähe. Fliegende Insekten schwirren durch die Luft. *Ich hoffe, sie verschonen mich!*

Die Sonne wird stärker. Ich muss nur mit meinem Körper ein wenig hin und herschwingen, und schon wechseln sich Sonne und Schatten auf meinem Gesicht ab. Durch meine Lider und die Augenbinde nehme ich das Hell und Dunkel deutlich wahr.

Ein lauter Schrei zerschneidet die Luft. *Was war das?* Erschreckt horche ich auf. *Es hörte sich an, wie ein großer Vogel. Ein wirklich großer Vogel! Frithjof sagte, mir kann nichts passieren.* Die kleinen Waldvögel nehmen ihr Gezwitscher wieder auf. Alles wieder normal. *Waldalltag.* Bei diesem Wort muss ich schmunzeln.

Mein Rücken wird mit der Zeit ganz steif. Ich beginne, von einem Fuß auf den anderen zu treten. Ich streife meine Schuhe ab. Unter meinen Fußsohlen spüre ich deutlich Tannennadeln. Weich und pieksig zugleich. Ich setze die Zehenspitzen auf und lasse ganz langsam den Fuß auf dem Waldboden abrollen. Leise beginne ich zu singen: „Aaaah aeioa haa aeioa ha a eioa, haaaa aeioa haa aeioa ha a eioa, aaaah aeioa haa aeioa ha a eioa, haaaa aeioa haa aeioa ha a eioa, haaaa aeioa ha aeioa… In meinem Kopf schlägt eine Trommel dazu. Sachte schaukele ich meinen Körper hin und her. Mal summe ich die Melodie, dann singe ich sie wieder. Mein Kopf ist leer. Ich schwinge mit dem Wind …

Frithjof und Otrun blicken auf, als ich die Lichtung betrete. „Was ist los? Du lässt sie allein?", fragt Otrun irritiert. „Frodegard und Walberta haben mich fortgeschickt. Ich gehe ihnen auf die Nerven."

Otrun wendet sich wieder ihrer Arbeit zu. „Verständlich", meint sie in gelassenem Ton. „Ich finde, die spielen sich ganz schön auf.

Die Aktion von heute Morgen war ja wohl das Letzte. Sie hat gar nicht herumgeschnüffelt, sie wollte sehen, wie spät es ist, das war alles. Und dann kommen die mit ihrer Otrun-Puppen-Nummer!" „Ist ja nicht viel passiert. Komm, hilf lieber mit", sagt Frithjof und drückt mir ein zugeschnittenes Stück Stoff in die Hand, „wie macht sie sich denn?" „Nachdem sie eine gute Weile gegrübelt hat, fing sie an, den Ort an dem sie sich befindet, wahrzunehmen und nun singt sie leise vor sich hin und tanzt dazu." „Sehr gut. Sie tanzt, das ist schön." „Allerdings! Sie bewegt sich, wie Blätter im Wind", schwärme ich. „Und mein Vater schlägt die Trommel auf einem Ast dazu. Er sagt, es ist eine alte Weise aus seiner Heimat."

„Willst du ihr die Sachen heute geben?", fragt Otrun. Frithjof wiegt abschätzend seinen Kopf: „Selene wird sie nicht heute und nicht morgen brauchen. Nein, ich spare sie mir noch ein wenig auf. Wer weiß, vielleicht wird sie mit der Zeit umgänglicher."

Ich stoße laut die Luft aus und schüttele meinen Kopf. „Was?" „Ach, du solltest ein wenig umgänglicher sein!", fahre ich Frithjof an. „Ach, meinst du? Ich bin wieder mal der Böse, hm?" „Ein bisschen schon, Frithjof." „Das siehst du falsch, mein Lieber. Sie hat dich bereits um ihren Finger gewickelt, obwohl sie dich noch gar nicht kennt. Das ist alles", lacht er auf.

Ein schriller Schrei zerreißt den Himmel. Ich sehe hoch: „Der hat Selene eben ganz schön erschreckt! Ein Steinadler, er dreht schon den ganzen Morgen seine Runden über uns." „Ja, ich habe ihn auch schon bemerkt", antwortet Frithjof. Otrun wendet sich an uns: „Ich wusste gar nicht, dass die hier vorkommen. Ich dachte, nur in großen Gebirgen, wie den Alpen wären sie zu finden, wenn überhaupt." „Das ist auch eigentlich so, vielleicht hat er sich verirrt", erkläre ich und denke an das heftige Gewitter von heute Nacht.

Äste knacken. Ich höre Schritte. Sofort verstumme ich. „Frithjof, bist du das?" „Wer sonst, Selene?" „Ich weiß nicht, ich frage ja nur." „Ich bringe dir etwas zu essen." „Schön! Kann ich die Binde abnehmen?" „Nein." „Hm. Mir wäre lieber, ich könnte sie abnehmen – nur zum Essen." „Nein, Selene." „Bist du immer so streng, oder nur mit mir?" „Nur mit dir."

Na Spitze! Allein ging es mir besser! „Du hast wirklich ein Händchen dafür, mich froh zu machen", maule ich. Frithjof nimmt meine Hand und führt mich ein kleines Stück. „Hier kannst du dich setzen." Ich folge seiner Anweisung. Ein schwerer Stamm. Mit meinen Händen ertaste ich ihn. Er ist nicht sehr rau, fühlt sich abgenutzt an. „Schwing dein Bein darüber", fordert er mich auf.

„Was gibt's denn Gutes?" „Nichts Besonderes. Ich habe ein paar Pfannkuchen gebacken. Du bekommst einen mit den Fleischresten von gestern und einen mit gesüßtem Frischkäse." Er streicht mir kurz über die Wange. „Mund auf." Ganz brav nehme ich das erste Stück Pfannkuchen entgegen. Wie ich schon erwartet hatte, schmeckt es wunderbar. Ich kaue genüsslich. „Bereit?", fragt er und gibt mir die zweite Gabel. „Nicht so schnell, das ist viel zu schade. Frithjof, du bist ein brillanter Koch", gebe ich mit vollem Mund von mir. „Ich weiß."

Ernüchtert schüttele ich meinen Kopf. *Ich werde ihn nie, nie wieder loben! Selbst dann nicht, wenn er es verdient!* Er wuschelt mir durch die Haare. Sein lautes Lachen lässt mich ein wenig lächeln. Wieder streicht er mir über meine Wange und ich öffne meinen Mund. Während ich kaue, nimmt er meine Hand und gibt mir ein Glas. Ich rieche an dem Inhalt. „Wasser?" „Ja, wolltest du lieber Wein?" „Nein, nein, ist schon in Ordnung." Ich nehme einen Schluck.

Das Wasser ist schön kühl. Alles schmeckt intensiver mit verbundenen Augen. Selbst das Wasser! „Isst du nichts?", frage ich ihn. „Ich naschte genug davon, während ich die Pfannkuchen heraus gebacken habe." Ich höre deutlich das Schmunzeln in seiner Stimme. „Ich dachte immer, das würden nur Frauen machen." „Oh nein Selene, ganz bestimmt nicht. Also, ich nasche immer!"

Sympathisch, aber das verkneife ich mir, jetzt zu sagen! Stattdessen lächele ich ihn still an. „Mund auf, das letzte Stück." Nun freue ich mich auf den Nachtisch. Auch der enttäuscht mich nicht, es schmeckt einfach wunderbar. Wieder der Ruf des großen Vogels am Himmel.

„Was ist das?", frage ich. „Ein Steinadler, er hat sich bestimmt verflogen. Normal kommen solche großen Greifvögel hier nicht vor." „Es ist ein mächtiges Tier, nicht wahr?" „Ja Selene, ein wirklich großer Vogel." „Aber er kann mir nichts tun, oder?" „Du wirst ihm nicht schmecken, keine Bange." „Na hoffentlich weiß der das auch", stöhne ich. „Der weiß das, Selene, mach dir keine Sorgen. Aber ich habe die junge Ziege schon in den Stall gesperrt, auch wenn ihr das nicht gefällt. Sie meckert laut und macht Krawall. Aber diese Größenordnung passt sehr wohl in sein Beuteschema. Und ich werde ihm die Kleine nicht schenken!" „Die Arme." „Glaub mir, es ist besser so." „Ja bestimmt, aber das versteht sie ja nicht." „Nein, sie ist eher etwas blöde." „So habe ich das nicht gemeint." „Ich aber. Egal. Mund auf."

Wido

„Warum durfte sie die Binde zum Essen nicht abnehmen?", frage ich Frithjof, während wir zur Lichtung zurückgehen. „Ich dachte mir, vielleicht möchtest du ihr gerne den See zeigen." Ich ziehe erstaunt meine Brauen hoch: „Du meinst wir werden miteinander ..." „Reden können, euch fühlen, sie wird dich sehen. Ja, ich denke, sie wird das bald schaffen. Morgen habe ich etwas anderes vor. Ich will mit ihr zur Schwitzhütte rauf. Vielleicht übermorgen. Kannst du dich noch so lange gedulden?" Ich sehe Frithjof von der Seite an: „Das wäre wirklich schön." „Ich werde Selene wieder mit verbundenen Augen dorthin führen und überlasse sie dir." Er zwinkert mir zu: „Mach was draus." Ich nicke ihm strahlend zu: „Ich werde mich bemühen."

Selene

Zu meinem Gesang lasse ich meine Schultern und die Hüften kreisen. Inzwischen ist es mir egal, dass ich beobachtet werde. Ich habe sie einfach ausgeblendet. Ich singe und summe leise vor mich hin, höre auf die Vögel und auf den Wind und manchmal habe ich das Gefühl, ich werde von dem Steinadler anvisiert. Als würden sich seine scharfen Augen in meinen Scheitel bohren. Aber das ist wiedermal nur meine Einbildung.

Ich bemerke, wie die Sonne langsam verschwindet. Es wird etwas kühler. So zäh der Vormittag anfangs war, so schnell verflog der Nachmittag. Ich fühle mich völlig entspannt. *Ich ruhe in mir. Was einige Kollegen in teuren und langwierigen Kursen nicht auf die Reihe bekommen, hat Frithjof mir an einem Tag gelehrt. Er hat mich meine Erfahrung machen lassen. Er wusste genau, was er tat, als er mich blind hier zurückgelassen hat. Aber sagen werde ich ihm das auf gar keinen Fall. Ich bleibe meinem Schwur treu, wenigstens heute.*

Leise Schritte. *Mir egal, ich summe weiter und lasse meinen Körper dazu baumeln.* Frithjofs tiefe Stimme fällt mit ein. Ich singe meine Laute zu der Melodie: „Aaaah aeioa haa aeioa ha a eioa… Gemeinsam singen wir. Er hat eine angenehm tragende Stimme. Ich passe mich seiner Lautstärke an. Selbst die Trommel in meinem Kopf spielt jetzt lauter und zieht das Tempo an. Wir schmettern zusammen dieses erfundene Lied. In diesem Moment sind wir uns ganz nah. Zu meinem Erstaunen ist es ein angenehmes Gefühl, sehr angenehm sogar. Am liebsten würde ich nach ihm greifen, ihn berühren, aber das unterlasse ich. Auch so haben wir Spaß aneinander.

Immer schneller singen wir, bis mir dann doch irgendwann die Puste wegbleibt. Lachend falle ich zusammen. Ich bin völlig erledigt. Ich merke, wie Frithjof sich zu mir beugt: „Komm Selene, wir gehen zurück." Seine Stimme ist angefüllt mit Freundlichkeit. *Also ist auch an ihm die Stimmung nicht vorbei gegangen.* Auf der Lichtung nimmt er mir die Augenbinde ab. Ich öffne meine Augen und bin überrascht, wie hell die Dunkelheit ist. „Hast du noch ein wenig Hunger, oder bist du müde?", fragt er mich. Ich reibe mir mit den flachen Händen über mein befreites Gesicht: „Ich glaube, ich gehe schlafen." Frithjof nickt: „Du siehst geschafft aus. Es war ein anstrengender Tag für dich. Ich hoffe, auch ein Guter." „Ja, ich denke schon. Ja in allen drei Punkten."

Hin und her gerissen gehe ich zur Werkstatt. Ich möchte den Tag gutgelaunt ausklingen lassen. Um sicherzugehen, lege ich mich schlafen. Ich höre, dass Frithjof sich noch ein wenig am Feuer zu schaffen macht. Aber ich bleibe drinnen. *Erstens bin ich wirklich kaputt und zweitens weiß man nie, was diesem Mann wieder einfällt ...*

Ich sitze am Feuer. Funken stieben mit lautem Knacken in die Höhe. Es ist angenehm warm. Frithjof sitzt zurückgelehnt auf der anderen Seite des Feuers. Vom grellen Licht geblendet, kann ich seine Züge kaum ausmachen. Er verschwimmt mit der Schwärze der Nacht. Dennoch spüre ich, wie er mich ansieht. Ihm scheint der Kontrast zwischen Feuer und Dunkelheit nichts auszumachen.

Es fühlt sich für mich anders an, als manches andere Mal, welches er mich taxiert hat. Seltsamerweise erscheint es mir uneingeschränkt freundlich. Ein neuer Frithjof? Vielleicht. Nicht eine Spur von Sarkasmus und Zynismus ist auszumachen. Wir schweigen beide. Ich sehe in den Himmel. Noch immer abnehmender Mond. Dazu ein Zelt aus Sternen. „Schon seltsam", breche ich das Schweigen, „je länger ich schaue, desto mehr Sterne erscheinen." Eine tiefe und zugleich sanfte Stimme antwortet: „Du bist die Mondgöttin. Vor dir wollen sie besonders hell und brillant strahlen."

Das kann nicht Frithjof sein! Oder doch? Ich traue mich nicht durch das Feuer zu sehen, halte meine Augen an den Himmel geheftet. „Ich bin ganz sicher keine Göttin. Aber wenn die Sterne für uns strahlen, freue ich mich sehr darüber." „Du musst dich darum kümmern, dass sie für alle Menschen wieder funkeln." „Ja, das möchte ich gern, aber bitte sage mir eins: Wie kann das gehen? Wie kann ich all die Fehler, die von der Menschheit begangen wurden, wieder gutmachen?"

„Als Erstes muss die Resignation aus den Köpfen vertrieben werden. Und dann könnte ein großer Zauber wirken." „Für den großen Zauber bist du ja wohl zuständig, hm?" „Nein Selene, ich am allerwenigsten, aber ich kenne einige, die uns helfen werden." „Das ist tröstlich, Frithjof, aber warum du am allerwenigsten? Das verstehe ich nicht."

Es entsteht eine kleine Pause. Vorsichtig räuspert sich die Stimme aus der Dunkelheit: „Ehm, Frithjof amüsiert sich gerade mit Otrun in seiner Hütte. Er lässt sich trösten, erholt sich von deinen Neckereien." Ich sitze da, schließe meine Augen, atme erst mal durch. Kurz überlege ich, *es ist kein neuer Frithjof, sondern ein Fremder!*

„Meine Neckereien? Und wer tröstet mich? Außerdem dachte ich, außer Frithjof und mir, wäre niemand hier." Ich vernehme ein Belustigtes: „So, dachtest du? Aber du hast mich doch gestern beim Essen angesehen. Weißt du noch? Es gab Hase mit Pilzen und Kartoffeln, dazu einen Salat aus Löwenzahn. Du erinnerst dich doch hoffentlich!" „Ich habe mir niemanden, außer Frithjof angesehen. Ein rüstiger älterer Herr."

Ein Prusten auf der anderen Seite des Feuers. „Lass ihn das nicht hören! Er ist ein wenig dünnhäutig!" „Kann sein. Bitte sag mir, wer bist du?" „Du musst mich doch bemerkt haben", ein Anflug von Verzweiflung schwingt in seiner Stimme mit, „ich war die Fliege, die dich in deinem Nacken kitzelte. Und ich war der Wind, der dir sanft über die Arme strich." „Es tut mir leid, ich kann mich nicht an dich erinnern." „Ich bin Wido, Frithjof hat dir von mir erzählt." „Frithjof nannte dich Widukid? Du bist bei seiner Otrun in der Ewigkeit. Wie kannst du hier, bei mir, am Feuer sitzen?" „Sitze ich hier, oder träumst du nur?" „Bitte treibe keine Scherze mit mir! Das ist alles schon schwirig genug für mich", antworte ich nun etwas verzweifelt. „Du träumst nur, Selene", erklärt er mir ruhig mit ein wenig Resignation in seiner Stimme.

Traurigkeit überfällt mich: „Das wäre aber schade, ich möchte, dass du wirklich hier bist, Frithjof ist so ein schwieriger Mensch. Es behagt mir nicht, mit ihm allein zu sein." „Ach Selene, du hast ihn doch schon ganz gut im Griff. Und das waren erst deine ersten zwei Tage hier." „Ich glaube nicht, dass du sagst, was du denkst. Du willst mir nur die Laune nicht verderben." „Und warum sollte ich so etwas tun?" „Keine Ahnung. Vielleicht bist du anders als Frithjof. Der will immer nur streiten!" „Ihr beide seid schon interessant zu beobachten. Weißt du, er sagt das Gleiche von dir. Ihr solltet ein paar Schritte aufeinander zugehen."

Ich versuche, seine Umrisse durch die Flammen auszumachen. „Warum hast du dich so weit weggesetzt, komm doch ein bisschen näher." „Du möchtest mich sehen, hm? Versuch es und komm du zu mir." „Aber du wirst nicht weg sein, wenn ich komme?" „Ich weiß nicht." „Dann bleibe ich lieber hier und wir können uns unterhalten. Wie ist sie so, seine Freundin?" „Unsere Freundin. Hm, sie ist eben Otrun. Eine wunderbare Frau. Es ist schwierig, sie angemessen zu beschreiben." „Wie sieht sie denn aus?"

Ich kann das Lächeln auf der anderen Seite des Feuers spüren. „Nun, sie ist ein gutes Stück kleiner als du. Weißt du, sie ist ein bisschen verblüfft, dass eine Frau so groß sein kann. Aber das sagt sie nur so dahin, sie ist eben recht klein. Otrun trägt ihr kastanienbraunes Haar offen bis zur Hüfte. Sie hüpft hier mit einem schwarzen Seidennachthemd, das er ihr geschenkt hat, durch die Ewigkeit. Das trug sie in jener verhängnisvollen Nacht. Es steht ihr wirklich außerordentlich gut. Wir haben hier alle die Kleider an, in denen wir verbrannt wurden."

„Was trägst du?" „Willst du nicht nachsehen?" „Nein, später. Erzähl es mir bitte. Was hast du an, einen Pyjama?" „Mein Tod kam nicht überraschend, Frithjof hat mir eine Jeans und ein schwarzes T-Shirt genehmigt." „Ach, kein Bärchenpyjama, so großzügig kann er sein?" Ein Lachen. „Frithjof ist kein übler Kerl. Er ist mein Freund. Du wirst schon lernen, wie du ihn zu nehmen hast." „Du trägst also Jeans. Wie siehst du sonst so aus?", frage ich neugierig.

„Hm, wie sehe ich aus. Ganz passabel würde ich sagen. Schwarzes Haar, meistens mit einem Gummi zu einem Zopf zusammengehalten. Dunkle Augen. Weiche Lippen. Ehm, deine Größe ungefähr. Mehr kann ich auch nicht sagen, du kannst ja ums Feuer rum kommen." „Ich möchte lieber vorsichtig sein. Du bist der Großvater, dieser Maya, nicht wahr? Ich gehe mal davon aus, du hattest eine Frau. Ist sie auch bei dir?" „Ich bin Mayas Urgroßvater und nein, leider nicht. Marie ist nicht bei mir. Sie hatte immer Verständnis dafür, dass ich so sehr an diese Dinge geglaubt habe, aber sie selber konnte nicht viel damit anfangen. Wir hatten eine schöne Zeit. Doch nein, leider ist sie nicht bei mir."

„Das tut mir leid." „Es geht mir gut, an Otruns Seite." „Und was macht ihr den ganzen Tag?" „Frithjof ärgern!", lacht dieser Wido leise. „Das ist nicht dein Ernst." „Natürlich nur ab und zu, Selene. Wir verbummeln viel Zeit, liegen auf dem Waldboden und sehen hinauf in die Baumkronen." „Ist das nicht langweilig?" „Nein, uns nicht. Komm doch zu mir, Selene." „Und du verschwindest nicht?" „Wer weiß, du musst es wollen."

Mit wackeligen Beinen stehe ich auf. *Wie kann ich einen Geist festhalten?* Ich mache ein paar Schritte auf ihn zu. Auf der anderen Seite des Feuers angelangt, starre ich auf den leeren Platz. *Hier muss er doch gesessen haben!* Ich gehe weiter um das Feuer herum. Nichts. *Er ist weg, der Mann mit der angenehmen Stimme. Einfach weg!* Ich lasse mich wieder auf meinen Platz fallen.

Ein höhnisches Lachen nähert sich. *Ich weiß schon, wer jetzt kommt.* Ich lehne mich zurück und sehe mir die Sterne an. Dieser Wido meinte, für mich würden sie besonders strahlen. Ein Klopfen an der Bank: „Wusste ich`s doch, du bist noch nicht so weit!" „Frithjof, setz dich bitte zu mir", versuche ich freundlich zu sein. „Nein Mädchen, wir zwei machen jetzt mal einen Rundgang." „Lass mich doch hier sitzen, ich sehe mir die Sterne an", erwidere ich gequält.

Er packt fest meine Schulter und rüttelt sie: „Nun komm schon, Selene, aufstehen." Widerwillig öffne ich meine Augen. Es ist hell. Heute scheint die Sonne zwar nicht so kräftig wie gestern, aber es ist ganz sicher hell.

Etwas durcheinander reibe ich mir mein Gesicht: „Ist es schon spät?" „Wir haben fünf Uhr früh und ich will mit dir in den Wald gehen." Ich drehe mich auf die andere Seite, schließe meine Augen. Ich versuche mich an die angenehme Stimme zu erinnern, aber Frithjof redet dazwischen: „Nun komm schon, Selene. Raff dich hoch!" Genervt frage ich gegen das Gestell der schmalen, kleinen Pritsche: „Was treibt uns denn zur Eile?" „Nichts, ich will einfach los."

Ein lautes Stöhnen entfährt meiner Kehle. Ich spüre seine Fußspitze an meiner Hüfte. Er stößt mich leicht an: „Es muss kein schlechter Tag werden, auch wenn du ihn mit mir verbringen wirst." Ich höre den Hohn in seiner Stimme. Und noch etwas anderes schwingt mit: Belustigung! „Warum musstest du mich ausgerechnet jetzt wecken? Ich habe so gut geschlafen!"

Er steht mit verschränkten Armen über mir: „Der Traum war doch schon zu Ende, also ärgere dich nicht und steh jetzt auf." Inzwischen überhaupt nicht mehr müde, sehe ich ihn entsetzt an: „Was weißt du von meinen Träumen?" Sein Bart zieht sich zu einem Lächeln, das nicht wirklich eines ist. Dann dreht er sich um und geht vor die Tür. Im Rausgehen sagt er noch: „Beeil dich!"

Du hast ihn doch schon ganz gut im Griff!? Mein lieber Wido, du hast die Situation ganz klar verkannt. Ich streife mir meine einzigen Anziehsachen über. *Die Auswahl fällt mir also leicht.* Ich trete aus der Hütte. Frithjof geht ungeduldig auf und ab. „Bist du endlich soweit?" „Ich möchte mir ganz gern wenigstens die Zähne putzen, wenn`s recht ist", antworte ich ihm und gehe zielgerichtet zur Badehütte. „Da ist kein Wasser mehr", meint er. *In Ordnung,* „dann hole ich schnell welches." Ich höre ihn stöhnen. „Es wird schon nicht zu lange dauern!", motze ich und gehe zügig mit dem leeren Eimer in der Hand zur Quelle. *Wieso ist es so leicht für ihn, meine Stimmung zu vergiften? Apropos Vergiften. Ich muss ihn noch auf unsere erste Nacht ansprechen. Ich will wissen, was er mir in die Milch gegeben hat. Vielleicht ergibt sich ja gleich die Gelegenheit.* Während ich die Badehütte betrete, stapft Frithjof immer noch auf und ab. Ich beeile mich, putze mir schnell die Zähne und wasche mein Gesicht mit dem kalten Wasser. Nun geht es mir schon besser.

Ich gehe zu ihm hin. „Da bin ich!", strahle ich ihn, so gut es eben geht, an, „wollen wir versuchen, uns zu vertragen?" Frithjof zieht die Stirn kraus: „Soll das ein Friedensangebot sein?" „Keine Ahnung, wer hier wem Angebote unterbreiten kann, aber wenn du es so sehen willst, von mir aus." „Gut, dann komm", er zeigt kurz auf einen Rucksack, der am Boden steht und schon stakst er los.

Frithjof trägt selbst auch einen auf dem Rücken. Ich schnappe mir das Ding und wundere mich, wie schwer es ist. *Befördern wir eine Steinsammlung?* „Nein, Selene, wir brauchen jede Menge Wasser." „Willst du mir den Wald zeigen?" „Du kannst ihn auf dem Weg sehen. Halt einfach die Augen auf." „Und was hast du vor?" „Wir werden heute etwas für unsere Körper tun." „Ehem, geht es etwas genauer?" „Erst einmal gehen wir durch den Wald." *Ok, es wird also nichts verraten. Habe verstanden.* „Du willst die Oberhand behalten, deshalb sagst du mir nur das Nötigste. Das ist wirklich unheimlich schlau von dir", nörgele ich rum. „Wollten wir uns nicht vertragen?", fragt er mich allen Ernstes. „Ich hatte mir das gewünscht, ja." „Ich wünsche mir das auch, Selene. Kannst du mir nicht ein wenig vertrauen? Nur ein einziges Mal?" „Nun, ich strenge mich nach Kräften an. In der ersten Nacht hast du mir irgendetwas eingeflößt, dass mir Sekunden später die Beine unter meinem Körper wegriss. Dazu hast du dich noch nicht geäußert."

Ich höre ihn leise lachen: „Du vergisst nichts, hm?" „Es ist noch nicht so lange her, Frithjof." „Ich wollte, dass du ohne Angst tief und erholsam deine erste Nacht auf der Lichtung schlafen kannst und nicht stundenlang grübeln musst." „Zärtlich hast du es mir nicht gerade eingetrichtert!" „Du hast dich aber auch angestellt!" „Das gibt's doch nicht! Wie du mich angestarrt hast, ich konnte dir überhaupt nicht vertrauen!" „Kannst du überhaupt jemandem vertrauen?"

Ich antworte nicht darauf, atme tief durch, versuche mich nicht unnötig aufzuregen. „Ich kann dir zeigen, wie du dich wirklich zur Ruhe atmen kannst, Selene." *Noch ein bisschen, und ich bekomme Wutpocken!* Er lacht so laut auf, dass er stehen bleiben muss und ich fast in ihn hineinrenne. Langsam dreht er sich zu mir um. Sein Lächeln und seine verschmitzten Augen weichen mich völlig auf. „Du hast zwei Gesichter!", sage ich halb resigniert und ein wenig vorsichtig. „Meinst du wirklich, es wären nur zwei? Und wie viele hast du? Komm, wir können beim Plaudern prima weitermarschieren."

„Ich habe ein Gesicht. Ich sage den Leuten was ich denke und was ich fühle." „Ach, und du bist überall gleich?" „Ja sicher." „Du machst mir Friedensangebote und streitest mit mir. Bist du im Beruf die Gleiche wie im Umgang mit Liona? Und was passiert mit dir, wenn ein Mann an dir interessiert ist? Du bist nicht immer gleich, Selene. Das wäre mir sehr unheimlich. Dann wärst du eine Maschine."

Ich denke darüber nach, was Frithjof sagt. *Ganz unrecht hat er nicht, ganz recht aber auch nicht. Ich streite gar nicht. Er streitet ständig mit mir!* „Frithjof, darf ich dich was fragen?" „Frag ruhig, wenn ich die Antwort weiß, sage ich sie dir." *Wieder dieser Hohn in seiner Stimme!* „Du weißt, dass du mir die Antwort sagen kannst." „Klar, du auch." „Ehem", ich atme kurz durch, dann spucke ich es aus, „Frithjof, wie ist dieser Wido? Was ist er für ein Mensch?" „Ha, ha! Damit können wir unsere ganze Wanderung füllen, ohne zu streiten! Ich erzähle dir Widogeschichten, schön!"

Warum hat er so eine Wut in der Stimme? Sind die beiden nun Freunde oder Rivalen?

„Warum tust du das?" „Was denn jetzt?" „Du gibst mir stets das Gefühl … Ehm, du tust so, als mache ich immer das Falsche. Als wäre ich etwas link, oder… Ach, was weiß ich! Eben schlecht, böse, blöde. Keine Ahnung! Und warum? Was ist der Fehler an mir? Das weißt du wahrscheinlich selber nicht. Ok, du hast keine Lust über Wido zu reden. Auch gut, aber dann sag das einfach. Bestimmt bist du nur eifersüchtig auf ihn, weil er ein feiner Mensch ist und du eben Frithjof!", schimpfe ich verärgert. Er bleibt mir eine Antwort schuldig.

Vermutlich stellte ich die falschen Fragen! Eine ganze Weile stapfen wir hintereinander durch den Wald. Mir klebt schon seit einiger Zeit vor Durst die Zunge am Gaumen. Doch ich werde nichts sagen, der alte Mann muss auch trinken, er wird sich schon bemerkbar machen. Es geht jetzt bereits eine ganze Weile bergauf. Ich wundere mich, irgendwann muss es doch wieder runter gehen!

„Es gibt noch einen aufregenderen Weg", bricht Frithjof das Schweigen, „aber für den bin ich leider zu alt, tut mir leid, Mädchen. Vielleicht zeigt Wido ihn dir irgendwann einmal. Mit Otrun ist er ihn auch gegangen. Sie hat mir davon erzählt. Es war ein großes Erlebnis für sie." „Soviel ich weiß, ist Wido ein Geist. Wido ist tot. Er wird mir den Weg niemals zeigen können. Außerdem halte ich dich für enorm fit. Wie lange gehen wir jetzt schon dieses irre Tempo?" „Ich habe keine Uhr dabei. Die Tage ohne Zeit sind mir die Liebsten. Wir haben übrigens gleich unser Ziel erreicht. Und was Wido angeht, ich hoffe für ihn, du täuschst dich." Ich bin verwundert. *Mein überaus freundlicher Begleiter hat sich wieder einmal vorgenommen, nett zu mir zu sein.* Der Berg steigt immer steiler an. Das Herz in meiner Brust rast und ich wundere mich nur, wie dieser Mann das so ohne weiteres wegsteckt. Keuchend starre ich auf seinen Rucksack und versuche nicht zu denken, sondern meine ganze Kraft in die schmerzenden Oberschenkel zu lenken und meine Lunge mit genügend Sauerstoff zu versorgen.

Endlich! Endlich wird es flach. Wir sind auf einem Plateau. Am Gipfel. „Komm Selene, ich zeige dir etwas." Als wäre nichts gewesen, marschiert Frithjof über die Wiesenfläche. Ich spurte hinter ihm her. An einer kleinen Hütte angekommen lassen wir erst einmal unsere Rucksäcke zu Boden gleiten. Ich greife nach meinen Nackenmuskeln. Obwohl mein Rucksack am Boden steht, spüre ich die Riemen immer noch.

Frithjof holt einen Wasserbehälter hervor und reicht ihn mir: „Trink, Selene." Ich greife nach der großen Flasche und nehme einen kräftigen Zug. Als er auch getrunken hat, lächelt er mich an und sagt: „Komm mit mir."

Gemeinsam nähern wir uns einem Abgrund. Ich traue meinen Augen kaum. Wir sehen auf riesige Wälder, so scheint es mir. Die Luft ist kühl. Der Aufwind, der uns entgegen bläst, lässt meine federigen, kurzen Haare flattern. Für einen Moment sehe ich ihn an. Sein offenes Haar weht im Wind. Stolz und aufrecht steht er da. *Er ist definitiv kein klappriger, alter Mann!*

„Schön, nicht wahr, Selene. Es lohnt sich, unseren Planeten zu schützen." „So, wie er einmal war, ja. War es überall so? Ich meine zu deiner Zeit." „Nein, Selene, schon damals war dies ein ganz besonderer Ort. Hier oben herrscht pure Magie, spürst du das? Wenn wir diesen Berg wieder hinabsteigen, wirst du eine andere sein, das verspreche ich dir." *Eine andere? Hm.* „Seltsam, irgendwie habe ich das Gefühl, schon einmal hier gewesen zu sein", ratlos sehe ich Frithjof an. Ich warte auf seine Antwort, doch er hüllt sich in Schweigen. Ich breite meine Arme aus, genieße den Wind. Meine weiten Beinkleider flattern an mir. Ich stelle mir vor, wie ich von hier abspringe und wie ein Adler über die Wälder dahin gleite.

„Lass uns ein Feuer machen", holt er mich aus meinen Gedanken. Doch sein Tonfall ist behutsamer, als so manches andere Mal. Ich werfe einen letzten Blick auf das herrliche Panorama. „Wir werden den ganzen Tag hier bleiben, Selene. Du kannst noch ganz oft hier runter schauen." „Was haben wir vor, bitte erzähle mir von deinen Plänen, Frithjof." „Als Erstes sammeln wir Unterholz für unser Feuer. Ich will dich öffnen, für das Leben auf der Lichtung. Keine Angst, ich werde ganz behutsam sein. Doch ich weiß nicht, wie lange es dauern wird, vielleicht sind wir morgen noch hier." Wir lesen am Waldrand abgebrochene Äste auf. „Und wie? Wie willst du vorgehen?" „Lass dich einfach darauf ein und habe Vertrauen zu mir. Sonst kann es nicht gelingen."

Ich sehe ihn skeptisch an, nehme hier und da, ein Stück Holz auf. Frithjof legt seine Hand auf meine Schulter. Eine warme Woge lullt mich ein. Ich spüre, wie sich eine zufriedene Gleichgültigkeit, wie eine Decke um meinen Körper hüllt. Bevor mich das erschrecken kann, bin ich bereits so zufrieden, sodass jede Reaktion von mir ausbleibt. Ich habe das Bedürfnis, mich an ihn zu lehnen. Frithjof legt seinen Arm fest um meine Schultern und sagt mit sanfter Stimme: „Komm Selene, ein bisschen Holz brauchen wir noch. Gleich können wir uns ausruhen." Ich nicke ihm zu und sammele so gut es geht die trockenen Holzstücke auf, die am Boden herumliegen.

Bei dieser Tätigkeit werde ich langsam wieder klar im Kopf. Ich beobachte Frithjof. Er ist vertieft in ein Gespräch mit sich selbst, oder wahrscheinlich eher mit seiner Freundin, die ich leider nicht sehen kann. Er redet mit ruhiger, leiser Stimme. Ich bin mir sicher, es wird nicht gestritten, obwohl ich ihn nicht verstehen kann. Erst jetzt fällt mir auf, dass sein Bart gestutzt ist. *Hat er sich tatsächlich für mich hübsch gemacht?* Ich muss lächeln.

Mit meinen Armen voller Holz komme ich zur Feuerstelle: „Muss ich ein bestimmtes System beachten? Oder kann ich die Äste einfach drum herum schichten." „Lege sie zur Seite, für den Augenblick ist das Feuer hoch genug. Später kannst du nachlegen. Aber wenn du so lieb wärst … In der kleinen Hütte sind Steine. Wir müssen sie in diesem Feuer erhitzen. Dort liegt auch eine Schaufel, damit kannst du sie herbringen."

Ich nicke ihm zu, stehe auf und gehe zur Hütte. Der Eingang ist recht klein und niedrig. Ich muss beinahe auf allen Vieren hineinkriechen. *Wenn du so lieb wärst! Das ist ja ganz neu. Für seine Vorhaben braucht er Harmonie, ganz klar! Einfach so wäre er niemals so unglaublich freundlich. Aus seinem Mund klingt es fast ein wenig linkisch. Frithjof, ich werde mich bemühen, doch übertreibe es nicht, vielleicht muss ich dich sonst auslachen! Du hast recht, Selene, wir brauchen die Harmonie. Sie macht manches einfacher. Ich hoffe nur, dein klarer Verstand wird dir hier oben nicht im Wege sein.*

Erschreckt halte ich inne, dann spurte ich aufgeregt aus der Hütte. Frithjof sitzt ruhig am Feuer. „Ich habe deine Gedanken gehört!" rufe ich ihm zu. „Frithjof, ich habe deine Gedanken gehört!" „Sie waren ja auch an dich gerichtet", antwortet er gelassen. Schnell setze ich mich zu ihm. „Wo sind die Steine, Selene?" „Ich hole sie gleich, Frithjof." Ich sehe ihn aufgeregt an. „Gut, du hast gehört, was ich denke. Schön. Du konntest das, weil ich sie an dich gerichtet hatte, keine große Sache, aber ein erster Schritt. Gut gemacht, Selene, und jetzt hole bitte die Steine."

Verwirrt stehe ich wieder auf. Einige Male muss ich hin und her laufen, bis die Steine alle im Feuer liegen. Nun setze ich mich Frithjof gegenüber. „Komm zu mir, Selene." Frithjof klopft auf den Platz neben sich. Ich ziehe kurz die Stirn kraus, doch ich stehe auf und komme zu ihm rüber. Er lächelt mich an. „Du hast dich hübsch gemacht", äußere ich und streiche mir über mein Kinn. „Ich dachte mir, da ich nun eine so schöne Frau um mich habe, sollte ich wieder mehr Wert auf mein Äußeres legen."

Sein Bart ist fein geschnitten, ähnlich wie nach Art der Musketiere. Ich schenke ihm ein Lächeln: „Das steht dir gut." „So habe ich ihn immer getragen. Vor langer Zeit war er einmal schwarz." „Das dachte ich mir." „Selene, ich weiß, dass dich die Ungewissheit rasend macht, deshalb sage ich dir, was ich vorhabe." Frithjof nimmt meine Hand in seine beiden großen Hände und legt sie auf seinen Oberschenkel. „Ich möchte dich in die Hexengemeinschaft einführen." Bevor ich mich aufregen kann, durchströmt eine Woge der Zuversicht meinen Geist und meinen Körper.

„Ich weiß nicht, wie lange wir brauchen werden, aber ich bin gewiss, du wirst das schaffen. Wir beide werden fasten. Es gibt nur Wasser. Davon haben wir genug mitgenommen. Es ist ganz wichtig, dass du trinkst, wenn du durstig bist, hörst du?" Ich nicke. „Um dir zu helfen, deinen Verstand auszuschalten, werde ich dir später von den Tropfen geben, die dich schon gut schlafen ließen. Wenn das nötig ist." Ich sehe ihn beklommen an.

„Hab keine Angst, sie tun dir nichts. Sie machen nicht süchtig! Es sind verzauberte Kräuteressenzen. Sie bewirken, wofür sie benötigt werden. Ich tue dir nichts Schlimmes an, das verspreche ich dir. Hörst du? Sie helfen nur ein wenig. Du kannst dich einfach fallenlassen. Doch vorher probieren wir es ohne", erklärt mir Frithjof, während er mir durchdringend in die Augen sieht. Ich nicke stumm.

„Bitte zieh dich aus und setz dich schon mal in die Hütte." Ich sehe ihn mit großen Augen an. Er lächelt ohne den gewohnten Hohn in seinem Blick: „Vorgestern wolltest du dich gar nicht mehr anziehen! Es ist keine große Sache. Leg die Kleider ab und geh in die Hütte, ich komme sofort nach."

Wir stehen gemeinsam auf. Während ich mich ausziehe, kramt Frithjof in seinem Rucksack. Ich setze mich rein. Es ist recht dunkel hier drinnen. Nun bringt Frithjof die glühenden Steine herein. Auch er hat seine Sachen abgelegt. Insgesamt drei Mal muss er nochmal raus, bis alle Steine wieder in der Mitte liegen.

„Eine Sauna!", freue ich mich. „Als ich klein war, hat mich mein Papa ein paar Mal mitgenommen. Er durfte saunieren, weil er unter starker Strahlung gearbeitet hatte. Für normale Leute ist sowas undenkbar, wegen des hohen Energieaufwandes. Aber Arbeiter, die diese Drecksarbeit machten, die durften. Weil es entgiftet, hieß es. Meinem Papa hat das nicht viel gebracht. Ich war acht, als er starb." „Er ist an Krebs gestorben?" „Natürlich." Frithjof nickt.

Es ist still. Die Wärme hüllt mich ein. Frithjof verteilt irgendetwas auf den Steinen und gibt dann Wasser darüber. Es zischt und brodelt. Ätherische Dämpfe steigen in unsere Nasen. Es brennt. Ich habe das Gefühl, ich bekomme keine Luft.

„Atme mit mir, Selene", sagt Frithjof ruhig. Geräuschvoll atmet er ein. Ich versuche es, muss aber dabei husten. Er lässt sich nicht ablenken. Er atmet aus, lange. So viel Luft habe ich gar nicht in meiner Lunge! Und dann, ich warte, endlich holt er erneut Luft. Er lässt sich viel Zeit. Und tatsächlich, nach einigen Zügen kann ich mich ihm anpassen. Die Luft brennt nicht mehr so stark in meiner Nase und der Hustenreiz wird schwächer. Ich konzentriere mich auf seine Atemtechnik. *Hatte er nicht gesagt, er könne mich durch Atem beruhigen?*

Ich sehe ihn an. Frithjof lächelt still und sieht unverwandt zu mir zurück. Die Dämpfe und die Dunkelheit lullen mich ein. Ich atme gleichmäßig weiter.

Papa spricht mich an: „Komm Hexchen, jetzt wird uns beiden schön warm werden. Aber du musst gut aufpassen. Du darfst nicht an den Ofen packen, sonst verbrennst du dich!" „Papa, warum ist es so heiß hier?", frage ich ihn. Er lächelt mir zu und zieht mich auf seinen Schoß: „Na, damit alles Gift aus unseren Körpern fließt. Dann sind wir in hundert Jahren noch so gesund, wie heute."

Liebevoll streicht er mir die Haare aus dem Gesicht. „Wirst du in hundert Jahren immer noch mein Papa sein?" „Natürlich Hexchen, ich werde immer dein Papa sein, auch in zweihundert Jahren. Das wird sich niemals ändern, wenn wir es nicht wollen." „Auf gar keinen Fall." „Stimmt, auf gar keinen Fall, wir bleiben immer, immer, immer, Papa und Hexchen."

Er drückt mir von hinten ein Küsschen auf die Schläfe: „Und jetzt wollen wir ein wenig ausruhen. Wir werden gemeinsam auf meinen Schwingen durch die Lüfte sausen, hm?" „Ja, Papa!" „Gut, dann komm mit mir. Mach deine Augen zu, Hexchen. Und jetzt werden wir erst mal ganz ruhig, sonst stürzen wir noch ab!" Papa atmet laut ein und aus, ein und aus. Ganz tief und ganz langsam. Ich mache mit, denn ich weiß genau, dass ich sonst nicht mit ihm fliegen kann.

Und dann erheben wir uns gemeinsam in den Himmel. Auf den Schwingen, die auf seinem Rücken tätowiert sind. Zuerst müssen wir durch die gelbliche Wolkendecke. „Hexchen, halt die Luft an, damit du nicht zu viel von dem Gift einatmest!" „Ja Papa", sage ich und fülle noch einmal kräftig meine Lungen. Und dann stoßen wir durch den klebrigen Himmel. Ich drücke meine Augen fest zusammen. Sekunden später kann ich sie wieder öffnen.

Über den Wolken ist herrlicher Sonnenschein. Wir fliegen gemeinsam immer höher, weg von dem Dunst unter uns. Wir fliegen und fliegen, immer weiter auf eine grüne Insel zu. Als wir über der Insel schweben, fragt Papa: „Wollen wir landen?" „Hast du noch genug Kraft, weiter zu fliegen, Papa?" „Ja sicher." „Dann lass uns weiter fliegen, bitte", wünsche ich mir. Mit ein paar Flügelschwingen gewinnen wir erneut an Höhe. Der Wind peitscht mir die Haare aus dem Gesicht. Wir fühlen uns unendlich frei und unglaublich stark. Papa jubelt in den Wind. Ich sitze auf seinem Rücken und stimme mit ein. Papa nimmt mein Füßchen in seine große Hand und küsst es.

Das kitzelt! „Lass das, Papa!" lache ich und gebe ihm eins über seinen kahlrasierten Schädel. „Na, na Hexchen, das darfst du nicht machen, sonst stürzen wir noch ab!" „Entschuldige Papa, aber du darfst mich nicht kitzeln, das ist ebenso gefährlich!" Wir fliegen auf einen Berg zu. „Dort werden wir landen, ich muss mich ausruhen." „Ja Papa", sage ich und mache mich zur Landung bereit. Die Landung ist das spannendste beim Fliegen. Wenn der Boden in Streifen unter uns dahin saust, bemerke ich erst, wie schnell wir sind. „Halt dich fest, Hexchen!"

Und schon überschlagen wir uns. Gemeinsam kollern wir über den Boden. Mal bin ich oben, mal Papa. Endlich bleiben wir liegen. „Das war keine besonders gute Landung, Papa!" Er sieht mich schuldbewusst an: „Hast du dir weh getan?" Ich lache ihn aus: „Quatsch, Papa!" Er nimmt mich bei der Hand: „Komm, ich zeige dir etwas." Wir gehen an einen Abgrund. Bäume, soweit wir sehen können, nichts als Bäume. „Die alte Welt, mein Kind. Sieh sie dir genau an, das ist die alte Welt."

Ein warmer Wind weht uns entgegen. „Hexchen, halt die Augen auf", sagt Papa noch und dann …

Durcheinander streiche ich über meine Stirn. Ich sehe auf die rotglühenden Steine. Mein Blick wandert weiter. Papa ist nicht hier. Frithjof sieht mich an. Ernst, freundlich und wissend. Ich fühle mich gut, trotz der Enttäuschung, dass Papa nicht hier ist. „Du siehst zufrieden aus, Selene." Ich nicke. Nun muss ich mir doch eine Träne aus dem Auge wischen, trotzdem geht es mir gut. „Das hatte ich ganz vergessen", erzähle ich drauflos, „wir sind häufig zusammen geflogen. In unserer Fantasie. Er konnte spannende Geschichten erzählen, mein Papa."

Frithjof nickt: „Du und dein Vater, ihr ward ein gutes Team, hm?" „Ja, war es bei dir auch so?" „Nein Selene, so ein Glück hatte ich nicht. Ich hatte keinen Papa, ich hatte lediglich einen Erzeuger. Aber über den wollen wir nicht sprechen. Er zerstört jede Magie! Und dein Papa hatte ganz sicher jede Menge davon."

Ich schüttele meinen Kopf: „Wenn er Magie oder irgendeinen Zauber an sich gehabt hätte, wäre er dann mit achtundzwanzig Jahren gestorben? Ganz sicher nicht!" „Warum, Otrun war dreiundzwanzig, als sie umgebracht wurde. Das tut überhaupt nichts zur Sache. Ich bin mir sicher, von ihm hast du deine Begabungen." „Meinst du? Ich habe nie etwas bemerkt. Weder von seinen, noch von meinen vermuteten Talenten." „Wie alt warst du, als er gestorben ist?" „Acht", beinahe ersticke ich an der Antwort. Frithjof atmet geräuschvoll aus: „Grausame Welt. Ich bin mir sicher, er wollte dir alles zeigen, wenn du erst ein bisschen größer bist."

Nun rollen doch die Tränen. Frithjof legt seinen Arm um mich. So, wie es Papa getan hätte. Mit der freien Hand streichelt er mein Gesicht. „Schön, dass er in deiner Erinnerung so lebendig ist. Das freut ihn ganz sicher", flüstert er in mein Ohr und gibt mir einen zarten Kuss auf die Schläfe. In seinem Arm beruhige ich mich schnell. „Ich habe ewig nicht an ihn gedacht. Er war völlig aus meinem Kopf verschwunden!" „Nun, Selene, jetzt ist er wieder bei dir." Wir sitzen ruhig da. Ich fühle mich wohl in Frithjofs Umarmung. Leise lächele ich in mich hinein. *Eventuell werden wir doch noch Freunde.* „Lass uns vor die Tür gehen, Mädchen", sagt er.

Vor der Hütte ist strahlender Sonnenschein. „Ich habe nicht an die Salbe gedacht!" „Erst waschen wir uns mit den Tüchern dort in dem Eimer, dann kannst du dir ein Handtuch über die Schultern legen." Wir nehmen uns nasse Lappen und drücken sie an unseren Körpern aus. Das ist schön erfrischend nach der Wärme in der Hütte. „Und nun kannst du das Holz nachlegen und die Steine wieder in die Glut werfen." „Ich werde ordentlich verbrennen", sage ich, während ich in den Himmel sehe. „Kann sein, Selene. Aber diese Sonne ist nicht die, die du kennst. Sie wird dich nicht umbringen, glaube mir." „Ich hoffe, du hast recht", sage ich skeptisch und gehe zur Hütte, um die Steine zu holen.

Wieder am Feuer angelangt, hält Frithjof mir einen Becher entgegen. „Du musst trinken", auffordernd nickt er mir zu. Erst werfe ich die Steine in die Glut, dann nehme ich das Wasser und sehe Frithjof an. Er blickt zu mir auf und hebt fragend seine Augenbrauen. „Danke", sage ich, „du kannst wirklich nett sein." Er lächelt zurück: „Oh danke sehr, es klingt aus deinem Mund, als könntest du es kaum fassen." „Kann ich auch nicht", ich muss grinsen. „Wunderbar!", Frithjof hebt seinen Becher, „auf eine einzigartige Freundschaft." Wir stoßen mit unseren Tonbechern an.

„Das Wasser schmeckt hier völlig anders, als daheim", äußere ich, ohne groß zu überlegen. Im Profil kann ich seine Belustigung sehr gut ausmachen: „Das will ich wohl meinen, Selene." Sein Gesichtsausdruck wird ernst: „Was hast du da an deinem Oberschenkel?" Er deutet mit seinem Finger auf die große dunkle Fläche. „Ach, das ist nichts", sage ich leichthin. „Hm, wie nichts sieht es nicht gerade aus. Wenn du dir wehtust, sag es mir bitte. Ich bin zwar kein Arzt, aber manchmal weiß ich Rat." „Ich habe mich vorgestern im Bach an einem Felsbrocken gestoßen." Frithjof nickt: „Wenn wir wieder auf der Lichtung sind, mache ich dir einen Umschlag, der wird dir gut tun."

„Frithjof." „Hm?" „Ich habe eine Nachricht von Mona erhalten." Amüsiert zieht er seine Brauen in die Höhe. Ihm ist die Anstrengung, nicht laut loszulachen, deutlich anzusehen. *Was ist jetzt wieder lustig! Habe ich was Blödes gesagt?* „Schön, was schreibt sie so?" Frithjof schiebt sich seine Lockenmähne hinter die Ohren. „Sie macht sich Sorgen um mich. Matthias, also der Chef im Labor, hat zurückverfolgt, wo ich mich gerade aufhalte. Mein Wavewatch ist für ihn verschwunden. Ich bin an einem Ort, den es nicht gibt."

Sein Blick wird ernst: „Was willst du mir sagen, Mädchen. Etwa, dass wir nicht real sind?" „Ich weiß es nicht Frithjof. Mona macht sich Sorgen. Vielleicht kann ich zu ihr gehen und ihr zumindest sagen, dass es mir gut geht. Dabei kann ich mir direkt Wäsche mitnehmen." „Das gefällt mir nicht, Selene. Es ist noch zu früh für dich, um deiner Freundin die Dinge zu erklären." „Ich rutsche auf einem Höschen rum!", antworte ich genervt. „Du brauchst es heute nicht, wasch es aus." Ich sehe ihn erstaunt an: „Haben wir Wasser bis zum Abwinken hier oben, oder was?" „Nein, soviel wirst du hoffentlich nicht brauchen. Hinter der Hütte müssten ein paar Eimer stehen. Füll dir ein wenig Wasser ab und wasche es aus."

Ich stehe auf und gehe um die Hütte herum. Tatsächlich liegen dort, umgekippt im Gras, eine ganze Menge Eimer ineinander gestapelt herum. Ich nehme einen aus der Mitte heraus, der ist weniger verschmutzt. „Die sehen aus, als lägen sie schon hundert Jahre dort." „Ja, so ungefähr", antwortet Frithjof trocken. „Wie kann es sein, dass es diesen Ort nicht gibt, ich sehe ihn sehr genau." „Vielleicht haben wir dich manipuliert", Frithjof hebt eine Augenbraue und sieht mich schäl von unten herauf an. „Ich habe keine Ahnung, wie ihr es anstellt, doch ich kann mir nicht vorstellen, dass ich so leicht zu manipulieren bin." „Stimmt, ich muss mich wirklich bemühen, deinen Verstand und die damit verbundenen Ängste und Zweifel zu minimieren." „Nun? Warum ist mein Wavewatch weg von der Bildfläche?", frage ich geradeheraus. „Glaubst du wirklich, es gäbe diesen Ort? So, wie du ihn hier siehst? Selene, so naiv kannst du nicht sein. Ich muss ihn schützen! Abschotten gegen die Menschheit. Sonst wäre er völlig überlaufen und schnell genauso verseucht und verdreckt, wie der Rest der Erde. Die Lichtung und mein Wald sind durch einen starken Zauber von der Restwelt abgeschottet. Er ist unsichtbar. Kann nur von den Menschen gefunden werden, denen ich das gestatte." „Wie das?" „Das ist schwierig zu erklären und außerdem noch viel zu früh für dich, Selene." Ich wringe mein Höschen kräftig aus und lege es zum Trocknen auf einen Stein in die Sonne. „Wir müssen jetzt erst einmal deine verborgenen Fähigkeiten wachrütteln. Komm, die Steine sind heiß, lass uns in die Hütte gehen.

Mein Vater, Siegrun, Basti, Otrun und ich, wir warten bereits drinnen auf die beiden. Selene kommt zuerst herein. Sie setzt sich mir gegenüber, ohne auch nur zu ahnen, dass wir hier auf sie warten. Frithjof bringt die heißen Steine herein. Deutlich ist die Anwesenheit von Selenes Vater zu spüren, obwohl wir ihn nicht sehen können. Er wartet ebenso gespannt auf seine Tochter, wie wir.

Ich habe keine Ahnung, in welchem Paralleluniversum er sein Dasein fristet. Doch eins ist sicher, er hatte weniger Glück, als wir. Dennoch spüre ich seine freudige Erwartung, seine Erleichterung darüber, dass sich jemand gefunden hat, der seiner Tochter die

Dinge nahe bringt, die er ihr nicht mehr zeigen konnte. Frithjof ist soweit. Die Steine liegen in der Mitte der Hütte und verbreiten ihre Wärme. „Wir werden die Intensität ein wenig steigern", sagt er zu Selene, während er die Kräuter über den Steinen verteilt. Nun gibt er das Wasser darüber.

Die Hütte füllt sich mit heißer Feuchtigkeit. Schnell beginnt ihr Körper, vor Schweiß zu glänzen. Sie achtet auf Frithjofs Atmung, ohne dass er etwas zu ihr sagt. *Sie hat sich jetzt ein Ziel gesetzt. Sie ist wie Otrun. Ich bin mir sicher, sie will ihren Vater wiedersehen.* Mit ihren seegrünen Augen sieht sie auf die glühenden Steine. Nein, sie sieht durch die Steine hindurch. Ich merke ihr an, dass sie nicht mehr bei uns in dieser Hütte ist. Sie geht erneut ihre eigenen Wege. Leider kann ich ihr nicht folgen.

Ich bin auf meine beiden Freundinnen, auf Basti und auf Frithjof angewiesen. Doch die halten sich im Moment zurück, um selber nichts zu verpassen. Dustin sieht zu mir rüber. Sein Blick sagt: Habe Geduld, mein Sohn.

Er hat leicht Mutmachen, mit Siegrun in seinem Arm! Wann wird Selene bereit sein, in unsere Mitte zu treten? Alle warten wir gespannt darauf. Ich werde mich wohl noch gedulden müssen. Ihrem Vater scheint es besser zu gehen. Ich spüre sein Glück. Es breitet sich in der ganzen Hütte aus. Von keinem von uns bleibt es unbemerkt. Greifbares Glück. Ich sehe mir die zufriedenen Mienen an. *Ein leises Lächeln umspielt Siegruns Lippen. Auch an Basti geht es nicht vorbei. Er sieht mich kurz an. Er formt mit seinen Lippen ein: „Alles wird gut!" Ich könnte platzen vor Neugierde!*

Dustin sieht mich an und schüttelt streng den Kopf. Ich versuche selbst auch zu entspannen, doch das fällt mir schwer. *Frithjof sagte ja, das wird niemals in der ersten Runde klappen, dafür ist sie viel zu skeptisch, zu überlegt. Aber meine Hoffnung war, dass er sich irrt. Frithjof muss ja nicht immer recht behalten. Doch leider ist es dieses Mal wieder so eingetroffen, wie er es vorausgesagt hat.*

Ich betrachte Selene. Sie lehnt an der Wand, mit offenen Augen träumt sie vor sich hin. Ihre langen Beine angewinkelt mit ihren Armen locker umfasst. Die Gesichtszüge sind gelassen und entspannt. Ihre Augen blicken durch die Steine ins Leere. *Ich könnte mir einbilden, sie würde mich anschauen, aber es wäre eben nur Einbildung.* Nass kleben ihre Haare auf dem Kopf, bis auf ein paar eigenwillige Strähnchen, die weit abstehen. Tropfen rinnen ihr an den Beinen entlang, laufen zusammen, um sich auf ihren Füßen wieder zu teilen …

Ich gehe auf den Abgrund zu. Papas große Gestalt erkenne ich sofort. Erkenne die Adlerschwingen auf seinem Rücken. Ich setze mich zu ihm. „Komm näher, mein Hexchen", sagt er, während er seinen Arm um mich legt und mich zu sich heranzieht. „Du bist groß geworden!", staunt er. „Papa, ich bin achtundzwanzig Jahre alt, keine sechs oder sieben." Ich lehne mich an ihn und erfreue mich an seiner Nähe.

„Stimmt, es ist viel Zeit vergangen. Und du warst fleißig, wie ich es dir aufgetragen habe. Aber du bist noch nicht fertig, mein Kind." „Ich weiß, aber was hier von mir erwartet wird, ist wohl kaum von mir zu leisten." „Na, wer wird denn … Du musst natürlich selbst daran glauben." „Papa, wenn dieser Frithjof mir alles zeigen soll, dann sehe ich schwarz. Hier oben ist er ja ganz in Ordnung, aber sonst … Der ist ein Scheusal!"

Papa streicht mir über die Wange: „Ohne ihn wären wir jetzt nicht zusammen. Hexchen, du glaubst nicht, wie glücklich es mich macht, hier mit dir sitzen zu können." „Mich ja auch, Papa, das kannst du mir glauben. Aber dieser Mann hat eine seltsame Art, wirklich." „Du musst ihm einfach an den Lippen hängen, wie deinem Lehrer für Chemie. Damals. Du weißt schon, für den du so sehr geschwärmt hast. Dann wird es ein Kinderspiel." Ich sehe ihn erstaunt an: „Du weißt davon?" Er rubbelt mir über meine Haare und lacht: „Ich habe so einiges mitbekommen. Außerdem ist Frithjof nicht alleine. Eine große Hexengemeinschaft wartet sehr gespannt auf dich. Alle fiebern mit dir, wann du es schaffen wirst, sie zu sehen und mit ihnen in Kontakt zu treten." „Du kennst sie?" „Nicht persönlich, ich komme weit rum, weißt du." „Nein, weiß ich nicht, Papa." „Ich schlüpfe in die Rolle des Adlers. Schon häufig bin ich über diesen schönen Wald geflogen. Es gibt noch andere Gemeinschaften, zwar weit entfernt, doch vielleicht lassen sich alle zusammenbringen. Wir wollen sowieso alle nur das eine! Eine Erde, so wie sie hier ist. Alle ziehen an einem Strang. Ich halte es für ratsam, sich zu vereinigen. Die einzelnen Grüppchen wissen gar nichts voneinander, aber das muss ja nicht so bleiben." „Aus deinem Mund klingt das alles so einfach, Papa." „Es ist einfach, komm mit mir, wir fliegen über den Wald, über die Lichtung. Sieh es dir von oben an, Hexchen."

Mit einem kräftigen Ruck zieht Papa mich auf die Füße. Gemeinsam stehen wir nun am Abgrund. „Komm Hexchen, breite deine Arme aus!" Er macht es mir vor. Mit ausgebreiteten Schwingen lässt er sich einfach nach vorn fallen und schon erhebt er sich in die Lüfte. Ich sehe ihm staunend nach. „Komm Hexchen, es ist ganz leicht!" Ohne darüber nachzudenken, folge ich seiner Aufforderung. Ich breite meine Arme aus und überlasse mich dem Wind.

Pfeilschnell sause ich durch die Lüfte. Papa ist direkt in meiner Nähe. „Siehst du, für jemanden wie dich, geht es von ganz allein. So wird es mit vielem sein, alles, was du brauchst, ist Vertrauen." Wir fliegen gemeinsam über einen See. Ich erkenne, wie klar er ist. *Das muss der See aus Maya Delshays Lied sein! Sie hat die Wahrheit gesungen, die ganze Zeit!*

Dann fliegen wir über die Lichtung hinweg. Ich sehe die kleine Herde friedlich grasen. Alle, außer der kleinen Ziege. Papa entfernt sich. Schnell drehe ich ab und gleite hinter ihm her. Er steuert wieder auf das Bergplateau zu. Die Landung steht uns bevor. Ich konzentriere mich darauf, möglichst weit von dem Feuer weg zu bleiben. Und zack, schon rolle ich über den Boden. Als ich endlich still auf dem Boden liegen bleibe, steht Papa mit verschränkten Armen neben mir: „Na, das sah jetzt auch nicht besser aus, als bei mir!"

Ich stehe mühsam auf und falle in seine Arme: „Danke Papa, danke, dass du hier bist." „Ich habe nicht viel gemacht, Hexchen. Wir sind nur zusammen geflogen, keine große Sache." Er nimmt mich bei den Schultern und dreht mich so, dass ich mit dem Rücken zu ihm stehe. Er pfeift anerkennend durch die Zähne. Schnell wende ich mich ihm wieder zu: „Was ist?" Er sieht mich bewundernd an: „Du hast ein prächtiges Paar Flügel." „Ich?!", erschreckt greife ich an meine Schultern. Ich kann nichts feststellen. „Ja du, mein Hexchen, du bist ganz Papas Tochter!", freut er sich sichtlich. Ungläubig befühle ich erneut meinen Rücken, soweit ich mit meinen Händen komme. „Du verschaukelst mich! Mach das nicht, Papa!" Er nimmt mich in seine Arme und sagt nichts darauf. Es fühlt sich an, als wolle er mich gar nicht mehr loslassen. Ich lehne mich geborgen an meinen Vater, der zu den wenigen Menschen gehört, die zumindest ein kleinwenig größer sind, als ich. „Du brauchst deinen Rücken nicht ansehen, mein Kind, die Zeichnung zieht sich bis über deine Arme. Nimm sie an und ignoriere sie nicht", flüstert er mir sanft ins Ohr. Vorsichtig blinzele ich durch meine Wimpern. Es stimmt, was er sagt. Erleichtert stelle ich fest, das Muster auf meinem Arm ist nicht schwarz, wie bei meinem Vater.

Gerade will ich mich strecken, als kräftige Hände fest meine Knöchel umschließen. Erschreckt sehe ich in Frithjofs Gesicht. „Besser du räkelst dich vor der Hütte, die Steine sind heiß!", sagt er zu mir. „Oh, danke Frithjof! Ich habe nicht aufgepasst." Er lächelt mich an, sagt aber nichts. Bedächtig lehnt er sich wieder gegen die Wand. „Trink ein wenig, Selene", er zeigt auf den Eimer mit der Holzkelle darin. Ich folge seiner Aufforderung und führe die Kelle an den Mund. Das Wasser ist trotz der Hitze hier drin recht frisch.

„Wie kann das Wasser kalt sein?", frage ich erstaunt. „Es ist nicht kalt, du empfindest das nur so. Falls du raus möchtest, wir können gerne ein wenig Luft schnappen." „Ich muss mich eigentlich nur mal ausstrecken, mir tut alles weh." „Natürlich, komm Selene." Wir kriechen hintereinander aus der dunklen Hütte in den Sonnenschein. *Mir tut wirklich alles weh! Mein Knie, der Ellenbogen, die Schultern. Diese Hütte ist für kleine Leute ausgelegt, so scheint es mir.*

Als wir beide vor der Hütte stehen, sieht Frithjof mich skeptisch an. Er stöhnt auf, während er mich ansieht. Er nimmt einen Lappen aus dem Eimer, der direkt neben dem Eingang steht, und drückt ihn leicht aus: „Warte, ich wasche dich!" „Hm?" „Du hast doch hoffentlich nicht den Hang zu Katastrophen!" „Nein, nicht dass ich wüsste, Frithjof. Was ist los?", frage ich erstaunt. „Du bist völlig verschrammt und verdreckt. Das muss vorsichtig ausgewaschen werden, bevor sich irgendetwas entzündet." Mein verdatterter Gesichtsausdruck zaubert ein Lächeln auf Frithjofs Gesicht: „Mach dir die Mühe und sieh an dir runter, dann weißt du, wovon ich spreche."

Mein rechtes Knie blutet ein wenig, die Wade ist abgeschürft und auch mein Unterarm ist vom Ellenbogen bis zur Hand mit Kratzern übersät. *Alles nur oberflächliche Schrammen, doch mein Körper ist voll davon!* Ich ziehe meine Augenbrauen hoch und sehe Frithjof ratlos an. Er drückt einen Lappen aus und beginnt in meinem Gesicht. Jetzt kann ich fühlen, wie ich vermutlich aussehe. „Die Landung musst du wohl noch ein bisschen üben", feixt Frithjof.

Er probiert ein vorsichtiges Lächeln. Ich sehe Papa vor mir, wie er mit verschränkten Armen neben mir steht und meint: „Na, das sah jetzt auch nicht besser aus, als bei mir!" Verdattert schaue ich in Frithjofs dunkle Augen: „Ich war doch in der Hütte, oder?" Sein linker Mundwinkel zieht sich breit: „Ja und nein, Selene. Die Spuren auf deinem Körper sprechen eine deutliche Sprache, wobei die Schürfwunden noch die vergänglichsten sind." Hektisch betaste ich meine Schultern, schiele auf meine Arme. „Du hast ein wunderschönes Paar Flügel. Sie sind für jedermann sichtbar, doch fühlen wirst du sie wohl nicht." „Das ist nicht wahr!" „Doch Selene, ich sage dir die Wahrheit. Du siehst sie doch selbst auf deinen Armen. Dreh dich um, ich werde sie mit dem Finger nachziehen, damit du mir glaubst." Ich kehre ihm meinen Rücken zu. Noch ehe er beginnt, weiß ich, wo sein Finger lang streifen wird. Sanft fährt er über die Konturen meiner Schwingen. Wie erwartet führen sie vom Nacken aus bis weit über die Schultern und den Rücken hinab. Die Ausläufe dehnen sich bis über mein Gesäß und meine Oberschenkel aus. Ganz langsam rutschen die Tatsachen in meinem Kopf an ihren Platz.

War das eben nun Traum oder Wirklichkeit? Gedankenverloren sehe ich an meinem Körper hinab. *Es war die Wirklichkeit!* Frithjof betupft mit dem Tuch meine Schulter. Empfindlich zucke ich zurück. „Entschuldige, ich habe zu fest gedrückt", meint Frithjof. Ich höre ihn kaum. Neugierig gehe ich auf den Abgrund zu und lasse ihn zurück. „Selene, nur wenn du dir sicher bist!", höre ich Frithjof hinter mir rufen. *Er wird doch wohl keine Angst um mich haben?* Lächelnd lasse ich mich fallen. Im Sturzflug breite ich meine Schwingen aus. Der Wind trägt mich in die Höhe. *Es ist real!* Laut jubele ich der Sonne entgegen. Es dauert nicht lange, und Papa ist an meiner Seite. Ich kann mein Glück kaum fassen! „Ich träume nicht, oder?" „Selene, zweifelst du etwa?" „Nein Papa, ich wollte bloß sichergehen." „Sicher landen wäre besser! Du musst schnell laufen. Du hast die Beine dafür, Selene.

Renne, was das Zeug hält, dann überschlägst du dich nicht so sehr." „Danke Papa, aber ich denke noch lange nicht an die Landung!", lache ich auf. Ich ziehe weite Bahnen über den Baumwipfeln und lasse mir vom Wind den Kopf freipusten.

Es sieht aus, wie ein riesiges Tattoo, doch in Wirklichkeit habe ich Flügel. Ich bin ein geflügeltes Luftwesen, genau wie Papa. Für normale Menschen gut getarnt, solange sie mich nicht beim Fliegen erwischen! Ich muss lachen. *Ich fliege einfach mal eben nach Hause und hole mir etwas zum Anziehen! Entfernungen spielen kaum noch eine Rolle. Ich habe ganz neue Möglichkeiten! Wie meinte Papa? Er kommt weit rum? Klar!* Ich genieße meine neue Freiheit, den Wind, das Licht. Beinahe erstarre ich. *Ich werde verbrennen! So nah an der Sonne! Völlig ungeschützt setze ich mich ihr aus! Bin ich nun auch verrückt geworden?* Schnell drehe ich ab und steuere das Plateau an. Ich gebe alles, konzentriere mich auf die Landung. *Ein bisschen Schiss habe ich nun doch! Jetzt, wo der Berg auf mich zurast! Rennen hat Papa gesagt. Renn, was das Zeug hält!* Ich mache mich bereit, doch der Berg ist viel zu schnell bei mir! Drei, vier Schritte gelingen mir und dann überschlage ich mich doch wieder.

Langsam stütze ich mich ab und setze mich benommen auf. Ich warte kurz, bis mein Kopf sich nicht mehr dreht, dann stehe ich langsam auf. Ich sehe Frithjof auf mich zukommen. Seine Miene sieht ein wenig besorgt aus. „Ich denke, es ist gesünder für dich, heute keine Ausflüge mehr zu unternehmen", meint Frithjof, der schon mit dem Lappen bereitsteht. „Ach, das sind doch bloß ein paar Schrammen. Sie werden schnell vergessen sein", antworte ich gelassen.

Sanft dreht er mich um und betupft mein Schulterblatt. Ich beiße die Zähne zusammen, um nicht aufzustöhnen. Nun nehme ich mir auch einen Lappen zur Hand und kümmere mich um meine Frontseite. „An deiner Seite ist der Steinadler geflogen. War das dein Vater?" Ich sehe Frithjof erstaunt an. „Du hast ihn als Adler gesehen?" „Du konntest mit ihm reden?", entgegnet er. „Ja, es war Papa. In Jeans mit freiem Oberkörper." „Und wie ist es jetzt, siehst du deinen Vater am Himmel?" Ich stutze: „Nein Frithjof, über uns kreist ein mächtiger Steinadler." Ich sehe ihn fragend an. „Ich habe nicht auf alles Antworten, Selene. Aber wie es scheint, bist du in der Luft auf besondere Weise mit ihm verbunden."

Ich lächele Frithjof gedankenverloren an: „Stört es dich, einen Adler in deinem Wald zu haben?" „Keineswegs, solange er uns ein paar Kaninchen lässt!", er lächelt zu mir zurück, „unsere kleine Herde wird er ja wohl in Ruhe lassen." „Er ist ein Geisteradler, er braucht nicht jagen. Und ich kann mich jederzeit mit ihm treffen!" „Ja Selene, aber tu mir den Gefallen und verschiebe das auf morgen!" „Die Sache mit dem Landen, nicht wahr? Das gefällt dir nicht." „Verzeih mir, aber du siehst schon ein wenig mitgenommen aus." Ich winke ab: „Ein paar Kratzer." Frithjof wiegt stöhnend den Kopf hin und her. „Du machst dir doch nicht etwa Sorgen um mich?", frage ich überrascht. „Warum sollte ich", meint er, „was sind schon ein paar Schrammen?" „Stimmt", erwidere ich und gehe zum Abgrund. „Selene!", ermahnt er mich mit fester Stimme. „Ich möchte mich bloß ausruhen. Komm, wir setzen uns gemeinsam hin und lassen unsere Beine baumeln." Frithjof kommt hinter mir her. Er bringt ein Handtuch mit, um es mir über die Schultern zu legen.

„Papa hat gesagt …" „Wie heißt dein Vater?" „Arend. Arend von Lichtstetten. Nun, er sagt, es gibt noch andere Gruppen, wie deine Hexengemeinschaft. Weit entfernt. Er meint, wenn sich alle zusammentun … Dann ist es vielleicht einfacher, Großes zu bewegen." Frithjof nickt stumm und blickt über das Panorama. Er ist in Gedanken, das ist ihm deutlich anzusehen.

Ich lege mich in das Gras, decke mich mit dem Handtuch zu und sehe mit zusammengekniffenen Augen, in den Himmel. Über uns dreht der Adler seine Runden. Der Geisteradler. Ob er für alle Menschen sichtbar ist? Er braucht sich nicht verstecken, der Himmel ist sein Reich. Als er uns verlassen hat, sagte Mama zu mir, er wäre jetzt im Himmel. Als ich klein war, habe ich es mir in etwa so vorgestellt. Doch mit der Zeit konnte ich das nicht mehr glauben. Wie dumm von mir! Wie konnte mein logisches Denken und erlerntes Wissen meinen Glauben nur verdrängen? Vertragen sich Wissen und Glauben nicht? Papa hat mich doch wirklich oft genug mitgenommen. Er hat es mir nicht erklärt, doch hätte ich drauf kommen können. Sein riesiges Tattoo, auf das mich stets meine Freundinnen ansprachen. Ich erzählte allen, dass wir auf seinen Schwingen durch die Lüfte fliegen. Ich konnte deutlich erkennen, dass sie mir das nie abnahmen, aber das war mir egal. Damals war mein Glaube unerschütterlich. Das änderte sich allerdings mit der Zeit. Ich hatte alles mit der Phantasie eines kleinen Mädchens abgetan.

Ich stütze mich auf meine Ellenbogen, setze mich jedoch schnell auf, weil sie recht empfindlich sind: „Frithjof?" „Hm." „Was denkst du?" Er antwortet mir nicht. Seine Haare wehen im Wind. Ich stelle mir vor, wie er still lächelt. „Gefallen deinen Geistern meine Flügel?" Langsam dreht Frithjof sich zu mir um und sieht mich belustigt an: „Frag sie doch, Selene." Ich schreie in den Himmel: „Gefallen euch meine Flügel?" Zur Antwort höre ich von weit oben einen schrillen, durchdringenden Ruf. *Papa.*

„Sie sind nicht schwerhörig", Frithjof sieht mich ernst an, „sie sind verblüfft, so wie ich. Diese Art Zauber ist uns neu. Es ist für mich absolut erstaunlich und ich freue mich für dich. Ich sehe dir an, dass du glücklich bist. So etwas geht nicht an mir vorbei, auch wenn ich ein Scheusal bin." „Du hast uns beobachtet?" „Durch deine Gedanken. Das haben wir alle getan. Na ja, fast alle." „Du hast Papa durch mich kennengelernt?" „Ja Selene, ich hoffe, es ist nur eine Frage der Zeit, bis wir dich als Mittelsfrau nicht mehr brauchen. Es wäre doch schön, für ihn, für dich, für uns alle, wenn wir uns einfach alle treffen könnten, wenn wir das möchten. Dein Vater wird wissen, was in der Welt vor sich geht. Ich sitze hier auf meiner Insel und weiß vergleichsweise wenig davon."

Ich rutsche wieder an den Abgrund zurück: „Wie war das eigentlich, irgendwann muss es ja angefangen haben, dass alles kaputt geht. Wurden die Zeichen übersehen?" Frithjof blickt über den Horizont: „Selene, es war nicht zu übersehen. Doch die Gier nach mehr Geld und Bequemlichkeit hat die Menschen abgestumpft. Als ich nur wenig älter war, als du jetzt, waren die Zeichen schon deutlich zu lesen. Naturkatastrophen häuften sich. Es gab eine Zeit, da kannten die meisten Menschen das Wort Tsunami gar nicht. Tja, nach Haiti und allerspätestens nach Fukushima änderte sich das schlagartig. Die Sommer wurden trockener, die Winter kürzer. Das Eis der Arktis schmolz rasch dahin, sodass die Tiere, die dort abgeschieden von den Menschen lebten, in arge Bedrängnis gerieten. Heute gibt es keine mehr. Alle Bewohner der kühleren Gebiete, ob Mensch oder Tier, sind weg. Ausradiert, schon vor vielen Jahren."

Ich drehe mich unbewusst um. Wir sind allein. Ich wende mich wieder Frithjof zu. „Trockenheit, nicht enden wollende Platzregen, Erdbeben und Überschwemmungen häuften sich. In den armen Ländern war das immer mit vielen Todesopfern verbunden, weil die Menschen einfach nicht die Mittel hatten, sich zu schützen. Sie lebten in wackeligen Bruchbuden, die leicht von den Wassermassen mitgerissen wurden. Ach Selene, ich könnte stundenlang diesen Vortrag weiter führen. Keiner von uns Alten ist wirklich unschuldig." Erneut blicke ich über die Schulter: „Warum das? Ich kann mir das nicht vorstellen." „Jeder hatte irgendetwas, worauf er nicht verzichten wollte. Bei mir war es mein alter Porsche. Ein Sportwagen. Nun, ich hätte auch ein vernünftiges Auto fahren können. Ein leises Fahrzeug, mit geringem Spritverbrauch, vielleicht ein Elektroauto. Na ja. Das brauche ich dir ja nicht erklären. Kleine Strecken wurden von den wenigsten Leuten zu Fuß erledigt. Parkplatznot vorm Bäckerladen", Frithjof sieht, wie ich mich schon wieder umdrehe: „Hock uns doch bitte nicht im Nacken, mein Freund. Komm zu uns und starre sie nicht die ganze Zeit an!"

Ich sehe Frithjof fragend an. „Hier ist jemand, der darauf brennt, dich kennenzulernen. Ihm geht das alles zu langsam." „Wido?" Frithjof sieht mich mit dem Ausdruck in seinen Augen an, dass es wohl nicht zu ändern ist. Er zuckt mit den Schultern: „Ich lasse euch beide allein und heize erneut die Steine auf, ok?" „Ja sicher", sage ich irritiert und überlege kurz, worüber ich mich mit dem Geist unterhalten könnte. *Das Wetter?* Verwerfe ich. *Was er so macht? Völliger Blödsinn!*

„Was für ein fantastischer Ort das hier ist", schwärme ich vor mich hin. Ich fühle sehr deutlich eine Berührung an meiner Schulter. Ich schließe meine Augen, um dem Gefühl eher nachspüren zu können. *Ich vermute mal, er hat seinen Arm um mich gelegt.* Ich sehe zu der Seite, auf der er eigentlich sitzen müsste: „Hast du deinen Arm um mich gelegt? Ich spüre es ganz leicht." Ich greife mit meiner Hand in seine Richtung. Nichts. „Vielleicht bilde ich es mir nur ein, weil Frithjof gesagt hat, dass du hier bist." Ich durchbohre skeptisch mit meinen Augen das Nichts. Mit einem Mal trifft mich ein Höllenschmerz am Arm. „Au!", ich reibe durch das Handtuch hindurch, über die Stelle, ziehe das Tuch zur Seite und sehe mir meinen Oberarm an. Der rote Fleck ist deutlich zu erkennen. Fest und geschwollen, mit weißlichen Quetschmalen, die sicher gleich ihre Farbe wechseln. „Wido! Bist du verrückt? Ich habe es hier nur mit Irren zu tun! Hau bloß ab!" *So ein Blödmann! Habe ich noch nicht genug Schrammen? Da muss der mich auch noch wer weiß wie kneifen!* Ich stehe auf und gehe zu Frithjof ans Feuer.

„Der ist wohl noch schlimmer als du!", schimpfe ich aufgebracht. Frithjof sieht mich belustigt an: „Noch schlimmer? So was geht?" Nun muss ich auch schmunzeln: „Scheinbar ja! Ich hätte das auch nicht für möglich gehalten. Aber der da schießt wohl den Vogel ab!" „Komm setz dich her", Frithjof klopft auf den Platz neben sich. „Lass mal sehen." Ich ziehe das Handtuch ein wenig weg. „Na, ich würde sagen, das wird schön blau werden." „Das ist ja spitze, ich danke ihnen für ihre Diagnose, Herr Doktor. Sag mir, warum macht der das? Ich habe ihm doch gar nichts getan! Macht der sowas öfter?" „Aber du hast es gespürt, hm?" „Klar, ich bin ja nicht tot! So ein Spinner. Der soll bloß abwarten. Irgendwann ist er dran. Mir wird schon was einfallen!" „Selene, er ist nicht allein." „Hm? Ist mir doch egal." „Ich sagte, er ist nicht allein." „Prima, und was sagt mir das jetzt?" Frithjof verdreht die Augen: „Vielleicht war es jemand anderes." „Auch ganz toll! Habe ich jetzt unsichtbare Feinde? Das wird ja immer besser! Vielleicht sollte ich mir eine Rüstung zulegen! Bei deinen seltsamen Freunden wäre das sicher ratsam. Außerdem kann mir die Sonne dann ebenfalls nichts! Oder noch besser, ich fliege einfach nach Hause. Ich warte nur die Dunkelheit ab. Ist vielleicht ein bisschen blöde, wenn ich gesehen werde. Bis dahin müsst ihr noch aushalten. Ich hoffe, ihr schafft die paar Stunden noch, ohne mich umzubringen!" „Selene, reg dich ab, Witta wollte nur sehen, ob du das fühlst." „Witta? Das Grauen hat also einen Namen!" „Es tut ihr leid." „Hm, also gefühlt habe ich es. Richte ihr das aus, ich habe sie bemerkt und ich hoffe sie freut sich darüber", motze ich und reibe erneut meinen Arm. „Das brauche ich nicht, sie steht direkt bei uns." Ich starre ins Feuer und reibe mir die Stirn. Doch schnell ziehe ich meine Hand zurück, mein ganzer Körper scheint mit einem Mal überall empfindlich zu sein. „Mir tut aber auch alles weh", nöle ich zu mir selbst. Frithjof legt seinen Arm um mich.

Schnell fühle ich mich eingelullt. Schon bald ist mir gar nicht mehr klar, was mich so aufgebracht hat. „Entschuldigt, ich hätte nicht so ausrasten sollen. Manchmal passiert mir das. Wenn ich einmal in Fahrt bin …" Frithjof lächelt mich an: „Ja, das habe ich auch schon zu spüren bekommen." „Bei dir ist das was anderes, mein Freund. Es ist völlig berechtigt." „Ja Selene, sicher hast du recht." Ich sehe ihn ungläubig von der Seite an. „In den richtigen Momenten muss ein Mann auch mal lügen können", er verwöhnt mich mit einem listigen Grinsen.

Wido

„Ach Witta! Was sollte das denn jetzt?" Mit ihren kugelrunden Augen strahlt sie mich an und schiebt sich eine filzige Haarsträhne hinter ihr Ohr: „Sie hat es deutlich gespürt, Wido!" „Wie erfreulich! Wenn du so weitermachst, hat sie bald genug von uns!" „Überfällt dich die Panik, Kleiner?" „Nun Witta, nicht nur ich möchte etwas von ihr, nicht wahr?" „Ich weiß gar nicht, warum alle so froh über sie sind. Ich finde ihr übertreibt alle maßlos!" „Hast du gesehen, wie sie fliegt? Nicht im Traum, Witta. Das war echt!" „Nein habe ich nicht, aber ich habe gesehen, wie sie landet!" Die kleine, zierliche Witta kann sich das Kichern nicht verkneifen. Ich wuschele ihr durchs Haar: „Ich gebe zu, daran muss sie noch ein wenig arbeiten." „Ein wenig, ja unbedingt. Trotzdem ist es lustig, wenn sie wie ein irrer Fleischklops über den Boden rollt." „Witta bitte", ich schiebe sie zur Seite und gehe Selene nach. Die regt sich fürchterlich über mich auf. *Ihr verzeihe ich das, schließlich kennt sie mich noch nicht. Wie kann sie nur annehmen, dass ich das war?* In Gedanken schüttele ich meinen Kopf.

Otrun kommt an meine Seite. „Na meine Liebe, Witta hat sie gekniffen. Aber frag nicht wie! Selene ist stinksauer!" „Ach, lass dir nichts erzählen", schaltet sich Witta ein, „so schlimm war es auch wieder nicht. Aber sie hat es gespürt. Und zwar deutlich! Der Zweck heiligt die Mittel, stimmt`s?" Otrun sieht unsere kleine Freundin ernst an: „Du bist wirklich unmöglich. Stell dir vor, dich kneift etwas aus dem Nichts. Ganz im Gegenteil. Bestimmt hat sie ein leichtes Gefühl oder nur ein Prickeln erwartet, irgendwas schönes, angenehmes eben und dann kommst du!" „Vielleicht habt ihr Recht, aber eins müsst ihr mir lassen: Mit mir hat sie immerhin Bekanntschaft gemacht. Frithjof, bitte sag ihr, es tut mir leid, ja?"

Frithjof sieht kurz zu Witta auf. In seinem Gesicht kann ich deutlich ablesen, wie sehr wir ihn im Augenblick stören. „Sollen wir euch allein lassen, Frithjof?", frage ich. Er wischt nur fahrig mit seiner Hand durch die Luft. „Komm Otrun, wir setzen uns ein bisschen an den Abgrund." Ich lege meinen Arm um sie und gemeinsam schlendern wir wieder zurück. Witta bleibt unschlüssig am Feuer stehen. „Wie sich das wohl anfühlt?" „Gekniffen zu werden?" „Durch die Luft zu fliegen, meine ich. Der

Wind in den Haaren, kein Boden unter dir, nichts, nur die Baumkronen." „Ich habe keine Ahnung. Ich bin noch nie geflogen, nicht ohne Flugzeug, und werde das auch niemals können." „Tja, das haben wir wohl gemeinsam." „Vielleicht nimmt sie dich irgendwann mal mit. Auf ihrem Rücken, meine ich. Sie ist doch auch mit ihrem Vater geflogen." „Meinst du?" „Nun, vielleicht bist du ein bisschen schwer." „Stimmt, und groß bin ich obendrein." „Du hast Angst vor ihrer Bruchlandung, hm?"

Ich sehe kurz zu ihr rüber. Frithjof und Selene sitzen mit ihren Rücken zu uns. Leider kann ich ihre Flügel nicht sehen, da sie ihre Haut vor der Sonne schützen will und das Handtuch um ihre Schultern trägt.

„Mal abwarten, vielleicht kann sie mich gar nicht leiden." „Das glaube ich nicht, Wido. Aber man weiß natürlich nie … Sieh mal, die beiden wollen wieder in die Schwitzhütte." „Komm, lass uns auch rein gehen", sage ich zu ihr. Ich beobachte, wie Dustin gerade rückwärts wieder herauskommt. Er lächelt uns zu. Ich mache ihm ein Zeichen wie, willst du nicht auch da rein?

Dustin winkt ab: „Es ist schon voll da drinnen. Witta musste unbedingt rein, Basti ist bei ihr. Reimara, Frodegard und Elftrud meinten, sie seien auch mal an der Reihe. Sie haben ja recht, was meint ihr?" „Wir brauchen eine größere Hütte", wirft Otrun ein. „Auf jeden Fall, dann können wir alle schön schwitzen, nicht wahr?" „Das nicht unbedingt, aber wir können alle Selene dabei zuschauen. Sie träumt mit offenen Augen." „Ja", sage ich, „und sie sind grün. Seegrün." Dustin nickt mir zu: „Sie hat schöne Augen. Ausgesprochen schön." Ich sehe meinen Vater gespielt ernst an: „Du bist schon vergeben!" „Ich weiß, mein Sohn. Aber blind bin ich deshalb nicht." „Hast du ihr Tattoo gesehen?" „Nein, sie läuft ja immer mit Handtuch über ihre Schultern herum. Ich konnte nur die Spitzen unten sehen. Sie gehen bis zu ihren Oberschenkeln." „Ja, sie sind riesig, sie bedecken ihren kompletten Rücken."

Selene

„Wie fühlst du dich Selene?", fragt Frithjof mich. „Beobachtet", gebe ich zurück. „Das meine ich nicht, wir beide haben noch nichts gegessen. Und du trinkst zu wenig", er nickt zu dem Bottich mit dem Wasser rüber. Ich folge seiner Aufforderung und nehme mir eine Kelle. „Besser?", frage ich, als ich die Kelle von meinem Mund absetze. „Ich denke schon, Selene." „Weißt du, Frithjof. Hunger und Durst sind mir heute ziemlich egal. So viel Neues oder in Vergessenheit Geratenes hat mich abgelenkt." Frithjof nickt: „Es geht mir ähnlich. Auch mir ist vieles neu. Du bist eine wirkliche Bereicherung auf unserer Lichtung", er hebt seinen Finger in die Höhe, „und das sage ich nicht einfach so dahin." Er sieht mich ernst an. Ich glaube ihm.

„Selene, ich weiß nicht, ob du sie bemerkst, diese Hütte ist bis auf den letzten Platz besetzt." Ich sehe mich um, starre auf die leeren Plätze. „Sie haben sich etwas ausgedacht, ich werde mit meinem Bruder den Platz tauschen. Sie denken, er könnte zu dir vordringen und so eventuell die Hindernisse, die ihnen den Weg zu dir versperren, aus dem Weg räumen. Witta hast du ja auch ganz real gespürt, deshalb denken sie, dir fällt es leichter, sie über körperliche Reize kennenzulernen."

In meinem Magen bildet sich ein riesen Knoten. Mein Herz rast. *Ich glaube, mir wird schlecht!* „Ganz ruhig Selene", Frithjof legt seinen Arm um mich, „dir wird nichts Schlimmes geschehen, vertrau uns. Keiner hier will dir Böses." Gedankenverloren reibe ich über meinen Quetschfleck. „Bastian hat ähnliche Fähigkeiten wie ich. Du wirst ihn ganz sicher spüren. Warten wir ab, was passiert." Aufmunternd sieht er mich an: „Mein Bruder ist der freundlichere von uns beiden. Denk daran, alle wollen dir nur näher kommen. Es geschieht nichts, wovor du Angst haben musst." Er sieht mir ins Gesicht, ob ich ihn verstanden habe. Ich nicke beklommen. Trotz seiner Berührung kann ich meine Furcht nicht komplett vergessen. Dennoch bin ich gelassener, als noch vor ein paar Momenten.

Still steht er auf und macht es sich mir gegenüber bequem. Dann greift er nach der Kelle und gibt Wasser auf die Steine. Es zischt und brodelt. Unsere Körper empfangen den heißen Dampf. Ich hocke da, die Arme fest um meine angewinkelten Beine gewickelt. *Ich sitze hier wie ein verängstigter Igel!* Geht mir durch den Sinn. Mühsam löse ich meine verkrampfte Haltung auf. Frithjof bekommt das sehr wohl mit und lächelt mir ein „gut gemacht" zu. Mit einem Mal spüre ich sehr deutlich eine Hand auf meinem Schulterblatt. Eine wirklich warme Hand! *Ich bleibe sehr gelassen. Ich bleibe ganz ruhig und gelassen. Ich bin gelassen. Ich bin gelassen. Ich bin ...* Wie ein Mantra bete ich es mir in meinen Gedanken vor. Ich atme in langen Zügen, wie Frithjof es mir gezeigt hat.

Langsam scheint Frithjofs Bruder seinen ganzen Arm an meinen Rücken anzulegen. Von da, wo er mich berührt, gehen Hitzewellen aus. Sie verbreiten sich über meinen Körper, wie Wellen auf einer Wasseroberfläche. *Seltsam, mir wird ganz licht und warm. Ich fühle mich irgendwie abgehoben.* Mit einem Mal bemerke ich, wie seine freie Hand nach meiner greift. Erst hält er sie einfach nur fest, dann beginnt er, sanft, mit ein wenig Druck über ihre Innenfläche zu fahren. Er weitet seine Berührung auf die Innenseite meines Armes aus. Dort, wo die Haut fast durchscheinend ist und die Adern ihr Muster preisgeben.

Ich zucke ein wenig vor dem prickelnden Gefühl zurück. „Siehst du, mein Bruder hat dir nicht zu viel versprochen, auf jeden Fall fühlst du mich, soviel ist schon mal sicher." Perplex sehe auf meine Hand. Ich sehe ihn! Sehe, wie er mich mit der einen Hand festhält und mit der anderen über meinen Arm streicht. Vorsichtig, aus Angst, er könne genauso verschwinden, wie Wido in meinem Traum, drehe ich mich zu ihm.

Ein Männergesicht lächelt mich an. Es ist Frithjofs Lächeln, wenn er gute Laune hat. Der Mann selbst ist ein ganz anderer. Etwas kleiner, ein wenig schmächtiger, kaum Haare und dabei sehr sympathisch. „Du fühlst mich, du siehst mich und du hörst mich. Habe ich recht?" Ich nicke tief beeindruckt. „Und hat es wehgetan?", fragt er. Sein Lächeln wird breiter und lässt seine Zähne sichtbar werden. Ich verneine mit meinem Kopf. „Das ist gut. Aber du kannst noch reden?" Ich nicke ihm zu. Amüsiert kneift er seine Augen zu und schüttelt ganz sachte den Kopf. „Willkommen in der Hexengemeinschaft, Selene." Mit seiner Hand macht er eine ausladende Bewegung, um mir seine Leute zu präsentieren. „Kannst du die anderen auch sehen?" Ich lasse mir Zeit mit der Antwort.

Vielleicht passiert in den nächsten Augenblicken ja etwas Wesentliches. Aber nein, nichts geschieht. „Ich sehe Frithjof und dich", sage ich zögerlich. Doch mein Nachbar lässt sich nicht entmutigen. „Kleine Schritte sind viel besser. Bei großen Sprüngen kann man sich leicht verletzen, stimmt`s?" Er zeigt auf meine Abschürfungen. „Kann sein, dass du recht hast", erwidere ich, „gibt es noch mehr aus eurer Familie in dieser Hexengemeinschaft?" „Nein, nur Frithjof und mich. Und so wie ich die Sache beurteile, kann mein Bruder in absehbarer Zeit endlich ganz und gar zu uns kommen."

Mühsam schnappe ich nach Luft: „Ich soll dafür Sorge tragen?" „Natürlich Selene." „Hm." „Du siehst nicht begeistert aus." „Du sagst mir, dass ich ihn ins Jenseits befördern soll, und erwartest Begeisterung?" „Es ist noch Zeit. Du musst zuerst noch einiges lernen." „Na, da habe ich aber Glück gehabt!" *Im ersten Moment dachte ich wirklich, der wäre in Ordnung. Aber der sagt mir ganz gelassen, dass ich seinen Bruder umbringen soll! Ich weiß nicht, ich wäre wirklich gern woanders!* Ich bemerke Frithjofs Grinsen. „Warum belauschst du immer meine Gedanken?", schreie ich fast.

„Es ist interessant für mich, wirklich, Selene. Bis eben dachte ich, du könntest mich nicht ausstehen." „Du tust ja auch einiges dafür. Aber deswegen bringe ich noch lange niemanden um!" Frithjofs Bruder greift wieder nach meiner Hand und holt so meine Aufmerksamkeit zu sich zurück: „Selene, du sollst meinen Bruder nicht umbringen. Wie kommst du denn auf so was?" Ich fühle mich ertappt. „Du hast gesagt, ich soll mich kümmern …" Ich sehe ihn hilflos an. „Wie ist noch mal dein Name?" „Bastian, aber alle nennen mich bloß Basti. Mir ist wichtig, dass du jemanden kennenlernst." Fragend ziehe ich meine Brauen hoch. *Wido?* „Meine Freundin hier im Jenseits. Es würde mich sehr glücklich machen, wenn du ihre Bekanntschaft machst." „Was muss ich tun?" „Sei offen, das ist alles. So offen, wie deinem Vater gegenüber. Mit blindem Vertrauen bist du ihm gefolgt. Alles war ganz einfach. Tu uns den Gefallen und versuche das jetzt auch. Witta, bitte komm zu uns", sagt er und streckt seine Hand nach ihr aus.

Ausgerechnet! Witta! Ich reibe mir gestresst die Stirn. „Warum gerade die?", frage ich schrill. „Weil sie mir die Wichtigste ist und weil du ein falsches Bild von ihr hast. Reicht das?" Ich blase meine

Backen auf. „Ich kann das nicht." „Du kannst, Selene. Ein bisschen musst du natürlich auch wollen." „Ich wünsche mir, dass du mir Wido vorstellst." „Er möchte das auch, aber er ist im Augenblick nicht hier. Die Hütte war schon voll, als er hinein wollte. Komm Witta Liebes, mach dir keine Sorgen."

In seiner Stimme klingt so viel Zärtlichkeit, als hätte sie mehr Angst vor mir, als ich vor ihr. Ich sehe zu meinem Gegenüber. Frithjof nickt mir zu. *Ok, manchmal ist es auch gut, dass er alles mitbekommt.* Er lächelt mich breit an: Hab Vertrauen Selene, Witta ist ein feiner Mensch. Sie meinte das eben wirklich nicht böse. Jetzt muss ich allerdings auch grinsen. *Sind wir inzwischen Verbündete? Vielleicht, Selene. Ja, vielleicht.*

„Reicht euch die Hände", holt mich Basti aus meinen Gedanken. Eine nimmt er, die andere strecke ich aus. Ich merke deutlich, wie sie ergriffen wird. *Es fühlt sich an, wie eine Kinderhand. Diese Person muss wirklich klein sein.* Von Bastians Seite geht erneut diese lichte Wärme aus, die ich bereits kennengelernt habe. Auf der anderen Seite bemerke ich nichts. Eine Stimme, wie die eines plätschernden Baches, dringt an mein Ohr: „Du träumst schon wieder, Selene. Bitte schau mich an!" *Sie hat recht, ich war irgendwo, ich weiß selbst nicht ...* Ich traue meinen Augen kaum. Vor mir kniet eine kleine Frau, mit filzigen rotblonden Haaren in einem weißen, langen Leinenhemd. Sie hat ein feines Gesicht und hellgrüne Augen.

„*Du* bist Witta?" Sie nickt mir zu. „*Du* hast mich so arg gekniffen?", bei ihrem Anblick kann ich mir das kaum vorstellen. Sie grinst mich an: „Ich bin zwar klein, aber stark!" „Du hast mir ganz schön wehgetan." „Das tut mir leid", sagt sie mit ihrer kristallenen Stimme, „aber Wido war so nervend vorsichtig!" Sie schenkt mir ein freches Lächeln. *Ich mag sie. Sie ist süß, direkt und hat irgendetwas in ihrem Blick ...* „Ich spüre deinen Händedruck ganz deutlich, Witta." Ich sehe auf ihre kleine Hand in meiner. „Ich bin die Einzige, die in dieser Hütte aufrecht stehen kann, aber nur in der Mitte", sie steht auf und geht an meine andere Seite. „Wir geben uns jetzt alle die Hände", erklärt sie mir ruhig. Als würde sich ein Nebel auflösen, werden die Konturen der anderen Frauen langsam klar. Ich bin völlig verblüfft. Die Hütte ist tatsächlich voll besetzt. Neben Witta sitzt eine Frau mit langem sehr glattem Haar. Sie ist um einiges größer, extrem schlank und hat türkisfarbene Augen. Daneben sieht mich ein liebes Gesicht ebenfalls aus türkisen Augen an. Doch diese sind noch viel heller, als die ihrer Nachbarin. Sie hat ein offenes Lächeln, kurzes blondes Haar und scheint auch eher klein zu sein. Den zufriedenen Frithjof überspringe ich. Ich sehe lange braune Haare, bestimmt länger, als Maya Delshays. Grüne Augen in einem ruhigen Gesicht. Die letzte im Bunde ist ein wenig kräftiger. Sie trägt stolz ihr Kinn weit oben und funkelt mich aus ihren ebenfalls türkisen Augen an. „Darf ich vorstellen?", Witta zeigt auf die Frau, die ich soeben angesehen hatte, „das ist Frodegard, daneben sitzt Reimara, Frithjof kennst du ja schon. Die kleine Blonde heißt Siegrun und daneben sitzen Elftrud und Otrun." „Otrun, ich habe schon einiges von dir gehört." „Nein, du irrst dich, die Otrun, die du meinst, wartet noch draußen. Doch sie ähnelt mir, nicht nur mit ihrem Namen." „Ich weiß nicht, was ich sagen soll ... Ich bin sehr überrascht, dass ich euch hier sehen kann. Und freue mich. Ich hoffe, euch geht das ähnlich."

Die kleine Blonde ergreift das Wort: „Wir freuen uns mindestens genauso wie du, Selene. Wir sind alle sehr aufgeregt und überrascht, wie schnell du dich öffnen konntest. Ich glaube, dein Vater hat einiges dazu beigetragen. Es war schön für uns, dein Wiedersehen mit ihm zu beobachten. Das hat uns allen hier gut gefallen." Die kleine Frau strahlt mich an. Mir wird ganz warm ums Herz. Ich freue mich aufrichtig. *So viel Neues an einem Tag, mir ist ganz flau.*

Weniger streng als erwartet, ergreift die Frodegard das Wort: „Wir sind aber noch nicht alle. Wir werden jetzt raus gehen und schicken die Nächsten herein." Bastian nickt. Frodegard zeigt auf ihn: „Du bleibst natürlich hier." „Ich hatte es nicht anders erwartet." Er zwinkert mir zu. „Das habe ich gesehen", sagt Frodegard im Rausgehen.

„Sie ist die Chefin, hm?", frage ich gedämpft, als sie draußen ist. „Nein, eigentlich nicht. Wenn du erst ihr Herz erobert hast, wird alles ganz leicht." „Aha, und wie geht das?" Basti lacht leise auf: „So ähnlich, wie bei meinem Bruder." „Und du hast keine besseren Neuigkeiten für mich?" „Leider nicht, Selene."

Die Matte bewegt sich. Ich traue meinen Augen kaum. *Ich kann sie sehen, sie kommen herein, sehen mich an, unsicher, ob ich sie bemerke.* Doch ich kann mich nicht allzu lange zurückhalten: „Basti, ich kann sie alle sehen, oder?" „Du fragst mich?" „Ja, vielleicht fehlt jemand! Für mich, meine ich." Ich strahle ihn an. Nun bin ich doch ein wenig aufgeregt: „Pass auf. Blondes, welliges Haar, mit einem feinen Band auf der Seite zu einem Zopf zusammengebunden. Dunkle lange Haare, bis zur Taille. Daneben eine wilde, helle Lockenpracht. Schwarzes Haar, Pagenschnitt. Dunkelblond, schulterlang. Und feuerrot, lockig und lang." Ich sehe zu ihm: „Übersehe ich jemanden?" Sie klatschen laut in die Hände.

„Ich bin Mathilde, die Mutter von Otrun und die Tochter von Siegrun", sagt die Frau mit den dunkelblonden Haaren. Sie lacht leise auf, als sie meine grübelnde Stirn bemerkt. Ihre Augen sind leuchtend blau und funkeln aufgeregt. „Und ich heiße Walberta", die Feuerrote schenkt mir ein Lächeln. Die Frau mit dem schwarzen Pagenschnitt und den auffällig hellen Augen sagt: „Ich bin Krimhild und hier neben mir sitzt Wintrud." „Ich heiße Roswinda. Ich bin eng mit Wido befreundet und das alles hier macht mich sehr froh", sagt die Frau, die ihren blonden Zopf auf der Seite trägt. „Bleibe wohl nur ich übrig. Mein Name ist Albrun", sie sieht mich aus ihren strahlend blauen Augen an und lächelt mir freundlich zu. „Es wird ewig dauern, bis ich mir all eure Namen merken kann. Ich hätte nie gedacht, dass ihr so viele seid. Also noch einmal", ich zeige der Reihe nach die Personen an, „Roswinda, Albrun, ehm Moment bitte, Wintrud, Krimhild, Mathilde und ... uoah Hilfe, ehm Walberta?" Die Rothaarige nickt zufrieden.

Ich reibe über mein Gesicht: „Freut euch nicht zu früh, ich werde sie bestimmt wieder vergessen. Bitte nehmt mir das nicht übel." Basti legt seine Hand auf meine Schulter. Meine Ängste lösen sich bald auf. Er sieht mich von der Seite an: „Es gibt da noch ein paar, die dich kennenlernen wollen." „Ok, dann mal los." Ich schüttele meinen Kopf, fühle mich total überfordert. Die Zauberinnen machen Platz für die Nächsten.

Ich lehne mich zurück. „So schlimm?" „Nein, überhaupt nicht. Ich möchte nur niemanden enttäuschen, verstehst du? Es sind so viele, zu viele! Und so schwierige Namen! Ich brauche einen Zettel und muss mir Notizen machen, sonst garantiere ich für gar nichts."

Erneut bewegt sich die Matte. Eine sehr junge Frau mit kastanienbraunen langen Haaren kommt herein. *Das muss Otrun sein, da bin ich mir sicher.* Und eine dicke Frau mit roten Locken folgt ihr. Still für mich schüttele ich den Kopf. „Und, kannst du sie sehen?", fragt Basti nach. „Ja, kann ich. Hallo Otrun, ich habe dich direkt erkannt. Du bist so jung …" Es bleibt mir fast im Hals stecken. Sie nickt: „Es ist nicht mehr schlimm, Selene. Das alles ist schon lange her." Sie lächelt mich an. Ich bin mir sicher, dass wir Freundinnen werden.

„Und ich bin Hildrun", sagt die dicke Rothaarige, „und bin hier der Wonneproppen!" Ihr schallendes Lachen füllt die Hütte aus. Wir müssen alle mit einstimmen. „Und ich heiße Dustin", sagt eine dunkle Männerstimme mit einem irren Akzent. Es hört sich an, als hätte er irgendetwas Großes in seinem Mund. „Und das ist Wido, mein Sohn." Otrun meldet sich zu Wort: „Also, eigentlich heißt er Wondering Bear. Aber er meint, Dustin sei einfacher oder so. Pfff." Sie wedelt frech mit ihren Händen in der Luft. Die sanfte Männerstimme, die ich in meinem Traum schon hörte, meint: „Nenn ihn, wie du willst, du kannst nichts falsch machen." „Also, ich nenne ihn immer nur Wondering Bear", schaltet sich Hildrun ein, „kommt, wir lassen die beiden jetzt allein." Mit diesen Worten greift sie nach Otruns Hand und zieht sie raus. Basti sieht mich fragend an. Ich schüttele meinen Kopf: „Ich kann sie nicht sehen, Wido und Wondering Bear. Hätten sie nichts gesagt, wären sie von mir unbemerkt geblieben." Die beiden Frauen halten inne und setzen sich erneut hin.

„Vielleicht ist es bei den beiden etwas schwieriger für dich. Sie sind ganz normale Männer, keine Zauberer, verstehst du?", sagt mir die dicke Frau einfühlsam. „Das ist jammerschade", ich bin enttäuscht. *Ich war so neugierig, wer sich hinter diesem Wido verbirgt.* „Vielleicht braucht ihr nur ein bisschen mehr Zeit. Aber du hast sie gehört, nicht wahr?" „Ja, habe ich." Basti sieht mich ruhig an. Langsam breitet sich ein Lächeln auf seinem Gesicht aus: „Selene, das ist doch ein guter Anfang. Sollen wir euch trotzdem alleine lassen?" Ich nicke Basti zu. Er hält mich bei der Schulter: „Das wird schon. Kleine Schritte …"

Daraufhin verlassen die anderen die Hütte. Bis auf Wido, *wahrscheinlich,* den ich nicht sehen kann. Ich fühle mich sehr befangen. „Wo sitzt du?", frage ich ihn, „damit ich zumindest in die richtige Richtung spreche." „Ich sitze dir genau gegenüber, aber ich würde gern an deine Seite kommen, darf ich?" „Nur, wenn du nicht guckst! Ich sage es dir im Vertrauen, ich habe nichts an", versuche ich mit ein wenig Unsinn, dieser Situation die Anspannung zu nehmen.

„Oh, es ist recht dunkel hier drin. Ich kann also beinahe nichts sehen. Außerdem, schätzt du mich wirklich so ein?" „Hm, du bist ein Mann, oder?" Die Stimme lacht auf: „Richtig, und ich will ehrlich sein, du fesselst meinen Blick. Ich bin wehrlos." Seine Stimme ist so flockig locker, dass ich mich sofort besser fühle. „Warum bin ich eigentlich die Einzige, die nackig hier herumsitzt?" „Du bist die einzige neben Frithjof, die schwitzt, wie ein Mensch. Aber keiner hier sieht dich so. Nackt, meine ich." Ich fühle mich angelächelt. „Hast du mich im Schlaf besucht oder habe ich das geträumt?" „Die Frage klingt interessant. Ich denke mal, beides?" „Du hast mich also in meinem Traum aufgesucht?" Eine kurze, stille Pause: „Ich denke schon, aber es war alles recht dünn, oder?" „Du hast mir gut getan." „Das freut mich." Er nimmt meine Hand und streicht über meine Haut. Es fühlt sich an, wie ein Schmetterling.

„Ich war ganz nah bei dir, als du dich um Liona gekümmert hast." Ich sehe auf meine Hand: „Es tut mir aufrichtig leid, ich habe es einfach nicht mitbekommen." Er wuschelt mir durch mein verschwitztes Haar und lacht laut auf. Schnell streiche ich meine Haare glatt. *Ich weiß schon, was so lustig ist. Wenn sie nass werden, kringeln sie sich wie verrückt, und wenn sie dann noch verwuschelt werden ...* „Streich sie nicht glatt! Du siehst zuckersüß aus, wenn sie so abstehen", meint Wido leise zu mir und kommt dabei ganz nah an mich heran. Mein Herz klopft wie wild. *Ich kann ihn zwar nicht sehen, dennoch ist mir völlig klar, wie nah er mir jetzt ist.*

Er streicht mit seiner Nase über meine Wange. „Darf ich?", fragt er. Vorsichtig taste ich in seine Richtung. Ich berühre ihn am Arm. Er fühlt sich vollkommen real an. Mit meinen Fingern streiche ich über seine glatte Schulter. „Das ist alles sehr verrückt. Ich weiß nicht, was mit mir geschieht", flüstere ich ihm zu. „Du gefällst mir, Selene. Ich bin, seit deinem ersten Tag auf der Lichtung, hingerissen von dir. So sehr, dass die anderen mir schon aus dem Weg gehen, oder mich fortschicken. Ich weiß kaum noch, wer ich selbst bin." Wido flüstert in mein Ohr. Sein Lufthauch kitzelt mich ganz leicht.

Vorsichtig streicht er über meine Arme: „Ich weiß gar nicht, ob ich dich berühren darf. Du siehst so zerschunden aus." „Oh, danke sehr", ich muss lächeln. *Er ist so vorsichtig, einfach süß!* „Du hast recht, ich fühle mich wirklich etwas demoliert." „Du fliegst wunderbar und eine sichere Landung wirst du auch noch lernen." „Danke Wido. Willst du mit mir fliegen? Wollen wir es versuchen? Irgendwann?" „Irgendwann ja. Aber du solltest erst noch ein wenig üben." Ich packe ihn an seiner Schulter. Nun etwas fester: „Du hast doch nicht etwa Angst?" „Nein Selene, ich bin ja schon tot, aber du nicht. Und bestimmt behindere ich dich. Wenn du mich mitnimmst, ist es bestimmt noch schwieriger für dich. Aber ich freue mich schon auf den ersten Flug, glaub mir." „Gut, dann will ich fleißig üben."

„Lass dir erst von Frithjof eine Salbe geben. Seine Medizin hilft in der Regel." „Du hältst große Stücke auf ihn, hm?" „Ja, lerne ihn erst einmal richtig kennen. Er ist nicht so, wie er im Moment tut, wir sind wirklich gute Freunde." „Weißt du, wenn ich hier mit dir sitze, möchte ich gar nicht an diesen alten Mann denken", flüstere ich ihm zu. Wido lacht leise, sagt aber nichts. Er gibt mir ein zartes, kleines Küsschen auf die Wange und nimmt mich in seinen Arm. Ich lehne mich an ihn. In seiner Nähe fühle ich mich ausgesprochen wohl. An ihn gelehnt kann ich mich fallen lassen. Dieser strapaziöse und aufregende Tag hat mir all meine Kräfte geraubt. Mit einem Mal fallen mir die Augen zu. Benommen rappele ich mich auf: „Entschuldige, ich weiß nicht, wie das passieren konnte." Er zieht mich wieder in seine Umarmung zurück: „Ist schon gut, dieser Tag ist wirklich anstrengend für dich. Ruh dich ein wenig. Außerdem trinkst du zu wenig und an sich gehörst du an die Luft. Es ist zwar hier drin nicht mehr richtig heiß, aber dennoch brauchst du frischen Sauerstoff. Lass uns rausgehen." „Nein bitte, lass uns noch ein wenig hier sitzen bleiben. Ganz sicher kleben alle Augenpaare an dem Ausgang der Hütte fest", maule ich. „Ganz sicher, doch wenn wir rauskommen, werden sie verschämt wegsehen und so tun, als ob nichts wäre." „Meinst du?" Wido nickt: „Raus jetzt." Er schiebt mich vor.

Ich, nein wir, treten vor die Hütte. Alle sitzen im Kreis und unterhalten sich. Niemand scheint uns zu bemerken. „Siehst du, was habe ich gesagt?" flüstert er in mein Ohr, „darf ich dir den Rücken kühlen?" Ohne meine Antwort abzuwarten, drückt er einen nassen Lappen an meinem Rücken aus. „Deine Flügel sind wunderschön, Selene", meint er leise. „Wido?" „Ja, Selene?" „Ich finde das ungerecht. Du weißt inzwischen viel zu genau, wie ich aussehe, aber ich weiß nichts über dich", beklage ich mich leise. „So ganz unrecht hast du nicht. Dabei hatte ich mich doch schon in deinem Traum beschrieben … Also, ich habe schwarzes Haar. Richtig schwarz. So dunkel, dass es in der Sonne bläulich glänzt", erzählt er, während das kühle Wasser über meinen Rücken fließt. „Es ist glatt und die meiste Zeit habe ich es mit einem Gummi zusammengebunden. Wenn sie dir offen besser gefallen, werfe ich das Gummi weg. Auch meine Haut ist etwas getönt. Nicht ganz so dunkel, wie die meines Vaters, aber wesentlich dunkler als deine."

„Das ist nicht schwierig", falle ich ihm ins Wort. „Stimmt, du gehst schon fast als Albino durch", antwortet er lachend. Einige aus der Runde sehen auf, schauen aber sofort wieder weg und tun so, als seien sie in ein sehr wichtiges Gespräch vertieft. „Und deine Augen sind braun, hm?" „Ja, dunkelbraun." „Wie Frithjofs?" „Ja, in etwa. Vielleicht noch etwas dunkler." „Das geht?" „Frithjof ist sich sicher, irgendwann kannst du dich davon überzeugen." „Was erzählt er über mich?" „Er hält dich für sehr fähig, und heute hast du ihn wirklich überrascht." „Wir sind wie Hund und Katze!", schnaube ich. Ich fühle deutlich, wie Wido seinen Arm um mich legt. Ich fröstele ein wenig.

„Warte, ich ziehe mir etwas über. In ein Handtuch gewickelt gehe ich zu der Feuerstelle, um mein getrocknetes Höschen zu holen. Wido sagt zu Frithjof: „Wir gehen ein paar Schritte." Frithjof lächelt seinen Freund an. Dann wendet er sich zu mir: „Selene, bitte trink! Ich will nicht, dass du gleich irgendwo bewusstlos im Gebüsch liegst." Ich nicke ihm zu und nehme die Kelle aus dem Eimer. „Selene?", fragt Frithjof. Ich halte in der Bewegung inne. „Geht es dir gut?" Er fragt mich mit einem warmen Lächeln. Ich strahle ihn an: „Ja, sieht man das nicht?" „Doch, aber ich wollte es gern von dir hören. Es ist zu spät, um heute noch zurückzugehen. Wir werden hier oben in der Hütte schlafen. Ihr könnt euch also Zeit lassen. Wido kennt sich bestens aus."

Vielleicht ist er wirklich nicht so, wie er sich manchmal gibt. „In Ordnung", sage ich und nehme noch einen Schluck Wasser.

Wido greift nach meiner Hand und zieht mich mit sich. Die junge Otrun zwinkert mir zu. Lächelnd gehe ich mit ihm. „Wo willst du denn hin?", frage ich. „Komm, ich möchte dir etwas zeigen." Gemeinsam verschwinden wir zwischen den dichtstehenden Bäumen. Ein wenig müssen wir durch hinderliches Gestrüpp, doch dann kommen wir auf einen schmalen Pfad. Hier ist das Gehen leichter. Mit einem Mal stehen wir an einem weiteren Abgrund. Vermutlich, das andere Ende des Platos.

Wido zieht meine Hand runter. Wir setzen uns auf die felsige Kante. Vor uns liegt so etwas, wie ein Krater. Beinahe kreisrund, eine Schlucht umgeben von hohen Steinwänden und Schieferausbrüchen. Unten im Tal wächst ein dunkelgrüner Teppich aus Pflanzen. Ich merke, wie sein Arm sich um meine Taille legt. „Was ist das? Ein angebautes Feld?" „So in der Art. Petersilie hat sich in diesem Tal breitgemacht. Sie wächst, wie Unkraut. Das ist eine lange Geschichte …"

Ich fahre vorsichtig mit meiner Hand über seinen Rücken. Seine Haut ist weich und warm. Deutlich kann ich beim Darüberstreichen seine Muskeln fühlen. Sein Haar geht bis unterhalb der Schulterblätter. Es muss ein dicker Zopf sein … „Du hast meinem Vater gestern eine große Freude gemacht", sagt Wido unvermittelt, „woher kanntest du dieses Lied? Wird es heute noch gespielt?" „Was für ein Lied?" „Es gibt nur ein Lied, das du gestern beinahe den ganzen Tag gesungen hast." „Das war doch kein Lied. Es waren ein paar Laute. Ein beruhigender Singsang." „Mein Vater sagt, es war ein Lied. Ein sehr altes Lied. Er muss es wissen … Er hat auf einem hohlen Stamm die Trommel dazu geschlagen. Ebenso wie du, beinahe den ganzen Tag." „Ich habe ihn gehört", ich sehe mich verblüfft um, „ich dachte, sie wäre nur in meinem Kopf gewesen! Die Trommel. Das war wirklich dein Vater?" Widos Hand fährt durch mein klebriges Haar. „Scheinbar ja, Selene. Das muss dir alles sehr merkwürdig vorkommen." „Merkwürdiger als merkwürdig, glaub mir."

Er lässt seine Fingerspitzen ganz sachte über mein Gesicht gleiten. „Tun dir die Schrammen sehr weh, wenn ich sie berühre?" „Nein, eigentlich spüre ich sie kaum. Aber dich, Wido! Dich fühle ich sehr deutlich." *Es fühlt sich ausgesprochen gut an!* „So, wie du mich ansiehst, magst du es." Ganz langsam drückt er mich auf den felsigen Boden. Sein Finger streicht an meinem Hals entlang über mein Schlüsselbein. Mein Herz rast. *Wie lange ist es her, dass sich ein Mann an mich herangetraut hat?* Mit geschlossenen Augen ist es fast, als könnte ich ihn sehen. Ich genieße jede seiner Berührungen. „Selene", holt er mich zurück, „ich habe mir so sehr gewünscht, meine Zärtlichkeiten würden dir gefallen. Du machst mich sehr, sehr glücklich."

Er küsst über mein Gesicht. An meinem Ohr flüstert er: „Hier können wir nicht bleiben, die Felsen sind viel zu hart für dich. Bitte komm mit mir, nur ein kleines Stück." Ich gebe ein unwilliges Stöhnen von mir. Wido lacht leise und kehlig. Mit einem Mal zieht es meinen Körper in die Höhe. Er nimmt mich auf den Arm und trägt mich fort. Als ich das realisiere, muss ich kichern. „Was ist?" „Noch nie hat mich ein Mann so getragen. Frauen meiner Größe werden nicht herumgeschleppt!" „Ich bin auch nicht gerade klein, Selene. Das passt schon." In seiner Stimme kann ich deutlich ein Lächeln ausmachen.

Ich lege ihm meinen Arm um den Hals und lehne meinen Kopf an seine Schulter. *Ob Frithjof gleich wieder kommt und mich aus diesem schönen Traum aufweckt?* Langsam lässt Wido mich auf weichem Waldboden nieder. „Das ist doch besser, nicht wahr?" Ich will gerade nicken, doch seine weichen Lippen legen sich sanft auf meine. *Er macht mich schwach! Noch nie war dieser Ausdruck so treffend.* Ich habe das Gefühl dahin zu schmelzen, mich unter seinen Berührungen aufzulösen. Die Lippen so weich und sanft, riecht er köstlich nach Wald. Vorsichtig löse ich sein Haargummi. Ich möchte seine Haare fühlen. Sie fallen, wie ein weicher Schleier auf mich herab.

Kühle Tropfen benetzen mein Gesicht. Es dämmert. Mächtige Bäume erheben sich zu meinen Seiten. Der Regen ist deutlich zu hören, doch mich treffen nur einzelne Wassertropfen. Trotzdem ist mir kalt. Vorsichtig richte ich mich auf. Mein ganzer Körper tut weh. Ganz langsam kriechen die Ereignisse in mein Bewusstsein. Eine warme Hand streicht über meinen Arm.

„Hast du gut geschlafen, Liebes?", holt mich Widos Stimme wieder ganz in meine neue Wirklichkeit zurück. Ich lasse mich zurücksinken und schließe erneut die Augen. *Ich hatte unerreichten Sex mit einem Geist!* Mein Herzschlag beschleunigt sich. „Wenn du noch müde bist, bringe ich dich besser zurück. Dann kannst du in der Schwitzhütte schlafen. Dort ist es warm und es regnet kaum hinein." Seine Nasenspitze streicht über meine Wange. Mit einer Hand ordnet er mein Haar.

„Ich überlege, was alles geschehen ist." Mit einem Lächeln in der Stimme erklärt Wido: „Eine ganze Menge ist geschehen. Du hast deinen Vater getroffen. Ihr beide seid durch die Lüfte geflogen. Ein atemberaubendes Paar Flügel schmückt deinen Rücken. Leider ist dir die Landung nicht so gut geglückt, deshalb ist dein Körper ein wenig zerschunden. Doch ich war ganz vorsichtig …" Seine kleinen Küsschen verteilen sich über mein ganzes Gesicht.

„Und die gesamte Hexenfamilie erwartet dich. Du hast sie flüchtig kennengelernt. Erinnerst du dich?" „Ja, ich dachte schon, ich hätte mir das alles zusammengesponnen." „Nein Selene, es ist wirklich passiert. Du bist absolut großartig, weißt du das eigentlich?" „Inwiefern?" „In allem … Ohne Ausnahme. Du machst mich unbeschreiblich glücklich." „Das ist schön." Mehr ist nicht zu sagen. Sein Mund legt sich auf meinen. Ganz sachte öffnet seine Zunge meine Lippen. Erneut verschmelzen wir miteinander. Warm und weich kann ich Wido überall fühlen. Sehr behutsam offenbart er sich mir, als der perfekte Liebhaber. *Ich will jetzt wirklich nicht darüber nachdenken, wie lange wir uns nun kennen. Es handelt sich sowieso höchstens um Stunden.* Etwas benebelt und durcheinander lasse ich mich einfach treiben …

„Komm Selene, wir sollten jetzt wirklich zurückgehen." „Schon?", *ich habe keine Lust auf Frithjof und seine Hexen. Garantiert habe ich bereits alle Namen wieder vergessen. Und bei dem Gedanken, dass sie mich alle in gewisser Weise erwarten, wird mir ganz anders.*

„Was bedrückt dich?", fragt Wido und streicht mir über meine Wange. „Ach nichts", drucke ich herum, „ich habe das Gefühl, ich müsste so etwas, wie eine mündliche Prüfung ablegen." Wieder einmal bekomme ich die Haare verwuschelt: „Du steigerst dich da in was hinein, Selene. Es ist nicht, wie du denkst. Wir sind alle bloß neugierig. Ich weiß, du verstehst das."

Er zieht mich an meiner Hand hoch. „Wenn es so schwierig für dich ist, schieb es nicht vor dir her, Liebes. Du wirst sehen, es wird halb so schlimm." „Na, wenn du meinst", antworte ich in nöligem Ton und gehe mit ihm. Er hält meine Hand. Wie aus dem Nichts werde ich vorwärts gezogen. Ich greife in meine Hosentasche. Erstaunt sehe ich auf das schwarze Haargummi, trotz der Dämmerung, deutlich in meiner Hand. Unvermittelt sage ich: „Dein Gummi ist schwarz!"

Ich laufe in ihn hinein. Wido ist scheinbar abrupt stehen geblieben. Ich starre vor mich hin: „Ich kann dein Haargummi sehen!" Ich spüre einen Kuss auf meiner Wange. Er nimmt das Gummi an sich und rafft wahrscheinlich seine Haare damit zusammen. Nun tanzt es vor meinen Augen in der Luft. „Wido, ich werde verrückt!", äußere ich erschreckt. „Wieso sehe ich das blöde Gummi und nicht dich?!" „Ich weiß es nicht, Selene. Bestimmt wirst du mich auch bald sehen können. Ich glaube ganz fest daran."

Mit diesen Worten dreht er sich zu mir, hält mein Gesicht in seinen Händen und küsst mich leidenschaftlich, während ich auf das Gummi starre. Ich schließe meine Augen. Sofort fühlt es sich nicht mehr so grotesk an. Und dennoch blinzele ich neugierig. Erneut visiere ich das Gummi an. *Wenn mich jetzt jemand beobachtet!* Schießt es mir durch den Kopf. „Komm Selene", sagt er und zieht mich weiter.

Frithjof sitzt allein am Feuer. Er sieht auf, als er uns hört. Ich wundere mich: „Hallo, wo sind die anderen?" „Sie gehen ihrer Wege. Frodegard meinte, es sei bestimmt entsetzlich für dich, wenn sie alle hier auf dich warten." Ich schüttele meinen Kopf. Frodegard habe ich noch gut vor Augen. Das Kinn nach oben gereckt, sah sie mich abschätzend an. Sehr herrisch und distanziert. Von ihr hätte ich das am allerwenigsten erwartet. „Du siehst verwundert aus, Selene", meint Frithjof. „Genau davor hatte ich Angst. Ich meine, dass sie hier alle auf mich warten, mich anstarren … Ich fühle mich völlig verunsichert. Frithjof, ich bin sehr durcheinander."

Mit aufgeregter Stimme schaltet sich Wido ein: „Sie sieht mein Haargummi!" Verblüfft schaut Frithjof mich an. „Nur das Haargummi. Ich sehe es durch die Luft tanzen, als wäre ich irre!" Ich lasse mich auf einen Stein am Feuer nieder und vergrabe mein Gesicht in den Handflächen. Eine Hand fährt über meinen Rücken. Kurz weiß ich nicht, wer von den Beiden ... Doch dann breitet sich die Gelassenheit in mir aus. „Danke Frithjof", nuschele ich leise in meine Hände hinein.

„Das wird schon, Selene", sagt er einfühlsam, „wir sollten uns jetzt hinlegen." „Ich bin nicht müde", murmele ich in meine Handflächen. Wido schaltet sich ein: „Sie hat eben ein wenig geschlafen", ich höre sein Lächeln, „in meinen Armen." „Siehst du mein Freund, alles wird gut werden." Dabei streicht Frithjof mir erneut über den Rücken. „Was machen deine Schrammen?" „Ach geht schon", antworte ich, „ich spüre sie kaum. Mich beschäftigen ganz andere Dinge. Glaub mir." Ich bemerke, wie sich zwei Arme auf meinen Rücken legen. Der eine beruhigt mich. Der andere gehört Wido. Er löst ein Prickeln auf meinem Körper aus.

„Ich weiß, wie du dich fühlst, Selene. Viele Jahre ist das her. Ich war mir sicher, ich werde wahnsinnig werden. Dazu die Vorstellung, was die Leute sagen ... Ein Irrer! Mir war klar, dass mich kein normaler Mensch verstehen kann. Zum Glück hatte ich zu dem Zeitpunkt meine Freunde, Wido und Dustin und meinen Bruder Basti. Ich war nicht allein. Für sie war es auch nicht einfach, als ich ihnen erzählte, dass ich immer noch mit Otrun zusammen bin, obwohl sie bei ihren Ahnen weilt. Doch sie hatten es vergleichsweise leicht, sie kannten schließlich ihre Vorgeschichte. Wenn du möchtest, sprich ruhig mit deiner Freundin. Ich weiß, dass du das in deiner Situation brauchst. Du musst darüber reden, Selene."

Ich blicke auf, meine Hände fallen auf meinen Schoß. Wido nimmt eine in seine Hand. Er hält sie fest umschlossen, gibt mir Sicherheit. „Wie bitteschön, soll ich Mona das erzählen? Wie stellst du dir das denn vor? Ach weißt du, ich habe jetzt einen Freund. Er ist wirklich süß. Ein bisschen tot, aber süß. Du weißt ja, die Lebendigen sind sowieso alle doof!", schnaube ich Frithjof an.

Der lacht laut auf, sagt aber erst mal nichts. Er wischt sich eine Träne aus dem Augenwinkel und sieht mich von der Seite an: „Du hast eine Art! Ein bisschen einfühlsamer musst du es schon anstellen." „Toll, danke für den Tipp. Wenn ich dich nicht hätte! Und wenn ich wiedermal einen Rat brauche, komme ich sofort zu dir!" Ich spüre Widos Finger in meinem Haar. Er flüstert mir ins Ohr: „Du fängst schon wieder an zu streiten, Selene. Frithjof kann doch nichts dafür." Eilig entreiße ich ihm meine Hand. „Ich streite nicht! Ich sage nur, wie es ist. Das ist so meine Art. Wenn euch das nicht gefällt, kann ich`s auch nicht ändern!" „Na, mein Freund, jetzt sitzt du mit im Boot, hm? Ich sagte ja, es ist nicht ganz einfach mit ihr." Frithjof lächelt in Widos Richtung. Schnaubend springe ich auf und gehe ein paar Schritte. Ich kehre zu den beiden zurück und stemme meine Hände in die Hüften: „Ich bin sehr einfach. Die Umstände hier sind extrem schwierig! Ihr seid schwierig! Verzeiht mir, wenn ich etwas Zeit brauche!" Ich marschiere in Richtung Abgrund und setze mich auf die felsige Kante. Tränen laufen mir über die Wangen. Ich lasse sie laufen, als wären sie gar nicht da.

Jemand streicht mir über die Haare. Ich blicke auf. „Na Hexchen, schon wieder Ärger?" Ich schüttele den Kopf. „Nein, sie wissen genau, wie durcheinander ich bin. Ich brauche nur ein wenig Ruhe. Die beiden verstehen das schon. Auch wenn es im Moment anders scheint." „Ganz sicher, Selene. Eben sahst du so glücklich aus." „Ich bin glücklich, Papa. Aber schwierig und verrückt ist es trotzdem, oder?" „Ja mein Kind, es ist weit entfernt von allem, was uns beigebracht wurde. Alles steht in einem viel komplexeren Zusammenhang, als es die Menschheit begreifen kann. Du bist den anderen ein gutes Stück voraus. Du musst sehr vorsichtig mit ihnen umgehen." „Da bin ich mir sicher. Ich werde niemals mit Mona über Wido reden können. Niemals! Vielleicht entwickelt sich eine wirkliche Freundschaft zu der einen oder anderen Zauberin. Ein paar von ihnen waren mir auf Anhieb sympathisch. Aber Mona? Ich weiß gar nicht, wie ich ihr gegenübertreten soll. Erst verschwinde ich ohne eine weitere Erklärung. Dann besuche ich sie, mit diesem riesigen Tattoo, das sich auch unter hoch geschlossener Kleidung nicht wirklich verstecken lässt, und erzähle ihr ganz nebenbei von meiner neuen Liebschaft. Mal im Ernst, Papa, …", ich reibe mir hektisch mit den Handflächen über mein Gesicht, „ich werde zusehen, dass ich sie nicht antreffe, wenn ich mir ein paar Sachen hole. Ich kann ihr ja eine Nachricht hinterlassen. Dass ich nun ein anderes Leben führe, und sie den Rest meiner Habseligkeiten an eine

Stiftung verschenken kann. Den Krempel brauche ich nicht mehr." Ich starre in die Weite.

Ein Räuspern zu meiner Linken. Es ist die kleine blonde Frau mit dem warmen Lächeln. Sie sieht mich mitfühlend an. Ich bin mir nicht ganz sicher. Vorsichtig frage ich: „Siegrun?" Sie nickt und lächelt noch ein wenig breiter. „Selene. Liebes", sagt sie leise, „du bist sehr durcheinander, hm? Wir möchten dir so gerne helfen." Sie hebt ihre Hände und lässt sie wieder in ihren Schoß fallen. „Die Dinge erscheinen dir verrückt. Sehr verrückt, nicht wahr? Ich habe sie noch nie so empfunden. Ich wuchs auf der Lichtung auf und habe mein gesamtes Leben dort verbracht. Doch wenn ich mir vorstelle, ich müsste plötzlich in deiner Welt leben, so stelle ich mir das auch nicht einfach vor. Sicher würde ich leicht unter die Räder geraten. Das Leben ist rasant schnell geworden, außerhalb von Frithjofs Schutzschirm. Dort würde ich ganz sicher nicht zurechtkommen. Jemand müsste sich geduldig um mich kümmern, sonst wäre ich verloren. Und nun kümmern wir uns um dich. Wir alle werden dir den Weg bereiten. Jede von uns hat ihre eigenen Erfahrungen. Du kannst nur profitieren, Liebes. Und warte noch ein wenig ... Mit dem Spenden der unwichtigen Dinge, meine ich. Du bist zu verwirrt, im Augenblick. Du kannst im Moment keine weise Entscheidung treffen. Und das ist nur verständlich. Lass ein bisschen Zeit verstreichen, dann weißt du besser, welche Dinge dir wichtig sind, und welche wiederum nicht. Warte ab, bis deine Gedanken wieder klarer sind."

„Sie hat recht, Selene", schaltet sich Papa ein, „gib dir Mühe offen zu sein. Und vergleiche um Himmels willen nicht alles mit dem, was Mama dir beigebracht hat. Sonst packt dich vielleicht wirklich der Wahnsinn." „Ich werde Mama nicht vergessen!" „Ach Kind, ich habe sie auch nicht vergessen, glaub mir. Das meine ich doch gar nicht. Sie wird immer in meinen Gedanken sein. Aber dort hinten am Feuer sitzt ein junger Mann. Glaub deinem Vater, er ist wirklich ... ! Na, wie soll ich sagen? Nett? Das trifft ihn nicht wirklich. Ein guter Mann. Ein Mann, den ich mir für meine Tochter wünschen würde. Und leider außer sich vor Kummer. Nicht mal Frithjof kann ihn beruhigen."

„Ich bin ihm zu schwierig, hm?" „Du zweifelst, Selene. Ihr beide wart eins und plötzlich bist du wieder ganz du und willst am liebsten eine logische Erklärung. Für alles! Aber das Leben ist nicht immer logisch, Selene. Und hier schon mal gar nicht, nur in deinem Labor. Dort ist alles beruhigend klar strukturiert. Du musst jetzt mutig sein. Mutig und unerschrocken. Du kannst damit leben, ich weiß das. Vielleicht habe ich zu lange gewartet … Ich hätte früher zu dir kommen sollen."

„Arend, mach dir keine Sorgen", sagt Siegrun, „das wird schon werden." Sie lächelt in Papas Richtung. „Du siehst ihn?", frage ich. „Nein mein Kind, aber ich höre ihn. Durch dich. Und ich kann ihm nur zustimmen, in allem, was er sagt. Du hast einen weisen Vater." „Aber du lächelst ihn an!" „Er sieht mich. Also schenke ich ihm ein Lächeln. Das ist doch nur normal, oder?", sie zwinkert in Papas Richtung und grinst noch etwas breiter.

„Darf ich mich dazu setzen?", fragt die Frau mit dem blonden Zopf auf der Seite. „Natürlich, setz dich ruhig", sagt Papa und klopft auf den felsigen Grund neben sich. „Hallo, ich heiße Roswinda." Sie hält meinem Vater ihre Hand hin. Er ergreift sie und haucht ihr einen Kuss auf den Handrücken. Sie kichert entzückt. „Wie galant! Ich bin sehr erfreut." „Die Freude ist ganz meinerseits, scheinbar gibt es hier ausschließlich Schönheiten. Darf ich bleiben?"

Von hinten werde ich zur Seite gedrängt. „Macht mal Platz für mich! Ich will auch meine Beine baumeln lassen!" Die dicke Frau quetscht sich zwischen mich und meinen Vater. Auch sie hält ihm die Hand hin. Er nimmt sie ehrfürchtig und gibt auch ihr einen Handkuss. „Aaah, er weiß, was sich gehört! Ich heiße Hildrun." „Ich heiße Arend. Arend von Lichtstetten." Ein wenig verblüfft frage ich: „Ihr könnt ihn nicht sehen, oder?" Hildrun lacht auf: „Nein, ist das so wichtig? Ich kann ihn hören, das reicht mir fürs erste." Dabei haut sie ihm kräftig auf die Schulter. „Und fühlen!" „Du hörst ihn durch Selene", erinnert Siegrun sie. „Ist mir egal, ich hör ihn, basta. Und wenn ich mich anstrenge …" Ihre Stimme wandelt sich zu einem Flüstern: „Wenn ich es will, sehe ich ihn auch."

Sie tastet an seinen Oberschenkeln entlang. „Recht kräftig. Mädels, der hat ordentlich Muskeln!", meint sie und beugt sich sehr nah zu ihm. „Vogelmensch, einen Augenblick noch …" Ein Weilchen ist es ganz still. Roswinda meint: „Hab doch Geduld, irgendwann wird er sich uns schon zeigen." „Warum? Du zeigst dich uns, nicht wahr? Und dennoch erkennen wir dich nicht."

Mühsam steht Hildrun auf, während sie sich unsanft auf meiner Schulter abstützt. Sie stellt sich dicht hinter ihn, sodass sie ihn mit ihren Beinen berührt. Mit geöffneten Handflächen steht sie da und reckt sich zum Himmel. Der Wind zerrt an ihrem Totenhemd. Sie bietet einen furchteinflößenden Anblick. Völlig weggetreten steht sie da. Irgendetwas Unverständliches murmelt sie vor sich hin. Nun legt sie ihre Hände auf seine Schultern. Keiner sagt ein Wort. Es liegt solch eine Spannung in der Luft, dass ich kaum zu atmen wage. Langsam fährt sie mit ihren Händen an seinen Schultern entlang zu seinem Hals und hält mit den Händen sein Kinn umklammert. Sie zwingt seinen Kopf weit in den Nacken. Doch Papa ist ganz entspannt. Er hat keine Angst vor ihr. Lächelnd sieht er in ihr Gesicht, mit dem sie sich nah zu ihm herunter beugt.

Plötzlich: „Ladys, wir können ihn hier behalten. Noch ein gutaussehender Mann!" Sie sagt das, in bester Laune, während sie ihm über die Glatze streicht. „Seine Tochter gleicht ihm sehr. Grüne Augen, kahler Schädel. Mal was anderes, als immer die langen Haare, die hier irgendwie angesagt scheinen, meint ihr nicht?" „Musst du immer so direkt sein?", schnauft Roswinda. „Ach du! Und sportlich sieht er aus, alle Achtung! Da kann Frithjof aber einpacken!" Gegen meinen Willen muss ich lachen. *Hildrun ist unmöglich! Und in ihrer Unmöglichkeit ist sie die Erste, die ihn sehen kann! Und ich mag sie. Sie scheint mir so offen. Sie tut mir gut.*

Wir alle fünf müssen lachen. „Was ist denn hier los?" Otrun und die strenge Frodegard setzen sich zu uns. „Bei dem Gegacker findet man ja keine Ruhe!", meint Frodegard. Siegrun erklärt ihr: „Hildrun kann Arend sehen. Sie meint, er sei ganz passabel." „So, na dann können wir ja alle ganz entspannt aufatmen!" „Ja, nicht wahr, auf ihr Urteil kann man sich verlassen", fügt Otrun hinzu.

„Warum klingt ihr nur so, als glaubt ihr mir nicht?", fragt Hildrun von der anderen Seite. Sie sieht die anderen mit zusammengekniffenen Augen an und kniet sich hinter Papa. Mit ihren Fingern fährt sie über sein Tattoo. „Wahnsinn, diese Flügel.

Sie gefallen mir so sehr", schnurrt sie, „nimmst du mich mal mit?" Otrun hüstelt in ihre hohle Hand. Hildrun schnaubt missmutig: „Hör nicht auf sie, Arend. Nimmst du mich mal mit?" „Aber sicher Hildrun, wenn du möchtest, fliegen wir sofort gemeinsam." Frodegard meint mit zusammengekniffenen Augen: „Irgendwie dachte ich, du könntest uns sehen." „Ja, ich sehe euch alle", antwortet Papa. Hildrun lacht begeistert auf: „Er hat keine Angst vor molligen Frauen!" „Ihr werdet vermutlich abstürzen", äußert Otrun frech. „Ach wenn schon, kann man zweimal sterben?", lacht Hildrun. Arend schließt sich ihr nickend an. „Komm Hildrun, wir beide werden es den Damen zeigen, hm?" Arend steht auf und reicht ihr seine Hand.

Ich bin stolz auf Papa und sehe den beiden nach. Er legt freundschaftlich seinen Arm um Hildrun, während sie sich entfernen. Jemand tippt mir auf die Schulter. *Witta*. „Nimmst du mich auch mit?" Ich sehe sie erstaunt an. „Meine Landung ist noch nicht so besonders." Sie sieht mich verschmitzt an: „Doch Selene, deine Landung ist was ganz Besonderes! Ich habe keine Angst!" „Ok, wenn du meinst. Du willst das wirklich?" Ernst nickt sie mir zu. „Papa! Zeig mir, wie ich jemanden mitnehmen kann!", rufe ich den beiden hinterher, während ich meine Jacke ausziehe. Nachlässig werfe ich sie auf den Boden.

Frithjof lässt mich seinen kritischen Blick spüren. Ich beachte ihn gar nicht. Eilig folgen Witta und ich meinem Vater. Gemeinsam stellen wir uns ein wenig abseits an den Abgrund. „Wir nehmen sie Huckepack, Selene. Ihr haltet euch erst mal an unseren Schultern fest. Wenn wir fliegen, könnt ihr euch aufsetzen und ein wenig lockerer lassen. Tja, die Landung … Wir geben unser Bestes, nicht wahr Selene?" Ich nicke ihm zu.

„Bist du bereit, Witta?", frage ich die kleine Zauberin. „Bin ich", sagt sie und hüpft mir auf den Rücken. Sie ist so klein und leicht, dass ich sie kaum spüre. Dann ruft sie: „Sieh her, Wido! Wir werden gemeinsam fliegen!" „Achtung", sage ich noch und schon stürze ich uns in den dunklen Abgrund. Witta kreischt auf! Als wir vom Wind in die Höhe getragen werden, jauchzt sie begeistert. „Das ist besser als alles! Danke Selene!"

Kühler Nachtwind zerzaust uns die Haare. Frei und unbändig ziehen wir unsere Kreise. Witta hält sich kaum noch an mir fest. Mit weit abgespreizten Beinen genießt sie unser kleines, gemeinsames Abenteuer. Sie kommt mir vor, wie ein ungestümes Kind. Sie kommt mir vor, wie ich selbst, als ich klein war und mit Papa geflogen bin. Ich erinnere mich sehr deutlich an das Gefühl von damals. Sachte nehme ich ihre Füße und lege sie an meinen Körper an, wie es Papa früher bei mir getan hat. Nun fliege ich eine scharfe Kurve und lasse mich von dem Luftstrom erneut in die Höhe reißen. Kurz schreit Witta auf. Dann lacht sie laut los: „Du bist ein bisschen verrückt! Aber ich finde es toll!" „Ich will etwas probieren, Witta." „Was denn?", lacht sie. „Wenn ich so flach lande, wie heute Mittag, sind meine Beine zu langsam. Ich kann nicht schnell genug rennen, deshalb überschlage ich mich wer weiß wie." „Kluge Erkenntnis. Und was hast du jetzt vor?" „Ich probiere einen Sturzflug."

Kurz ist Witta still. Dann fragt sie: „Und du meinst, das ist schlau?" „Ja, ich glaube schon. Ich muss mich nur kurz vor der Landung leicht drehen und die Geschwindigkeit mit meinen Flügeln drosseln." Witta pfeift durch die Zähne: „Weiter nichts? Du bist wahnsinnig, Selene!", schreit sie, „das klappt nie!" „Das Rennen klappt nicht, das habe ich schon durch. Zweimal! Stell dir einen Adler beim Beuteanflug vor. Das geht." „Der Adler hat geübt, glaub mir Selene. Du wirst mit dem Kopf in der Erde landen! Bestimmt einen halben Meter tief!" „Du hast ja doch Angst!" „Nein, habe ich nicht! Aber ich sehe die Dinge, glaube, etwas klarer als du!" „Halt dich fest!", rufe ich noch und setze zum Sturzflug an.

Witta krallt sich an meine Schulter und kreischt mir ins Ohr. *Sie hat Angst!* Ich spüre, dass es klappen muss und hoffe, dass es das auch tun wird. Der Wind pfeift uns um die Ohren. Ich schalte meinen Verstand aus, überlasse mich meinem Gefühl. Einzig und allein konzentriere ich mich auf den Boden. Aus den Augenwinkeln erhasche ich schreckerstarrte Gesichter. Dann reiße ich meine Beine nach unten, die Flügel gehorchen mir. In meinem Magen lässt sich der Geschwindigkeitssturz deutlich spüren. Ich lande halbwegs sanft auf meinen Füßen. Trotzdem knicken von der Wucht meine Knie ein, aber sonst passiert nichts. Gemeinsam knien Witta und ich im Gras.

Sie lehnt sich erleichtert an meinen Rücken: „Du bist völlig durchgeknallt, das muss ich dir aber wirklich mal sagen!", schreit sie mich an. „Hat doch geklappt! Ich weiß gar nicht, was du hast!" Ich höre, wie sie leise hinter mir durchatmet. Sie zittert sogar. Ich drehe mich zu ihr und nehme sie in meine Arme. „Ich wollte dich nicht erschrecken. Ich habe uns nur sicher runter gebracht." Sachte nehme ich ihr Gesicht in meine Hände: „Nun lach doch mal!" Stattdessen schnauft sie noch einmal durch und ringt sich ein mühsames Lächeln ab.

Ich bemerke, wie Frithjof mit langen Schritten auf uns zu stapft. „Bist du wahnsinnig?", schnauzt er mich an. Ich schließe kurz meine Augen. „Nein, ich denke, ich habe meine Sache gut gemacht. Es ist uns rein gar nichts zugestoßen." „Sieh dir Witta an, sie heult fast!"

Kurz schaue ich auf die kleine Frau, dann sehe ich ihn mit hochgezogenen Brauen an: „Ich glaube, du heulst fast. Ich habe uns unversehrt runter gebracht. Das war meine beste Landung! Reg dich ab!" „Du hättest uns warnen müssen!"

Jetzt muss ich doch lachen: „Frithjof, mal ehrlich, du wusstest ganz sicher, was ich vorhatte." „Natürlich! Weißt du eigentlich, was ich für eine Angst um euch hatte? Du bist ja von Sinnen!" Ich schüttele meinen Kopf: „Der alte Mann sorgt sich! Soviel Zuneigung ist eher untypisch für dich, oder?" Frithjof schreckt auf. Scheinbar packt ihn jemand am Arm.

„Lass sie, sie hat recht. Das war ihre beste Landung." Fremde Hände legen sich auf meine Schultern: „Du hast weise gehandelt. Du bist geflogen, wie ein Adler. Damit hast du Mut und Geschick bewiesen. Das wird auch der alte Mann erkennen, wenn er sich beruhigt hat." Frithjof, jetzt leicht ins Abseits gedrängt, steht wütend, mit geblähten Nasenflügeln da: „Rede nicht so über den alten Mann, ja! Du bist gute zehn Jahre älter als ich!" Die beiden Hände lassen von meinen Schultern ab: „Frithjof, ich bin mit achtundsiebzig Jahren gestorben. Und sieh mich an, dafür sehe ich wirklich gut aus, oder?"

Verärgert verlässt Frithjof uns und verschwindet in der Hütte. *Nun tut er mir doch ein wenig leid.* „Musste das sein? Wer immer du bist, du hast ihn verletzt", sage ich leise. „Ich bin Dustin, und du hast alles richtig gemacht, das musste ihm doch jemand sagen, meinst du nicht?" „Wo ist Wido?" „Mein Sohn sitzt am

Feuer und erholt sich von seinem Schreck", sagt die tiefe Stimme mit dem rollenden Akzent.

Ich gehe zu ihm rüber und setze mich auf einen der großen Steine. Das Feuer ist bereits erloschen. Ein ganz klein wenig Glut glimmt bei dem ein oder anderen Windstoß auf. „Wido? Bist du hier?", frage ich ins Nichts.

„Siehst du das Haargummi nicht?", kommt es ernst von nicht sehr weit her. „Nein, es ist zu dunkel." Ich höre deutlich, wie er tief durchatmet. „War es wirklich so schlimm?", frage ich. „Du hast ja keine Ahnung!" Er spricht laut und gereizt. Ich bin still. Meine Augen heften sich auf das letzte Glimmen im heruntergebrannten Feuer und ich warte ab, was passiert. Allzu lange dauert es nicht und er fügt hinzu: „Ihr seid wie die Wahnsinnigen auf den Boden zugerast. Ich dachte nicht, dass du das überlebst. Selene, mach das nie wieder! Versprich es mir! Ich ertrage das nicht!"

„Tut mir leid, Wido. Dieses Versprechen werde ich dir nicht geben. Das war die sanfteste Landung, die ich bisher hinbekommen habe. Hat das eigentlich niemand, außer deinem Vater, hier unten mitbekommen?" „Du hast Glück gehabt, Selene. Das ist alles!" Ich schnaube auf: „Na klar, Glück! Es war genau richtig, verstehst du? Das war mein Instinkt! Und ich werde es jederzeit wiederholen, auch wenn es dir nicht gefällt. Mach dir die Mühe und sieh mich an! Die ersten Landungen waren nicht gut! Und der kleinen Witta ist auch nichts zugestoßen. Na ja, außer einem kleinen Schreck vielleicht!" „Basti wird sie trösten." „Ja, das nehme ich auch an. Sie wird in seinen Armen liegen und sich geborgen fühlen können. Mir ist das leider vergönnt. Doch wieso sollte es mir hier besser gehen, als dort, wo ich herkomme? Ich gehöre scheinbar nicht zu dem auserwählten Personenkreis mit so viel Glück!" Ich spüre, wie sich ein Arm um mich legt. Widerwillig schubse ich ihn weg: „Lass das, ich will das nicht. Nicht jetzt!"

Ein Moment verstreicht, ich höre ein leises Knacken. Vielleicht ein Ast? Um Haltung bemüht, beobachte ich das Glimmen. *Wieder falsch gemacht! Alles falsch gemacht! Ich schaffe es immer wieder! Niemand hält es mit mir aus. Und ich bin auch noch selbst schuld.* Ich sitze da, und schüttele Gedankenverloren meinen Kopf. Ein Seufzer entfährt meiner Kehle. *Ich bin so einsam, wie noch nie. Oder wie immer? Nur ein einziger Mensch erträgt mich. Mona.* Kühler Wind streift über meine Schultern. Langsam stehe ich auf, um meine Jacke zu holen. Otrun bringt sie mir schon. „Hier, zieh dir besser etwas an", meint sie, während sie sie mir reicht.

Ich streife mir die Jacke über und setze mich zurück auf den Stein. „Du hast eine besondere Treffsicherheit, die Leute vor den Kopf zu stoßen." „Vielen Dank, dass du mir das sagst. Von allein wäre ich nie darauf gekommen." Leise kichert sie in sich hinein. Dann schuppst sie mich von der Seite an. Ich sehe auf. Ihr warmes Lächeln erinnert mich an Siegrun. „Was?", ich bemühe mich, keinen kränkenden Unterton in meiner Stimme zuzulassen. „Dein Sturzflug war gewagt, aber gut", meint sie. „Er scheint in aller Munde zu sein", ich ziehe ein Gesicht. „Ja klar! Nach den Landungen heute Mittag haben wir natürlich alle die Luft angehalten. Wir waren alle starr vor Schreck! Aber du hast es gemeistert. Alle Achtung."

Otrun grinst mich breit an. Ich lächele zurück: „Wird Wido sich beruhigen? Du kennst ihn etwas länger, als ich." „Etwas, ja. Der kriegt sich ein. Basti war auch ziemlich fertig." Ich lasse den Kopf in meine Hände sinken. *Basti, auch einer vom besonders netten Lager! Ich habe es wirklich drauf!* „Sie werden sich alle einkriegen, Selene."

Sie berührt mich an der Schulter. Wie eine wärmende Decke legt sich die Zuversicht über mich. Ich bin erstaunt: „Du bist wie Frithjof!" Sie zuckt mit den Schultern: „Nein, nicht wirklich. Aber wir haben gewisse Ähnlichkeiten." Sie dreht sich kurz von mir weg: „Komm setz dich, mein lieber Freund." Nervös schießt mir durch den Sinn: *Wido!* „Ich setze mich lieber hier hin, wenn`s recht ist", antwortet er und ich spüre, dass er sich sehr dicht neben mich setzt. Seine Hand legt sich an meine Ohrmuschel. Seine Lippen sind ganz nah an meinem Ohr: „Ich bin dir nicht böse."

Heilende Worte. Mit einem Mal merke ich, wie der Kummer von mir abfällt. Tränen der Erleichterung laufen über meine Wangen. Ich zittere. Wido nimmt mich in seine unsichtbaren Arme. Otrun tröstet mich, indem sie ihre Hand auf mein Bein legt. Ich schließe die Augen, bin wie benebelt.

Zusammengesackt lehne ich an Wido. Der fragt: „Geht's bald wieder?" Ich nicke in seine Schulter, bemüht mit dem Heulen aufzuhören. „Nun beruhige dich doch, Liebes", sagt er zärtlich. „Wir waren alle so erschreckt." Laute Schluchzer, die ich am liebsten herunterschlucken würde, entfliehen meiner Kehle. Es gelingt mir nicht, sie zurückzuhalten. Leicht wiegt Wido uns vor und zurück. Er küsst meine verschwitzten Haare.

Mir geht durch den Sinn, wie ich wohl aussehe. *Bis auf die Spitzen werden mir meine Haare sicher auf dem Kopf kleben. Ansonsten: verheult, verschwitzt und verschrammt!* Wie irrsinnig muss ich kichern. Wido nimmt mein Gesicht in seine Hände und sieht mich an. Ich kann es genau spüren. „Oh bitte! Mach das nicht!", stöhne ich auf. „Was tue ich denn?", fragt er unbeholfen. „Mich ansehen!" Und wieder heule ich los. Ich kann mir sein Augendrehen gut vorstellen. Behutsam drückt er mich erneut an seine Brust. „Ich sehe bestimmt schlimmer aus, als ein Gespenst!", jaule ich in ihn hinein. „Ich gebe dir recht, die Geister, die ich kenne, sehen alle besser aus als du. Im Augenblick zumindest." *Er lächelt, das höre ich deutlich.*

Wir sitzen noch einige Zeit so da. Die Nachtluft lässt mich frösteln. Otrun meint: „Bring sie in die Hütte, dort ist es angenehm warm." Einfühlsam fragt Wido mich: „Willst du gar nicht schlafen?" „Bei Frithjof in der Hütte? Auf keinen Fall!" „Du kannst ihm nicht aus dem Weg gehen, Selene. Besser, du sprichst mit ihm." „Ich weiß, aber ich mag nicht." „Das ist ihm sowieso klar. Also reiß dich zusammen und leg dich hin, hm?" „Was stört dich eigentlich so sehr an ihm?", wirft Otrun dazwischen. „Er belauscht mich doch ständig. Also ist er nicht überrascht, wenn ich hier draußen bleibe." „Du frierst." „Echt?" „Ja Selene, weil du nichts gegessen hast, bist du so empfindlich. Also geh ins Warme, bitte." „Also, wenn du nicht in die Hütte willst, gehe ich zu Frithjof." „Lass das Otrun, ich werde Selene jetzt rüber bringen."

Mit diesen Worten steht er auf und zieht mich mit sich. Ein leises: „Wird auch Zeit", hallt uns hinterher. Ich bin müde und mir ist kalt. Widerwillig folge ich ihm wie ein Schatten. Vor der Hütte nimmt er mich noch einmal in den Arm: „Ruh dich aus, es ist besser für dich." Wir küssen uns. So warm und weich. Mein Herz rast. „Kommst du mit?", frage ich. „Nein Selene, ich würde dich nur stören." „Das glaube ich kaum. Was redest du da?" „Ok, ich finde, du solltest allein zu ihm reingehen. Das ist alles." Ich nicke, gebe ihm einen letzten Kuss, dann drehe ich mich von ihm weg und krieche in die Hütte.

Drinnen empfängt mich eine angenehme Wärme. Im rötlichen Schein der Glut sieht es so aus, als ob Frithjof schläft. Aber das glaube ich nicht. Bestimmt beobachtet er mich. Ich lege mich ihm gegenüber, sodass ich ihn ansehen kann. Sein Mund verzieht sich zu einem breiten Lächeln.

„Du hast mich erwischt, Selene", sagt er leise. „Kannst du nicht einschlafen?", frage ich zurück, bemüht, freundlich zu bleiben. „Es ist viel passiert, an diesem Tag auf dem Entenberg." „Ja, du sagtest, ich würde diesen Ort als eine andere verlassen. Du hattest recht." „Ja, das ist beinahe immer so. Manchmal bewundere ich mich selbst dafür." Genervt schließe ich meine Augen. *Dieser Mann ist dermaßen arrogant!* Ich atme erst mal durch, bevor ich antworte. „Wie ist das, wenn man ständig recht behält?" „In diesem Fall war es gut. Aber es fühlt sich nicht immer gut an. Du denkst, ich sei überheblich, eingebildet, unausstehlich, ein Scheusal, ein alter Sauertopf! Den Ausdruck fand ich übrigens sehr gelungen! Oft wäre es mir lieber, unrecht zu haben. Glaub mir." „Wann?" „Viele Male." „Du willst mir nicht antworten?" „Nein."

Wido wusste, dass es nicht so schlimm wird. Der Gute. Was er wohl macht? Sicher plaudert er mit seinen Freundinnen. „Darf ich zu dir kommen?" reißt Frithjof mich aus meinen Gedanken. „Hm?" *Was hat er denn nun schon wieder!* „Du hast mich verstanden. Magst du in meinen Armen schlafen?" „Nein! Warum fragst du das jetzt?" „Weil ich gern zu dir kommen möchte." „Das verstehe ich nicht, Frithjof. Ich kann dich nicht verstehen!" „Ich auch nicht, Selene. Ich möchte dich einfach im Arm halten, damit du gut schlafen kannst. Du hast mich so erschreckt. Und ich habe falsch reagiert. Und jetzt möchte ich, dass du dich besser fühlst. Das ist mir wichtig. Weiter nichts." Er wartet still meine Antwort ab.

„Hab keine Angst, ich bin ein alter Mann!", der überhebliche Unterton seiner Stimme ist nicht zu überhören! Ich habe keine

Ahnung, was mich dazu bewegt, doch ich sage: „Komm ruhig zu mir." Lächelnd kommt er auf meine Seite. Gemeinsam liegen wir nun zusammen. Mein Rücken an seiner Brust. Löffelchen. Frithjof hat seine Arme um mich gelegt. Eine Locke von ihm kitzelt mich ein wenig am Hals, aber das stört mich nicht weiter. Ich fühle mich seltsamerweise wirklich wohl. Nun wird mir von allen Seiten warm und ich spüre, wie sich eine zufriedene Ruhe in mir ausbreitet.

„Ich habe Papa gar nicht gesehen …" „Ich auch nicht. Deinen Vater konnte ich bisher noch nicht sehen und Hildrun ist ebenfalls nicht wieder aufgetaucht. Die beiden machen sich wohl einen schönen Abend. Es sah so aus, als verstünden sie sich gut. Wie geht es deinen Schrammen?", fragt er väterlich. „Ich spüre sie kaum, mach dir keine Sorgen", antworte ich im Halbschlaf. „Entschuldige, ich war eben wütend vor Sorge. Ich hatte mich nicht unter Kontrolle." „Das geht mir auch manchmal so, Frithjof. Lass uns schlafen", nuschele ich. „Du musst wissen, dass ich dich gern bei mir habe." „Hmmm gut." Er zieht mich noch ein wenig enger an sich heran: „Ich bin … Du hast mich … Ach, schlaf gut Selene."

Gedämpftes Licht. Ich höre leise Stimmen draußen. Entweder sind sie weit weg, oder sie geben sich Mühe, sehr leise zu sein. Ich bekomme Hildrun`s Lachen mit. *Sie ist also wieder da.* Langsam setze ich mich auf. Völlig unvermittelt berührt mich etwas. Jemand! „Wido, bist du das?", rufe ich erschreckt aus. Ein heiseres Lachen: „Wer denn sonst? Sei nicht so laut, die da draußen sollen doch nicht alles mitbekommen, oder?" Mit diesen Worten werde ich zurück auf meine Schlafstätte gedrückt. Zärtlich streicht Wido an meinem Hals entlang. „Wie spät haben wir denn?", frage ich. „Weiß nicht." Wido lässt sich nicht ablenken und schält meine Schultern aus der Jacke. „Wido bitte!" „Immer mit der Ruhe, Selene." Küsse in meiner Halsbeuge. „He, so meinte ich das jetzt nicht!" Sein Mund hat meine Brust erreicht. „Ich weiß nicht, ob das gut ist. Bestimmt kommt Frithjof gleich rein." Seine Zunge an meinem Bauchnabel. „Die sind unterwegs", nuschelt er meine Haut entlang. „Aber ich höre doch Stimmen!" Der Bund meiner Hose schiebt sich tiefer. „Sie werden uns in Ruhe lassen, Selene." Und schwupps, habe ich gar nichts mehr an! „Hast du das vorher klar gemacht, oder warum bist du so sicher?" Küsse wandern meinen Körper empor. „Schschscht", macht es an meinem Ohr. Dann schließen seine Lippen meinen Mund. Sehr schnell sind meine Bedenken verflogen.

Vergnügte Stimmen nähern sich. Frithjof ist ganz klar heraus zu hören. „Wo waren die denn?", frage ich Wido leise. „Sie haben ein Frühstück zusammengesammelt." Ich sehe fragend ins Leere. „Frithjof wird für euch beide etwas zum Essen bereiten. Du hast doch Hunger, oder?" „Und wo holt er das Essen her?" Wido hält mein Kinn in seiner Hand. „Der Wald hat einiges zu bieten. Vor allem jetzt, im Spätsommer", meint er und gibt mir ein Küsschen auf die Nase. Ich muss lachen. „Na ja, wenn du meinst", äußere ich skeptisch. „Komm, lass uns mal nachsehen", und schon schiebt er mich aus der Hütte.

Otrun kommt auf mich zu: „Gut geschlafen?" Ich nicke. Frithjof sieht auf: „Du siehst gut aus, Selene." Ich stemme meine Hände in die Hüften: „Das kann nicht dein Ernst sein." „Na ja, ein wenig Pflege täte dir gut, aber ich meine, du siehst glücklich aus." Ich muss lächeln. „Du könntest uns beiden einen Gefallen tun, Selene." „Und der wäre?" „Flieg doch gerade mal zur Lichtung und hole ein paar Eier und etwas Mehl. Weiter brauchen wir nichts." „Dann werde ich mich bei der Gelegenheit aber auch etwas frisch machen." Frithjof sieht mich freundlich an: „Mach das. Und anschließend werden wir gemeinsam eine Kleinigkeit essen." Ich nicke und ziehe mir die Jacke aus: „Wo finde ich denn die Eier?" „Du findest sie in der Kühlung in meiner Hütte und das Mehl ist im Schrank ganz rechts oben. Hier, nimm einen Rucksack mit. Ich habe ihn schon ausgeleert." Ich sehe mich suchend um: „Wido, willst du mit?" „Er wird dich nur aufhalten!" Ich lache: „Du hast wohl mächtigen Hunger, was?" „Du etwa nicht?" „Doch sicher. Wido willst du nun mit?" „Ich bleibe hier und erwarte dich", antwortet er. „Pfff, du hast kein Vertrauen zu mir." „Ich bin um einiges Größer, als Witta. Ich würde dich nur behindern. Übe besser erst noch ein wenig." „Wenn du meinst …", sage ich und gehe auf den Abgrund zu. „Nun warte mal!" Seine Hand legt sich auf meine Schulter: „Einen Kuss möchte ich schon." Er nimmt meinen Kopf und führt ihn zu sich heran. Diese innige Zärtlichkeit lässt es in meinem Bauch flattern. „Ich bleibe genau hier, Selene. Lass mich nicht zu lange warten, ja?" „Ich bemühe mich", sage ich und drehe mich in Richtung Abgrund. „Und du möchtest wirklich nicht?" „Doch, aber übe erst noch ein wenig. Für dich." Sanft streichen seine Finger über meinen Rücken. Ich breite meine Flügel aus und lasse mich fallen. Sofort nimmt mich der Wind in seine Arme. Ich überlasse mich dem Luftstrom. Es scheint mir, als seien wir Verbündete. Und ich habe auch nicht das geringste Gefühl, ich müsste irgendetwas üben.

Wie lange waren wir gestern marschiert? Ich weiß es nicht mehr. So viel anderes ist passiert. Aber nun spielen Entfernungen kaum noch eine Rolle für mich. Ich strahle vor mich hin. Im Handumdrehen kreise ich über der Lichtung. *Hier ist nur ein Sturzflug möglich!* Es ist wesentlich weniger Platz, als auf dem Bergplateau. Ich lege die Flügel an, und stürze auf die Wiese zu. Ich wiederhole das Spielchen von gestern, reiße meine Beine herunter und breite die Flügel aus. Perfekt. Beim Aufsetzen schlage ich noch stärker meine Schwingen. Diesesmal lande ich nicht auf den Knien. Flockig locker hüpfe ich ein wenig, bevor sämtlicher Schwung gezähmt ist. Zufrieden gehe ich auf Frithjofs Hütte zu. Als ich den holzigen Raum betrete, sehe ich einen ordentlichen Stapel auf seinem Bett liegen. Ein gefalteter Zettel liegt obendrauf. Langsam gehe ich darauf zu. Mein Name steht in schwarzer Tinte auf dem Papier:

Für Selene.

Ich entfalte den Bogen:

Liebe Selene,

Wir dachten, unsere Mondgöttin sollte nicht stets mit freiem Oberkörper durch die Lüfte gleiten, deshalb haben wir dir etwas Zweckmäßiges geschneidert.

Frithjof und die Hexengemeinschaft

Ich lasse mich verblüfft auf das Bett fallen. *Wann konnten sie das machen? Wussten sie schon vorher, was passieren wird? Das glaube ich nicht. Sie waren selbst erstaunt. Das können sie nicht gespielt haben!* Gedankenverloren schüttele ich den Kopf. Es klopft zögerlich am Türrahmen. Ich blicke auf. Bastian und Witta stehen in der Tür. „Ward ihr das?", ich zeige auf den Stapel. Basti zuckt mit den Schultern: „Ein bisschen." Ich sehe ihn fragend an. „Wir haben das heute Nacht ausgeheckt. Aber nicht wir beide, da waren so ziemlich alle dran beteiligt." Er lächelt mich offen an. „Danke, das ist wirklich eine Überraschung." Witta kommt strahlend auf mich zu: „Nun probier mal was an!"

„Zuerst möchte ich mich frisch machen. Ich habe das Gefühl, ich stinke, wie ein Iltis!" „Dann mach, dass du ins Bad kommst. Am besten, du nimmst dir mit, was du gleich anziehen willst." „Ja, du hast recht", sage ich und sehe nach dem Stapel. Eine Hose und eine Wickeljacke in nougatbraun, ein rotes Top mit passendem braunen Muster ein Grünes und ein Orangenes. Ich nehme die Hose und das orangene Oberteil. Es besteht nur aus Front und Bindebändern, die in der Taille und im Nacken zu schließen sind. So haben meine Flügel genug Freiraum. Lächelnd sehe ich zu den Beiden auf: „Danke, ihr seid echt toll."

„Nun mach schon. Frithjof hat Hunger!", treibt Witta mich an. „Ich bin mir sicher, ihm ist klar, dass ich nicht in fünf Minuten zurück bin." „Ja, aber zieh es nicht unnötig in die Länge!" „Ich bin ja gleich soweit", sage ich und verlasse mit den Sachen die Hütte.

Papa sitzt auf der Bank an der Feuerstelle. Ich strahle ihn an: „Du auch hier?" „Wir zwei nehmen Basti und Witta gleich wieder mit." „Aha ... Deshalb wollte Wido nicht." Papa kommt mit ausgebreiteten Armen auf mich zu. Er lacht: „Ich glaube, es war ihm ganz recht." „Er hat Schiss, oder?" Papa nickt und nimmt mich fest in seine Arme. „Guten Morgen, mein Kind. Aber er hat mehr Angst um dich, als um sich selbst." „Kann sein. Ich nehme gleich Basti auf den Rücken. Das wird seine Bedenken zerstreuen." „Macht ihr das unter euch aus, Selene." „Ist schon klar. Jetzt hole ich erst mal Wasser für eine kleine Körperpflege." „Steht schon alles bereit", schaltet sich Basti ein. „Wir hatten ein bisschen Zeit und haben vorgesorgt." „Dankeschön", sage ich lächelnd und verschwinde in der Badehütte.

Ich brauche nicht lange. Dieses Mal tupfe ich mir nur die groben Tropfen ab und nehme von Frithjofs Salbe. Alles lässt sich gut verteilen auf der feuchten Haut. Ich bin weich und gepflegt und fühle mich der Sonne nicht ganz so ausgeliefert. Vor dem Spiegel bleibe ich dann aber doch hängen. *Ich habe kräftig Farbe bekommen, oder sind es nur fünfmal so viele Pigmentflecken, als vorher? Auch egal. Ich bin nicht verbrannt, das ist schon eine*

Überraschung für mich. Doch meine Schrammen sehen aus, als wäre ich einer wilden Bande zum Opfer gefallen!

Ein wenig ängstlich drehe ich mir den Rücken zu und sehe über die Schulter. Wie erwartet, ist mein ganzer Rücken mit einem riesigen Tattoo ausgefüllt. Bis weit über den Po hinaus. Allerdings nicht in schwarz, wie bei meinem Vater, sondern in einem rötlichen braun. Sepia, wie es zu mir passt. Erleichtert stelle ich fest, dass es nicht nur überdimensional groß ist, sondern auch enorm gut aussieht. Sich allerdings und dummerweise auch wirklich nicht verstecken lässt.

Vorsichtig breite ich meine Schwingen aus. Im selben Moment, in dem sie sich von meinem Körper lösen, werden sie fedrig. Ich kenne es von Papa sehr genau und dennoch … Perplex starre ich in den Spiegel, lege sie an, breite sie aus. Der ständige Wechsel zwischen Tattoo und Federn lässt es in meinem Kopf schwirren. Ganz ausbreiten lassen sie sich hier drin leider nicht. Der Raum ist dafür zu eng, doch ich bekomme einen Eindruck, was die Größe meiner Flügel angeht. Ich fühle mich selbst vergleichsweise klein.

Es klopft an der Tür. Durch einen Spalt fragt Witta: „Darf ich reinkommen?" „Ja sicher, komm, falls du Platz findest. Tut mir leid, ich trödele schon wieder. Aber ich musste es selbst auch mal sehen, verstehst du?" Wieder breite ich meine Flügel aus. „Natürlich, jeder versteht das, Selene." „Dieser Raum ist zu klein für mich, Witta. Das ist ein Ding, oder?" Sie nickt mir stumm, mit schräg gelegtem Kopf zu.

Ich lege schnell meine Flügel an und schlupfe in die Hose. Als ich das Top anziehen will, hilft Witta mir beim Binden. Der Orangeton passt gut zu mir. Ich fühle mich wohl. Witta sieht an mir vorbei in den Spiegel: „Frithjof wird begeistert sein." Ich sehe sie fragend an. „Er ist ein Ästhet. Er liebt die schönen Dinge und vor allem schöne Frauen …" Die letzten Worte haucht sie mehr, als dass sie sie spricht. Sie strahlt mich vielsagend an. „Eier und Mehl sollten wir nicht vergessen", schließe ich und gehe zur Tür.

Draußen hüpft sie an mir vorbei. „Ich fliege mit dir, Selene!", ruft sie mehr in den Wind, als zu mir. Kurz überlege ich, ob ich sie enttäuschen möchte: „Ist gut, Witta. Sturzflug!" „Na sicher! Vor einer Bruchlandung bekäme ich sicher Angst." Sie lacht. Ich sehe sie streng an: „Kannst du die Eier halten? Zerbrochen bringen sie uns nichts." Witta überlegt kurz: „Ich finde, die beiden Männer können auch was übernehmen." Dabei sieht sie listig zu Basti rüber. Der meint mit einem Blick auf mich: „Eigentlich wäre mir lieber, du übernimmst die Eier und ich fliege mit Selene." Sie verschränkt ihre Arme: „Du willst einfach nur spüren, was echter Nervenkitzel ist, glaube ich." Kurz zieht sie ein Gesicht. „Na von mir aus", sagt sie dann und sieht sich suchend um. „Wo ist dieser Arend überhaupt?"

Papa, der die ganze Zeit schon neben ihr steht, räuspert sich lautstark. Witta hüpft vor Schreck in die Höhe. Sie hatte ihn vorher wirklich nicht bemerkt. Sanft legt er ihr die Hand auf die Schulter: „Ich bin hier, Witta. Wir beide sind die Eierkuriere, ok?" „Ja Arend, darf ich mal über deine Glatze streichen?" Kopfschüttelnd beobachte ich die beiden. Er nimmt ihre Hand, beugt sich ein wenig zu ihr runter und führt sie zu seinem Kopf. „Irgendwie weich!", sagt sie verwundert, „ich dachte, es müsste sich stachelig anfühlen." „Komm, setz dich auf meinen Rücken, Witta", sagt Papa und führt sie zu sich heran. Witta tastet kurz, dann springt sie auf seinen Rücken. Bastian reicht ihr den Rucksack mit der empfindlichen Fracht.

Dann dreht er sich zu mir: „Ich habe ja schon ein seltsames Gefühl, mich von einer Frau tragen zu lassen." „Mach dir keine Gedanken, ich bin einen halben Kopf größer als du und schlank bist du außerdem." In Wirklichkeit ist er deutlich schwerer als Witta, ich sage aber nichts. „Wie starte ich denn vom Boden aus?" *Dazu hatte ich mir bisher noch gar keine Gedanken gemacht! Doch jetzt, mit meinem schweren Passagier ...* Papa klopft mir leicht auf die Schulter, „tja, du musst dich mit den Flügeln hocharbeiten. Erst ein wenig abspringen und dann brauchst du ein bisschen Kraft." *Nun wünsche ich mir doch die kleine Witta herbei!* „Ich mache es dir vor, Selene. Witta, halt dich gut fest." Ich sehe zu, wie er sich in die Höhe arbeitet. *So schwierig sieht es nicht aus. Doch die ersten Schwingen werde ich nicht ganz ausholen können, sonst schlage ich auf den Boden.* „Bist du bereit, Basti? Ich kann nichts versprechen, ich mache das zum ersten Mal!" „Ich weiß Selene, ich versuche mich ganz leicht zu machen." „Das ist schön." Im nächsten Moment öffne ich meine Flügel, springe ab und erhebe mich in die Lüfte. Es ist schwerer, als sich vom Entenberg fallen zu lassen, aber bei weitem nicht so schwirig, wie ich dachte.

„Geht`s dir gut, Basti?" „Ich weiß ja nicht, wie es sich bei Arend anfühlt, aber du machst das fabelhaft. So, als hättest du nie was anderes gemacht!" „Dankeschön! Und danke, dass du dich getraut hast." „Ich habe eben euer Gespräch mitbekommen." „Ich weiß. Du hast das gut gemacht. Ich hätte es nicht hinbekommen, ohne Witta zu verletzen." Langsam fliegen wir der Sonne entgegen. Den Wind im Haar, die Tannen unter uns. Wieder dieser berauschende Augenblick. Ich übergebe mich dem Wind, spüre kaum noch, dass jemand auf meinem Rücken sitzt. Gemeinsam gleiten wir durch die Lüfte. Ich sehe Arend und Witta auf uns zufliegen.

„Gut gemacht, Hexchen!", ruft er mir zu und dreht wieder ab. Ich höre Witta begeistert quieken. Auch Basti hat seine Hände von mir gelöst. Doch er ist ein stiller Genießer, er schreit mir nicht ins Ohr. Aus Lust daran fliege ich eine gewagte Kurve. Ein Luftstrom reißt uns in die Höhe. Er hält seine Beine nun fester um mich geschlossen. Ich merke, wie er sich zu mir runter beugt: „Du verrücktes Huhn!" Ich muss lachen und fliege das nächste Manöver. Er hält sich wieder fest. Papa setzt zur Landung an, wir drehen noch eine Runde. „Wir können uns noch etwas Zeit lassen, die Eier kommen gerade an!", rufe ich und genieße die Freiheit. Wir sehen zu, wie die Eier den Besitzer wechseln. „Wido sieht zu uns hoch", sagt Basti nah an meinem Ohr. „Und, wie guckt er?" „Ich weiß nicht. Verblüfft, besorgt? Erlöse ihn und bring uns runter, Selene." „Dann halt dich jetzt fest!" „Das lasse ich mir nicht zweimal sagen!", ruft er aus, denn schon geht es in rasantem Tempo Richtung festen Boden! Auf den letzten Metern ziehe ich die Beine herum und dämpfe, auch mit Basti auf dem Rücken, die Wucht der Landung mit ein paar Flügelschlägen. Sobald wir beinahe stehen springt Basti ab, um es mir zu erleichtern. Auf dem Boden drehe ich mich zu ihm. Er hält mir seine Hand entgegen, ich schlage ein. Wir strahlen uns an. Er sagt nur: „Sehr gut!" Ich zucke mit den Schultern und freue mich über sein Lob. Witta fällt Bastian um den Hals: „Und, wie war`s? Du hast ganz rote Bäckchen gekriegt!" „Echter Nervenkitzel, wie du mir versprochen hast, meine Liebste." Ich richte mich kurz an Basti: „Steht Wido am Abgrund? Er wollte dort auf mich warten." Basti nickt mir zu. Ich gehe rüber.

Ich steuere genau die Stelle an, von der ich eben abgesprungen bin. Mit einem Mal lande ich in seinen Armen. Fest umklammert hält er mich. Ein wenig stehen wir so beieinander. Ich fühle mich geborgen in seiner Umarmung. „Es sieht halsbrecherisch aus, wenn du auf die Erde zurast. Aber du machst das wirklich gut, Selene." „Danke Wido, ich kann mir vorstellen, wie schwer es dir fällt, mir das zu sagen." „Versprich mir, dass du immer gut aufpasst." „Ganz bestimmt, Wido. Dieses Versprechen gebe ich dir gern. Ich habe nicht die geringste Lust, mir sämtliche Knochen zu brechen." Er hält mich kurz von sich weg, bevor er mich wieder in seine Arme nimmt. „Du siehst toll aus", raunt er in mein Ohr. „Ja, ihr habt ganze Arbeit geleistet. Wenn ich es nicht besser wüsste, würde ich denken, da wären einige Heinzelmännchen am Werke gewesen", lache ich. „Und die Farben … Die Sachen werden mir alle ganz wunderbar stehen." „Dafür kannst du dich bei Frithjof und Otrun bedanken, das ist ihr Zuständigkeitsbereich." „Er sagte gestern zu mir, er hätte mich gern hier bei sich." „Na siehst du, ich wusste, es wird nicht schlimm werden." Wido streicht mir über die Haare: „Sie fühlen sich ganz anders an, so weich!" Ich schüttele meinen Kopf: „Ich habe mich endlich gewaschen. Gestern Morgen bekam ich nur wenige Minuten Zeit eingeräumt. Heute war Frithjof großzügiger." „Er wird immer großzügiger werden, Selene. Er kann etwas stur und störrisch sein, aber er mag dich. Gestern hast du ihn wirklich überrascht. Er empfindet Achtung vor dir. Mit der Zeit wird alles etwas leichter, glaub mir."

„He ihr Turteltäubchen! Ich soll Selene zum Frühstück geleiten!" schallt es um unsere Ohren. Ich sehe auf: „Hildrun, gut dass du kommst. Ich wollte dich etwas fragen." „Ja, Kindchen?" „Wie hast du das gemacht … Du bist die einzige, die meinen Vater sehen kann." „Komm setz dich, es ist ganz einfach." Platschig lässt sie sich auf der Kante des Bergplateaus nieder. Ich nehme neben ihr Platz. Bevor sie überhaupt etwas sagen kann, schaltet sich Wido ein: „Wartet Frithjof nicht auf Selene?" „Oh, stimmt. Kindchen iss erst mal was, ich erkläre es dir später." „In Ordnung", sage ich etwas unwillig und stehe wieder auf. „Bis gleich, Hildrun." Ich sehe Papa auf uns zukommen. „Lauf Hexchen, es gibt was Gutes!" Er strahlt mich an: „Ich werde in der Zeit achtgeben, dass sich unsere Druni hier nicht langweilt." Begeistert sieht sie sich um. Ihre Augen leuchten.

Wido geht neben mir. „Sie ist so hübsch, wenn sie glücklich ist."
„Hildrun ist immer hübsch, auch wenn sie ein bisschen zu viel auf den Rippen hat. Sie ist eine, dieser runden Frauen, deren Charm sich niemand entziehen kann." „Und du, hast du auch schon bei ihr angebandelt?", frage ich ohne besondere Hoffnung auf eine aufrichtige Antwort. „Ehrlich?" Ich nicke in die Richtung des Haargummis. „Ich finde sie bezaubernd, berauschend, ungeheuer attraktiv, doch das kam mir niemals in den Sinn. Sie ist mir eine liebe und unersetzbare Freundin."

Ich spüre seine Hand an meinem Nacken. „Bei dir war das ganz anders. Ich war sofort völlig vernarrt in diesen Haarwirbel", sagt er leise in mein Ohr. Gedankenverloren zupfe ich ihn zurecht, was sowieso vergeudete Mühe ist. Sanft nimmt er meine Hand zur Seite und küsst ihn. „Du riechst nach Seife", flüstert er. „Ich habe mich eben gewaschen ...", erwidere ich in mich hinein schmunzelnd.

„Papa sagte mir, es gibt was Gutes?", ich sehe mich suchend um. In der Hitze des Feuers liegt ein großer, flacher Stein. Sonst kann ich nichts ausmachen. Frithjof sieht mich abschätzend an: „Ich wusste ja nicht, wie lange du noch brauchst. Es ist besser, man wartet einen Moment auf das Essen, als umgekehrt." Bei diesen Worten rührt er in einer Schüssel. Mit einem lauten Zisch lässt er Löffelweise Teigklumpen auf den Stein fallen.

Augenblicklich beginnt es zu duften. „Hm, das riecht gut. Was ist das?", frage ich neugierig. „Wir haben allerlei Beeren gesammelt. Himbeeren, Brombeeren, Johannisbeeren, sogar ein paar winzig kleine Walderdbeeren waren noch zu finden. Erste aromatische Haselnüsse und ein wenig Süßkraut konnten wir ergattern. Die Haselnüsse und das Süßkraut sind in diesen Küchlein versteckt, die Beeren ergeben eine fruchtige Soße für obendrüber. Ich bin mir sicher, es wird dir schmecken."

Ich sehe mein Gegenüber still an. Er backt voller Hingabe die Teigklößchen heraus, sodass ich schmunzeln muss. Kurz sieht er auf. „Ist was?" Ich schüttele meinen Kopf: „Nein Frithjof." „Nun sag schon." „Du weißt sicher bereits Bescheid." „Es ist dennoch schön zu hören", er sieht mich verschmitzt an. „Nun, der alte Mann kann wirklich liebenswert sein." „Das hättest du nicht gedacht, hm?" „Ne", ich muss breit grinsen, „der alte Mann kann sich gut verstellen." Frithjof lacht auf. „Freu dich nicht zu früh, wir kriegen uns schon wieder in die Haare." „Ja gewiss, aber jetzt ist es grad richtig nett."

Ich lege meinen Kopf schief und beobachte seine Reaktion. Diese bleibt aus, stattdessen gibt er mir das erste Küchlein in eine Schale und verteilt ein wenig Soße drum herum. Das geschieht mit einer solchen Genauigkeit, so dass kein tiefrotes Tröpfchen auf den kleinen Kuchen gerät.

„Du machst das wunderbar", rutscht es mir heraus, ohne, dass ich darüber nachdenke. Er schenkt mir ein amüsiertes Lächeln, während er mir die Schale reicht: „Ich bin Koch. Wäre schlecht, wenn ich keinen Teller anrichten könnte, oder?" „Und, wann war das?" „Lass mich überlegen." Frithjof starrt einen Augenblick vor sich hin. „2009 bis 2051." „Wie alt warst du da?" „Ich habe mit neunundsechzig aufgehört, für andere zu kochen." „Das ist schon ein gutes Weilchen her, hm?" „Kindchen, es gibt Dinge, die vergisst man nicht." „Wie Fahrradfahren, was?" Er nickt: „Wie Fahrradfahren."

Frithjof macht sich selbst eine Schale zurecht. „Nun iss schon, sie müssen frisch gegessen werden." „Erst wenn du auch etwas hast, Frithjof. Ich bin zwar ein, zwei Jährchen jünger, aber ich weiß mich dennoch zu benehmen." Frithjofs Bart zieht sich breit. „Du kannst auch nett sein, wenn du es darauf anlegst, hm?"

Ich probiere das erste Stück. Wieder einmal enttäuscht er mich nicht; es schmeckt absolut grandios. Ich sehe ihn entrückt an: „Wie machst du das?" Frithjof sieht selbstgefällig zu mir hoch: „Das macht einen guten Hexer aus: Aus nichts was zaubern, das einem die Sinne zum Schwirren bringt." „Du bist so was von eingebildet!", platzt es aus mir heraus. Er sieht mich ruhig an: „Kindchen, dass musst du noch lernen. Wenn es der Wahrheit entspricht, ist es keine Einbildung." Dabei lässt er nach Schulmeisterart seinen Zeigefinger durch die Luft tanzen.

„Sag mal, warum kann Hildrun meinen Vater sehen und ihr anderen nicht. Und warum kann ich Wido und seinen Vater nicht sehen, aber sehr wohl alle anderen. Und wann habt ihr all die schönen Klamotten für mich genäht? Das ist absoluter Wahnsinn! Vielen Dank, du hattest doch auch geschlafen! Wie kann das alles sein?" „Iss dein Frühstück, Selene, lass es nicht kalt werden."

Mit vollem Mund äußere ich: „Frifjof, nun schag schon. Du kannscht mir viel mehr erklään, als du vorgibscht." „Reden heute alle jungen Leute mit vollem Mund?", will Frithjof wissen. Ich schlucke: „Es gibt nur junge Leute." „Reden heute alle mit vollem Mund?" „Manchmal. Du hast gesagt, ich soll essen. Ich wollte mich nur von meiner besten Seite zeigen." Frithjof nickt belustigt. „Du musst dich ein bisschen mehr konzentrieren, Selene." Schon wieder bin ich am Kauen: „Hm?" „Konzentriere dich auf das, was du erreichen willst. Nicht darauf, dass du du es willst." Ich sehe ihn fragend an. „Schwer verständlich?" Ich nicke. Frithjof schüttelt den Kopf: „Ist es nicht." Ich schaue verdrießlich: „Ich weiß nicht, was du meinst."

„Alle hier arbeiten mit ihrer Konzentration. Weder Hildrun, noch Siegrun, noch irgendjemand benutzt ein Rezept. Oder gar lächerliche Zaubersprüche! Alles wird über den Willen gesteuert. Und du kannst das ganz sicher auch. Ich weiß es. Du wirst alles können, was du wirklich willst." Ich verstehe immer noch nicht. Frithjof merkt es mir sofort an, denn er meint: „Nun schau nicht so, Selene. Ein bisschen Geduld musst du natürlich haben, und vor allen Dingen wird es dir nicht zufallen. Es bedarf viel Übung. Natürlich musst du wissen, was du willst. Nicht nur ein bisschen, sondern mit jeder Faser deines Willens und deines Körpers."

Wahrscheinlich schaue ich immer noch nicht schlauer drein, denn er meint zu mir: „Irgendwann wird alles für dich so leicht, wie das Fliegen. Inzwischen denkst du kaum noch darüber nach ... So werden auch deine anderen Fähigkeiten erwachen. Langsam oder schnell, dass weiß ich nicht. Wido, sag auch was dazu. Du warst doch dabei, als Otrun ihre ersten Erfahrungen gemacht hat. Bei ihr klappte auch nicht direkt alles auf Anhieb."

„Nein, sie ist eher so hineingestolpert. Warte, ich hole sie." „Bleib sitzen, ich hole sie." Fragend sehe ich Frithjof an. „Ich kann sie mit meinen Gedanken rufen", erklärt er mir. Erstaunt ziehe ich meine Augenbrauen hoch. „An dich habe ich auch schon meine Gedanken gerichtet und du hast mich klar und deutlich verstanden. Du hast es nicht vergessen, ich weiß das Selene."

Ich schlucke. Ich erinnere mich genau an gestern. Und daran, wie aufgeregt ich war. Gestern! Es scheint mir so weit weg! So viel ist in der Zwischenzeit passiert.

„Wie soll ich das jetzt ausdrücken? Du hast mir zu verstehen gegeben, dass du hoffst, mein Verstand sei mir nicht zu sehr im Weg. Ist das so? Papa hatte auch so etwas angedeutet." „Ich finde, du hast schon eine ganze Menge geschafft. Du schlägst dich wirklich gut. Auch wenn der Weg noch weit ist, hast du große Fortschritte gemacht. Das siehst du hoffentlich auch so." „Ich will aber Wido sehen!" Frithjof mustert mich ruhig: „Dann tu das, Selene. Niemand, außer dir, hält dich auf."

Ich spüre Widos Arm auf meiner Schulter. Tatsächlich kommt Otrun zu uns. Sie lächelt mich an und bleibt hinter Frithjof stehen. Zärtlich legt sie ihre Arme um ihn und beugt sich zu ihm runter. Ihre langen Haare bedecken sie beide. Was sich zwischen den beiden abspielt, lässt sich nur vermuten. Dann sieht sie zu mir und grinst breit. Sie setzt sich mir gegenüber.

„Otrun, erzähl mal, wie du an die Zauberei gekommen bist", fordert Wido sie auf. Mit einem Mal wird ihr Gesicht ernst. „Ich wurde gezwungen. Ich hatte keine Wahl. Es war für mich der einzige Weg zu überstehen. Sieh in meine Augen, Selene." „Die sind mir als erstes aufgefallen. Sie sind wunderschön", sage ich, ohne groß darüber nachzudenken. „Pff, sie sind verräterisch und furchteinflößend. Eben wegen dieser Augen, hatten ein paar besonders Schlaue Angst vor mir. Inzwischen weiß ich, es war Nils, der sie angestachelt hat. Ich weiß nicht wieso, doch er wusste noch vor mir, dass ich eine Hexe bin. Und das haben er und seine Kumpels mich spüren lassen. Hätte ich mich nicht gewehrt, hätten sie mich fertiggemacht. Skrupellos, einfach aus Angst. Um sich selbst zu schützen und um vor den anderen cool dazustehen. Die hatten richtig Schiss vor mir, kannst du dir das vorstellen?"

Ehrlich gesagt, nein. Aber ich sage nichts dazu. *Sie ist so klein und zierlich, nein, ich kann es mir wirklich nicht vorstellen.*

„Und ich habe sie verflucht. Das war meine erste Tat, noch bevor ich wusste, was ich kann. Damals kannte ich meine Oma Siegrun nicht einmal. Von den Fähigkeiten meiner Mutter ganz zu schweigen. Alles war völlig verrückt für mich. Doch dann habe ich Siegrun kennengelernt und alles wurde einfach. Sie war mir eine wunderbare und geduldige Lehrerin. Sie hat mir Zeit gelassen. Anders als du, hatte ich keine Ziele. Ich konnte einfach meine Erfahrungen machen. Ok, ich hatte meine dümmlichen

Klassenkameraden, aber sonst … Für dich kann es schwieriger werden, weil du so einiges erzwingen willst."

Sie hält inne und sieht mich ruhig an. Ich sehe auf die roten Streifen in meinem leergegessenen Schälchen. *Will sie mir sagen, ich sei verbissen? Die Streifen sehen aus, wie ein seltsam verrenktes Tier.* Otrun legt ihre Hand auf mein Bein. Dabei beugt sie sich vor, und ihr Arm, ihre Haare und ihr Gesicht müssten eigentlich im Feuer verbrennen. Es ist ein verstörender Anblick für mich. Unwirklich lächelt sie mich an. In diesem Moment wird mir erneut klar, dass sie ein Geist ist. Das hätte ich beinahe vergessen!

„Du hast schon wieder verzagte Gedanken. Schüttele sie ab, Selene." „Liest du auch, was ich denke?", frage ich. „Nein, ich könnte es, aber ich weiß genau, wie nervig es ist, ständig belauscht zu werden. Doch deine Stirn spricht eine deutliche Sprache." Ich lache leise in mich hinein. *Ich war noch nie gut im Schauspielern. Deshalb habe ich mich irgendwann entschieden, stets und ohne Rücksicht auf Verluste, meine Ansichten laut zu äußern.* Sie reicht mir ihre Hand: „Komm mit mir, Selene." Sie macht einen Schritt über das Feuer und zieht mich hoch. Ich sehe mich zu Frithjof um. Er macht mit seinen Fingern lässig eine Bewegung, die sagt: „Geh ruhig mit ihr."

„Wo bringst du mich hin, Otrun?" „Zu einem Ort, an dem ich immer gut nachdenken kann." Gemeinsam marschieren wir den Berg runter. „Wir könnten auch fliegen", merke ich an. „Stimmt, das wäre ungleich schneller. Aber ich wüsste nicht, wo du dort landen willst. Und so ein Fußmarsch hat auch seine Vorzüge. Lausche auf den Wind in den Tannen und sieh dich in Ruhe um. Schau dort, wie dunkel und dicht der Wald sein kann." Sie bleibt stehen: „Und nun sieh in die gegenüberliegende Richtung. Weite, Abgrund, Felsen. Ist es nicht sagenhaft? Ich kann mich daran nicht sattsehen."

Otrun bückt sich und nimmt mit der Hand Waldboden auf. Sie hält ihn mir hin. Zahlreiche Ameisen flitzen ihren Arm entlang. Ein Käfer setzt zum Flug an. Otrun lacht: „Schön oder?" Als alles Getier geflüchtet ist, zerreibt sie den Inhalt zwischen ihren Händen. Sie lässt das Pulver zu Boden fallen und klatscht ihre

Hände gegeneinander. Nun hält sie sie mir, wie eine Schale, hin: „Riech mal."

Ich rieche es auch schon von weitem, dennoch beuge ich mich zu ihr und ziehe tief den Waldduft ein. „Wido", hauche ich beim ausatmen. Sie nickt mir zufrieden lächelnd zu. „Er hat immer so gerochen. Köstlich, oder?" Ich sehe sie aus dem Augenwinkel an: „Sieht er gut aus?" „Jaaa", sagt sie gedehnt im Weitermarschieren, „mir gefällt er. Ich wollte immer ein Kind von ihm, aber dann war viel zu schnell alles verspielt."

Ich lege meine Hand auf ihre Schulter: „Ich dachte, du wärst mit Frithjof … Das tut mir so leid für dich. Du bist viel zu jung!" Sie zieht mich weiter.

„Wido war meine erste Liebe, Frithjof übrigens auch." Ich sehe sie mit großen Augen an. „Wido war so frei, mir diese Entscheidung abzunehmen und hat eine andere Frau geheiratet. Ich war immer glücklich mit Frithjof. Aber das Kind wollte ich von Wido." „Und wieso?", frage ich irritiert. „Das fragst gerade du?" „Nun, ich würde nie mit ihm …" „Hm", sie steuert nun in eine andere Richtung. „Vielleicht solltest du dir das noch einmal überlegen." „Bitte was?"

„Mit Frithjof macht Sex wirklich Spaß!" „Otrun! Was redest du? Das kann nicht dein Ernst sein!" Abrupt bleibt sie stehen, hält mich mit verblüffender Kraft an den Armen fest und schüttelt mich leicht: „Er ist noch am Leben, Selene. Er kann dir ein Kind schenken! Du bist eine Hexe mit sehr viel Zauberkraft, so wahr ich hier stehe!"

Ich sehe sie skeptisch an: „Und du denkst, du stehst hier?" Sie atmet verächtlich aus: „Eure Kraft wird erhalten bleiben. Die Lichtung wird weiter fortbestehen! Selene! Das ist perfekt!" Ich hole erst mal Luft: „Was wolltest du mir zeigen?"

Sie zieht mich weiter. „Versprich mir, dass du es dir überlegst." „Na klar", sage ich halbherzig. „Versprich es mir!" „Otrun! Ich werde nicht mit Frithjof schlafen. Niemals!" Otrun stöhnt gequält auf: „Du bist immer so bockig! Irgendwann ist es auch für dich zu spät!"

Durch dichtes Gestrüpp gehen wir direkt auf einen felsigen Berg zu. Beinahe denke ich, Otrun will mit mir durch diese Steinwand rennen, da zeigt sich uns plötzlich eine schmale Öffnung. Sie zieht mich in die Höhle hinein. Hier drinnen ist es kühl, und zugleich feucht und stickig. Schon nach wenigen Metern durch den schmalen Gang, sehe ich die Hand vor Augen nicht, so dunkel ist es in dieser Höhle. Sie zieht mich immer tiefer in den Berg hinein.

„Warum müssen wir so rennen?", frage ich leicht gereizt, in der Angst, mich an den Felswänden zu stoßen. Ich halte mir den Arm vor meinen Kopf. Stellenweise ist der Gang recht eng und vor allem niedrig.

„Kannst du etwas sehen, Otrun?", frage ich. „Nein, aber ich kenne mich hier gut aus. Gleich wird der Gang breiter und auch etwas höher." „Da bin ich aber froh, ich bin ein bisschen größer als du", sage ich unwillig. Sie kichert leise. Ich taste mit meiner freien Hand nach der Wand. Mit einem Mal ist sie weg! Ich kann sie nicht mehr berühren. Otrun zieht mich unbeirrt weiter. Ganz unerwartet bleibt sie nun doch stehen.

„Setz dich, Selene", fordert Otrun mich auf. „Wir befinden uns in einer richtig großen Höhlenkammer. Hier gibt es einige Fackeln, wollen wir sie anzünden?" „Gerne, hast du Feuer dabei?" Unsere Stimmen hallen nach. Kurz bleibt Otrun still. Ich höre ein seltsames Geräusch. Das muss der Luftzug sein, der durch die Felsgänge zieht. „Gespenstisch, nicht wahr? Der Wind pfeift durch die Flure. Ich stelle mir manchmal vor, dies sei ein riesiges Schloss. Weißt du, wir sitzen hier in einem schönen Raum mit weißen Wänden und Fackeln rundherum. Willst du es sehen?" „Ich habe kein Feuer dabei, Otrun." „Wir brauchen kein Feuer, Selene." „Aha, entzündest du die Fackeln mir einem Fingerschnipsen?" „Nein, ich komme aus keinem Märchen." „Und?", langsam macht sie mich ein wenig ungeduldig!

„Unseren Willen haben wir immer dabei, nicht wahr?" Ich höre ihr Grinsen. Mir entfährt ein Stöhnen. „Lass uns einfach im Dunkeln sitzen", sage ich resigniert. „Vielleicht gibt es in diesem Raum ein hübsches Bett", gibt sie leise von sich. „Und Wandmalereien. Einen goldenen Teewagen auf dem die feinsten venezianischen mundgeblasenen Gläser stehen." „Ja, und der Butler wartet schon seit Ewigkeiten darauf, wach geküsst zu werden", ergänze ich ironisch.

„Woher weißt du von James? Jetzt wirst du mir ein bisschen unheimlich!", meint sie, „und? Wollen wir gemeinsam diesen Raum erleuchten?" „Ich kann mir nicht vorstellen, wie das gehen soll, Otrun." „Du bist schon wieder bockig!" „Ich habe bloß keine Lust, verschaukelt zu werden." „Atme dich erst mal zur Ruhe, Selene. Und dann entzünden wir gemeinsam die Fackeln."

Ich vernehme ihren tiefen Atem und schließe mich ihr an, wie ich es schon mit Frithjof getan habe. Ich spüre, wie ganz langsam mein Puls runter geht. Ich entspanne mich. Spüre kaum noch den kalten, harten Boden, auf dem wir sitzen. Leise fragt Otrun: „Geht es dir besser?" „Ja, es geht mir gut. Trotzdem werde ich wohl kaum mit meinem Willen ein Feuer entzünden." „Du hast recht. Du wirst es garantiert nicht schaffen. Dafür müsstest du das wollen!"

„Oh Mann", stöhne ich. *Die ist auch nicht viel besser als Frithjof!* „Und wie sollen wir das anstellen?", frage ich trotzig. Sie antwortet nicht. „Jetzt sei nicht eingeschnappt, Otrun! Ich mache ja schon mit. Also wie geht das?" Nichts. Ich sitze still da und warte, was passiert. Langsam beschleicht sich die Ahnung, dass Otrun mich einfach hier sitzen gelassen hat.

„Otrun?" Es bleibt still. „Otrun, ich habe es nicht so gemeint. Entschuldige bitte." Es ist einzig und allein der Luftzug zu hören. Langsam taste ich mich vor. Auf meinen Knien suche ich die nähere Umgebung nach ihr ab. Sie ist nicht da! „Nun komm schon, Otrun!", rufe ich, „zeig mir, wie wir die Fackeln entzünden." Ich starre in die Dunkelheit.

Diese misslichen Umstände bringen mein Blut in Wallung. Immer hektischer suche ich nach Otrun, oder nach dem Gang, der mich an die Luft führt. Ich habe das beklemmende Gefühl nicht genug Sauerstoff zu bekommen. *Ich hatte sie ganz anders eingeschätzt! Sie hat so eine liebe Art!*

„Otrun, jetzt sei nicht kindisch! Hilf mir! Bitte komm zurück!" Ich suche den Boden ab, doch leider ergebnislos. Es ist schier zum Verrücktwerden. Vorsichtig stehe ich auf. Mit vorgehaltenem Arm laufe ich geradeaus. Ich stoße mir empfindlich meinen Ellenbogen. *Immerhin habe ich eine Wand gefunden. Dann finde ich früher oder später auch den Gang.* Vorsichtig taste ich mich vorwärts. Etwas seltsames ... Eine Fackel!

So ein Mist, dass ich nichts zum Anzünden dabei habe! Ich taste weiter. *Schon wieder eine Fackel!* Nun zähle ich die Schritte. „Eins, zwei, drei." *Wieder eine Fackel. Knapp alle drei Meter eine Lichtquelle. Das könnte wirklich ein schöner Raum sein.* Ich stoße irgendwo gegen. Lautes Klirren und Scheppern! Ich bücke mich. Versuche zu ertasten, was ich umgeschmissen habe.

„Au!" Ich zucke zurück. *Ich muss in eine Scherbe gegriffen haben!* Ich spüre das warme Blut an meiner Hand runter laufen. *Das hat mir gerade noch gefehlt.* Ich kann meine Hand nicht mehr benutzen! Bei der kleinsten Bewegung stöhne ich vor Schmerzen auf. Ich habe das dumme Gefühl, dass es nicht nur eine Scherbe ist … Vorsichtig taste ich mich weiter an der Wand entlang. Meine Hand klopft.

„Otrun, es reicht!", schreie ich. Keine Reaktion. *Ich werde hier nicht raus finden! Wenn ich nur etwas sehen könnte! Verdammt noch mal!* Ich könnte schreien vor Zorn! *Sobald diese Diva nicht ihren Willen kriegt, wird sie gemein!* In Gedanken streiche ich mir durch meine Haare. „Autsch!" Erneut halte ich meine Hand. Außerdem spüre ich nun das klebrige Blut in meinem Gesicht!

Ich will, dass das jetzt sofort aufhört! Ich muss endlich etwas sehen! In wildem Zorn packe ich mir eine Fackel und zerre sie unsanft aus ihrer Halterung. Ich schüttele das Ding. *So wird das nichts!* Ich versuche ruhig zu atmen. Nach ein paar Zügen gelingt mir das sogar. Meine Laune wird etwas besser.

Mit meinem Willen diese Fackel entzünden! Ich weiß, dass es Quatsch ist, dennoch versuche ich es. *Konzentriere dich auf das, was du tun willst, nicht darauf, dass du es willst. Oder so. Uff.* Ich schließe meine Augen. *Feuer, Licht, Wärme.* Stelle mir bildlich vor, wie die Fackel in meiner Hand plötzlich aufflammt. Vorsichtig öffne ich meine Augen wieder. Wütend starre ich in die Finsternis. Zornentbrannt schleudere ich die Fackel weit von mir.

Mit einem lodernden Bollern rollt sie über den Boden. Zuerst starre ich ungläubig auf das grelle Licht. Dann kann ich mein hysterisches Lachen kaum zurückhalten. Schnell hebe ich sie vom Boden auf und erleuchte den Raum. An der Wand liegt ein umgekippter goldener Teewagen. Feinste Glassplitter funkeln verstreut in dem Feuerschein wie kleine Diamanten. Ansonsten scheint hier außer einem alten Stuhl, nichts zu sein.

Meine Hand ist blutüberströmt. *Raus hier!* Es gibt zwei Wege. Ich entscheide mich für den Breiteren. Immer wieder sehe ich auf meine Fackel. Ich kann es nicht fassen! *Wenn ich nur wüsste, was ich gemacht habe!* Kopfschüttelnd eile ich weiter. Weit entfernt kann ich einen hellen Punkt ausmachen. Mit einem Mal weht mir kräftig Frischluft ins Gesicht.

Da vorne geht es raus! Ich bin so erleichtert, dass ich feuchte Augen bekomme! Geblendet trete ich ins Sonnenlicht. Als erstes atme ich tief durch. *Endlich Sauerstoff!* Staunend stehe ich in der Petersilie. *Also, wenn du Petersilie magst, ich weiß da einen Ort … Ja, nun kenne ich diesen Ort ebenfalls, mein lieber Frithjof.* Ich stehe da und grinse wie blöde die Petersilie an. In diesem riesigen Krater, den Wido mir gestern gezeigt hat.

Vorsichtig drücke ich die Fackel im Erdboden aus. Ich sehe nach oben und grinse erneut. *Wie gut, dass ich fliegen kann!* Wieder mein hysterisches Lachen! Mit einem kräftigen Sprung begebe ich mich in die Lüfte. Die Freiheit hat mich wieder! Hier oben im Wind spüre ich meine Hand kaum noch. Glücklich lasse ich mich von meinen Flügeln in die Höhe tragen. Schnell taucht das Bergplateau vor mir auf. Ich sehe Otrun. *Na die kann was erleben!* Sofort stürze ich auf die Wiese zu.

Zum Glück bekomme ich eine sanfte Landung hin. Meine Hand blutet immer noch. Ich kümmere mich nicht darum, lasse es einfach auf die Wiese tropfen und eile auf Otrun zu. Jemand packt mich am Arm. Hält mich in meinem Schwung auf und dreht mich dann zärtlicher zu sich hin.

„Wo warst du?", fragt Wido leise. „Hat sie nichts erzählt, deine niedliche Freundin?" Er nimmt mich in den Arm, schmiegt sich an mich. „Du zitterst ja, Liebes." „Ich muss zu ihr, sonst ersticke ich!", fauche ich wütend. „Komm erst mal runter, Selene", meint er. Ich schiebe ihn sachte von mir weg: „Erst spreche ich mit deiner Freundin, dann komme ich runter. Ok?" „Nein, nicht ok. Aber ich werde dich wohl kaum aufhalten können, was?" „Nein", sage ich und gehe auf Otrun zu.

Ich ärgere mich: *Den ganz scharfen Wind hat er mir schon aus den Segeln genommen.* Ich stemme die gesunde Hand in die

Hüfte: „Na, fühlst du dich toll? Wie konntest du das tun? Hast du überhaupt kein Gewissen?" Otrun sieht mich ruhig an: „Na, Fortschritte gemacht? Die hast du mir zu verdanken." „Was ist mit deiner Hand passiert?", fragt Frithjof aufgebracht dazwischen. Abgelenkt sehe ich kurz auf das tropfende Blut.

„Es ist einiges zu Bruch gegangen, tut mir leid." Und an Otrun gewandt: „Ich hatte dich anders eingeschätzt. Immerhin weiß ich jetzt, wo ich bei dir dran bin." „Du hast sie anbekommen, hm?", fragt sie mit einem milden Lächeln auf den Lippen. „Sonst hätte ich wohl kaum da raus gefunden!", fauche ich sie an. „Glückwunsch."

„Wovon redet ihr?", fragt Frithjof etwas ungehalten, während er meine Hand nimmt, um sie sich genauer anzusehen. Ich schaue verblüfft auf: „Du bist nicht im Bilde?" „Nein Selene." *Ich habe das Gefühl, meine Hand ist schon taub vor Schmerz.* „Du weißt doch sonst immer alles!", schnaube ich.

Frithjof funkelt mich aus seinen dunklen Augen scharf an: „Ich habe dir nichts getan, Selene. Jetzt waschen wir das erst einmal aus. Vielleicht wird mir dann klar, was geschehen ist." Ich kann es kaum fassen. *Hier weiß wirklich niemand Bescheid. Hat sie ihm den Zugang zu mir sperren können? Vielleicht wollte sie mich da unten verrotten lassen!* Wütend schaue ich in Otruns Augen. Sie hält stand. *Ein Blickduell werde ich bei ihr wohl kaum gewinnen!* Ich zucke zurück, denn Frithjof wischt mit einem nassen Lappen über die Innenfläche meiner Hand. Es tut empfindlich weh! Sofort hat er meine Aufmerksamkeit.

Ich spüre Otruns Hand auf meiner Schulter. „Es tut mir nicht leid, Selene. Ich musste dich aus der Reserve locken, um dir zu zeigen, was du in dir birgst. Das mit der Hand, das wollte ich nicht." Mit diesen Worten geht sie fort.

„Du ziehst wirklich Katastrophen an, hm? Deine Hand ist ja voller Glassplitter. Feinster Glassplitter! Wido, hole bitte einen Eimer mit frischem, sauberen Wasser!" Frithjof schüttelt den Kopf. „Ihr beide ward direkt hier unter uns, nicht wahr?" „Schade wegen der Gläser, sie waren bestimmt was ganz Besonderes", sage ich bekümmert. Er winkt ab: „Ich war seit Ewigkeiten nicht mehr in dieser Höhle. Die Gläser sind mir egal. Ehrlich gesagt, ich meide diesen dunklen Ort. Ich hasse die stickige Luft da unten!"

Ein Eimer segelt auf uns zu. „Da kommt Wido mit dem Wasser", sage ich zu Frithjof. Wido setzt sich dicht zu mir. *Ob er auch stets so nahe käme, wenn ich ihn sehen könnte?* „Otrun hat es mir gebeichtet", Wido legt seinen Arm um mich, „und? Hast du eine Fackel entzündet?" „Ja", ich beobachte Frithjofs Blick, „ich weiß aber nicht, wie ich es gemacht habe."

Frithjof schnalzt mit der Zunge: „Nicht schlecht! Zorn – er ist ein starker Verbündeter. Und du trägst einiges davon in dir. Wenn du den Bogen erst mal raus hast, kannst du ihn ablegen. Ihn in ein verwinkeltes Eckchen deines Bewusstseins schieben. Hilfreich ist er natürlich immer." „Ich glaube eher, es war Verzweiflung!"

„Nein Zorn", sagt Frithjof ruhig, während er mir einen Splitter nach dem anderen mit einem kleinen spitzen Messer aus meiner Haut entfernt und auf ein ausgebreitetes Stofftaschentuch legt. „Vielleicht warst du auch verzweifelt, doch ein Feuer hast du weder mit Angst, noch mit Verzweiflung entfacht."

Wido streicht mir übers Haar und gibt mir einen sanften Kuss auf die Wange. Ich fühle mich geliebt und bin schon gar nicht mehr richtig böse. Ganz im Gegenteil: Langsam wird mir klar, dass ich etwas wirklich Großes geschafft habe.

Frithjofs Blick holt mich aus meinen Gedanken. Ich sehe ihn fragend an. „Liebe kann ebenso stark sein." Er lächelt mich breit an: „Ich hoffe, es ist nun alles raus, Selene. Möchtest du wieder zurück, runter von diesem Berg oder sollen wir noch einmal die Steine zum Glühen bringen?" Ich betrachte kurz meine Hand. Sie ist blutüberströmt, tut aber nicht mehr so weh. „Auf der Lichtung habe ich eine schmerzstillende Salbe für dich", fährt er fort. „Die Hand ist mir beinahe egal. Jetzt, wo die Glassplitter draußen sind, ist es nicht mehr so schlimm. Ich fände es schön, noch einmal in die Schwitzhütte zu gehen."

Frithjof belohnt mich mit einem Lächeln, sagt aber nichts. „Ich hole die Steine", sage ich und stehe auf. „Unsinn, du bleibst sitzen", meint er streng, erhebt sich und geht zur Hütte. „Warum das nun wieder?", frage ich leise zu mir selbst. „Weil deine Hand verletzt ist, Selene", flüstert mir Wido zu. „Hm, ich habe doch zwei …", fragend sehe ich um mich. „Lass mal gut sein, Frithjof kümmert sich gern." „Er ist gar nicht so ein Scheusal", äußere ich erstaunt. Wido antwortet mir zufrieden: „Das sagte ich ja, aber du wolltest mir nicht glauben." Frithjof kommt zurück und lässt die erste Fuhre sachte ins Feuer kollern. Er sieht mich wissend von der Seite an. *Hat der mich schon wieder belauscht!* Natürlich Selene, ich muss doch auf dem Laufenden bleiben, meinst du nicht? *Ich finde, du könntest mir ruhig ein paar Gedanken ganz für mich gönnen.* Nun, da sind wir eben geteilter Meinung, aber das stört mich nicht. *Na Dankeschön.* Keine Ursache.

Frithjof kommt mit der zweiten Schaufel. Während die Steine ins Feuer rollen, grinst er mich über alle Maßen frech an. Als er sich wieder Richtung Hütte entfernt, meine ich lächelnd zu Wido: „Und er ist doch ein Scheusal!" Ich blicke in Richtung Abgrund, ob Hildrun und mein Vater noch dort sitzen? Lächelnd sage ich zu Wido: „Ich wollte Hildrun fragen, warum sie meinen Vater sehen kann." „Ich komme mit." Gemeinsam gehen wir zu den beiden rüber.

„Dürfen wir uns zu euch setzen?", frage ich. „Aber ganz bestimmt, Selene. Komm setz dich. Wido, jetzt kannst du wieder aufatmen, hm? Du musst wissen, er hatte sich so seine Gedanken gemacht, als Otrun allein zurück kam. Schätzchen, was ist mit deiner Hand?" erschreckt hält Hildrun meine Hand in der ihren. Nun packt sie auch mit ihrer anderen danach und hält sie sehr fest. So fest, dass es weh tut. Es kribbelt. Eine unangenehme Wärme strömt durch meine Finger. Hildrun wiegt ihren Oberkörper leicht vor und zurück. Sie nuschelt irgendetwas vor sich hin. Mit einem mal kann ich zusehen, wie sich die kleinen Schnitte schließen. Feine helle Streifen bleiben auf meiner Haut zurück, ansonsten haben sich alle Wunden komplett geschlossen. Ich sehe sie erstaunt an: „Du hast mich geheilt!"

Sie lächelt mich an: „Ich wollte nicht, dass du Schmerzen hast. Du bist doch wirklich zerschunden genug!" „Wie machst du das, Hildrun? Papa, hast du das gesehen?" „Ja Hexchen, sie ist gut, nicht wahr?" „Es konnte nur passieren, weil es auch in dir steckt." Fragend sehe ich sie an. „Nun schau nicht so! Ich konnte deine

Hand dazu bewegen, ihre Schnittwunden zu schließen, weil du ebenfalls diese Macht besitzt. Und weil du lebendig bist. Ganz im Gegensatz zu uns! Ich mache das mit meinem Willen, Selene. Genau wie du es tun wirst. Einzig und allein der Wille." Ich bin ganz aufgeregt: „Weil ich lebe?" Hildrun nickt mir zu. „Ja, ohne dich könnte ich reales Leben nicht beeinflussen. Nur in der Hexenwelt und Dinge, die nicht nachhaltig sind. Verstehst du? Ich könnte den Wind, ähnlich einer Illusion herauf beschwören, aber eben keine Wunden heilen. Ich sehe sie nachdenklich an. "In etwa verstehe ich, was du mir sagen willst. Aber wie hast du das gemacht? Du hast einen Zauberspruch benutzt!" „Nein, ich kann es nur am besten, wenn ich es mir vorsage. Wie zum Beispiel: Heile diese Hand von ihren Schnittwunden. Ich sage es einzig für mich. Wie lautes Denken, das ist alles." „Ich wollte die Glassplitter auch nicht, hätte ich sie mir selbst entfernen können?" „Bestimmt, wenn du erst so weit bist, wird es für dich kaum Grenzen geben. Daran glaube ich ganz fest. Und Otrun übrigens auch."

Sie sieht mich ernst an: „Sei nicht sauer auf sie, sie hat es gut gemeint! Sieh her." Sie umgreift eine Löwenzahnpflanze mit ihren hohlen Händen. Mit geschlossenen Augen sagt sie konzentriert: „Öffne dich für mich." Sie wiederholt es unaufhörlich. „Öffne dich, öffne dich für mich, öffne dich, öffne dich …" Und tatsächlich öffnet die Pflanze ihre Knospe.

Erstaunt reiße ich meine Augen auf: „Das werde ich nie können!" „Probier es, es ist einfach! Ich kann es nur ausführen, weil es auch in dir steckt! Du musst es wirklich wollen. Mit jeder Faser deines Körpers und all deinen Sinnen. Du musst alles, deinen Willen, deine Liebe, deine Macht und deinen Mut auf das Ziel konzentrieren, eine kleine Knospe zum Blühen zu bringen. Du darfst dich nicht ergeben, niemals. Nicht denken, dass du es sowieso nicht schaffen kannst, dann ist alles vergebens. Und du darfst dich niemals ablenken lassen!"

„Aber wie kann ich so überzeugt sein?" „Hexchen, es ist wie mit dem Fliegen! Das hast du auch nicht in Frage gestellt. Alles war leicht, weil du das nötige Vertrauen in dich selbst und zu mir hattest. Obwohl es das erste Mal war und du nicht einmal Flügel hattest, hast du dich den Abgrund hinab geworfen. Du bist mir blind gefolgt, und es war so leicht für dich. Alle hier halten dich für mächtig und berufen, nur du zweifelst."

Ich sehe ihn erstaunt an: „Kannst du so etwas auch?" „Nein Selene, ich bin auf diesem Gebiet völlig ungeübt. Du kannst mich fühlen und sehen, weil das Band der Liebe uns vereint. Jemand anderen kann ich mich leider nicht fühlen lassen." Er deutet mit seinen Finger auf die kleine Blüte. Mit einem Blick auf Hildrun ergänzt er: „Aber ich arbeite daran. Sie hat mich unter ihre Fittiche genommen, wird mich lehren, was in meiner Macht steht. Ich werde meine Grenzen austesten, schließlich habe ich alle Zeit der Welt, nicht wahr?" Hildrun lächelt zufrieden. Hinter uns räuspert sich Frithjof: „Selene, die Steine sind heiß. Wir können." Ich drehe mich zu ihm und zeige auf die kleine Pflanze: „Sieh her, ist das nicht toll? Und schau!" Ich umgreife ein zartes Stielchen, wie Hildrun zuvor die Löwenzahnpflanze. *Ich werde es zum Wachsen bringen! Es gelingt, es gelingt, es gelingt!* Mit geschlossenen Augen konzentriere ich mich. Ich spreche es mir nicht vor, konzentriere mich entschlossen. Stelle mir vor, wie dieser kleine angetrocknete Zweig zu wachsen beginnt, das Leben ihn durchströmt. Vorsichtig sehe ich nach, ob sich etwas getan hat. Überrascht starre ich auf das Stielchen. Es ist dreimal so groß wie zuvor und hat hellgrüne frische Triebe. Sachte berühre ich das Minibäumchen. Es ist echt! Kichernd sehe ich zu Frithjof auf. Er nickt mir zufrieden zu: „Kommst du?" Kurz stupse ich Hildrun und Papa an und gehe mit ihm.

Schnell schlüpfe ich aus meinen Sachen. Überrascht stelle ich beim Hineinkriechen fest, dass die Hütte beinahe voll besetzt ist. Ich sehe auf die leeren Plätze. „Sitzt da schon jemand?", frage ich mit skeptischem Blick. Frodegard zeigt auf einen freien Platz: „Da kannst du dich hinsetzen, hier neben mir sitzt schon Dustin."

Ich muss grinsen: „Hallo Wondering Bear, ist Wido auch hier drin?" „Nein Selene, du hast ihn am Abgrund zurückgelassen", schaltet sich der schwarze Pagenkopf ein. *Stimmt! Ich hatte gar nicht mehr an ihn gedacht! Diese kleine Pflanze hat mich völlig abgelenkt!* „Oh!", sage ich bloß und sehe nachdenklich in die Runde. *Hoffentlich habe ich ihn nicht verletzt!* Sorge ich mich. Verwirrt ziehe ich meine Finger durchs Haar und sehe hektisch von einer zur anderen. „Ich bin hier Selene. Kriemhild erlaubt sich einen Scherz mit dir!", meint er verächtlich. „Verzeih, ich habe wirklich nicht an dich gedacht!", platzt es aus mir heraus. Ich sehe auf die schlanke erhabene Frau, dann auf die Lücke, von der ich seine Stimme vernommen habe und lächele ihm vorsichtig zu.

Ihre hellen Augen durchbohren mich. Ich fühle mich unwohl, rutsche nervös hin und her. Die Matte bewegt sich. Frithjof bringt die heißen Steine herein. „Wie wäre es, wenn ihr dem alten Mann auch noch ein wenig Platz lasst", meint er brummig. Otrun lacht: „Du könntest mich auf deinen Schoß nehmen, dann passen wir alle rein." Sein Gesicht wird weich: „Ja Prinzessin, so machen wir`s." Und schon holt er die nächste Fuhre, während es hier drinnen schon angenehm warm wird.

Die sehr kleine blonde Frau lächelt mich liebevoll an: „Selene, es bereitet uns wirklich Freude, mit anzusehen, wie schnell du lernst." Ich spüre, wie die Röte in meine Wangen steigt: „Deinen Namen habe ich allerdings vergessen!" „Ich bin Siegrun. Entspann dich Mädchen, dann werden dir alle Namen, wie von allein wieder einfallen." Frithjof bringt die letzten Steine und setzt sich auf Otruns Platz. Lächelnd lässt sie sich in seinen verschränkten Beinen nieder. Die zwei sehen glücklich aus.

Grübelnd blicke ich auf die Lücke in der vermutlich Wido sitzt. *So viel habe ich erreicht, warum ist er für mich unsichtbar?* Der Ärger kriecht in meinen Magen. Ich versuche ihn abzuschütteln. Vergebens. Frithjof wühlt in seinem Kräutersäckchen. Mit lockerer Hand verteilt er etwas auf den glühenden Steinen. Er zwinkert mir spitzbübisch zu.

Ein süßlicher Dunst steigt uns in die Nasen. Augenblicklich hat sich der Ärger verkrochen. Verbissen suche ich nach ihm, doch er ist einfach verschwunden. Stattdessen sind meine Glieder sehr schwer, mein Körper fühlt sich weich und weißlich an. Innerlich schüttele ich meinen Kopf. *Wie fühlt man sich denn weißlich? Na, genau so!* Ich spüre mein Grinsen. Finde es ein bisschen blöde, kann aber nichts dagegen tun. Will ich auch gar nicht. Nicht jetzt. Ich will gar nichts mehr. *Habe meinen Willen eingestellt. Ganz bewusst.*

Mit einem mal befinde ich mich im Wald. Wido hält mich bei der Hand und zieht mich hinter sich her. „Wo läufst du denn hin?", frage ich. „Lass dich überraschen Liebes", antwortet er gut gelaunt. Ich sehe auf seine breiten Schultern, seinen tiefschwarzen Zopf, wie er auf seinem Rücken vor mir bei jedem Schritt hin und her tanzt. Ich kann meinen Blick nicht abwenden, beinahe wird mir von dem Geschaukel schwindelig. Ich möchte stehen bleiben. Wido dreht sich zu mir um. Seine dunklen Augen ruhen warm auf mir.

„Geht es dir nicht gut?", fragt er besorgt. „Mir ist ganz schwindelig, ich kann nicht mehr weiterlaufen." „Dann setzen wir uns eben hier ein bisschen hin, Selene, das macht doch nichts."

Gemeinsam lehnen wir an einem breiten Stamm. Ganz verzückt schaut er auf meine Haare. „Sie kringeln sich wieder, nicht wahr?", frage ich, „mir ist ziemlich warm, dir nicht?" „Natürlich ist dir warm, Selene. Wir sitzen in der Schwitzhütte." Ich begreife sehr langsam. Sehe mich lahm um. *Er hat recht, ich sitze mit der Hexengemeinschaft, oder einem Teil davon, in der Schwitzhütte. Wo ist Wido? Er war doch gerade noch da?*

Verwirrt sehe ich mich um. Frithjof sieht mich freundlich an: „Schließ die Augen, Selene." Ich gehorche und sofort ist Wido an meiner Seite. Ganz dicht kommt er zu mir heran: „Na, wird es langsam besser?", haucht er mir zu. „Ich bin durcheinander, Wido." „Beunruhigt dich das?" „Nein." „Dann ist es gut, Liebes." Ich spüre seine warmen, weichen Lippen auf meiner Wange. Ich stöhne leicht auf: „Merkwürdig ist das schon, oder?" „Was denn?" „Wenn ich wach bin, bist du weg. Doch sobald ich meine Augen schließe, kann ich dich genau sehen!" „Gefällt dir das etwa nicht?" „Andersherum wäre es mir lieber." Er lacht leise an meinem Ohr. Ich knuffe ihn in die Seite: „Was ist daran lustig?" Wido schüttelt seinen Kopf: „Was du inzwischen alles kannst! Sogar kleine Ästchen bringst du zum Wachsen! Und mich siehst du mit geschlossenen Augen!"

Tausend kleine Nadeln prickeln kalt in meinem Gesicht. Ich fröstele. Unwillig komme ich zu mir. Völlig knitterig sehe ich zu Frithjof auf. Er hockt, nur mit seiner schlabberigen Hose bekleidet, neben mir. Aus seinem Haar fallen dicke Tropfen auf mich nieder. Mit skeptischem Gesicht tätschelt er meine Wange. Erneut schließe ich meine Augen, will lieber für mich sein.

Mein Körper fühlt sich unendlich schwer an. Das kalte Prickeln hört nicht auf! Ich will es nicht. Frithjof klopft sachte, aber unaufhörlich auf meine Wange ein. *Dieser Mann hat das Zeug zum Nerven!* „Lass das sein!", will ich ihn zurechtweisen, aber meine Stimme ist dumpf und fremd. Ich rolle mich zur Seite, weg von ihm.

Andere Hände streichen über mein Gesicht. Weicher, angenehmer, aber im Augenblick ist mir das alles zu viel. „Lasst mich doch in Ruhe!", bringe ich nun schon fester heraus. *Es ist zwecklos, meine Widersacher geben nicht auf!* Ich verbärge das Gesicht mit meinen Armen.

Nun werde ich in die Seite geknufft! *Es hilft alles nichts!* Widerwillig richte ich meinen Oberkörper auf. Der Boden um mich herum wölbt sich. Ich sehe in Frithjofs erleichtertes Gesicht. „Nun trink erstmal", sagt er. Jetzt wo er es erwähnt, spüre ich die Trockenheit in meinem Mund. Meine Zunge klebt am Gaumen und alles in mir drinnen fühlt sich runzelig und pappig an. Ich reibe mit den Händen über mein Gesicht. *Es ist ganz nass!*

Meine Gedanken sind so lahm, wie mein Körper. Frithjof hält mir eine Kelle hin. Ganz langsam wird mir endlich klar, was er damit andeuten will. *Ich soll etwas trinken …* Doch, bis ich soweit bin, meine Hand nach der Kelle auszurichten, setzt er sie auch schon an meinen Mund. Jemand stützt meinen Rücken und hält mich aufrecht. Verkleckertes Wasser rinnt meinen Körper hinab. Es stört mich nicht weiter. Ich sehe in den farblosen Himmel.

So habe ich ihn noch nie gesehen. Hell, beinahe blendend und voller kleiner Wassertropfen, die auf mich zufliegen. Gebannt sehe ich nach oben. „Was ist das?" „Es regnet, Selene." Stutzend sehe ich weiterhin in den Himmel. *Regen? Den kenne ich ganz anders!* Lächelnd meine ich: „Weicher Regen." Wie eine Schlenkerpuppe drückt er mich plötzlich an seine Brust. „Deine Härchen kitzeln mich", nuschel ich in ihn hinein.

„Das mache ich nie wieder! Bitte verzeih mir!" Ich spüre seine Küsse auf meinem Scheitel, spüre seine Hände, die mich halten. „Was war denn?", frage ich unsicher. Er sagt nichts, hält mich einfach nur fest. „Ich habe ihn gesehen", murmele ich an seiner Brust. Puste gedankenverloren seine Härchen von mir weg. Er streicht mir über meinen Kopf: „Ja, das war es aber nicht wert!

Du wirst ihn sowieso bald sehen, auch ohne, dass ich nachhelfe."
„Hm?"

Mühsam versuche ich mich zu erinnern. Es ist sehr beschwerlich. Meine Vorstellungen sind wattig und unscharf. Sehe ich Frithjof vor mir, wie er mir zuzwinkert? „Du hast mir geholfen?" „Sei nicht böse! Ich wusste nicht, dass du so empfindlich bist, bitte verzeih mir." Ich muss grinsen. „Ich bin dir nicht böse. Warum denn auch! Ich habe Wido sehen können und du warst daran beteiligt ... Ist nichts Schlimmes dran", lalle ich. An seiner Brust ist mir schön warm. Nur die Haare kitzeln. Ich puste sie erneut weg, doch es hilft nicht viel. Sobald ich Luft hole, kitzeln sie mich schon wieder an der Nase. *Er hat irgendwas gemacht, um mir zu helfen. Und nun sorgt er sich. Dieser Mann ist nicht zu verstehen!*

„Wirst du langsam wieder klarer?", fragt er allen Ernstes. Ich strahle zu ihm hoch: „Aber sicher! So klar war ich noch nie!" Er scheint mit meiner Antwort nicht zufrieden zu sein. Ich nehme meine lahme Hand und kraule durch die Löckchen. „Was hat der alte Mann denn bloß?" Ich muss über meinen Witz kichern. Er steht auf und wuchtet mich in die Höhe. Dann trägt er mich tatsächlich auf seinen Armen! Erneut giggel ich los. Ich stelle mir vor, wie wir wohl aussehen. Der alte Mann mit der großen Frau beladen. Er bringt mich zur Schwitzhütte. Hinein kriechen muss ich aber selber. Dazu habe ich wenig Lust, doch er lässt mir keine Wahl. Hier drin ist es ein bisschen wärmer, obwohl die Glut wohl längst erloschen ist. „Ruh dich noch ein wenig aus, Selene", sagt er, während er mich mit einer Decke zudeckt.

Ich erwache in der Dunkelheit. Witta streicht mir sanft übers Haar. „Hallo Selene, ausgeschlafen?" Langsam richte ich mich auf. Mein Kopf brummt. Von gegenüber lächelt Hildrun mir zu. Papa hat seinen Arm um sie gelegt und sieht ebenfalls erleichtert aus. „Was war denn?", frage ich, während ich mir die Stirn halte. Witta sieht zu mir auf: „Frithjof hat zu starke Kräuter benutzt. Er ist außer sich vor Sorge. Wir haben ihn fortgeschickt, Otrun ist bei ihm. Hier, trink erst mal was", sie hält mir die gefüllte Kelle hin. „Selene, er wollte dir nur eine Freude machen, dich belohnen! Aber es ist dir nicht bekommen."

Hildrun räuspert sich: „Wenn die zwei sich verstanden hätten…!", sie fuchtelt mit ihren Händen in der Luft, „es hätte einen heftigen Streit zwischen deinem Vater und Frithjof gegeben!" Ich sehe von der geleerten Kelle auf. Jetzt grinst sie mich listig an: „Aber sie waren ja auf mich angewiesen! Alle beide. Nun, ich konnte vermitteln … Sie haben sich zwar beide maßlos geärgert, als ich nicht sagte, was Arend mir vorgab, doch am Ende haben sich alle verstanden."

Ich kann nicht ganz folgen, bin durcheinander. „Jetzt mal langsam. Warum habt ihr euch gestritten?" Papa sieht mich ernst an: „Frithjof hat irgendetwas auf der Glut verteilt, was du nicht vertragen hast. Später kam heraus, dass er diese Mischung schon einmal angewandt hat, bei Otrun. Und das war wohl auch ziemlich übel. Da ist mir der Kragen geplatzt! Wie kann man zweimal den gleichen Fehler machen!"

„Aber ich konnte die Sache gut abwenden, Schätzchen. Frithjof versteht Arend ja gar nicht! Es war recht einfach." Hildrun winkt ab und lächelt mich mütterlich an: „Und nun bist du ja bald wieder auf den Beinen." Ich schüttele meinen Kopf, sehe sie verschmitzt an: „Ich kann mir das Wortgefecht gut vorstellen … Und du hattest keine Angst, dass sie auf dich losgehen?" „Sie können mir nichts, Selene! Gar nichts!"

Ich sehe Papa unverwandt an: „Frithjof hat es ja nicht böse gemeint." „Du hättest dich sehen sollen, Hexchen. Dann würdest du jetzt nicht lächelnd darüber reden." „Ich habe endlich Wido sehen können, Papa. Das ist schon einiges wert." „Nein Kind, es steht in keinem Verhältnis! Das war selbst Frithjof klar. Er weiß, dass er einen Fehler gemacht hat. So werde ich versuchen, die Sache zu vergessen. Eigentlich finde ich, ist der Mann in Ordnung. Also lass uns runter fliegen. Er ist vor Stunden vorausgegangen, um sich um die Tiere zu kümmern. Er macht sich wirklich Sorgen um dich, wir sollten ihn nicht länger als nötig warten lassen."

Witta strahlt mich an: „Ich komme mit dir, ok?" Ich nicke: „Natürlich." Hildrun hält mir meine Hose hin: „Hier, schlupf rein." In der engen Hütte ziehe ich mich umständlich an. Bei meinem gebundenen Oberteil geht mir Witta zur Hand. Vor der Hütte rollt Papa meine Decke zusammen. Es regnet immer noch. Ich stehe auf unsicheren Beinen. „Wird es gehen, Hexchen?" „Ja, ich gehe nur ein bisschen auf und ab. Meine Glieder sind ganz müde." Er nickt ernst. Ich tätschele ihm die Schulter: „Es ist nicht so schlimm, Papa. Ich brauche nur etwas Bewegung."

Ich reiße mich zusammen. Nach ein paar wattigen Schritten geht es tatsächlich besser. Dennoch habe ich weiche Knie und hoffe im Stillen, sie werden bis zur Landung auf der Lichtung ihren Dienst wieder in vollem Umfang aufnehmen. Zur Probe breite ich meine Flügel aus. Sie fühlen sich gut an. Beruhigt lege ich sie wieder an und gehe noch ein paar Schritte.

Ich sehe kurz zu Papa: „Ist Wido ..." „Er ist mit Frithjof gegangen", lächelnd fügt er hinzu, „der war auch stinksauer auf den großen Hexenmeister!"

Ich kann mir das alles nur schwer vorstellen, ganz großer Streit, wegen mir! „Warum ist er nicht hier?" „Er dachte sich, wenn er bei dir bleibt, würdest du wollen, dass er mit dir fliegt." „Hm, da hat er wahrscheinlich recht." „Siehst du." „Ich bin soweit, glaube ich. Wir können." Papa sieht mich prüfend an und nickt mir schließlich zu. „Komm Witta!" Sie hüpft mir auf den Rücken und schon lasse ich uns von der Felskante herunterfallen.

Der frische Wind nimmt mich in seine Arme und ich fühle meine Mattigkeit kaum noch. Mit enormer Wucht klatschen die Regentropfen auf unsere Körper. Ich bin hin und hergerissen. Es fühlt sich wild und ungestüm an, doch werden wir zippelnass auf der Lichtung ankommen. Ich bin froh, dass dort unten ein paar trockene Sachen auf mich warten.

Für Witta fliege ich noch ein kleines Manöver, bevor ich zur Landung ansetze. Lustvoll quiekt sie auf meinem Rücken. Ich erhasche einen Blick auf Frithjofs Hütte. Schummeriges Licht fällt durch die Fenster nach draußen. Aus dem Schornstein steigt heimelig Rauch auf. Er hat sich wohl ein wenig eingeheizt.

Im nächsten Augenblick sausen wir abwärts. Witta`s Kreischen an meinem Ohr lässt nicht lange auf sich warten. Fest presst sie ihre Beine um meine Hüfte. Schnell ziehe ich meinen Körper herum und fange den Schwung mit meinen Flügeln ab. Das klappt immer besser! Selbst meine Beine, die eben noch wackelig waren, versagen ihren Dienst nicht.

Sachte lässt Witta sich von meinem Rücken gleiten. Ein wenig blass um die Nase meint sie: „Du wirst immer besser! Du bist unglaublich!" „Es läuft ganz gut. Du siehst auch gar nicht so erschreckt aus, wie beim letzten Mal." Sie knufft mich leicht in die Seite. Aus der Dunkelheit kommt uns Basti entgegen. „Na, hast du dir wieder deine Portion Adrenalin abgeholt? Du wirst noch zum Flugjunky!", meint er lachend und legt den Arm um seine kleine Freundin. Sie sieht zufrieden zu ihm hoch und lehnt sich an ihn.

Hildrun, Papa und ich steuern auf Frithjofs Hütte zu. Wir werden bereits erwartet, denn vor uns öffnet sich die Tür. „Wido?", frage ich. „Nein, Darling." „Wondering Bear!", ich sehe mich in der Hütte um. Die kleine blonde Siegrun ist auch hier. Otrun steht an Frithjofs Seite. Ich spüre zart eine Hand an meinem Arm. „Bist du wieder in Ordnung?", fragt Wido mich.

Ich wuschele ein wenig die Tropfen aus meinem Haar: „Ja klar, für mich war´s scheinbar nicht so schlimm, wie für euch!" Aus dem Augenwinkel erhasche ich Papas strengen Blick. „Nun, es war bestimmt ein bisschen zu viel des Guten, aber der Erfolg allein zählt!"

Frithjof sieht sich skeptisch zu mir um. Mit zusammengekniffenen Augen fragt er: „So siehst du das?" Ich nicke ihm ernst zu: „Ja, mir ist egal, wem es nun gefallen hat und wem nicht. Ich bin froh und glücklich." Ich drehe mich zu Wido: „Endlich weiß ich, wen ich hier vor mir habe!" Seine Hände gleiten an meinen Armen entlang: „Wenn du meinst … Besser, du ziehst dir was Trockenes über, du hast ja Gänsehaut." „Wenn man durch den Regen fliegt, peitschen einem die Tropfen nur so um die Ohren!", meine ich aufgeregt. Ich werde aus der Hütte geschoben.

Sanft legt sich ein Arm um meine Schultern. „Frithjof hat für euch beide gekocht, aber zuerst ziehst du dir was über, hm?" „Ich habe es gerochen. Was gibt`s denn Gutes?" „Eine Gemüsesuppe, die wird dich richtig durchwärmen."

Wido öffnet die Tür für mich. Gemeinsam betreten wir die Werkstatt. „Also langsam könntest du auch ein anständiges Bett gebrauchen." „Ach, ich liege ganz gut hier auf dem Boden."

Fröstelig ziehe ich mir die nassen Sachen aus. Ich greife nach einer Decke, die ich mir wieder einmal zu einem Rock um meine Hüfte wickele. Dazu nehme ich das rote Top. Eine weitere Decke lege ich mir um die Schultern.

„Na, wie sehe ich aus?" „Wie ein Wüstenweib!" Ich zucke mit den Schultern und grinse: „Ich komme aus der Wüste, aber soetwas habe ich dort nie getragen …" Ich spüre ihn dicht bei mir: „Du siehst wunderschön aus, und du frierst nicht mehr!" An seinem Tonfall kann ich mir schon denken, was für einen Gesichtsausdruck er aufgelegt hat. Ich knuffe ihn, wo ich ihn gerade treffe.

„He!", ruft er aus und wirbelt mich auf die winzige Liege. Die knatscht ganz schön unter unserem Gewicht. „Was für ein schräges Teil!", lache ich außer Atem. Wido küsst mich den Hals entlang. „Wir sollten zu Frithjof rüber gehen!", stoße ich aus, als er mich plötzlich heftig zu kitzeln beginnt. Lachend meint er: „So einfach kommst du mir nicht davon! Leg dich nie mit Geistern an!" „Sind die alle so handgreiflich?", lache ich und versuche ihn loszuwerden. Tatsächlich flutsche ich aus seinem Griff. Ich schnappe mir eilig die Decke und will zur Tür, doch er hält mich am Bein fest. „Wido! Wir müssen rüber!" „Erst wenn du dich entschuldigst!" „Wofür das denn?", pruste ich heraus. „Für den Knuff!" „Ja, ja, Entschuldigung." „Eine echte Entschuldigung, wenn ich bitten darf!" „Jetzt lass mich erst mal wieder richtig anziehen. Du hast alles durcheinander gebracht!" Erneut wickele ich meine Hüfte in die Decke und lege die zweite ordentlich um meine Schultern. Ich schüttele gespielt ärgerlich meinen Kopf. „Auch, wenn du ein etwas rowdyhaftes Benehmen an den Tag legst, so bin ich froh, bei dir zu sein", äußere ich mich etwas geschwollen. „Reicht das?" „Na ja, für den Augenblick vielleicht. Dann komm, meine Wüstenschönheit." Wieder höre ich sein Grinsen.

Als wir Frithjofs Hütte betreten, stehen die Teller schon dampfend auf dem Tisch. Ich setze mich. Der aufsteigende Duft beflügelt meinen Hunger. „Das riecht wunderbar", sage ich so dahin. Er schenkt mir ein Lächeln. „Iss." Schmunzelnd sehe ich auf die Suppe, während ich mit meinem Löffel darin herumrühre. Nun sehe ich ihn unverwandt an: „Du wirst doch jetzt nicht wieder den harten Mann spielen?" Er hält meinem Blick ohne Anstrengung stand. „Ich spiele ihn nicht", antwortet er trocken. Ich muss laut loslachen. Schüttele meinen Kopf und verreibe mit meiner Hand die Tränen, die mir über meine Wangen laufen. „Du bist ein unmöglicher Kerl! Und außerdem arrogant. Einfach unerträglich!", rufe ich unter Lachen aus.

Jetzt lächelt er mich breit an. Das erstaunt mich. Verblüfft halte ich inne. „Zwei Tage auf dem Entenberg haben dir gut getan. Du hast an Format und Selbstbewusstsein gewonnen." Fragend sehe ich ihn an. Kurz überlegt er an seiner Formulierung: „Bevor wir die Zeit dort oben verbrachten, hättest du dich in deinem Zorn verkrochen, wenn ich dir so gekommen wäre. Doch jetzt siehst du dich selbst ganz anders, weniger Angst, weniger Zorn. Selene, du bist auf einem guten Weg. Und jetzt iss deine Suppe, sonst wird sie kalt." Aufmunternd zeigt er mit seinem Löffel auf meinen Teller.

Die Suppe schmeckt sehr gut. Es war nicht anders zu erwarten, dennoch tut sich die Frage in mir auf, wie man einen solchen Geschmack an eine einfache Gemüsesuppe bekommen kann. *Nie wieder werde ich auswärts essen können!* „Das brauchst du auch nicht, Selene. Auch wenn ich nicht mehr bin, ich werde dich immer bekochen." Um Zeit zu gewinnen schiebe ich mir den nächsten Löffel in den Mund. Nehme mir ein Stück von dem leicht angerösteten Brot und tunke es in die Suppe.

„Ich will jetzt nicht über dein Ableben sprechen, Frithjof." „Worüber möchtest du dann sprechen?" Ich beiße von dem Brot ab. Kaue ganz in Ruhe. Schaue auf: „Was hast du mir gegeben?" Er lächelt mit heruntergezogenen Mundwinkeln. „Ich werde es dir sagen, irgendwann einmal." Ich atme geräuschvoll aus: „Warum nicht jetzt?" Wido schaltet sich ein: „Sag nichts, mein Freund!" Ich vernehme den drohenden Unterton. Seinen in die Luft gestreckten Zeigefinger, kann ich mir nur zu gut vorstellen.

Frithjof schaut kurz in seine Richtung, dann richtet er seinen Blick wieder auf mich. „Es ist zu befürchten, dass du dir die Kräuter selbst verabreichst. Wenn es an der Zeit ist, werde ich sie dir geben." „Und das liegt in deinem Ermessen?", frage ich aufgebracht. Er sieht mich ruhig an: „Richtig." Noch einmal atme ich tief und widme mich dann erneut der Suppe. Arend meint: „Er tut recht daran, es dir nicht zu sagen. Selene, garantiert macht dieses Teufelszeug abhängig! Wenn du diese Dinge nutzen willst, setzt du einiges aufs Spiel!" Ich spüre, wie Papas Zorn erneut aufkeimt.

„Es war nicht schlimm, Frithjof. Und ich konnte Wido sehen! Du hast mein Bewusstsein erweitert. Diese Kräuter sind so nützlich! Ich werde viel schneller an mein Ziel kommen! Wenn es so etwas gibt, warum sollte ich es mir nicht Zunutze machen?" Frithjof lässt sich matt gegen die Stuhllehne sacken. Er sitzt da, mit geschlossenen Augen.

Wido flüstert in mein Ohr: „Das musst du ihn entscheiden lassen. Er kennt sich aus. Nicht nur mit der Wirkung, auch mit den Gefahren! Überrede ihn nicht!" Ich versuche, Widos Worte auszublenden. *In Wirklichkeit will er gar nicht, dass Frithjof mit mir darüber redet!* Ein paar Augenblicke verstreichen. Dann richtet Frithjof sich wieder auf, seine Augen bohren sich in meine: „Es war schlimm! Ich werde dich zu diesem Zeitpunkt nicht darüber aufklären, weil du sie nicht brauchst, und weil ich es dir verbiete, diese Kräuter anzuwenden! Ja, ich verbiete dir, überhaupt darüber nachzudenken!"

Ich sage nichts darauf. Löffele meine Suppe, wie ein zurechtgewiesenes Kind. Meine gute Laune ist dahin. Jetzt fühle ich mich schlapp, müde, erschöpft. Frithjof greift über den Tisch hinweg nach meiner Hand: „Ruh dich aus, Selene. Du siehst mitgenommen aus." Er sieht mich mit warmen, samtigen Augen an. Ich beruhige mich schnell unter seiner Berührung. Weiß, dass er mich beeinflusst, nehme es gelassen hin und esse die Suppe, bis ich den Teller schräg halten muss, um den letzten Rest mit dem Löffel zu erwischen.

„Magst du noch ein wenig?", fragt er freundlich. Ich nicke: „Aber nicht ganz voll, bitte." Er lächelt mich an und geht mit dem Teller zur Feuerstelle. „Sei nicht sauer, Selene", meint er von mir abgewandt, „du kommst auch so an dein Ziel, glaub mir."
„Morgen werde ich nach Hause fliegen", sage ich unvermittelt.

Wie vom Donner gerührt, richtet er sich kerzengerade auf, dreht sich zu mir und starrt mich unverwandt an. Er sagt nichts, doch ich beobachte, wie es in seinem Hirn arbeitet. Langsam kehrt er mir wieder den Rücken zu, füllt den Teller und kommt an den Tisch zurück. „Warum?", fragt er gefasst. „Ich brauche was zum

Anziehen. Schau, wieder bin ich in Decken gewickelt. Und mein Kleiderschrank ist doch voll! Außerdem brauche ich dringend Unterwäsche. Papa, zeigst du mir den Weg?" „Ich denke, du handelst überstürzt, Selene." „Selene, flieg nicht dorthin, noch nicht. Glaub mir, es ist noch zu früh für dich", sagt Frithjof dazu, ohne Papas Antwort mitbekommen zu haben.

Siegrun meldet sich zu Wort: „Ich kann sie gut verstehen, Frithjof." Und an mich gewandt: „Du willst bestimmt auch ein paar klärende Worte mit deiner Freundin wechseln, nicht wahr?" Die kleine Frau lächelt ihr eigenes gewinnendes Lächeln. Ich fühle mich verstanden und nicke ihr zu. Widos Arm streicht auf meinem Rücken sachte auf und ab. „Mir gefallen die Decken an dir, Liebes. Bring dich nicht unnötig in Gefahr." Ich schüttele meinen Kopf: „Welche Gefahr denn?"

Frithjof sieht in mein Gesicht: „Wenn dich jemand sieht, was denkst du, wie werden die Leute reagieren?" „Ich werde mich in der Dunkelheit auf den Weg machen. Papa, wie lange fliegt man denn?" „Eine halbe Stunde, schätze ich mal." „Gut, dann ist es ja locker zu schaffen. Ich fliege hin, rede mit Mona, nehme mir ein paar Klamotten mit und komme hierher zurück. Das passt alles in eine Nacht. Kein Problem."

Hildrun räuspert sich: „Schätzchen, es kann immer etwas unvorhergesehenes passieren. Wenn Frithjof meint, es sei noch etwas früh, so höre auf ihn." *Ich bin mir sicher, alle die an diesem Tisch sitzen, tun stets das, was sie selbst für richtig halten. Diese Ratschläge brauche ich mir nicht zu Herzen nehmen! Vor allem nicht die, des alten Mannes. Denn der geht, wenn es sein muss, mit dem Kopf durch die Wand!*

Frithjof sieht mich mit zusammengezogenen Brauen an, sagt aber nichts. Ich widme meine Aufmerksamkeit wieder dem Teller und löffele meine Suppe aus. Dann richte ich den Blick auf die Gemeinschaft, die um diesen Tisch sitzt: „Für mich ist das Thema abgeschlossen. Ich werde morgen Abend nach Hause fliegen und mir ein paar Sachen zum Anziehen holen. Ist nichts dabei! Wem das nicht passt, der muss sich eben daran gewöhnen, dass ich es nicht allen recht machen kann. Papa, wenn du mir den Weg nicht zeigen willst, dann suche ich eben. Ich habe früh gelernt, alleine klar zu kommen. Und jetzt gehe ich schlafen. Gute Nacht."

Ich verlasse die Hütte. Traue mich nicht, mich noch einmal umzusehen. *Soeben habe ich meinem Vater zum ersten Mal ein Widerwort gegeben. Ich möchte sein Gesicht nicht sehen, dennoch musste ich das tun. Alle sollen wissen, dass ich kein Kind mehr bin ...*

Ein leises Klopfen an meiner Tür. „Komm rein", *wer immer du bist!* Die Tür öffnet und schließt sich wieder leise. Ich liege bereits in meine Decken gewickelt am Boden. Einladend halte ich Wido die Decke auf. „Komm", hauche ich bloß und lächele in den leeren Raum. „Nein, nein. Lass gut sein, Darling." Kurz schließe ich meine Augen, um diesem peinlichen Moment zu entgehen.

Ich hole tief Luft: „Wondering Bear, was verschafft mir die Ehre?" „Darf ich mich auf die Liege setzen?" „Nur zu."

Die Liege knatscht. Ich muss grinsen. „Ich kann dich gut verstehen, dass du lieber auf dem Boden schläfst", meint er und scheint die Festigkeit zu testen, denn nun quietscht sie ohne Unterlass. Hihuhihuhihuhihu ... Ich beobachte, wie die Liegefläche auf und nieder wippt. Dann ist es still. Ohrenbetäubend still.

„Hast du etwas auf dem Herzen?", frage ich, obwohl ich mir die Antwort schon ausmalen kann. „Sicher weißt du, weshalb ich hier bei dir sitze." Erneut Stille.

Ein paar Minuten verstreichen, dann frage ich: „Wird das ein Quiz, oder sagst du es mir einfach?" „Ein Quiz." „Na prima, dann fange ich mal an zu raten. Ich bin ein ungezogenes Mädchen." „Sehr gut, Darling. Weiter." Ich stöhne kurz auf, dennoch fahre ich fort: „Frithjof ist der netteste Mann auf Erden, doch ich bin so undankbar und außerdem gemein zu ihm. Ansich sollte ich ihm immer blind folgen." „Ich weiß nicht, wenn du das so sehen willst, dann wird es richtig sein." „Niete also, ich kann dir versichern, ich sehe das nicht so." „Dennoch kann er weise Ratschläge geben, Darling." „Kann sein." „Nein, so ist es. Mein Volk hat immer auf die Stimmen der Alten gehört." Ich muss lachen: „Na dann, alt ist der auf jeden Fall." „Jeb, er ist richtig alt. Aber ich bin noch etwas älter." „Also sollte ich auf dich hören?" „Es ist auf keinen Fall ein Fehler." „Danke Wondering Bear, wenn ich Fragen habe, komme ich demnächst zu dir." „Es gibt hier noch viel ältere." „Prima, soll ich mir den Rat von allen holen?", frage ich gereizt. „Das könntest du tun, Darling", meint er gelassen. „Es wird dir helfen, deine

Entscheidungen weise zu treffen." Ich lasse meinen Kopf auf`s Kissen zurückfallen und starre zur Decke. Stille.

„Du bist noch nicht auf die richtige Antwort gekommen", nimmt Dustin seinen Faden wieder auf. *Ufff!* „Ich treffe gern meine Entscheidungen selbst", sage ich knapp. Erneut dröhnt die Stille im Raum. Nachdem ich tief durchgeatmet habe, ergreife ich das Wort: „Nun, ich habe meinen Vater schlecht behandelt. Er ist übrigens der Jüngste unter euch." „Sehr gut, du solltest dich bei ihm entschuldigen. Er ist nur auf dein Wohl bedacht." „Das hätte ich sowieso getan!" „Du solltest noch nicht nach Hause fliegen, Darling." „Und warum?" „Du brauchst mehr Zauberkraft, bevor du dich dieser Gefahr aussetzt."

„Welcher Gefahr denn? Mona ist doch nicht gemeingefährlich! Sie ist meine einzige Freundin! Ich kann jederzeit zu ihr, ohne mich in Gefahr zu begeben", platzt es aus mir heraus, „was ihr euch hier alle ausdenkt!" „Frithjof sagte es bereits, was, wenn dich jemand sieht? Es ist nicht normal, wenn junge Frauen durch die Luft fliegen, Darling." „Das ist mir schon klar. Ich lasse mich einfach nicht sehen. Deshalb möchte ich ja im Schutz der Dunkelheit fliegen und nicht am helllichten Tag!" „Du musst gut auf dich aufpassen. Es wäre für uns alle ein großer Verlust, wenn dir etwas zustößt." „Dann müsst ihr Maya eben noch mal losschicken." „Du denkst nicht wirklich so von uns, nicht wahr, Darling? Wir alle hier mögen dich sehr. Und mein Sohn könnte den Schmerz nicht überwinden. Ich kenne ihn ..."

Es klopft, Hildrun steckt ihren Kopf zur Tür herein: „Darf ich?", fragt sie und ist eigentlich schon drin. Sie lässt sich mit vollem Gewicht auf die Liege plumpsen. Dustin stößt einen erschreckten Laut aus. Die Liege hängt bedrohlich durch. „Arend und ich haben uns gedacht, es wäre doch nicht schlecht, ich würde auch mitkommen. So als kleine Sicherheit." Laut blase ich die Luft aus meinen Backen.

„Ich ziehe in keinen Krieg! Wie wir alle wissen, möchte ich nur kurz nach Hause, sonst nichts. Ich benötige keine Aufpasser! In was verrennt ihr euch bloß?" Ich setze mich auf, ziehe die Decke bis ans Kinn und sehe Hildrun in ihre hellgrünen Augen: „Hildrun, ich mag dich wirklich ganz besonders gern, aber was ihr hier abhaltet, ist völlig übertrieben. Ich möchte nicht mit Eskorte losziehen, bitte habt Verständnis dafür." Es klopft. „Kommt ruhig rein", sage ich genervt, „es ist genug Platz für alle!" „Seid bitte so freundlich, und lasst uns allein", sagt Widos Stimme.

Die Liege ächzt, als die beiden aufstehen. „Gute Nacht, Darling." „Gute Nacht, Wondering Bear, gute Nacht Hildrun." „Viel Spaß ihr zwei", meint sie schelmisch beim Hinausgehen. *Entweder ist sie eine gute Schauspielerin, oder sie hat es mir tatsächlich nicht übelgenommen.* „Ich darf doch?" Die Decke hebt sich. Wido kuschelt sich an mich heran. „Ich hatte sie schon einmal für dich aufgehalten, doch es war dein Vater", sage ich leise an seinem Ohr, „alle sind ganz aufgebracht …" „Lass uns … nicht … davon … reden, … nicht jetzt … bitte", antwortet Wido mir zwischen seinen kleinen Küssen.

Ich schlage meine Augen auf. Wohlig und warm liege ich in Widos für mich unsichtbaren Armen. Jetzt, da ich zu wissen glaube, wie er aussieht, kann ich ihn mir genau vorstellen, während ich mit meiner Hand über seine Brust streiche. Ich lege meinen Kopf auf ihn, atme tief seinen Duft ein. Ziehe meine Finger, wie einen groben Kamm, durch seine Haare und hole sie damit nach vorne. Streiche sie auf seiner Brust glatt, bis sie sich wie ein Fächer anfühlen. Ruhe mich aus, ein wenig verspielt.

Wido nimmt mein Gesicht in seine Hände, gibt mir einen innigen Kuss. Ich spüre sein Gesicht ganz nah bei meinem. Spüre den drängenden Blick aus seinen tief dunkelbraunen Augen: „Du wirst auf jeden Fall zurück kommen, Liebes. Und wenn dir etwas zustoßen sollte … Wir finden dich. Wir holen dich zurück, egal wie." Er nimmt mich fest in seine Arme und ich schmiege mich innig an ihn. In seine Brust nuschele ich: „Was soll schon geschehen, Wido? Außerdem liebe ich dich viel zu sehr, um nicht zurückzukommen, das geht gar nicht!" „Ich werde dich niemals ziehen lassen. Seit dem ersten Moment, den ich in ihre Augen sah, wusste ich, Otrun ist die Frau meines Lebens. Doch du, Selene, das fühle ich ganz deutlich, du bist die Frau meiner Ewigkeit."

Es klopft an der Tür. „Kommt ruhig alle rein", stöhne ich und habe das Gefühl, ein Déjàwue zu erleben. Witta steckt ihren verfilzten

Rotschopf herein: „Ich bin`s bloß. Ich wollte nachschauen, ob du schon wach bist." „Bin ich", ich kann ihr einfach nicht böse sein und weiß mein Grinsen nicht zu verbärgen. „Kannst du uns nicht in Ruhe lassen?", fragt Wido gereizt. Ich streiche über seine Brust: „Ach lass sie. Was ist denn?"

„Frithjof will Frühstück machen. Ich sage ihm Bescheid, dass du wach bist." Und schon ist sie wieder verschwunden. „Frithjof also", murmele ich vor mich hin. *Ich fasse es nicht! Schickt er sie vor!* „Erwartet er nun von mir, dass ich sofort raus komme?" frage ich genervt. Wido streicht mit seiner Hand über mein Gesicht. Ich spüre seinen Atem, spüre, wie er mir ganz nah kommt. Er legt seine Lippen auf meine. Weich, warm, unsagbar sanft. Ich schließe meine Augen und lasse mich treiben. Genieße diesen Augenblick …

Es klopft. Tock, tock, tock. „Süß oder deftig?", klingt Witta`s Stimme durch die Tür. „Hm?" „Süß oder deftig?", wiederholt sie ihre Frage. Ich drehe mit den Augen: „Süß!" „Ok", antwortet sie und scheint schon wieder auf dem Weg zu sein. Ich vergrabe mein Gesicht erneut in Wido`s Halsbeuge. „Ich glaube, wir haben keine Chance", nuschele ich in ihn hinein. „Ganz sicher hast du recht. Dein Frühstück wird bestimmt wunderbar. Er freut sich, dass er jemanden hat, den er bekochen kann. Du solltest ihn sehen, wenn Maya da ist. Sie weiß sich kaum zu retten, wenn sie im Forsthaus wohnt. Aber ab jetzt wird sie ja nicht mehr allein mit ihm sein."

„Im Forsthaus?" „Da haben mein Vater und ich gewohnt, vor langer Zeit. Das Gebäude ist sehr alt und das sieht man ihm auch an. Wir halten es zwar alle in Schuss, aber es ist nun mal sehr alt. Ein Wunder, dass es überhaupt so lange gehalten hat. Dustin war der Förster in diesem Wald und wohnte dort mit seiner Familie, also mit mir." Es klopft. „Frühstück ist fertig!", höre ich Witta`s Stimme.

„Los Liebes, aufstehen! Frithjof lässt rufen." „Ja, ja", nöle ich und suche nach der Decke für meine Hüfte. Wido bindet mir die Bänder des Tops auf dem Rücken und ich lege mir noch die andere Decke über meine Schultern. Dann verlassen wir die Hütte.

Der Himmel ist zugezogen. Außerdem ist es recht kühl. *Ich brauche wirklich was zum Anziehen! Obwohl, für diese Temperaturen habe ich auch in meinem Kleiderschrank nichts.* Süßliche Duftschwaden holen mich aus meinen Gedanken. Frithjof strahlt mir entgegen und ich weiß nicht mehr so recht, warum ich eben noch angesäuert war.

„Guten Morgen", meine ich, „es riecht köstlich." Sein Blick streift mich kurz, dann richtet er einen Teller für mich an. *Es sieht gut aus ... Etwas helles cremiges, eine bräunliche Soße und ein dickes Teigetwas ...* Ich bestaune den Teller, dann sehe ich ihn fragend an: „Darf ich wissen, was das ist?" Er stellt sich selbst auch einen Teller zusammen, dann funkelt er mich an: „Probier, es ist ungefährlich." Mit der Gabelspitze nehme ich vorsichtig ein wenig von der Creme, nehme sie mit der Zungenspitze auf. Lecker! „Ist das Frischkäse?" „Ja, aus Ziegenmilch, ein bisschen mit Milch aufgeschlagen." „Ehem." Nun nehme ich von dem Käse mit einer Spur von der braunen Soße. Ich stöhne auf. Bevor ich fragen kann sagt er zufrieden: „Karamellisierter Honig." Jetzt probiere ich dieses unförmige Teigding. *Ein wenig wie Pfannkuchen, aber irgendwie auch anders. Locker, lecker, wirklich gut ...* „Hefepfannkuchen, die hatte damals meine Oma immer so gemacht." Ich nicke bewundernd: „So eine Oma hätte ich auch gern gehabt." Und strahle ihn dabei an. „Du hast jetzt mich", grinst er zufrieden zurück und steckt sich ein großes Stück Pfannkuchen in den Mund. „Ich muss aufpassen. Bestimmt werde ich mit der Zeit kugelrund werden." Frithjof sieht mich ernst an: „Habt ihr Frauen eigentlich keine anderen Probleme? Du hast es nicht nötig, Selene. Also reiche mir deinen Teller, damit ich dir noch etwas darauf geben kann."

„Ich würde mir gerne das Forsthaus ansehen", erwähne ich beim Kauen. Frithjof lächelt mich an. „Maya`s Zuhause. Wido kann es dir zeigen. Ich muss mich dringend um die Tiere kümmern. Wir waren zwei Tage nicht da. Es gibt ein bisschen was zu tun."

„Wir nehmen die Wäsche mit", schaltet sich Wido ein. „Ja macht das, das ist eine gute Idee." Frithjof sieht mich entspannt an: „Dann hast du ja wieder was zum Anziehen." „Ja, für die nächsten zwei Tage vielleicht. Außerdem ist es kalt. Ich kann nicht immer im Top rumlaufen." „Willst du mir damit sagen, in deinem Kleiderschrank warten dicke Wintersachen auf dich?" „Nein das nicht gerade", antworte ich energisch, „aber zumindest ein paar Shirts mit dreiviertel Arm. Besser, als nichts!"

„Wir haben die Wolle von Liona, damit ist noch nichts geschehen. Wir filzen dir ein warmes Oberteil zum hineinschlupfen. Dann pfeift der Wind auch nicht durch die Knopfleiste. Glaub mir, es wird noch viel kühler werden. Aber du wirst dich schon dran gewöhnen."

Noch kühler! Ich sehe mir den Himmel an. Er ist dunkel zugezogen. Ein frischer, feuchter Wind weht uns um die Beine. Ich ziehe die Decke fester um mich herum. „Ein richtig warmes Teil wäre gut", sage ich dahin. Auch Frithjof sieht in den Himmel: „Wir bekommen heute einen Vorgeschmack auf den Herbst. Wer weiß, vielleicht haben wir in ein paar Wochen sogar Schnee." Ich starre ihn mit aufgerissenen Augen an: „Schnee? Hier schneit es?" Frithjof ist bemüht, sich sein Lächeln zu verkneifen.

„So, wie im Gefrierfach?", frage ich nach. Jetzt lacht er doch. Aber so herzlich, dass ich nicht böse sein kann. „Ja, so in etwa, Selene." Er steht auf. „Komm mal mit mir." Gemeinsam betreten wir seine Hütte. Er kniet sich vor eine Truhe und hebt den Deckel. „Hier ist bestimmt was für dich drin, Selene. Wir haben eine Größe. Du bist zwar sehr schlank, doch hier im Wald macht es nichts, wenn der Mantel locker sitzt. Sieh her ..." Nachdem er ein paar Teile ordentlich gefaltet auf die Seite gelegt hat, zieht er einen mittelbraunen Pelz aus der Kiste. Er steht auf und lässt ihn vor meinen Augen auseinanderklappen.

„Was ist das?" „Ein Mantel aus Schaffell. Es waren alte Schafe, die an Altersschwäche gestorben sind. Siehst du, es ist nicht überall der gleiche Braunton, doch ich habe es so vernäht, dass das dunklere Fell unten ist." „Wie viele waren es?", frage ich ein wenig traurig mit gerunzelter Stirn. „Vier. Ich habe sie so lange aufbewahrt, bis ich genug zusammenpassende Felle hatte. Und es hätten auch nicht so wenige gereicht, wenn ich nicht wirklich jeden Zipfel genutzt hätte, das kannst du mir glauben. Du musst kein schlechtes Gefühl haben, die Tiere hatten ein gutes Leben. Bestimmt wären sie froh, wüssten sie, dass sie dich in deinem ersten richtigen Winter vor der Kälte schützen."

Er hält mir den Mantel, zum Hineinschlupfen bereit, entgegen: „Nun probier ihn erstmal an." Schwer liegt der Pelz auf meinen

Schultern. Die Haare kitzeln ein wenig an meinem Hals. Ansonsten fühlt er sich gut an. Für das Innenleben hat Frithjof eine von Otrun`s Decken genutzt. Es ist ein wirklich warmes Teil. Langsam gehe ich zu seinem Spiegel rüber. Es sieht gar nicht schlecht aus, reicht mir fast bis zum Knie. *Ein bisschen wild vielleicht. Gut wild. Man könnte mich glatt für einen Yeti halten.*

Ich lege den Kopf schräg, grinse, betrachte auch noch meine Rückseite, dann lächele ich ihn an: „Und du willst mir das gute Stück wirklich geben?" Frithjof lächelt mir langsam nickend zu. „Na dann, behalte ich es gleich an! Ich muss ja nicht unbedingt frieren." Er zieht kurz die Brauen hoch: „Wenn du meinst, es sei schon kalt genug …" „Ich kann den Mantel ja auch offen tragen", erwähne ich beim Rausgehen.

Und tatsächlich! Der feuchte Wind kann mir nichts mehr anhaben. Mein Rücken, meine Arme, alles ist warm. *Gut beschützt*, geht mir durch den Sinn. *Dieser Mantel, diese Schafe beschützen meine kostbaren Flügel.* Ein Arm legt sich um meine Schultern. Es ist Frithjof. „Schön, dass du das so siehst, Selene." Kurz drückt er mich an sich, bevor er seinen Arm wieder von mir hintergleiten lässt.

Von der Seite aus, betrachte ich sein Gesicht. Ihm ist der Sprühregen egal. Ganz entspannt lässt er sich benetzen. Seine wilden grauen Strähnen wehen im Wind. Er sieht zufrieden aus und mir geht es genauso. Ich fühle mich wohl. Warm verpackt, in Top und Fellmantel. Ich bin gespannt auf den heutigen Tag - auf das Forsthaus. Vielleicht haben Wido und ich sogar ein paar Stunden für uns …

Wir gehen einen schmalen Pfad entlang. Vor meinen Augen tanzt ein großer Seesack, gefüllt mit Frithjof`s und meiner Schmutzwäsche. *Ich weiß nicht, ob ich mich jemals an diesen Anblick gewöhnen kann. Eimer, die auf mich zu segeln, das Haargummi, immer, wenn Wido mir etwas anreicht. Jedes Mal denke ich, ich sei ein bisschen irre. Warum auch nicht, schließlich kann ich fliegen … Ganz normal ist das nun wirklich nicht! Und diesen Marsch durch den Wald genieße ich ebenfalls. Mein neuer Mantel hält mich schön warm und ich bin sogar ein bisschen froh über den frischen Wind, der mir entgegen bläst und sich hier und da unter das Fell schleicht. Ich stelle mir vor, dass Wido`s Zopf,* *wie in meinem Traum, bei jedem Schritt hin und her schaukelt.* In mich hineingrinsend folge ich dem Seesack.

Plötzlich lichtet sich der Wald und wir stehen vor dem verwitterten Haus. An den Außenwänden kriechen Pflanzen empor. Wo sie die Fläche nicht komplett erobern konnten, sind rote Ziegelsteine zu erkennen. Der Weg dorthin ist verwildert. Das Grünzeug geht mir bis zum Knie. Ich höre Wido vor mir stöhnen. „Was ist?", frage ich. „Wenn Maya das sieht, wird sie sauer auf uns sein! Wir müssen uns dringend kümmern. Von dem Unkraut mal ganz abgesehen! Siehst du da vorne, bei den Stufen? Das sind ihre Rosen. Wir haben versprochen, uns zu kümmern …" „Wo sind da Rosen?" „Jetzt hör aber auf! Sie sehen nicht gut aus, doch sie sind noch zu erkennen!" Ich muss lachen. „Wie sollen sie denn aussehen?" „Du weißt nicht, was Rosen sind? Ich fasse es nicht! Sie hat drinnen Fotos von ihnen aufgehängt. Da kannst du sehen dass sie eigentlich nicht wie braunes, vertrocknetes Gestrüpp mit matschigen Knospen aussehen." „Wann kommt sie denn zurück?" „Ich weiß es nicht sicher, in zwei drei Wochen, schätze ich mal."

Ich taste nach seiner Schulter: „Dann haben wir ja noch etwas Zeit, hm?" Wido streicht mir über die Wange: „Ach Selene, sieh dir den Himmel an. Der Herbst steht vor der Tür. Da ist nichts mehr zu retten. Wir können nur alles runterschneiden." „Unsinn, wir bringen sie noch einmal richtig zum Blühen. Ich kann hier ja ein bisschen üben und Hildrun hilft auf jeden Fall, wenn wir sie fragen."

Er kneift mich sanft in meine Wange: „Du willst fuddeln!" „Ich muss üben! Wondering Bear meint, um meine Freundin zu besuchen, brauche ich mehr Zauberkraft. Es wird also Zeit, dass ich etwas tue!" „Ob er nun meinte, das du Pflanzen wachsen lassen sollst, weiß ich nicht zu sagen …" Ich höre sein Lächeln und schmiege mich an ihn.

„Komm! Als erstes stecken wir die Wäsche ein und dann zeige ich dir alles." Wido zieht mich zur Haustür die drei Stufen hoch. Zwei klapperige Schaukelstühle stehen im Schutz des überhängenden Daches, auf der Veranda. In einem versteckten Winkel der Fensterbank liegt der Schlüssel.

Wido muss kräftig an der Tür ruckeln, ehe sie sich öffnet. Wir betreten einen schmalen Flur. Das Licht wird eingeschaltet.
„Schau sie dir an, so sehen Rosen eigentlich aus."

An der Wand hängen übergroße Abbildungen der Blüten. Betörend und wunderschön. Unglaubliche Farben! Dunkles sattes Rot, ähnlich wie Samt! Strahlendes gelb und ein sehr sanftes Rosa. Nun bin ich doch beeindruckt. „Diese Blüten stammen nicht von den braunen Stielen draußen!", meine ich ungläubig. „Oh doch, so sehen sie aus, wenn Maya sich um sie kümmert. Sie liebt ihre Rosen …" „So, wie sie hier aussehen, kann ich das gut verstehen", meine ich ehrlich erstaunt, „sie haben sich sehr verändert!" „Ja sehr! Sieh dich ruhig um, ich stecke schnell die Wäsche ein."

Und schon flitzt der Seesack eine Treppe runter und verschwindet in der Dunkelheit. Mein Blick wandert erneut über die Rosenbilder. Ungläubig schüttele ich meinen Kopf und gehe einen Gang entlang, öffne die erste Tür. Ein Puppenstübchen. Blau grün karierte Vorhänge und ein Bett direkt unter dem Fenster. Ich schließe die knarrende Tür und gehe weiter, öffne die nächste. Ein winziges Bad. Gelbliche Fliesen. Miniwaschbecken und die Toilette beinahe darunter. Ein Bad auf gut eineinhalb Quadratmeter. Schmunzelnd gehe ich weiter.

Eine Abstellkammer mit allerhand Kram vollgestopft. Ich schließe die Tür und kehre um. In diesem Gang ist nichts weiter. Das Haus erscheint mir ein bisschen verwinkelt. Ich betrete den nächsten Flur. Dieser ist etwas heller. Weitere Rosenbilder hängen an den Wänden. *Maya Delshay hat ein Händchen für die Fotografie,* denke ich mir.

Ich stelle mir die Frau mit dem langen grau gesträhnten Haar hinter einer altmodischen Kamera vor. Das Bild passt gut. Mit einem mal stehe ich in der Küche. Diese ist in dem gleichen zarten Rosa, wie einige von Maya`s Rosen gehalten. Ich stelle mir vor, wie stets ein Strauß in dem übergroßen Glas neben dem Fenster steht, wenn sie nicht unterwegs ist und diese Räume ihr Zuhause sind. Ich setze mich in einen der recht abgegriffenen lindgrünen Schalensitze. Er quietscht verdächtig und ich hoffe, er wird mein Gewicht halten. Vorsichtshalber sitze ich ganz still und warte auf Wido.

Ich höre, wie im Keller die Waschmaschine loslegt. Den Geräuschen nach zu urteilen, ein altes Ding. Mit meinem Finger fahre ich die Linien der abgenutzten, grobgemaserten Tischplatte entlang. Ganz wurzeliges Holz. Die Kränze lassen sich kaum zählen und beinahe ergeben sie ein weiteres Muster. Man sieht genau, an welchen Plätzen gesessen und gegessen wird, dort sind sogar die Tischkanten vom ständigen Gebrauch leicht abgerundet.

„Hey", flüstert Wido leise, um mich nicht aufzuschrecken. „Hast du Lust, alte Fotos anzuschauen?" „Wie alt ist diese Küche?" „Schwer zu sagen ... Die rosafarbenen Holzelemente hat Maya angeschafft. Sie sind vielleicht zehn, vielleicht auch fünfzehn Jahre alt. Weiß nicht. Aber sie wollte Neues mit Altem kombinieren. Es war ein schwieriges Stück Arbeit, denn die Arbeits- und Tischplatte musste es natürlich sein. Die haben mein Vater und ich zu unserer Zeit hier eingebaut. Damals war die Küche sündhaft teuer, doch ich bestand auf die Echtholzplatten. Schon damals wurde eigentlich nur beschichtetes Zeug eingebaut. Weil es angeblich pflegeleichter sein sollte! Aber eins sage ich dir, so ein Pappzeug hätte niemals hundert Jahre überdauert. Die Beschichtung hätte sich längst weggerollt oder aufgelöst. Damals war die Küche knallgrün. Die Stühle sind auch noch von uns." Ich lächele in seine Richtung: „Ja, sie flößen mir ein wenig Angst ein."

Als ich aufstehe, stöhnt der Stuhl laut auf. „Du möchtest mir alte Fotos zeigen? Bist du auch darauf zu sehen?" „Ja, meine ganze Familie. Maya liebt alte Dinge. Deshalb ist dieses Haus beinahe ein Museum. Komm", er nimmt meine Hand und zieht mich aus der Küche. Gemeinsam betreten wir das Wohnzimmer. Was ich hier sehe, kann ich kaum glauben. Wido`s Arm legt sich um meine Schulter. „Ist sie Fotografin?", frage ich erstaunt. „Nein, es ist neben ihren Rosen ein geliebtes Hobby. Sie lebt von ihrer Stimme." Ich nicke gedankenverloren.

Die Stimme, die nach Natur klingt. Genau nach diesem Wald, nach perlendem Wasser ... Dieses Zimmer ist eine Kunstlandschaft. Ein Bücherregal, ein Schaukelstuhl, ziemlich alt schätze ich mal, ein großer Kamin und ansonsten - Fotos! Staunend sehe ich mich um. Ach, eine Couch gibt es auch.

Braunes Leder. Ich streife mir den Mantel ab und lege ihn darüber. Die Fotos sind alle in Sepia entwickelt. So sind die Neuen kaum von den Alten zu unterscheiden.

Die komplette Wand ist voll gehängt. Alle Fotos etwa zwanzig mal dreißig groß, im Querformat. Bild an Bild. Mitten im Raum steht ein Kubus, größer, als ein Hocker und ebenfalls komplett aus Fotos in Sepia, nicht ganz zwanzig mal dreißig.

Die alten Holzdielen in diesem Raum knatschen bei jedem Schritt. Staunend sehe ich mich um. Ich trete an die Bilderwand. Wido spüre ich direkt hinter mir. Ich suche, nach dem Wido, von dem ich geträumt habe, bin gespannt darauf, ob es Trugbilder waren. Dann sehe ich Otrun, genau so, wie ich sie kenne. Allerdings trägt sie auf dem Foto nicht ihr schwarzes Seidennachthemd, sondern Jeans und T-Shirt. Neben ihr steht ein schwarz gelockter Mann mit markantem Bart.

„Frithjof! Wow, er sah wirklich gut aus! Du meine Güte!" Ich drehe mich zu Wido und sehe ihn beschwörend an: „Das verrätst du ihm nicht!" „Er weiß das, Selene." Nickend wende ich mich wieder den Fotografien zu. „Aber er muss nicht wissen, dass er mir auch gefallen hätte! Ich will das auf keinen Fall! Versprich es mir!" Seine Hände gleiten an meinen Armen entlang: „Ich sage nichts, o.k.?" „O.k.", ich nehme seine Hand und lege sie an meine Wange.

„Wo finde ich dich auf dieser riesigen Wand?" Er nimmt meinen Finger, zieht ihn ein wenig nach oben und tippt auf ein Bild: „Hier halte ich meine Tochter auf dem Arm. Sie war etwa dreizehn Monate alt." „Du siehst sehr ernst aus", bemerke ich. „Wir trafen uns alle auf der Lichtung, damit Frithjof an diesem Tag nicht allein sein musste. Otrun ist genau ein Jahr zuvor in ihrer Hütte umgekommen. Es war schwer für uns alle, auch wenn er sie eigentlich stets um sich hatte, trotzdem …"

„Bitte zeig mir ein schönes Foto von dir", stöhne ich auf. Mein Finger geht erneut auf Wanderschaft. „Sieh hier, Otrun, Frithjof und ich mit Maya und Marie." „Die Blonde war deine Frau? Sie war sehr hübsch." „Ja, das war sie. Und nicht nur das … Ich habe sie sehr geliebt. Und sie hat mir Maya geschenkt." „Sie hatte Glück. Sie hatte einen gutaussehenden Mann, finde ich." „So, findest du?" „Ja, und einen Liebevollen obendrein. Beinahe so habe ich dich vor mir gesehen." „Ja, so in etwa sehe ich jetzt auch aus, naja, ein bisschen älter, aber nicht viel. Und hier bin ich Urgroßvater, schau."

Ich folge mit den Augen meinem Finger. Ziemlich weit unten ist er tatsächlich zu sehen. Wesentlich faltiger und mit grau meliertem, offenem Haar, betrachtet er stolz ein kleines Bündel in seinem Arm. „Die Kleine auf meinem Arm ist Maya. Du hast sie bereits kennengelernt." „Kann sie euch auch sehen, ist sie auch eine Zauberin?" „Nein Selene, und sie kann sich nicht mal an mich erinnern. Sie war erst zwei, als ich gestorben bin. Für sie fühlt es sich an, als sei sie mit Frithjof allein, obwohl sie weiß, dass wir da sind. Und sie wird sauer werden! Frithjof muss es aushalten." „Und ich! Vermute ich mal." „Ja genau, und du! Das hätte ich beinahe vergessen. Du bist ja gar kein Geist."

Er dreht mich zu sich um. Sein Kuss ist so sanft ... „Geht es dir gut? Hier bei uns, meine ich." Ich lächele ins Leere: „Ja, es ist zwar alles etwas verwirrend, aber langsam kriege ich das hin. Und die Rosen kriege ich auch wieder hin, versprochen." „Du fürchtest dich vor Maya." Er verpasst mir einen Nasenstupser. „Ein bisschen schon", erwidere ich lächelnd. „Du hast mir diese Angst eingejagt!"

Erneut spüre ich seine Lippen auf ihrem Weg zu meinem Schlüsselbein. Langsam führt er mich zur Couch zurück. Er breitet den Fellmantel darauf aus, dann drückt er mich sanft darauf. „Damit dir nicht kalt wird", flüstert er und beginnt die Bänder in meinem Rücken zu lösen. Ich greife in seine festen Haare: „Sie sind schwarz, nicht wahr?" „Ja sehr", antwortet er mit einem deutlichen Lächeln in seiner Stimme, „und deine sind rot." Ich spüre seinen Nasenrücken über meinen Körper gleiten. „Blond." Meine Brust wird fest unter seinen Streicheleinheiten. „Rotblond. Und deine Haut ist sehr weiß ..." „Ich finde, ich bin ziemlich braun geworden, in den letzten Tagen." Seine Zähne kneifen mich, ganz sachte. „Hm, meinst du wirklich?" Langsam fällt mir diese Unterhaltung schwer. Ich konzentriere mich lieber auf seine Liebkosungen.

„Meinst du wirklich?", wiederholt Wido seine Frage. „Ehem." Warm und weich fährt er über mein Dekolleté, die Schulter, meinen Arm entlang. „Ich sehe es genau, es sind Sommersprossen. Eine an der anderen." Als er an meiner Hand ankommt nehme ich sein Gesicht und führe es zu meinem hin. „Pigmentflecken", hauche ich und suche seinen Mund, während er sich schwer auf mich legt. „Gefällt es dir, dass du mich nicht siehst?" „Warum das jetzt?", frage ich zwischen unseren Küssen. Wido lacht mich leise an: „Ich bin nicht dumm, Liebes!" Seine Zunge öffnet erneut meine Lippen. Ich genieße, lasse mich treiben. Meine Finger streichen unter dem T-Shirt über seinen glatten Rücken. Im Handumdrehen hat er die Decke um meine Hüften gelöst. Er wusste, dass ich ohne Höschen unterwegs bin. *Heute Nacht hole ich die Unterwäsche,* denke ich mir. *Er wird staunen, was ich mitbringen werde …!*

„Du findest es aufregend." Wido zieht sich die Jeans aus. Ich helfe ihm. Feucht und warm gleitet seine Zunge meinen Bauch entlang, Richtung Venushügel, in ständiger Begleitung seines langen Haares, das lose über mich hinweggleitet.

„Sonst würdest du mich längst sehen", führt er seine Unterhaltung fort. „Wido bitte …", weiter komme ich nicht. Er schiebt sein Bein unter meine Hüfte, seine Finger bereits in mir, öffnet seine Zunge erneut meine Lippen. Wido ist überall und mir schwinden die Sinne.

Ich liege auf dem warmen Fellmantel. Mit der Decke, die mir als Rock dient, muss Wido mich zugedeckt haben. Ich strecke mich und gähne zufrieden. „Wido, bist du hier?", frage ich. Keine Antwort. *Bestimmt hängt er die Wäsche auf, draußen sieht es freundlicher aus, als vorhin.* Ich bleibe noch einen Augenblick liegen. Es ist so schön kuschelig und außerdem wesentlich weicher, als in der Werkstatt auf dem Boden. Genüsslich rolle ich mich auf die Seite und warte auf ein Zeichen von Wido.

Zäh verrinnt die Zeit und langsam werde ich nun doch ungeduldig. *Dann sehe ich eben nach.* Ich wickele die Decke um meine Hüften und binde mir das Top in Nacken und Rücken. Sicherheitshalber greife ich nach dem Mantel, *falls es nicht wärmer geworden sein sollte.* Über die Veranda gehe ich hinters Haus. Es weht eine frische Brise und ich streife mir meinen Yetipelz über. Wie erwartet, flattert die Wäsche im Wind. *Gleich habe ich wieder eine Hose,* freue ich mich.

„Wido! Bist du hier?", rufe ich in den Garten. Außer dem Rauschen in den Bäumen und dem schlagen der flatternden Wäsche, ist nichts zu hören. Ich ziehe ein Gesicht. Hat er mich allein gelassen? *Ich weiß doch nicht einmal den Weg zurück zur Lichtung. Ich werde fliegen, dann ist es leicht zu finden.* „Wido?" Es raschelt. Ich muss grinsen. *Ein Spielchen! Na gut ...* Ich gehe auf das Geräusch zu. Direkt hinter mir fällt ein Holzklotz mit lautem Gepolter auf den Steinboden. Erschreckt fahre ich herum.

„Wido! Du hast mich erschreckt!" Ich halte die Hand auf mein Herz. Es klopft wild. Mit ausgestreckten Armen suche ich die Luft nach ihm ab. „Wido?" Der Wind rauscht. „Bitte gib mir ein Zeichen." Unsanft stechen seine Finger in meine Seiten. Ich zucke zusammen, schreie auf: „Du Schuft! Pass bloß auf! Wenn ich dich erwische, bist du reif! Das verspreche ich dir, Freundchen!" Mein ausgestreckter Zeigefinger fuchtelt wild durch die Luft. Ein gutes Stück von mir entfernt erschallt sein Lachen.

Ich stürme auf ihn los. Renne ins Nichts. Stapfe über die Wiese. Natürlich ist er schon wieder weg! „Wido, genug jetzt!" „Das ist besser, als blinde Kuh!", sagt er amüsiert direkt an meinem Ohr. Blitzschnell drehe ich mich rum, doch er ist schon nicht mehr in meiner Nähe. Meine Augen zu Schlitzen zusammengekniffen, drehe ich mich im Kreis. Warte auf seinen nächsten Laut. Doch er lässt mich warten. Ich horche. Nichts. Nichts als die Geräusche des Windes. Ich gehe ein Stück weit über die Wiese. Bin mir sicher, er beobachtet mich. Stelle mir vor, wie er in sich hinein grinst. Mit meinen Ohren suche ich alles ab. *Er muss doch zu finden sein!*

Mit einem Mal bleibe ich wie erstarrt stehen. Wido sitzt in der Sonne und lächelt mich an. Sein Lächeln wächst zu einem Strahlen heran. Einladend hält er seine Arme für mich auf. Ein großer Mann, mit freiem Oberkörper. Ein offenes Gesicht und überaus sympathisch. Die langen schwarzen Haare fallen ihm über die kupferfarbenen Schultern. Markante hohe Wangenknochen und sehr dunkle Augen. Seine glatte Haut spannt sich über den wohlgeformten Körper.

Langsam gehe ich auf ihn zu, nehme jedes Detail in mich auf. Die dunklen, ruhigen Augen, die weichen Lippen, die etwas breite Nase, die ebenmäßige Zahnreihe. Er trägt keine Schuhe, nur seine Jeans, der Gürtel ist noch offen. „Wido."

Er lächelt mich an: „Komm zu mir, Liebes. Hier sitzt man vom Wind geschützt." „Wido, ich sehe dich. Ich kann dich wirklich sehen!" „Ich weiß, Selene." Er zieht mich auf seinen Schoß. Ich pieke mit meinem Finger in seine Seite. Es macht ihm nicht viel aus. „Du hast mich geärgert!" „Ich weiß, Selene." Er streicht mir übers Haar. „Du warst noch gar nicht richtig wütend und hast es trotzdem geschafft!", freut er sich, während er mir durch die Locken wuschelt. Ich umgreife seinen Nacken und küsse ihn, damit er sich nicht über mich lustig machen kann. Ganz langsam und zärtlich bringe ich ihn auf andere Gedanken.

„Frithjof! Es ist wirklich kein großes Ding! Ich fliege nach Hause, hole mir eine Tüte voll Unterwäsche, ich meine mich zu erinnern, ich hätte noch einen warmen Pullover, ein Paar Schuhe zum Wechseln, spreche kurz mit Mona und dann bin ich wieder hier! Du musst nicht glauben, ich würde freiwillig dort bleiben! Leg dich schlafen und morgen zum Frühstück bin ich wieder hier." Ich streiche ihm besänftigend über seinen Arm und zwinkere ihm zu. Doch so leicht lässt er sich von mir nicht beruhigen: „Du musst aufpassen, dass dich niemand sieht!" „Natürlich, ich will ja nicht ins Fernsehen!", lache ich theatralisch. „Ich würde dir gern jemanden mitschicken. Witta ist so klein, dass du sie kaum spürst. Und Arend könnte Hildrun mitnehmen. Die beiden sind ein gutes Team."

Ich schüttele meinen Kopf. „Ich will das nicht. Papa kommt mit, er zeigt mir den Weg." „Was kann er schon tun, wenn etwas passiert?", fragt Frithjof gereizt. Ich lasse mich auf der Tischkante nieder: „Was kann Witta tun? Außerdem, was soll schon großartig passieren? Nun lehn dich mal zurück. Morgen bin ich wieder hier." „Ich werde kein Auge schließen können!" So geduldig wie möglich, schenke ich ihm ein Lächeln: „Ich auch nicht, dann ruhen wir uns morgen gemeinsam aus."

Frithjof reibt sich seinen Bart: „Du lässt dich nicht von deinem Entschluss abbringen, hm? Wir fertigen dir Unterwäsche. Wir nähen dir gemeinsam was Schönes." „Früher oder später muss ich sowieso mit Mona reden, meinst du nicht?" Er sieht ernst auf die Tischplatte neben mir. „Besser später", meint er brummig. „Was hast du bloß? Genieße die Ruhe, während ich fort bin." „Wenn ich Ruhe brauche, stelle ich dich ruhig", meint er trocken.

„Ach ja, stimmt." Ich stoße mich vom Tisch ab: „Ich muss los, Papa wartet schon auf mich."

„So lass mir zumindest die Adresse hier!" „Kannst du kriegen. Ich weiß zwar nicht, wozu das gut sein soll, aber ..." Ich sehe mich suchend um: „Stift und Papier?" „Ja sicher." Er geht an den Schrank und öffnet eine Schublade. Mit Zettel und einem Kugelschreiber geht er kurz am Fenster vorbei, dann kommt er auf mich zu: „Ich glaube, ihr habt gutes Wetter."

Genervt schüttele ich meinen Kopf und nehme das Papier. Neben die Adresse male ich einen kleinen Smiley. Als er mein Kunstwerk sieht, schafft er tatsächlich ein Lächeln. Ich klopfe ihm die Schulter: „Siehst du, so schlimm wird's schon nicht werden." Ich gehe zur Tür, öffne sie. „Willst du dich nicht wenigstens von dem alten Mann verabschieden?" Kurz schließe ich meine Augen, dann gehe ich zu ihm hin, streiche über seine Schulter und meine: „So kenne ich den alten Mann überhaupt nicht. Was ist denn bloß los?" Mit treuen Rehaugen sieht er zu mir hoch: „Ich habe kein gutes Gefühl." Ich ziehe meine Mundwinkel nach unten: „Hm, und jetzt?" „Bleib." Ich schüttele meinen Kopf: „Ich werde gleich mit Mona reden. Und wenn ich nicht langsam hier wegkomme, wird sie stinksauer sein, weil ich sie aus dem Tiefschlaf reißen muss, denn ich habe keinen Schlüssel. Bis morgen, und mach dir keine Gedanken, ehe du dich versiehst, hast du mich wieder am Hals."

„Denk an deine Jacke, wenn nicht jeder deine Flügel sehen soll." „Hab ich", ich halte sie kurz hoch, „normale Menschen schlafen schon, oder hängen zumindest nicht mit ihren Nasen an den Fenstern." „Du musst es ja wissen, Selene." „Ja, weiß ich", sage ich knapp und gehe zur Tür hinaus. Bevor ich sie schließe, stecke ich noch kurz meinen Kopf durch den Schlitz: „Schlaf gut." Er antwortet nicht, dreht sich nicht zu mir um, winkt nur ab. Ich schließe leise die Tür und wende mich meinem Vater zu. „Wir können es doch verschieben!", meint er. „Jetzt fang du nicht auch noch an, Papa. Wir fliegen doch nicht zum Mond!" „Na dann komm."

Einträchtig gleiten wir durch die Dunkelheit. Ich genieße den frischen Wind um die Nase. Meine Arme stecken in den

Jackenärmeln, weil es doch ein wenig kühl ist. Papa unterbricht die Stille zwischen uns beiden: „Was, wenn Frithjof recht hat?" „Bitte was?", gerade war ich in Gedanken, was ich Mona von der Lichtung erzählen will. „Ich sagte, was wird geschehen, wenn Frithjof recht behält. Wenn diese Nacht keine gute Nacht wird?" „Warum sollte sie? Mir fällt kein Grund ein. Nur weil ein alter Mann ein schlechtes Gefühl hat ... Wenn du mich fragst, er hat sich langsam an Gesellschaft, an meine Gesellschaft gewöhnt. Und nun hat er Angst, ich käme nicht wieder. Würde er sich stets anständig benehmen, bräuchte er keine Bedenken haben. Es ist also die gerechte Strafe. Soll er ruhig ein wenig grübeln."

Mein Vater scheint an seiner Antwort zu kauen. Ein wenig Zeit vergeht, ehe er meint: „Frithjof ist nicht irgendein alter Mann! Er kann sehr wohl Vorahnungen haben." „Unsinn, ich will da nicht weiter drüber reden, Papa." Ich sehe flehend zu ihm rüber: „Lass uns nicht streiten, nicht wegen dem." „Wir könnten abdrehen und ein andermal rausfliegen." Ich schüttele nur meinen Kopf.

„In Ordnung", sagt er resigniert, „wir müssen runter. Halt die Luft an und kneif die Augen zu, Selene. Gleich durchbrechen wir die Wolkendecke. Du spürst schon, wenn wir durch sind." Ich nicke ihm zu und sause abwärts. *Es stimmt, mit einem Mal ist die Luft warm und klebrig. Ekelig, aber irgendwie vertraut!* Ich öffne meine Augen. Unter uns liegt der wohlbekannte Parkplatz. *Ich hätte nicht gedacht, dass wir schon da sind!* Ich ziehe meine Arme aus den Ärmeln. Die schwüle Luft macht mir das Atmen schwer. Gelblich sucht sich der Schein der Straßenlampen einen Weg durch die nebelartigen Schwaden. Als wir festen Boden unter den Füßen haben, ziehe ich mir widerwillig meine Jacke über.

Papa steht neben mir. „Meinst du, uns hat jemand gesehen?", frage ich nun doch ein wenig kleinlaut. „Uns nicht, höchstens dich, Hexchen!" „Stimmt", soeben wird mir klar, dass ich ab jetzt ziemlich allein dastehe. *Papa wird mir ab jetzt kaum helfen können. Mit der Jacke ist mein Tattoo nicht vollständig bedeckt. Die kurzen Haare gewähren einen guten Blick auf meinen Nacken. Mein Plan ist, immer so dazustehen, dass Mona mich nur von vorn sieht. Abwarten, ob mir das gelingt. Ich sollte dringend über eine Langhaarfrisur nachdenken.*

In Gedanken schüttele ich meinen Kopf und verwerfe sofort diese Idee. *Ein loser Schal tut es auch!* „In besagter Nacht hatte ich keinen Schlüssel dabei. Nun muss ich mitten in der Nacht bei ihr schellen!", stoße ich unwillig aus. Papa sieht mich milde lächelnd an. „Du kannst ruhig mit mir sprechen, nur, wenn dich jemand hört, denkt er eventuell, du seist ein bisschen …" „Durchgeknallt? Das ist mir längst egal."

Ein Bewegungsmelder erhellt den Eingangsbereich. *Noch nie hatten wir hier Licht!* Erstaunt sehe ich nach oben auf die grelle Lampe. Linksseitig davon ist eine Kamera angebracht! *Hier wurde aber mächtig aufgerüstet! So lange war ich doch gar nicht weg!* Ich drücke auf den Knopf mit meinem Namen. Nach einer kurzen Wartezeit höre ich Monas verschlafene Stimme. „Ja?" „Ich bin`s, Selene."

Ein paar Augenblicke verstreichen, dann ertönt das leise Summen, ich drücke die Tür auf. Papa ist direkt hinter mir. Als ich die Treppe rauf komme, steht in der Tür eine entsetzte Mona im Morgenrock. Ich freue mich sie zu sehen. Mehr, als ich angenommen hatte! Sie steht da und macht mir aufgeregt Zeichen, als solle ich verschwinden. Ich bin erstaunt, reagiere zu langsam. *Mit allem hatte ich gerechnet, aber nicht damit, dass sie mich nicht hier haben will! Warum hat sie mir überhaupt die Tür aufgedrückt?*

Dann erscheint Matthias hinter ihr. Er schließt noch in Ruhe seine Jeans, dann steht er breitbeinig, mit bloßem Oberkörper da. Ich betrachte ihn gelassen und denke mir, *was für ein eingebildeter Hänfling! Steht da, wie Superman persönlich.*

Er legt demonstrativ seinen Arm um meine Freundin und sieht mich mit einem schiefen Grinsen an. „Hallo Lene, komm doch rein", sagt er freundlich. Mona versucht, mir irgendetwas mitzuteilen. Sie sieht mich mit aufgerissenen Augen verzweifelt an.

Frithjof hatte kein gutes Gefühl! Wenn ich aus dieser Sache heil rauskomme, werde ich immer auf ihn hören! Für den Augenblick kommt diese Erkenntnis leider zu spät!

Matthias schiebt Mona zur Seite und macht Platz für mich. „Vielleicht die falsche Zeit, irgendwo unangemeldet aus dem

Nichts aufzutauchen, aber ich freue mich, dich zu sehen", meint er. „Geh nicht in die Wohnung!", warnt mich Papa. Ich schlage mir mit der flachen Hand vor den Kopf: „Oh nein! Ich habe etwas vergessen!" Ich drehe mich rum und gehe schon wieder die Stufen abwärts. Kurz drehe ich mich zu ihnen um: „Mona, ich habe noch eine Überraschung für dich, ich hole sie schnell!"

Jetzt beeile ich mich, hier wegzukommen. Mit langen Sätzen kommt Matthias hinter mir her. Er greift fest nach meinem Arm: „Nicht so schnell, Lene. Die Überraschung kannst du Mona immer noch zeigen. Jetzt komm erst mal rein." Er zieht mich unsanft die Treppe rauf.

„Was hast du an deinem Hals?", fragt er mit einem listigen Unterton. Aus Reflex zupfe ich mit der freien Hand meine Haare, soweit es geht, über meinen Nacken, obwohl ich genau weiß, dass es völlig zwecklos ist. „Ich habe mir ein Tattoo stechen lassen", erkläre ich, „wollt ihr mal sehen?"

Ich weiß, dass ich mich auf dünnem Eis bewege, aber verstecken lässt es ja nun mal nicht! „Ja gern", meint Matthias. „Eigentlich kann ich es nur Mona komplett zeigen, falls du verstehst, was ich meine?", versuche ich ganz lässig ein paar Augenblicke, allein mit meiner Freundin, herauszuholen. Sie springt sofort darauf an und nimmt mich bei der Hand. Schnell zieht sie mich in Richtung Bad. „Jungs müssen draußen bleiben!", meint sie lachend zu ihm. Mit einem Rums knallt sie die Tür zu und schließt sofort hinter uns ab.

„Was macht der hier drin?", zische ich sie an. Mona sieht mich verlegen an: „Wir haben uns angefreundet." „Du gehst mit unserem Chef ins Bett?", frage ich mit gerunzelter Stirn. „Meinem Chef, du gehörst nicht mehr dazu, Selene. Wo warst du und was um Himmelswillen hast du auf deinem Rücken?" „Ich habe mir ein Tattoo stechen lassen, das sagte ich doch eben!"

Sie schüttelt unwillig den Kopf: „Natürlich Selene, eine die vor Spritzen davonrennt!" Ich sehe sie kalt an: „Ich wollte es eben!" „Schon gut. Willst du es mir nun zeigen?", fragt sie in nöligem Ton. „Willst du es denn sehen? Warum schläft der mit dir?" Dafür bekomme ich eine schallende Ohrfeige! Erstaunt reibe ich mir die Wange. „Du bist immer so überheblich! Was fällt dir ein? Wir haben uns verliebt!" Sie sticht mit ihrem Finger auf mich ein. „Ich weiß, du kannst dir nicht vorstellen, dass Matthias gern mit mir zusammen ist, aber es ist so. Nimm es hin!"

Sie wendet sich von mir ab und dreht den Schlüssel. Perplex stehe ich da. *Ich wollte doch mit ihr reden!* Aber sie hat schon das Bad verlassen. Geistesgegenwärtig schließe ich die Tür wieder ab, eile zum Fenster und öffne es schnell. Mit einem Satz bin ich auf dem Fensterbrett. Eilig versuche ich, mir die Jacke von den Schultern zu pellen. Mit einem lauten Krach fällt hinter mir die Tür aus den Angeln. Erschreckt drehe ich mich rum. In der Hektik verheddere ich mich, meine Hände hängen in den Ärmeln fest! Ich zerre an dem Stoff. Matthias hastet auf mich zu. Schnell will ich die Jacke wie ein Springseil über den Kopf nach vorn holen, damit sich meine Flügel ungehindert ausbreiten können, doch in dem Fensterrahmen ist es viel zu eng. Alles zu eng!

Kräftige Hände reißen mich unsanft zurück. Ich krache auf die Bodenfliesen, stoße mir den Rücken an der quer im Bad liegenden Tür. Es gibt ein Gerangel. Das schneidende Geräusch reißenden Stoffes. *Immerhin bin ich jetzt die Jacke los,* schießt es mir durch den Sinn. Doch Matthias hat mich fest in seinem Griff.

„Wo wolltest du denn so schnell hin, hm?", fragt er gehässig. Sein Mund ist ganz dicht bei mir. Nach Atem ringend schnauft er in mein Ohr. *Woher nimmt dieser schlaksige Typ solche Kräfte?* Er drückt mich schwer auf den Boden. Mona fordert er auf, Achim anzurufen. Es läuft mir eiskalt über den Rücken. *Achim? Das kann er nicht machen!* Die Angst macht mich hektisch! Doch bei jeder Bewegung meinerseits, wird sein Griff fester, sein Gewicht auf mir schwerer.

„Lass sie gehen!" Ich kann aus meinem Augenwinkel ihren bittenden Blick erhaschen. „Sie bekommt keine bevorzugte Behandlung! Lene hat unseren Vertrag gebrochen, jetzt muss sie mit den Konsequenzen klarkommen. Ich habe immer versucht, sie zu schützen! Aber dieses sture Ding ist ja auf nichts eingegangen!" Nah an meinem Ohr meint er: „Und du dachtest, ich bewundere dich als Frau, was? Ich versichere dir, du bist viel zu lang und deine Tittchen, lächerlich!"

Verbitterter Männerstolz! „Du rufst jetzt sofort Achim an!", brüllt er Mona ins Gesicht. „Ich will, dass du sie gehen lässt!", sagt sie jetzt schon entschlossener. „Das hatten wir doch besprochen,

Mona!", blafft er sie an. „Wir haben gar nichts besprochen!", schreit sie hysterisch zurück und versucht ihn von mir wegzuziehen. Doch leider vergebens, sein Griff wird immer fester.

Ich blende die beiden aus, suche nach einem eigenen Weg. *Papa kann nichts ausrichten, sonst hätte er längst eingegriffen.* Das wird mir sofort klar. *Ich bin auf mich gestellt. Ich kann Äste zum Wachsen bringen, ich kann Fackeln auflodern lassen, ich kann fliegen. Kann ich die Situation beruhigen? Wie Frithjof?* Eilig atme ich mich zur Ruhe. Unwillig schüttele ich den Kopf. *Völliger Blödsinn!* Ärgere ich mich über mich selbst. *Ich darf diesen kostbaren Moment indem die beiden streiten, nicht vergeuden!*

Mir fehlt Frithjofs arrogante Gelassenheit. Ich stelle mir vor, wie er reagieren würde. *Mona meinte eben, ich sei überheblich. Sie sollte ihn unbedingt kennenlernen!* Mit einem Mal weiß ich, was zu tun ist! *Wie habe ich die Fackel entzündet? Frithjof sagte, es sei Wut gewesen. Und ich weiß auch, wie ich wütend genug dafür werde!* Ich versuche, mich unter Matthias Gewalt zu rühren.

Sofort habe ich seine Aufmerksamkeit. Sein Gewicht auf mir wird schwerer, er keilt mich völlig ein! Hält mich so fest, dass ich sicher Quetschwunden davontrage! *Ich verstehe es nicht! Er hat die Kräfte eines Irrsinnigen!* Dennoch reagiert er genau nach Plan. *Dummkopf!* Ich wusste, er wird mir helfen!

Mit einem plötzlichen Fauchen entzünden sich die Gardinen. Abgelenkt lässt Matthias sofort von mir ab. Ich nutze diese Schrecksekunde und springe auf. Zwei Schritte bis zur Freiheit! Ich stürze an den brennenden Vorhängen vorbei und springe aus dem Fenster. Deutlich spüre ich ihre Blicke in meinem Nacken, doch die sind mir in diesem Moment herzlich egal.

Kurz sehe ich zurück. Mona steht, mit offenem Mund und aufgerissenen Augen, bewegungslos da. Matthias richtet den Wasserstrahl der Brause gegen die Flammen. Im nächsten Augenblick ist Papa neben mir. „Komm schnell!", ruft er mir zu. Gemeinsam durchbrechen wir die Wolkendecke. Mit einem Mal ist die Luft kühl und frisch. Ich atme erleichtert auf. „Das war knapp", stoße ich aus, „ab jetzt werde ich auf Frithjof hören! Immer!" „Gut so, Hexchen!" meint Papa ernst. Er muss seinen Schreck auch erst mal verdauen.

Es ist mitten in der Nacht, als wir auf der Lichtung landen. Wir stehen auf der Wiese, neben der erkalteten Feuerstelle. Es ist still. Nur der leichte Wind in den Bäumen ist zu hören. Ich, in Papas fester Umarmung. Ein wenig zittern meine Knie. Ich will mich beruhigen, doch so leicht gelingt mir das nicht. Der Schreck sitzt zu tief in meinen Knochen. „Ich glaube, ich bin soweit. Ich werde jetzt zu ihm gehen. Er wartet bestimmt auf mich." Papa nickt mir zu. „Ich sehe nach Hildrun." „Grüß sie von mir, Papa." *Für sein Lächeln und das Funkeln in seinen Augen könnte ich ihm erneut um den Hals fallen. Ich freue mich für ihn. Und Hildrun mag ich so gern ...*

In Frithjofs Hütte kann ich schummeriges Licht ausmachen. Sachte klopfe ich an. Sofort öffnet sich die Tür, als hätte er direkt dahinter gestanden. Ohne ein Wort nimmt er mich in seine Arme. Jetzt entspanne ich mit jeder Faser, lasse mich fallen. Erschöpft lehne ich an ihm. Meine Knie zittern noch immer. Ich bin mir sicher, er spürt das ganz genau.

„Komm Selene, ich bereite uns einen Tee", sagt Frithjof und führt mich zum Stuhl, bevor er das Wasser aufsetzt. „Deine Befürchtungen haben sich bestätigt." „Klar", antwortet er ruhig, „jetzt bist du ja wieder hier. Schnauf erstmal durch, dann kannst du mir alles erzählen."

Ich lege meinen Kopf in die verschränkten Arme auf die Tischplatte. „Ich hätte auf dich hören sollen!", nuschele ich in meinen Arm. Kurz sieht er zu mir rüber: „Du musst noch viel lernen. Es ist ja gut gegangen." „Weißt du, was passiert ist?" „Nein, Selene", kurz sieht er auf, „schön dich zu sehen, mein Freund." Kurz weiß ich nicht ... Dann höre ich, wie sich leise die Tür schließt. Nur einen Wimpernschlag später spüre ich Wido an meiner Seite.

„Ich war bei Hildrun. Arend ist wieder da. Er hat nichts erzählt, deshalb bin ich sofort zu dir gekommen. Wie ich sehe, kommst du mit leeren Händen, Selene", meint Wido ruhig. Ich sehe ihn kurz an, kann es immer noch nicht fassen, dass er wie die anderen ganz normal hier neben mir steht, dass ich ihn sehen kann. *Und wenn ich es will, kann er unsichtbar für mich sein. Alles spielt sich in meinem Kopf ab! Alles! Er ist weg, er ist da. Das macht alles nur mein Kopf!*

„Ja, dafür habe ich meine Jacke zurücklassen müssen." Frithjof lächelt mich an: „Ein vergleichsweise kleiner Verlust, oder?" Ich lächele zurück. Ein Stuhl rückt direkt an meinen heran. *Verrückt! Nie war dieses Wort so treffend.* Ich giggel vor mich hin. „Was ist?" „Ach nichts", antworte ich. Es ist deutlich zu sehen, das Frithjof gelauscht hat. „Ein verrückter Stuhl. Selene, Stühle werden nun mal verrückt." Ich nicke: „Genau. Genau wie ich. Jetzt sitze ich hier und kann mir das Kichern nicht verkneifen!"

Doch sofort bin ich wieder ernst. Ich stelle meinen Verstand wieder scharf und sehe in Widos Blick, dass er nichts Gutes ahnt. „Ich habe vorhin einen Brand gelegt." Frithjof funkelt mich aus seinen Augen an: „Notwehr?" „Natürlich!" „Mir wäre das egal, manchmal muss man skrupellos sein. War es für einen guten Zweck?" Nun muss ich wirklich lachen. Ich werfe einen Blick auf Wido. Er sieht mich ernst an. „Ja, zur Rettung einer besonders seltenen Art." „Dann würde ich sagen, hast du das gut gemacht."

Ich sehe Frithjof zu, wie er die Teetassen an den Tisch bringt. *Dieser Mann ist unmöglich! Gerade erzähle ich ihm, dass ich ein Feuer gelegt habe und er bleibt unfassbar gelassen!* „Mal im Ernst, ich wurde erwartet. Ich sollte an Achim ausgeliefert werden!" Wido neben mir fragt: „Wer ist Achim?" „Er führt Versuche an Tieren durch. Das ist eigentlich schon immer verboten, dennoch gibt es Ausnahmen. Ihr wisst schon, wenn viel Geld im Spiel ist. Ganz große Forschung ... Ich bin mir sicher, Matthias, mein früherer Vorgesetzter, also Leiter der Abteilung, in der ich arbeitete und die längste Zeit meines Lebens verbrachte, hatte wohl so eine Ahnung, dass ich ... irgendwie anders bin. Mein Tattoo hat er, direkt als das erkannt, was es wirklich ist. Da bin ich mir sicher. Aber wie konnte er das?"

Ich sehe auf die glatte Oberfläche des Tees, als suchte ich dort nach der Antwort. „Ständig hat er versucht, mich anzumachen. Dieser schmierige Kerl. Wusste er vor mir Bescheid?" Ich muss mich schütteln. „Nun, als ich weg war, hat er sich an Mona rangemacht. Vermutlich, um sich dort unauffällig einquartieren zu können und nichts zu verpassen! Sogar eine Kamera ist am Eingang des Wohnhauses angebracht worden! Ganz in der Nähe sind Papa und ich gelandet. Das ist sicher alles drauf. Sie können mich ganz in Ruhe auf Video durchleuchten!"

Ich lasse mein Gesicht erneut in der Armbeuge versinken: „Ich habe kein Zuhause mehr. Dorthin kann ich nicht mehr zurück." Die Hitze steigt mir ins Gesicht. Meine Tränen lassen sich nicht mehr aufhalten. Widos besorgte Hand streicht über meinen Rücken. „Sie werden Jagd auf mich machen, ich weiß das. Ich kenne diese Sorte zu genüge. Sie wollen mich erforschen. Wer weiß schon, was die vorhaben. Natürlich alles zum Wohle der Gesellschaft. Und selbstverständlich im Dienste der Wissenschaft!" Ich wische den nassen Schnodder aus meinem Gesicht: „Wir waren doch wie eine Familie! Und jetzt? Sie werden mich anstechen, aufschlitzen, unter Strom setzen, mir irgendwelche Mittelchen spritzen …"

„Hier findet dich niemand", sagt Wido einfühlsam, während er mir erneut über den Rücken streicht. Ruckartig richte ich mich auf: „Mein Wavewatch muss weg! Vor ein paar Tagen hatten sie zwar die Peilung verloren, aber darauf dürfen wir uns nicht verlassen!"

Frithjof sieht über den Tassenrand zu mir rüber: „Wie wäre es mit deinem Vater? Ihm kann niemand etwas anhaben." Das Lächeln lässt sich nicht zurückhalten: „Er wird sie ans andere Ende der Welt locken!" Frithjofs Augen sind ruhig, sein Bart zieht sich leicht in die Breite: „So soll es sein, Selene." Wido steht zügig auf: „Ich hole die anderen. Wir sollten keine Zeit verlieren!" Frithjof nickt ihm zu.

Während Wido die Hütte verlässt, sieht Frithjof mich dringlich an: „Dir darf nichts geschehen und dir wird nichts geschehen, Selene. Wir werden denen schon das Fürchten lehren!" So, wie er mich dabei ansieht, glaube ich das sofort und fühle mich bereits wesentlich besser.

Es dauert nur wenige Augenblicke, dann füllt sich die Hütte. Otrun, Witta und Frodegard sind die ersten. Dann kommt Wido, dicht gefolgt von Siegrun und … Verblüfft starre ich ihn an: „Wondering Bear!", hauche ich, „ich sehe dich. Ich kann dich wirklich sehen!" Er kommt auf mich zu und hält mich strahlend an den Schultern. *Das gleiche Strahlen, wie ich es von seinem Sohn kenne,* denke ich mir. Lächelnd schüttelt er ganz langsam den Kopf: „Du bist schnell, Selene! Dein Verstand ist scharf, und dein Herz ist weit geöffnet. Du solltest sehr stolz auf dich sein." Und dann nimmt er mich in seine Arme und hält mich einen Moment fest an sich gedrückt. Er ist nicht ganz so groß, wie Wido, dennoch eine imposante Erscheinung. Sein langes Haar fällt ihm ein wenig über die Schulter.

Ich stelle die Brause ab. *Zum Glück ist nicht viel passiert, bis auf diese riesen Sauerei. Außerdem stinkt es nach geschmolzenem Polyester.* Ich reibe mir meine schmerzende Schulter, werfe einen Blick auf Mona. *Sie hat sich noch nicht gerührt. Steht da, bleich und geschockt und starrt auf den Fleck am nächtlichen Himmel, aus dem dieses Monster vor unseren Augen entschwunden ist.*

Eigentlich mag ich ihre wächserne Blässe, ihre weichen blonden Haare, ihre Zartheit. Doch jetzt bin ich wütend. Auf sie! Sie hat mich abgelenkt, nur deshalb konnte sich Lene von mir freimachen. Ich hätte vorsichtiger sein sollen, schließlich waren, oder sind die beiden Freundinnen. Das hatte ich unterschätzt, aber wer blickt bei diesen Frauengeschichten schon durch? Ich setze mich auf die Kante des Badezimmerschränkchens und greife, so vorsichtig, wie es mein Gemütszustand erlaubt, nach Monas Hand. Sie scheint es nicht zu bemerken, darum knete ich ihre Finger. Dann ziehe ich sie zu mir ran. Sachte stolpert sie über die Tür. Ich stütze sie ein wenig.

Langsam setzt sie sich neben mir auf die Kante. „Selene", flüstert sie tonlos. „Ja", sage ich, „deine seltsame Freundin. Sie wollte das Haus abfackeln!" Sofort bemerke ich, dass ich zu laut bin. *Ich darf Mona jetzt nicht erschrecken!* „Habt ihr euch im Bad gestritten?", frage ich nun einfühlsamer. Mona sieht mich irritiert an: „Was?" „Du kamst eben aus diesem Bad gestapft, als hättet ihr euch gestritten", wiederhole ich.

Sie schüttelt ihren Kopf: „Du hast sie fast umgebracht!" „Nein Mona, ich wollte sie nur festhalten!" „Du hast die Tür demoliert!"

„Die ist doch unwichtig!" *Wieder bin ich zu laut!* „Ach ja? Ich brauche eine Badezimmertür!" „Wenn du meinst, ich werde das die Tage reparieren." Zweifelnd sehe ich auf den ausgefransten Türrahmen. Die Scharniere sind völlig verbogen. Nun scheint sie sich doch wieder gefangen zu haben.

Mit aufgerissenen Augen sieht sie mich an: „Du? Du willst die Tür reparieren? Die Tage? Ich brauche die Tür jetzt! Sieh dir mein Bad an!" Sie patscht mit ihren Füßen in dem Wasser, das etwa einen Fingerbreit die Bodenfliesen ausfüllt.

„Ich werde morgen einen Fachmann bestellen", gebe ich von mir. Sie ist still. Ich spüre es bereits. Da braut sich was zusammen. *Vermutlich befinde ich mich gerade im Auge eines Tornados.* Und schon bricht er über mich herein … Zuerst ganz sachte. „Du wirst augenblicklich meine Wohnung verlassen", flüstert sie fast. Ich schließe meine Augen, suche nach den richtigen Worten. Mir ist klar, dass ich nicht viel Zeit zum Überlegen habe. Es gibt nur einen Versuch.

„Ich habe mir weh getan, sieh dir nur meine Schulter an!", versuche ich die Mitleidstour. Es bildet sich tatsächlich ein großer, dunkler Bluterguss. Mona springt auf. „RAUS!", schreit sie mich an. „Hau ab, ich will dich nicht mehr sehen!" „Mona bitte, du bist aufgeregt. Komm, lass mit dir reden." Sie schuppst mich von sich weg: „Ich will nicht reden. Ich will dass du verschwindest und zwar sofort!"

Möglichst gelassen greife ich nach dem Putzlumpen. *Ein nützlicher Mann kommt immer gut an,* denke ich mir und beginne, die Wassermassen aufzunehmen und den Lappen in der Dusche auszuwringen. Kurze Zeit sieht sie mir zu, dann steht sie abrupt auf und verlässt über die schräge Tür das Bad.

Sie lässt mich allein hantieren. Ich hatte Schlimmeres von ihr erwartet, bemerke ich erleichtert. Die Tür stelle ich im Flur an die Wand. Nun sitze ich auf dem trockenen Boden und lehne mich zurück. *Sicher kann ich doch bleiben.* Zufrieden sehe ich mich um. Der Ruß ließ sich einigermaßen leicht von den Wandfliesen abwaschen. Nur die Zwischenräume sind noch nicht optimal. *Ich werde einen Fugenreiniger besorgen.* An der Decke hängt der Ruß allerdings fest! Meine Wischversuche haben ein eigenwilliges Kringelmuster hinterlassen. Die Wohnungstür schlägt zu. *Doch noch nicht ausgestanden?* Ich stehe auf und sehe nach Mona.

Sie sitzt mit einer Tasse Kaffee in der Küche. „Bekomme ich auch einen? Das Bad ist wieder einigermaßen hergerichtet." Sie sieht mich kühl an: „Nein, du kannst gehen." Nun bin ich doch erstaunt: „Ich dachte …" „Du hast es nicht verstanden, was?" „Ehm, nein. Nicht so richtig." „Matthias, bitte geh. Dies ist nicht mehr dein Zuhause." Langsam setze ich mich ihr gegenüber und falte die Hände unter meinem Kinn. Ruhig beginne ich: „Warum Mona. Wegen Lene? Du willst unsere Beziehung wegen Lene wegwerfen? Bisher dachte ich, sie hätte dich sitzen gelassen. Einfach stehen lassen nach irgend so einem Konzert. Eben hat sie dir wieder einmal irgendeine Gemeinheit an den Kopf geworfen, ich weiß nicht …" „Hast du gelauscht?" *Diese Frage ignoriere ich lieber, mein Tonfall ist gut.* „Was hat sie zu dir gesagt, Mona? Erzähle es mir."

Langsam löse ich meine Pose auf und nehme ihre Hand, führe sie an meine Wange. Sachte entzieht sie sich mir, dennoch, kurz hat sie den Anflug eines Lächelns auf den Lippen. Aber dann fragt sie ernst: „Was sollte das mit Achim?" Ich nehme meine Hand, die bis gerade eben noch unschlüssig auf dem Tisch lag, wieder zurück: „Du hast sie gesehen, Mona. Wer weiß, vielleicht kann sie nützlich sein." An ihrem Blick sehe ich, dass ich einen Fehler begangen habe. „Ich meine, sie ist doch wirklich was Besonderes, hm?", versuche ich einzulenken. Mona erhebt sich, stützt sich auf die Tischplatte und sagt nur ein Wort: „Raus!"

Ich will mit Mona keinen Streit, also gehe ich zur Wohnungstür. Bevor ich diese öffne, sehe ich mich um, ob Mona mir gefolgt ist. Ein wenig einsam stehe ich in diesem Flur. Unschlüssig sage ich laut, so dass sie es hören kann: „Meine Sachen hole ich die Tage." „Das brauchst du nicht!" , schallt es aus der Küche.

Ich verlasse die Wohnung. *Stimmt, meine Sachen liegen auf einem Haufen vor ihrer Wohnungstür!* Dennoch muss ich schmunzeln. *Lene hätte alles über den Balkon geworfen! Mona ist ein braves Mädchen. Und deshalb wird sich diese leidige Angelegenheit auch wieder einrenken.*

Als erstes gehe ich runter, zur Haustür. Zügig entferne ich die Speicherkarte aus der Kamera und stecke sie ein, dann gehe ich wieder die Stufen rauf und mache es mir vor Monas Wohnungstür bequem. Ich rolle mich auf meinen Sachen ein und versuche noch ein bisschen zu schlafen. *Meine Schulter ist arg mitgenommen, hoffentlich ist es wirklich nur ein Bluterguss!* Langsam gleite ich in das Reich der Träume, als unten die Tür aufgedrückt wird.

Das Licht geht an. Stapfende Schritte. Geblendet schaue ich, wer da kommt. Zwei übernächtigte Polizisten steigen die Treppe zu mir rauf. Der eine hockt sich vor mich, der andere bleibt mit verschränkten Armen im Hintergrund stehen. Der hockende Mann sagt zu mir: „Sie können nicht hier schlafen. Sie haben sicherlich ein Zuhause, wir bringen sie dorthin."

Gerade will ich sagen, dass ich in dieser Wohnung schlafen möchte, da öffnet sich die Tür. Mona steht im Türrahmen. „Danke, dass sie so schnell kommen konnten. Das ist der Mann, er wohnt in der Birkenfeld Straße 17. Der Polizist im Hintergrund meint: „Ist in Ordnung, machen sie sich keine Gedanken. Haben sie vielleicht ein paar Tüten für seine Kleidung?" Mona nickt: „Ja, ja natürlich. Einen kleinen Moment bitte."

Ich starre ins Leere. *Ich dachte, wenn sie mich so sieht, holt sie mich wieder zu sich herein.* Sofort steht sie wieder in der Tür und hält mir einen Stapel Tüten hin. Ich will sie nicht. Der Beamte nimmt sie und beginnt sofort, meine Sachen lieblos hineinzustopfen.

Ich fühle mich entsetzlich! *Was für eine Scheißnacht!* Beladen mit den Tüten werde ich die Treppe hinunter geschoben. Ich fühle mich, wie ein Verbrecher. Die Polizisten reden kaum ein Wort mit mir, geben lediglich Anweisungen. Mitsamt den Klamotten nehme ich auf der Rückbank Platz. In wenigen Minuten stehen wir vor meinem eigenen Haus. Dunkel und leer. Sie lassen mich raus und ermahnen mich: „Lassen sie die Frau in Frieden. Es kommen auch wieder bessere Tage", sofort fahren sie weiter. Für

Polizisten gibt es in der Nacht wohl immer was zu tun, oder sie wollen sich irgendwo einen Kaffee genehmigen.

Das werde ich jetzt auch tun. Es ist kurz vor fünf. In anderthalb Stunden muss ich sowieso aufstehen. Während die Maschine das Wasser wärmt, fahre ich schon mal den PC hoch. Hastig hole ich aus meiner Börse die Speicherkarte. Dann drücke ich auf meinen Lieblingsknopf an dem Kaffeeautomat. Das herrlich schwarze Elixier läuft dickflüssig in die Tasse. Es duftet. *Besser als bei Mona*, grinse ich.

Eigentlich brauche ich sie nicht mehr, was ich brauche, halte ich hier in meiner Hand. Hoffentlich! Ich stecke die Speicherkarte in den dafür vorgesehenen Schlitz am Computer. Sofort springt das entsprechende Fenster auf. Ich drücke auf Wiedergabe.

Auf dem Bildschirm erscheint der Parkplatz. Gestochen scharf! Ich lasse den Film schneller laufen. Lange Zeit passiert fast nichts. Ab und zu geht mal jemand durch das Bild. Und dann …

Da landet sie! Ich ziehe den Pfeil ein wenig zurück. Sehe es mir noch einmal an. *Geschmeidig wie ein Vogel. Einfach unglaublich!*

Mit unglücklichem Gesichtsausdruck streift sie sich ihre Jacke über. Sie redet. Seit wann führt sie Selbstgespräche? Außerdem wirkt sie unsicher. Vorsichtig sieht sie sich um, während sie auf den Hauseingang zugeht. Dann entdeckt sie die Kamera. Die Verwunderung ist ihr deutlich anzumerken.

Ich sehe mir ihre Landung noch einmal an. Dieses mal etwas langsamer. *Sie fängt den Schwung mit den Flügeln ab. Ihre Beine sacken leicht bei der Berührung mit dem festen Boden ein. Athletisch. Stark ist sie! Das habe ich eben deutlich zu spüren bekommen.*

Und noch einmal sehe ich es mir an, in Normalgeschwindigkeit. *Lene ist ganz schön schnell unterwegs! Eigentlich mag ich sie doch.* Über Wavewatch rufe ich Achim an, während ich meinen Blick nicht vom Bildschirm lösen kann.

Verschlafen nimmt er ab: „Wie spät ist es denn?"

„Gleich halb sechs. Achim, du musst sofort kommen, ich bin wieder zu Hause."

„Aha, irgendwas mit Mona?"

„Nein, besser! Komm einfach, ja?"

„Hast du Kaffee?"

„Den Besten."

„Bis gleich."

„Beeil dich, Achim. Du wirst nicht enttäuscht sein."

Eilig gehe ich unter die Dusche. Er wird nicht lange brauchen. Wir sind ein eingespieltes Team. Jeder von uns kann den anderen genau einschätzen. *Er weiß, dass ich ihn nicht umsonst aus dem Bett hole, und ich kenne seinen Kaffeedurst.*

Gerade habe ich wieder meine Jeans an, da klingelt es auch schon. Eilig gehe ich an die Tür, um Achim zu öffnen. „Komm rein, mein Freund." Achim hält die Nase hoch, als nähme er Witterung auf. „Kaffee!" „Du weißt, bei mir gibt es den Besten", erwidere ich lächelnd. „Ist die Sache mit Mona abgeschlossen?" „Fürs Erste." Achim nickt: „Du wolltest mir was zeigen?"

„Richtig. Komm in die Küche." Achim setzt sich sofort an den Computer. Das Standbild zeigt Lene mit ausgebreiteten Flügeln. Achim sieht anerkennend auf den Bildschirm und rückt aufgeregt sein Brillengestell gerade. „Und, wo ist sie jetzt?" „Entwischt!" Entsetzt dreht er sich zu mir: „Du hast sie entwischen lassen? Das glaub ich nicht!" „Diese Frau hat Mordskräfte, glaub mir." „Sie ist weg?" „Ja Mann, jetzt hör mir mal zu. Ich konnte sie nicht aufhalten. Dieses Biest hat einen Brand gelegt. Und plötzlich konnte sie sich aus meinem Griff befreien. So schnell, wie die aus dem Fenster raus war ... Glaub mir, das wird ein hartes Stück Arbeit, aber wir werden sie kriegen."

Achim spielt an der Tastatur. Er sieht sich ihre Landung an. Immer wieder, so wie ich eben. Ganz nah holt er sie ran. Nun ist jede Feder klar zu erkennen. „Das ist schon ein Ding! Mit der Aufnahme bekommen wir auf jeden Fall das nötige Budget, um sie zu finden. Ist die Peilung vom Wavewatch wieder aufgetaucht?" „Nein, sonst säßen wir ja wohl nicht hier." „Wie kann das sein? Hast du die richtigen Zugangsdaten?" „Ja, Mona war so treu, sie mir direkt zu geben. Inzwischen würde ich sie sicher nicht mehr von ihr bekommen."

Achim sieht mich von unten herauf an: „Sie hat dich rausgeschmissen?" „Sie hat mich entfernen lassen! Von der Polizei." „Hm, hätte ich ihr gar nicht zugetraut." „Ja, die Ladys können einen schon mal überraschen. Sieh dir das an! Alles, was bleibt, ist ein ganz normal aussehendes Tattoo! Und es sieht gut aus. Ich habe es aus nächster Nähe bestaunen können. Habe es sogar angefasst! Nichts, als ein Tattoo!"

„Das ist bereits bekannt. Arend von Lichtstetten hatte denselben Makel." „Trotzdem. Etwas wissen und etwas mit eigenen Augen sehen, ist ein himmelweiter Unterschied." Achim hängt wieder mit der Nase am Bildschirm. „Mit wem redet sie da?" „Keine Ahnung, mit sich selbst, denke ich." „Und dafür dreht sie ihren Kopf?" „Vielleicht. Ja, bestimmt. Sonst ist da ja niemand." „Vielleicht außerhalb des Aufnahmebereiches." Ich zucke mit den Achseln. „Zu Mona ist sie jedenfalls allein gekommen." „Ist ja auch nicht so wichtig. Viel brennender ist die Frage, wie wir ihren Wavewatch ausfindig machen können. Moment, es hat gebrannt?"

Achim dreht sich skeptisch zu mir um. „Ja, plötzlich fingen die Badezimmergardinen Feuer. Keiner weiß so recht warum." „Du glaubst, sie war das!" Ich ziehe meine Mundwinkel runter: „Es gibt keinen plausiblen Grund, warum sie sich von allein entzünden konnten." „Dann war sie das." „Ich denke schon, ja", nicke ich.

„Hatte sie die Möglichkeit ein Feuer zu legen?" „Nein, sie war außerdem etwa anderthalb Meter von den Gardinen entfernt." „Ehem", Achim sieht mich schräg an. „Bist du o.k.?" Ich winke ab: „Vergiss das Feuer, die Kamera lügt jedenfalls nicht!" „Vielleicht redet sie mit noch so einem Flügelding und dieses Etwas hat von draußen das Feuer gelegt." „Das kann natürlich auch sein, ich hatte schwer mit ihr und Mona zu kämpfen. Bei dem Gerangel habe ich es bestimmt einfach nicht mitbekommen."

„Das klingt plausibel", meint Achim und nimmt noch einen Schluck Kaffee, „dann hat sie Hilfe. Jemanden, der sich mit ihrer neuen Lebensweise auskennt." „Vielleicht jagen wir ein Flügelpärchen. Eventuell lassen sie sich züchten." „Vorher müssen wir sie gründlich untersuchen. Bei Arend von Lichtstetten ist man mit den Untersuchungen nicht bis zum Abschluss gekommen. Er hat ein paar Substanzen nicht vertragen. Es wurde vertuscht und als Leukämie betitelt. Doch es schien von ihm keinerlei Gefahr auszugehen."

„Ja, ich kenne die Geschichte und außerdem ein paar Aufnahmen. Sogar in der Sauna wurde er mit seiner Tochter aufgezeichnet. Tja, und nun werden wir sie endlich kriegen." „Weiß Stöcker Bescheid?" „Nein, ich habe ihn noch nicht angerufen." „In Ordnung, dann mache ich das jetzt. Wir sollten keine Zeit verlieren. In welche Richtung ist sie denn abgehauen?" Ich schüttele unwillig meinen Kopf: „Aus dem Badezimmerfenster." „Und dann?" „Keine Ahnung."

„Wie kommt es, dass wir ihren Wavewatch nicht orten können?" Ich lasse meine Arme seitlich an den Körper klatschen: „Was weiß ich? Lene ist auch nicht dumm! Sie war eine meiner besten Mitarbeiterinnen." Achim sieht mich von unten herauf an. Leise fragt er skeptisch: „Hast du überhaupt etwas unternommen?" Bei seinem Gesichtsausdruck fröstelt es mich: „Natürlich! Am großen PC im Arbeitszimmer läuft die Erkennung ohne Unterlass. Wenn du Lust hast, kannst du`s ja überprüfen!" Achim hebt abwehrend seine Hände vor den Körper. „Schon gut, ich frage ja nur. Es ist nur so, dass ..."

„Ich mag sie, aber ich habe nichts mit ihr, wenn du das meinst." „Du hättest aber gern." „Blödsinn", *Idiot!* „Vielleicht hat sie eine Apparatur, die das Signal stört." Ich sehe Achim einen Augenblick zweifelnd an: „Mag sein, aber ich wüsste nicht, wie sie an sowas rankommen könnte." „Du scheinst sie ja sehr genau zu kennen." „Auf jeden Fall besser als du! Sie ist intelligent, aber nicht hinterlistig und schon gar nicht böswillig. Ich glaube nicht, dass sie über die nötigen Möglichkeiten verfügt, um eine Peilung verschwinden zu lassen. Doch ich kann dir zeigen, wo wir sie verloren haben." Bei dieser Neuigkeit hellt sich Achims Mine sichtlich auf.

Selene

Wondering Bear zwinkert mir zu. Ich lächele zurück. Langsam füllt sich die Hütte. Ich erkenne Krimhild und Reimara, obwohl ich sie seit der Schwitzhütte nicht mehr gesehen hatte. Andere Gesichter kann ich allerdings nicht zuordnen. Mir war gar nicht mehr bewusst, wie viele sie sind. Eine Frau mit feuerrotem Haar, fragt an Frithjof gewandt: „Was ist so wichtiges geschehen, dass du uns alle zusammentrommelst?" Frithjof lacht sie an: „Walberta, hat der Indianerjunge tatsächlich getrommelt?" Dann wird er wieder ernst: „Die Sache ist die, sie machen Jagd auf Selene. Wir müssen gemeinsam besprechen, was zu tun ist." Walberta sieht mich abschätzend an: „Du bist überstürzt nach Hause geflogen."

Wido schaltet sich ein: „Lass sie, ein paar Tage später wäre alles genauso gekommen!" Ihr Blick streift ihn mit hochgezogenen Brauen. „Du hast dir bestimmt schon Gedanken gemacht, hm?", richtet Krimhild das Wort an Frithjof. Der nippt gelassen an seinem Tee: „Ich dachte an Arend und Hildrun. Selene hat ihren Wavewatch in der Werkstatt. Sobald das Gerät unseren Schutzschirm verlässt, werden sie der Peilung folgen können und es vermutlich auch tun." Papa steht direkt hinter mir. Ich spüre seine Hand auf meiner Schulter. „Wir locken sie in das Herz Afrikas. Dort kann schon seit ewigen Zeiten kein Leben mehr existieren."

Frithjof sieht mich an. Er lächelt: „Ich habe das richtig verstanden, ja?" Ich weiß, dass er über meine Gedanken Papas Worte hören kann. Ich nicke ihm zu: „Afrika. Tote Wüste. Weil dort sowieso niemand mehr leben kann, wird sämtlicher Müll dort deponiert. Giftiger Abfall. Das werden sie nicht lange aushalten." „Nein, sie werden es dort wirklich nicht sonderlich bequem haben", schaltet sich Wondering Bear ein.

„Und ihr meint, die schlucken das so einfach? Haben wir es mit dummen Leuten zu tun?", fragt Reimara in den Raum hinein. Ihre grünen Augen ruhen auf mir, „Selene kann dort genauso wenig überleben." Ich atme geräuschvoll aus: „Du hast Recht, dumm sind sie wirklich nicht! Aber sie könnten sich dennoch täuschen lassen. Sie wissen nichts von eurer Existenz, denke ich. Sie werden wohl kaum in der Wüste bleiben, bis sie nicht mehr können ... Aber dann geben sie vielleicht auf und lassen mich in Ruhe."

Ein vorsichtiges Räuspern. „Elftrud, du möchtest etwas sagen?", fragt Wondering Bear. Mit leiser Fistelstimme meint sie: „Die Wüste könnt ihr überfliegen, aber der Wäsmotsch muss an einen realistischen Ort gebracht werden." „Wavewatch!" „Von mir aus. Das Ding, das irgendwelche Signale abgibt. Am besten, ihr deponiert es an einem beweglichen Verkehrsmittel. So werden sie viel Zeit auf ihre Jagd nach dem Ding verschwenden."

„Ein guter Gedanke, Elftrud", anerkennend nickt Frithjof ihr zu. „Was glaubst du, wie viele werden dir folgen?", fragt Otrun an mich gewandt. Ich reibe mir mit der Hand über die Stirn: „Ich weiß es nicht, ehrlich. Matthias wahrscheinlich nicht. Er ist im Labor unabkömmlich. Achim ganz bestimmt. Ihn hat bestimmt längst das Jagdfieber gepackt! Keine Ahnung, allein wird er das nicht machen. Er muss jemanden finden, auf den man verzichten kann und der obendrein absolut vertrauenswürdig ist und außerdem zu einem gewissen Kreis gehört. Fällt mir Stöcker ein. Aber der ist ein dicker, unbeweglicher Kerl ... kalt und fett. Wie ein matschiger Teighaufen." „Vermutlich werden sie jemanden bezahlen, um sich an deine Fersen zu heften", meint Siegrun. Ich nicke: „Das kann natürlich auch sein. Aber sie werden möglichst wenige Personen einweihen wollen."

Matthias

„Siehst du hier, die Messehallen. Dort fand das Konzert statt. Dann haben sie sich in Richtung Norden bewegt und sich anschließend westlich gehalten. Und plötzlich ist das Signal verschwunden! Sieh genau bis hier, und dann nichts mehr!" „50° 92´44" Nord, 8° 34´4" Ost. Ok, warst du vor Ort?" Ich sehe Achim verdutzt an: „Nein, ich habe es mir auf Earth angesehen. Da ist nichts!" Schon rufe ich die gespeicherte Seite auf. „Nichts, du hast Recht, Matthias. Aber wie kann das sein?" „Was weiß ich! Das hier ist nicht mein Gebiet, da musst du wen anderes fragen." Achim lehnt sich zurück und presst gedankenverloren seine Fingerspitzen gegeneinander. Es ist still im Raum. Es ist ausschließlich zu hören, wie der Computer arbeitet.

Ein Fenster öffnet sich: Neue Mitteilung auf Operation L. Achim schaut mich fragend an: „Operation L?" „Neues von Lene, der Wavewatch!", sage ich aufgeregt und klicke schon die Seite an. Das Signal ist wieder auf dem Bildschirm und bewegt sich in gerader Linie Richtung Norden. „Sie fliegt!", raune ich. Achim nickt dem Bildschirm zu. Einen Augenblick später bedient er seinen Wavewatch: „Ich werde Stöcker informieren."

Da wir uns alle einig sind, dass keine Zeit zu verlieren ist, sind Arend und Hildrun sofort losgeflogen. Sie wollen die Meute erst mal rund um den Erdball locken, um sie dann irgendwann auszutricksen und den Wavewatch an einem öffentlichen Verkehrsmittel zu befestigen. Sinnierend ziehe ich meine Finger durch den Schaum des Badewassers. Wido hockt neben der Wanne, seinen Kopf auf die verschränkten Arme gelegt: „Was überlegst du?" „Ach nichts, meinst du, sie können mich finden? Trotz allem, meine ich." Ein Lächeln huscht über sein Gesicht: „Das glaube ich kaum. Wenn du das befürchtest, dann hast du uns noch nicht richtig kennengelernt."

„Vielleicht lassen sie sich doch nicht ganz so leicht austricksen." Wido steht auf und geht zu dem kleinen Schränkchen. „Was machst du? Das ist Frithjofs Revier." „Er wird nichts dagegen haben." Nur kurze Zeit später legen sich seine öligen Hände auf mein Dekolleté. Sie riechen stark nach Lavendel. Sachte drückt er mich zurück und streicht über meinen Hals, das Gesicht entlang, führt seine Finger wieder abwärts und beginnt erneut bei meinen Brüsten. Umkreist sie ein wenig, um sich wieder nach oben zu arbeiten. Ich genieße das.

„Vergiss sie", flüstert er an meinem Ohr, bevor er mich innig auf den Mund küsst. Ich muss grinsen. Er hält inne, sieht mich fragend an. „Das ist deine Wunderwaffe, hm?" „Es hilft doch, oder?" „Ich weiß nicht ..." „Schau, wenn sich für den Augenblick keine andere Lösung bietet, muss man das Beste draus machen. So einfach ist das. Natürlich gibt es keine Garantie, aber glaub mir, deine Widersacher werden verzweifeln ..."

„Was macht dich so sicher?" „Du glaubst, dieser Matthias wird nicht mit auf Reisen gehen. Stimmt`s?" Ich nicke. „Ok, Otrun hat mit mir gesprochen. Sie hat sowas in der Art schon einmal gemacht. Sie will sich in seinen Kopf schleichen." Jetzt sehe ich Wido fragend an. „Vor langer Zeit hat sie sich an den Leuten gerächt, die das Feuer gelegt haben. Du weißt schon ... Sie hat sie dazu gebracht, freiwillig in den Knast zu gehen, um von dort aus geradewegs in die Klapse zu wandern."

„Ehem", meine ich skeptisch. *So ganz begreife ich den Zusammenhang noch nicht.* „Sie versteht es, Leute zu manipulieren. Sie hat vor, Matthias ein bisschen durcheinander zu bringen. Otrun ist der Überzeugung, dass der Typ was für dich übrig hat. Und wenn nicht, ist das auch egal. Das würde ihren Plan wohl kaum beeinträchtigen. Sie wird ihn glauben machen, dass er dich auf jeden Fall beschützen will und ganz bestimmt die ein oder andere Möglichkeit ergreift, die ganze Aktion zu sabotieren."

Ich ziehe meine Brauen hoch: „Ganz schön kompliziert, oder?" „Ist es nicht, Selene. Er wird verrückt nach dir sein und alles daran setzen, dass dir nichts zustößt." Ich stoße geräuschvoll die Luft aus meinen Backen. Wido lächelt mich an. „Er soll sich in mich verlieben?" „Das macht dir doch nichts aus, oder?" Sein belustigter Blick irritiert mich. „Solange er mich nicht findet! Aber was passiert, wenn er mir über den Weg läuft?" „Dann lernst du ihn eben von seiner charmanten Seite kennen und lässt ihn anschließend einfach abblitzen." „Hm."

„Nun guck nicht so!" „Ich fühle mich schrecklich. Ich glaube Mona mag ihn wirklich. Wenn sie das mitbekommt, wird sie unendlich traurig werden." Wido beißt sich auf die Unterlippe, dann räuspert er sich: „Hm, mach dir keine Sorgen um Mona." Wieder sehe ich ihn fragend an. „Frithjof will sich um sie kümmern." „Was? Ich soll mir keine Sorgen machen wenn der ... ? Moment mal, wann habt ihr das alles ausgeheckt?" „Ach, plötzlich hatten wir alle ganz viele Ideen. Eins ergab das andere, verstehst du?

Das wird eine hübsche Abwechslung. Für uns alle." Ich schüttele meinen Kopf: „Und? Was hat Frithjof vor?" Wido steht auf und geht ans Feuer.

Er holt einen Topf mit heißem Wasser: „Gib acht, dein Wasser ist bestimmt inzwischen ganz kalt." Und schon lässt er den kochenden Inhalt in mein Badewasser fließen. Ich genieße es, wie es um mich herum erneut schön warm wird. „Na, was hat er nun vor?" Wido überlegt kurz an den richtigen Worten …

„Nichts schlimmes. Er will sie ein bisschen umgarnen, ein wenig den Charmeur spielen." Ich pruste los: „Das ist nicht dein Ernst!" Wido nickt mir zu. *Ich fasse es nicht! Dieser alte Schlumpf!* „Und er glaubt tatsächlich, er könnte bei einer jungen Frau landen? Meine Güte, der ist über hundert!" „Unterschätze ihn nicht. Er sieht gut aus. Für sein Alter, meine ich." Ich schüttele meinen Kopf: „Ja, für sein Alter! Am besten, er zieht ein Sweaty mit seinem Geburtsjahr drauf an. Dann bestaunen ihn alle!"

Nun schüttelt Wido seinen Kopf: „Du unterschätzt ihn tatsächlich. Er kann sehr interessant sein und außerdem hat er die Begabung, dass die Leute ein bisschen das fühlen, was er möchte …" Mir bleibt mein Lachen im Hals stecken: „Und warum? Warum will er das?" „Er hat nichts Schlimmes mit deiner Freundin vor. Vertrau ihm. Er ist einfach nur neugierig auf sie. Er ist neugierig auf die junge Frau, die den gleichen Namen trägt, wie einst ein Schaf von Otrun. Und Mona, also das Schaf Mona, war schon was ganz besonderes." Wido grinst mich breit an. „Sie war sehr gesellig …"

Es klopft an der Tür. „Ja?" „Ich bin`s Otrun. Darf ich rein kommen?" „Ja sicher, komm ruhig", rufe ich und bin gespannt, was sie mir erzählen möchte. Sie schlüpft durch die Tür. Hinter ihr gleitet auch Witta in die Badehütte. Diese schaut mich verschmitzt an. „Wido? Reichst du mir bitte ein Handtuch? Ich komm jetzt lieber aus dem Wasser." „Wir wollten dich nicht stören", meint Witta. „Sicher nicht."

Ich sehe zu Otrun hinüber. „Aber irgendetwas habt ihr wohl auf dem Herzen, oder?" Otrun lächelt mich an: „Hat Wido dir von unseren Plänen erzählt?" „Ja, ich weiß allerdings nicht, ob er mir alles verraten hat." Ich sehe kurz in seine Augen, während er mir das Handtuch hinhält. „Er lässt die Neuigkeiten so nach und nach herausplätschern." Otrun ergreift das Wort: „Es wäre praktisch, wenn du mich zu diesem Matthias bringst." Sie sieht mich vielsagend an.

„In dieser Sache bin ich im Bilde. Meint ihr wirklich …" „Selene, wenn du ihn auf deiner Seite hast, so ist das ein großer Vorteil. Er wird sämtliche Vorhaben intrigieren. Das ist perfekt!" Sie sieht mich mit ihren jungen strahlend blauen Augen an. Ich habe nichts entgegenzusetzen. Witta räuspert sich: „Arend und Hildrun sind jetzt bald eine Stunde unterwegs. Was meinst du, wie schnell wird man ihnen folgen?" Ich schüttele meinen Kopf: „Keine Ahnung, warum?" „Du meinst, dieser Achim wird sich an deine Fersen heften wollen?" Ich sehe sie fragend an, nicke vorsichtig.

„Dann solltest du mich zuerst dorthin bringen." Ich setze mich auf die Kante der Wanne. „Du auch?" Sie kichert leise: „Ich will ihm das Leben ein bisschen schwer machen." Ich verstehe nicht viel, fühle mich außerdem überrumpelt. Sie sieht mir das an und erläutert: „Ich werde bei ihm bleiben und ihm ein paar Steine in den Weg legen. Er soll es nicht zu einfach haben, was meinst du?" Ich erinnere mich daran, wie sie mich gekniffen hat.

„Du willst ein bisschen spuken? Ihm das Leben zur Hölle machen? Sehe ich das richtig?" Witta nickt mir strahlend zu, wobei ihr filziges Haar auf und nieder wippt. „Du hast doch nichts dagegen?" Jetzt kann ich mir das Grinsen auch nicht mehr verkneifen: „Auf gar keinen Fall. So wie der die Tiere plagt, sollte der schon was vertragen können." Witta klatscht aufgeregt in die Hände und nur einen Moment später umarmt sie mich. „Danke, dass du mir dein o.k. gibst." „Hoffentlich schätze ich die alle richtig ein." „Bringst du mich hin? Jetzt?" „Ihr müsst aufpassen, dass Selene nicht gesehen wird", wirft Wido ernst dazwischen. Ich streiche ihm über die Wange: „Wir werden aufpassen, ich habe keine Lust auf die, glaub mir!" Wido gibt mir einen ausgiebigen Kuss. Dann reicht er mir meine Klamotten.

„Halt dich fest, ich gehe jetzt tiefer", rufe ich Witta zu, „und du darfst nicht quieken! Wenn wir entdeckt werden, wird alles unendlich schwierig!" „Ich weiß das Selene, ich werde keinen Laut von mir geben." „Ich bin mir nicht ganz sicher, ob wir schon da sind. Nach meinem Gefühl dürfte es soweit sein. Ich will auch nicht so Punktgenau landen, wie mit meinem Vater, schließlich wird das Gelände dort überwacht." „Du weißt schon, was du tust, Selene. Und wenn irgendetwas passieren sollte ... Ich bin nicht wehrlos."

Ich muss grinsen und lasse uns durch die dichte Wolkendecke abfallen. Wenige Augenblicke später kann ich unsere Position erkennen. Wir sind näher am Zielort, als ich das wollte. Schnell lege ich meine Flügel wieder in den Wind und lasse uns noch ein wenig davon tragen, bevor ich ein flaches Garagendach ansteuere. Mit einem lauten Rums setzen meine Füße auf.

„Schschscht!", macht Witta, während sie ihr Kichern unterdrückt. Ich werfe ihr einen gestressten Blick zu. „Wo finden wir diesen Achim?", flüstert sie. Ich sehe sie verloren an und zucke mit den Schultern. „Wir probieren es bei ihm Zuhause." Sie nickt mir zu. Leise lassen wir uns an der Garagenwand hinab.

Im Schutz der Häuser laufen wir die Straße entlang, durch einen Innenhof über eine kleine Mauer. Dann stehen wir vor dem Block. Ein Zwölfparteienhaus. *Seine Wohnung ist ganz unten links, das weiß ich genau. Doch dort ist alles dunkel.* „Wie spät werden wir haben?" Witta sieht mich ratlos an: „Keine Ahnung." Ich reibe mir über die Stirn. Am Straßenrand steht ein Fahrzeug.

Ich deute mit dem Finger darauf: „Witta, sieh mal nach. Auf dem Armaturenbrett ist bestimmt eine Uhr!" Schnell huscht sie auf die andere Straßenseite, ich warte im Schatten der Hauswand. Strahlend kehrt sie zu mir zurück. „Es ist viertel vor sechs", wispert sie. „Hm, normal müsste um diese Zeit dort Licht sein." Ich überlege. *Matthias und er sind gute Freunde. Ob sie im Moment beide bei Mona am Frühstückstisch sitzen? Das kann ich mir nicht vorstellen!*

Gedankenverloren schüttele ich den Kopf. Witta sieht mich fragend an. Mit einem Mal habe ich die zündende Idee: „Komm, sie sind bestimmt bei Matthias! Schnell, es ist schon beinahe zu spät!" Witta sieht in den Himmel, der sich langsam von schwarz zu grau färbt. Bemüht leise zu sein, rennen wir, so schnell wir können um die Ecken. Außer Atem bleibe ich vor einem schicken Einfamilienhaus stehen. Kurz muss ich mich auf meinen Oberschenkeln abstützen und erst mal durchschnaufen. Dann wische ich mir den Schweiß und die feuchten Löckchen aus dem Gesicht. In Matthias Küche brennt Licht. Die beiden sind gerade im Begriff, den Raum zu verlassen. Matthias macht sich noch kurz an der Kaffeemaschine zu schaffen. Dann verschwinden sie aus unserem Blickfeld.

„Der schlaksige ist Matthias, der etwas kräftigere ist Achim." Witta nickt: „Also der kahle Schädel mit der markanten Brille ist meiner!" „Genau, überlass Otrun den anderen." Sie grinst mich an. „Hol sie, mach schnell! Und pass bloß auf, es wird gleich hell!" Ich nicke bestätigend. „Ich sorge dafür, dass sie in dem Haus bleiben. Dann braucht ihr gleich nicht suchen." Ich drücke sie zum Abschied und stoße mich vom Boden ab. Bevor ich in den Wolken verschwinde, sehe ich, wie sie auf das Haus zuschlendert.

Matthias

Es klingelt an der Haustür. Achim sieht mich fragend an: „Mona?" Ich zucke mit den Achseln: „Vielleicht tut es ihr leid." Meine Angewohnheit ist die, als erstes durch den Spion zu sehen, bevor ich öffne. Es ist niemand da. *Wenn jemand verstecken spielt, öffne ich auch nicht.*

Gerade betrete ich das Arbeitszimmer, als es erneut klingelt. „Da macht sich jemand einen Spaß", meine ich abfällig und ignoriere das Klingeln. Schon wieder ertönt der schrille Ton. Achim sieht mich genervt an. Ich ziehe nur die Mundwinkel runter. Er wendet sich wieder dem Bildschirm zu. „Das ist Stöcker", murmelt er der leuchtenden Fläche entgegen.

„Wohl kaum, du hast ihn vor einer Minute angerufen." „Vielleicht war er schon unterwegs." „Na sicher, vor sechs!" Es klingelt Sturm.

Achim dreht sich zu mir um: „Soll ich mal sehen, wer da ist?" „Das sind irgendwelche unerzogenen Kinder! Aber du kannst gerne nachsehen." „Vor sechs? Was wohnen denn hier für Kinder in deiner Nachbarschaft?" „O.k.", erneut gehe ich zur Tür. Ich warte. Als es erneut bimmelt, reiße ich die Tür auf. Niemand da! *Wie geht das denn?* Aus dem Kämmerchen hole ich einen Schraubenzieher. *Irgendwas stimmt mit der Klingel nicht!*

„Und?", schallt es aus dem Hintergrund. „Nichts!", rufe ich zurück, „ich bau das Ding jetzt aus! Am besten, ich besorge mir eine Neue." Ich mache mir an der Klingel zu schaffen. Achim kommt um die Ecke. „Warum das jetzt?" „Das Ding bimmelt, ohne dass jemand sie gedrückt hält. Alles, was man heutzutage kauft, ist der reine Schrott!" „Du musst eben nicht immer das Billigste kaufen!" „Die war nicht billig!" Ich bin gereizt. *Scheißtag!* Das Teil hängt fester an der Wand, als erwartet. Nachdem ich fast die Kabel aus der Wand gerissen habe, halte ich das Ding in der Hand. „Sieht eigentlich noch ganz passabel aus", meint Achim und verschwindet wieder im Arbeitszimmer. *Blödmann!*

„Noch heute Morgen hätte ich im Traum nicht daran gedacht, dass ich jemals in diesen Genuss kommen würde", meint Otrun zu mir. „Es ist schon wieder Morgen." Bei dem Gedanken, im Hellen zu landen, wird mir ganz mulmig. Als würde sie meine Ängste erraten, fragt sie: „Glaubst du, du könntest auf dem Dach landen und sofort wieder verschwinden?" *Dafür müsste ich zielgerichtet genau darüber durch die Wolkendecke stoßen, um mich möglichst kurz in sichtbarer Nähe aufzuhalten.*

„Das Dumme ist, über den Wolken weiß ich nicht genau, wo wir uns befinden. Ich habe es noch nicht im Gefühl. Und unter den Wolken bin ich Freiwild." Otrun ist still. „Gibt es ein Waldstück, wo du etwas verborgener landen könntest?" „Nein, Otrun. Es gibt keinen Wald. Es gibt nichts, außer Häuser und Straßen. Einen Platz, auf dem kunstvoll Schatten erzeugt wurde. Der mit seinen rundlichen, geschwungenen Skulpturen zur Erholung einlädt. Fantastisch angeleuchtet. Aber er bietet uns in diesem Fall keinen Schutz."

„Dann mach es kurz und schmerzlos." „Ich versuche es mit dem Dach. Ich gehe jetzt runter, halt dich fest und bleib still!" Ich lasse ihr keine Zeit zu antworten. Unsere Körper fallen geradezu durch die klebrige Wolkenschicht. Dann wird es wieder unerträglich schwül. Entsetzt sehe ich, dass ich mich weit verschätzt habe. Sofort ziehe ich den Körper herum. Stoße mit Otrun auf dem Rücken wieder durch die Wolkenschicht.

„Das ist ja schlimm!", ruft Otrun aus. „Was?" „Widerlich, die Hitze da unten!" „Ich sagte ja, es gibt nichts …" „Warum hast du abgedreht? Sind wir falsch?" „Ja leider." Ich lasse mich vom Wind nach Osten tragen. *Hier oben sieht wirklich alles gleich aus.* „Ich glaube hier ist es besser. Halt dich fest!"

Und schon geht es erneut durch die Giftwolke. Unter uns sehe ich das Viertel, indem ich mein ganzes Leben verbracht habe. Ich steuere das Carport neben Matthias Haus an. Dieses Mal gelingt mir die Landung besser. Beinahe lautlos bewegen wir uns auf dem Betongestell. Aus irgendwelchen Gründen wurde Schotter auf dem Dach verteilt. Ganz leise knirscht es unter meinen Füßen.

„Schau, du musst zu dem Nachbarhaus. Witta erwartet dich, sie wird dir helfen reinzukommen und dir Matthias zeigen." „Bring dich in Sicherheit, ich komme schon klar. Schnell!", sie zieht mich kurz an sich, dann sieht sie mich auffordernd an. Ich nicke ihr zu und stoße mich ab.

Es klopft an der Haustür. Ich blicke kurz auf den Wavewatch. Siebenuhrsiebenunddreißig. „Das wird Stöcker sein." Eilig gehe ich zur Tür und sehe durch den Spion. *Stöcker.* „Komm rein", sage ich, während ich die Tür öffne, „wir sind im Arbeitszimmer, hinten links." Ich lasse ihn vorgehen. „Guten Morgen", antwortet er. „Ja, guten Morgen. Schön, dass du so schnell kommen konntest."

Ächzend lässt er sich auf den Schreibtischstuhl fallen. Ich habe Angst um mein geliebtes Designerstück. *Wenn der Stuhl das aushält, war er sein Geld wert!* „Na was haben wir denn da schönes!", grunzt er zufrieden. Er starrt auf den Bildschirm. Achim spielt für ihn Lenes Landung ab. Ich starre auf die fette Gestalt.

Seine Anwesenheit stört mich. *Ich mochte ihn noch nie besonders gern leiden, aber so habe ich ihn noch nie gesehen,* wundere ich mich über mich selbst. „Hast du `n Kaffee für mich?" fragt diese

Qualle an mich gewandt. Ich schüttele den Kopf: „Nein." Stöcker sieht mich mit großen Augen an.

„War nur ein Scherz! Ich mach dir sofort einen." Eilig verschwinde ich in der Küche. Ich lehne mich an die Wand. *Was habe ich eben gesagt? Nein!* Ich bin verwirrt, muss dennoch blöde grinsen. Benommen fülle ich frisches Kaffeepulver in das Sieb. Ich nehme nicht den Guten. Irgendwann wurde mir so ein entkoffeiniertes Zeug geschenkt. *Der muss auch mal weg,* denke ich und drücke Unmengen davon hinein. Ich bin amüsiert, als ich die Plörre in die Tasse laufen sehe.

Es bildet sich fast gar kein Schaum auf der Oberfläche. *Hm,* denke ich und habe richtig Spaß an meinem neuen Gedanken. Ich sammele kräftig Spucke in meinem Mund. Als würde ich einen guten Wein testen, schäume ich sie mit gespitzten Lippen noch ordentlich auf. Dann lasse ich den feinen Schaum in die Tasse gleiten. Das Ergebnis ist überzeugend!

„Milch und Zucker?", rufe ich. „Nein schwarz!", kommt es aus dem Arbeitszimmer. Ich stelle den Kaffee auf eine Untertasse und bringe sie dem Herrn. Achim sieht kurz auf: „Bei Matthias gibt es den besten Kaffee weit und breit." Ich schweige und lächele. Stöcker trinkt, ohne auf die Tasse zu schauen. Es scheint ihm zu gefallen. Er nickt anerkennend. *Geht doch!* Denke ich mir und sehe auf den Bildschirm. Bei Selenes Anblick wird mir ganz warm. *Warum habe ich sie eben nur so hart auf den Boden gedrückt? Hoffentlich habe ich ihr nicht weh getan. Ihr gar einen Flügel verletzt!*

„Sie verlässt gerade das Land", holt mich Achim aus meinen Gedanken. „Was hat die vor? Es sieht gerade so aus, als steuere sie nach Russland." „Sie ist schlau", schaltet sich Stöcker ein, „weite Teile Russlands sind sehr reich."

„Das brauchst du hier niemandem erklären. Eines der wenigen Länder, die die gesamte Erdbevölkerung mit frischen Nahrungsmitteln versorgen. Natürlich sind die reich." „Und fett! Die meisten Russen sind fett!" Erstaunt sehe ich Stöcker an. *Das sagst gerade du? Wenn hier einer fett ist …!*

Ich schließe meine Augen. *Dieser Typ in meiner Wohnung. Das ist unerträglich!* Ich räuspere mich: „Ehm, ich muss langsam ins

Labor." Achim sieht auf: „Wir bleiben noch einen Augenblick. Wenn wir gehen, ziehen wir die Tür zu." Ich sehe ihn entsetzt an. Mein Kopf schreit *NEIN!* Aber ich sage: „Fühlt euch wie Zuhause", und balle meine Fäuste.

Selene

Während ich über dem Entenberg kreise, kann ich kaum fassen, wie schön es hier ist. Und wie glücklich ich bin, wieder hier zu sein. Ich bin so erleichtert … Bin mir ganz sicher, dass mich niemand gesehen hat. Unter mir taucht die Lichtung auf. Ich sehe Frithjof. Er starrt in den Himmel. Schmunzelnd stelle ich fest, dass er mich herbei sehnt. Wie schön.

Wido und sein Vater sind bei ihm. *Wie selbstverständlich all dies in der kurzen Zeit für mich geworden ist!* Plötzlich geht mir durch den Sinn, wie er sich wohl fühlen muss! Zum ersten Mal von Otrun getrennt, seit wer weiß wie vielen Jahren? Mein Bauch krampft sich zusammen. Ich stürze auf die Lichtung zu. Deutlich sehe ich, wie die Männer zurückweichen.

Im selben Moment, als ich die feste Erde unter meinen Füßen spüre, eilen Wido und Frithjof auf mich zu. Die Erleichterung spricht aus ihren Gesten und Gesichtern. Gleichzeitig drücken sie mich an sich. Verknäuelt stehen wir da. Es verstreichen Augenblicke, bis mich jemand sachte an der Schulter herum zieht. Es ist Wondering Bear. Er strahlt mich an und nimmt mich ebenfalls in seine Arme: „Gut, dass du wieder bei uns bist." Damit entlässt er mich wieder. Ein Arm legt sich um meine Taille. Wido. Ich sehe ihn an. Er braucht nichts zu sagen. Sie haben sich alle große Sorgen gemacht. Es ist schon eine ganze Weile hellichter Tag! Frithjof sieht konzentriert aus. Wondering Baer und Wido geleiten mich zur Feuerstelle.

Ich strecke meinen Rücken. Wido sieht mich fragend an. „Ich glaube, ich kriege Muskelkater." Er zieht einen Mundwinkel lang. Plötzlich geht mir durch den Sinn, wie Papa aussieht. *Oh nein! Papa hat fantastische Schultern, … für einen Mann! Aber ich möchte auf keinen Fall solche Muskeln bekommen!* Ich schließe die Augen und lasse mich auf die Bank plumpsen. „Was ist?", fragt Wido. „Nichts, nichts." „Du siehst plötzlich bekümmert aus, Liebes." Ich schüttele meinen Kopf. „Es ist unwichtig und lächerlich." Auch Wondering Bear sieht mich nun verwundert an. Ich hebe abwehrend meine Hände: „Hallo! Es ist nichts!" Wido und sein Vater tauschen skeptische Blicke. Frithjof setzt sich zu uns. Ich beobachte, wie er kurz die Situation checkt. Dann grinst er breit. Ich werfe ihm einen mahnenden Blick zu. Er lehnt sich zurück. *Es ist unwichtig, Frithjof!*

„Selene", hier macht er eine Kunstpause und genießt sichtlich diesen Augenblick. Ich halte die Luft an. „Schön, dass du gut gelandet bist." Die Spannung gleitet aus meinen Gliedern. Ich lächele ihn an. *Danke.* Frithjof schenkt mir ein kurzes Lächeln. *Schon gut.* „Selene, wo könnte ich Mona begegnen?" Mit einer Hand knete ich meinen Nacken: „Du meinst das ernst, hm?" „Natürlich, sonst würde ich nicht fragen. Was hat sie denn für Gewohnheiten. Ich würde ihr gern zufällig begegnen. Nach allem, was passiert ist … Sie freut sich bestimmt über Abwechslung."

Er grinst mich vielsagend an: „Auch wenn ich ein paar Jahre älter bin, als sie. Ich will sie ja nur kennenlernen. Wie du weißt, bin ich in festen Händen." Ich mache runde Augen, während ich meinen Hals erst zur linken, dann zur rechten Seite dehne. Frithjof steht abrupt auf. Ich sehe ihm nach: „Hab ich was falsches gesagt?", murmele ich vor mich hin. Kurz wirft er mir über seine Schulter ein Lächeln zu. Wido nimmt meine Hand und meint: „Frithjof muss kurz an sein Schränkchen." „Ehem", meine ich und freue mich auf seine Rückkehr.

Wie erwartet kehrt Frithjof mitsamt einem Ölfläschchen zurück. Mit kräftigen Händen greift er in meine verspannte Nackenmuskulatur. Inzwischen sind wir uns so nah, dass ich mir erst gar keine Mühe gebe, mein Stöhnen zu unterdrücken. „Oaaahhh, tut das gut. Frithjof, woher wusstest du …?" Kurz hält er inne: „Selene, du hast förmlich danach gebettelt!" „Hm? Was? Wirklich? Danke, dass du mein Bitten erhört hast."

„Wo kann ich sie treffen?" „Was? Ach so. Von acht bis eins ist sie im Dienst. Es gibt ein kleines Café um die Ecke. *Kaffeemanie.* Die bieten neben süßen Leckereien auch deftige Kleinigkeiten an. Dort isst Mona täglich zu Mittag. Ab halb drei muss sie wieder im Labor sein. Abends geht sie eigentlich kaum vor die Tür."

„Wann hat sie Feierabend?" „Um sieben, aber oft wird es auch später!" „Fleißig, fleißig." „Und Abends passiert nichts mehr?", wirft Wido dazwischen. „Nein, nach so einem Arbeitstag, ist man in der Regel ganz schön erledigt. Obwohl es uns eigentlich noch recht gut geht. In anderen Bereichen, wird noch viel länger gearbeitet." Frithjof streicht über meine Schultern die Arme entlang.

„Man kann sich durchaus auch anders entspannen, als allein zuhause", meint Wondering Bear, „wir hatten uns jeden Abend auf der Lichtung getroffen, zusammen geplaudert, gegessen. Das war eine schöne Zeit." „Bis auf das Essen, hat sich doch kaum was geändert", äußert sich Wido.

„Wirklich? Habt ihr euch jeden Abend getroffen?" „Ja, mein Vater war jeden Abend hier. Ich nicht ganz so oft. Ich hatte Familie. Du verstehst." „Das ist ein verlockender Gedanke. Sich einfach jeden Abend an einem schönen Ort einfinden und sich mit Freunden treffen. Aber Mona arbeitet wirklich sehr konzentriert über Stunden. Da ist man am Ende völlig durch den Wind!" „Du arbeitest den ganzen Tag an dir, dass ist genauso anstrengend. Du nimmst es nur anders wahr. Darf ich das Band in deinem Nacken lösen?" Ich sehe kurz auf. „Ich gucke auch nicht", meint Wondering Bear ernst. „Na, da bin ich ja erleichtert", sage ich mit einem Lächeln in der Stimme, „weg mit dem lästigen Band!"

Ich spüre, wie sich der Druck auflöst. Langsam kreisen Frithjofs Daumen fest auf meinem Nacken. Mein Kinn liegt auf meiner Brust. „Dein Nacken ist sehr verhärtet", meint er. „Hmhmmm", summe ich, „ich war viel unterwegs, heute. Das ist für mich ganz schön ungewohnt."

„Bringst du mich morgen vor Sonnenaufgang in deine alte Heimat?" „Ja sicher. Damit bist du der erste lebendige Mensch, der sich auf meinen Rücken traut. Hast du keine Angst?" „Doch, aber ich habe kein Auto mehr." „In deinem Alter solltest du auch nicht mehr fahren", necke ich ihn. Sein Griff wird ein bisschen fester. „Hab`s nicht böse gemeint", lache ich in mich hinein, „aber du bist wirklich nicht mehr der Jüngste!" „Ist schon klar, Selene. Hilf mir lieber ein wenig. Was isst Mona denn besonders gerne in diesem Kaffee?" „Sie liebt die Karamellpuddingschnitten. Aber auf diese Art Hilfe bist du doch gar nicht angewiesen."

„Und was noch?", übergeht er meinen Einwand. „Hm?" „Was isst sie noch gern?" „Toast in allen Variationen. Warum?" „Sie wird auf mich aufmerksam werden. Und wenn ich genau ihre Lieblingsgerichte bestelle, spricht sie mich darauf an." „Mona? Niemals!" „Was trinkt sie dazu?" „Ingwersirup mit heißem Wasser." „On nein! Das ist nicht dein Ernst! Nicht zu dem Toast!" „Doch!", ich muss grinsen. „Nimm mich nicht auf den Arm!" „Ich nehm dich morgen Huckepack." „Also heißer Ingwer zu Toast?" „Richtig. Nimm den Tunfischtoast." „Du willst mich quälen!" Ich kann förmlich hören, wie er sein Gesicht verzieht.

„Vielleicht, aber selbst Mona muss klar sein, dass sie die einzige ist, die solche Kombinationen mag. Vielleicht verblüffst du sie damit so sehr, dass sie dich wirklich anspricht." „Du kannst eine ganz schöne Hexe sein!" „Du erwähntest bereits am ersten Tag, dass du mich schön findest." „Und du wolltest mir nicht glauben." „Ich glaube dir jetzt."

„Setzt sie sich stets an einen bestimmten Platz?" Ich muss grinsen, *er denkt aber auch an alles!* „Sie sitzt gern am Fenster." „Gut, hoffentlich ist es der letzte freie Platz, den werde ich ihr dann wegschnappen und ihr gestatten, sich zu mir zu setzen." Ich höre deutlich sein Lächeln. „Sei nicht fies zu ihr, ja?" „Nein, bestimmt nicht, verlass dich auf mich." Ich sehe skeptisch zu Wido und Wondering Bear rüber. Mit einem Lächeln zerstreuen die beiden meine Bedenken.

Frithjof klopft mir sachte auf die Schulter: „Fertig! Und jetzt leg dich hin, du bist die ganze Nacht auf gewesen." „Ich weiß nicht, ob ich schlafen kann." Die Männer tauschen Blicke. „Du siehst so müde aus, Selene", ergreift Wondering Bear das Wort, „du wirst gut schlafen können. Also leg dich jetzt hin. Und wenn es wirklich nicht klappen sollte, ruhst du dich einfach aus, indem du deinem Körper eine Pause gönnst." Sein Blick lässt kein Widerwort zu. Irritiert stehe ich auf. Ich sehe zu Wido. Er lächelt mich an und ist sofort an meiner Seite, nimmt meine Hand und zieht mich zur Werkstatt rüber.

Ich mache es mir in Widos Arm auf dem Deckenlager bequem. „Was hat er mit Mona vor?" Er streicht mir übers Haar: „Zerbrich dir nicht den Kopf. Frithjof hat dich nicht angerührt und wird sich auch Mona gegenüber anständig benehmen. Er zeigt es nicht immer, aber er ist ein Gentleman."

Ich schüttele meinen Kopf: „Das glaubst du ja wohl selber nicht!" „Es ist, wie ich es sage, Selene. Überleg doch. Auf diese Weise ist er ganz nah bei Otrun." „Oh, daran habe ich gar nicht gedacht", mein schlechtes Gewissen stellt sich mir breitbeinig, mit in die Hüften gestützten Fäusten, in den Weg. Ich reibe meine Stirn.

„Ich bin ein Untier. Als ich eben über euch kreiste, hatte ich daran gedacht, wie er sich wohl fühlt. Otrun so weit weg. Aber dann ist es mir nicht mehr in den Sinn gekommen", nuschele ich. „Sag mal, wirst du jetzt endlich schlafen, oder muss ich dich zum Abschalten zwingen?" „Ich glaube, du zwingst mich besser", meine ich jämmerlich. Seine Hand gleitet über meinen Bauch. Sanft und doch fest zugleich presst er mich an seinen Körper. Flatterige Küsse wandern an meinem Hals entlang und mein schlechtes Gewissen hat schon längst keine Chance mehr.

Was für ein fürchterlicher Vormittag! Ich drücke die Tür zum Kaffeemanie auf. Wie so oft, genieße ich die Atmosphäre hier, will nicht mehr an die Arbeit denken. Der Raum ist angefüllt mit dem Gemurmel schwatzender Leute. In der Luft hängt sowohl der Duft von geschmolzenem Käse, als auch von röstfrischem Kaffee. Eine Mischung, die es vermutlich nur hier gibt. Außerdem herrschen hier immer angenehm kühle Temperaturen.

Allerdings ist es heute recht voll. Ich schaue über die Plätze am Fenster. Von den drei Tischen sind zwei voll besetzt. An dem Letzten sitzt ein betagter Mann, den ich hier noch nie gesehen habe. Ich schaue mich weiter um. Nah am Eingang ist noch der runde Achtpersonentisch frei. Ansonsten sind alle Tische besetzt. *Dann kann ich mich auch zu dem älteren Herrn setzen.*

Ich fasse mir ein Herz und gehe auf den Tisch am Fenster zu. Der Mann liest in einem Buch. Einem traditionellen Buch aus Papier! Ab und zu hebt er den Blick und sieht aus dem Fenster, dann vertieft er sich wieder in sein Buch. Ich stelle mich an den Tisch.

Der Mann liest so intensiv, dass er meine Anwesenheit gar nicht bemerkt. Bei dem Anblick muss ich an die vielen Wälder denken, die für die unnötige Produktion solcher Bücher weichen mussten. Mir sträuben sich die Nackenhaare, doch dann beruhige ich mich mit dem Gedanken, dass er wahrscheinlich nicht für den Druck dieses Buches verantwortlich zu machen ist. Schließlich gab es nicht immer die Technologien, die uns heute zur Verfügung stehen.

Ich räuspere mich verlegen: „Darf ich mich zu Ihnen setzen?" Langsam hebt er seinen Blick. Er mustert mich aus sehr dunklen Augen. Mit einem Mal huscht ein Lächeln über sein Gesicht. Mit seiner Hand weist er auf den freien Platz gegenüber und sagt mit angenehm tiefer Stimme: „So eine nette Gesellschaft zum Essen kann ich ja wohl kaum abschlagen. Bitte setzen Sie sich."
„Dankeschön, sehr freundlich", ich lächele zurück und spüre, wie mir die Farbe in mein normalerweise recht blasses Gesicht steigt.

Dem Herrn, mir gegenüber, scheint das auch nicht zu entgehen, denn nun grinst er ein wenig breiter, bevor er seinen Blick erneut in seinem Buch versenkt. Die Bedienung kommt an unseren Tisch. Der Mann sieht auf. „Tunfischtoast und heißer Ingwer." „Hm, das sieht ja gut aus! Vielen Dank", sagt der Mann, während Frederike ihm den Teller hinstellt.

„Mona, möchtest du auch den Tunfischtoast?" Ich bin irritiert. *Noch nie habe ich gesehen, dass jemand meine Kombination bestellt hat!* „Ehm ja, warum nicht? Ein Tunfischtoast und heißen Ingwer bitte." Sofort verschwindet Frederike wieder in der Küche. „Das Personal kennt Sie beim Vornamen? Essen Sie öfter hier?"

„Sie essen Tunfischtoast zu heißem Ingwer?" „Warum nicht? Ich habe zuerst gefragt." Ich sehe ihn verlegen an: „Ja, ich arbeite um die Ecke, da bietet es sich an, hier die Pause zu verbringen." Er macht runde Augen: „Täglich?" Ich zucke mit den Schultern: „Ab und zu." *Wer weiß … ich kenne diesen Mann gar nicht!* Er sitzt da und betrachtet seinen Toast. „Essen Sie ruhig schon, sonst wird ihr Essen kalt." Durchdringend sieht er mich an: „Lieber warte ich, bis Sie auch etwas haben."

„Aber dann ist ihr Toast kalt! Bitte fangen Sie schon an, sonst bekomme ich ein ganz schlechtes Gewissen!" „Wenn Sie mich so eindringlich bitten …", sagt der Mann und widmet seine

Aufmerksamkeit dem Teller vor sich. Plötzlich sieht er wieder auf. Ich sehe ihn erstaunt an.

„Ich habe mitbekommen, dass Sie Mona heißen. Es ist nur gerecht, wenn ich mich auch vorstelle. Mein Name ist Frithjof." Ich nicke ihm zu. „Frithjof, wie der Böse", er lächelt mich breit an. Ich lächele zurück, neugierig. Genüsslich steckt er sich ein Stück Toast in den Mund. Kaut, und nickt schließlich anerkennend. Ich warte auf eine Erklärung. Als er hinuntergeschluckt hat, setzt er an: „Nun, würde mein Name ohne H geschrieben, so bedeutete er, der Friedensfürst. Schön, nicht wahr? Allerdings haben sich meine Eltern auf Frithjof mit H geeinigt, und so ändert sich die Bedeutung gravierend. Es kommt aus dem Englischen und heißt so viel wie, der, der den Frieden stielt. Hübsch, was meinen sie?"

Während ich ihn anstarre, kommt Frederike mit meinem Essen. „Bitte sehr! Einen guten Appetit." Ich nicke ihr übertrieben zufrieden zu: „Danke sehr! Das sieht ja wieder lecker aus!" Sie zwinkert mir zu und kümmert sich um die anderen Gäste.

„Wussten ihre Eltern das? Ich meine ..." „Natürlich, meine Mutter hat es mir selbst erklärt, als ich noch ein kleiner Junge war. Sie wusste, dass der Name so besser zu mir passt." Ich schüttele meinen Kopf: „Das ist doch nicht wahr! Sie erzählen mir Märchen." Er lehnt sich zurück und sieht mich ruhig an: „Glauben Sie wirklich, ich würde das so erzählen, wenn es nicht stimmt?" *Ja, eigentlich schon.* Aber es ist mir unmöglich das auszusprechen, deshalb nicke ich nur und sage: „Nein natürlich nicht."

Sein Lächeln wird breit: „Ich habe ihnen soeben den Frieden gestohlen", er hebt beschwichtigend die Hände, „ich werde das nicht wieder tun, versprochen! Ich wollte ihnen nur kurz demonstrieren, dass weder ich, noch meine Mutter, Lügenmärchen erzählen." Verwirrt falte ich mit Messer und Gabel ein Salatblatt am Rande des Tellers und führe es zu meinem Mund. Während ich kaue, betrachte ich den Mann.

Die krausen grauen Locken sind im Nacken zu einem Zopf zusammengefasst. Trotzdem stehen widerspenstige Strähnen von seinem Kopf ab. Oben scheinen sie ein bisschen dünner, sind dennoch dicht genug, um keine Glatze entstehen zu lassen. Der graue Bart ist sehr akkurat geschnitten. Markant stechen die dunklen Augen, mitsamt den Brauen hervor. Sein Teint ist dunkler, als gewöhnlich.

„Kommen Sie von auswärts? Ich habe Sie hier noch nie gesehen", frage ich in die Stille hinein. „Ich bin auf der Durchreise. Wie Sie sicher schon bemerkt haben, bin ich nicht mehr der Jüngste. Ich dachte, bevor ich das Zeitliche segne, sehe ich mir unsere schöne Welt an." *Unsere schöne Welt?* „Da haben Sie sich aber ein besonders hübsches Fleckchen ausgesucht!", sage ich übertrieben ironisch.

Der Mann lächelt mich breit an. *Seine Zähne sind absolut gepflegt und in Ordnung.* „So finden Sie?", er sieht kurz aus dem Fenster, „ich empfinde die Architektur eher phantasielos und sonst scheint es hier nicht viel zu geben." Er greift nach seinem Buch. „Ich habe hier über den Kahlen Asten gelesen. Über 800 Meter. Hochheide. Die Büsche und Sträucher können nicht auswachsen, wegen der vielen Schafe, die dort weiden. Also alles Zwergstrauchheide. Sie wissen schon Borstgras, Heidekraut, Ginster und Heidelbeeren. Riesige Mengen von Heidelbeeren! Der Wiesen- und Baumpieper brütet dort. Ein Naturschutzgebiet. Aber ich konnte es noch nicht finden. Sind sie ortskundig?"

Hilfesuchend sieht der Mann mich an. Ich werfe einen Blick auf sein Buch. *Wanderführer für Mitteldeutschland.* „Von wann ist ihr Buch, das Sie da haben?" Er blättert die ersten beiden Seiten um. „Augenblick, ach hier! Erstausgebe 1985." Er sieht mich ernst an. Ich halte mir meine Hand vor den Mund. Ich will ihn nicht auslachen, aber die Situation ist wirklich seltsam. Ich atme tief. Atme gegen den Impuls an, über den Tisch zu prusten.

Der Mann beobachtet mich mit ernster Miene sehr genau. Ich sammele mich: „Sie wissen, welches Jahr wir schreiben? Es grenzt an ein Wunder, dass dieses Buch so gut erhalten ist." „Worauf wollen Sie hinaus?", fragt er mich allen Ernstes. „Wir leben im Jahr 2123. Ihr Wanderführer ist nicht mehr aktuell. Entschuldigen Sie, aber das dürfte jedem klar sein. So, wie Sie es in diesem Buch lesen, ist es vor langer Zeit gewesen und hat mit dem, was heute ist, nichts mehr zu tun, aber auch gar nichts."

Er sieht mich traurig an: „Jetzt stehlen Sie mir meinen Frieden." Er schiebt den Teller von sich weg und führt die Tasse an seine Lippen. Plötzlich starrt er gequält auf die Tasse: „Oh Gott! Was ist das?" „Heißer Ingwer. Vielleicht inzwischen lauwarm. Sagen Sie mal, wo kommen Sie her? Kommen Sie vom 22b? Also Keppler-22b?"

„Nein, ich bin ein Erdling, so wie Sie." Er schiebt auch die Tasse von sich. Suchend sieht er sich im Raum um. Mit einer kurzen Handbewegung macht er auf sich aufmerksam. Frederike kommt sofort an den Tisch. Sie sieht auf seine Bestellung: „Schmeckt es ihnen nicht?" „Der Toast war wirklich gut. Doch ich habe soeben Neuigkeiten erfahren, die mir auf den Magen geschlagen sind. Es liegt wirklich nicht an dem Toast. Könnte ich ein Wasser bekommen?" „Mit Zitrone?" „Einer Zitronenscheibe?" Sie schüttelt den Kopf: „Nein, mit einem Spritzer Zitrone." Er sieht auf den Rest seines Toasts. „Könnten sie mir stattdessen eine Gurkenscheibe hinein geben?" „Aber natürlich, gerne." „Dankeschön. Und einen Kaffee hätte ich gern. Es riecht bei ihnen nach einem guten Kaffee." Sie bedankt sich lächelnd für das Kompliment.

Als Frederike den Tisch verlassen hat, frage ich: „Gurke im Wasser?" Er nickt: „Zeigen Sie mir den Kahlen Asten?" „Die Gegend hat nichts mehr mit ihrem Buch zu tun." „Trotzdem würde ich es gern mit eigenen Augen sehen. Ich kann das so nicht glauben." Ich weiß nicht so recht, doch ich frage: „Bis wann sind Sie denn noch in der Gegend?" Er zuckt mit den Schultern: „Bis ich alles gesehen habe." „Und wo schlafen Sie?" „Ich habe noch kein Hotel gefunden."

Keine Ahnung, was ich hier treibe! Doch ich antworte: „In meiner Wohnung ist im Augenblick ein Bett frei." Der Mann strahlt mich an: „Ich habe nicht viel Geld, aber als Gegenleistung werde ich für sie kochen." Ich sehe ihn skeptisch an: „Rührei?" „Wenn Sie möchten. Ich kann ihnen auch einen Tunfischtoast servieren, wie Sie ihn noch nie gegessen haben. Oder auch was ganz anderes ..." Ich sehe auf seine Tasse Ingwer.

„Trinken Sie ihn ruhig, ich habe nur daran genippt." „Ja?" „Aber sicher, warten Sie nicht zu lange, sonst ist er völlig ausgekühlt. Trinken Sie, wenn es ihnen schmeckt." Ich nicke und greife nach seiner Tasse. Kurz sehe ich auf die Uhr. *Ein halbes Stündchen habe ich noch.* Der Mann sieht mich fragend an: „Mona, müssen Sie schon wieder los?" Ich schüttele den Kopf: „Ein bisschen Zeit bleibt mir noch." „Wo kaufe ich ein? Und wo finde ich Sie heute

Abend?" „Wissen Sie was? Wir bezahlen jetzt gleich und ich zeige ihnen, wo der Supermarkt ist und gebe ihnen einen Schlüssel für die Wohnung." Er sieht mich verwundert an: „Wir sitzen hier seit einer halben Stunde und Sie geben mir ihren Schlüssel?" „Nun, wenn Sie in meiner Wohnung schlafen, macht es wenig Sinn, Sie stundenlang draußen warten zu lassen, oder?" „So gesehen …", er reibt sich seinen Bart, „wann kommen Sie wieder zurück?" „Ich habe um sieben Schluss und brauche nur ein paar Minuten für den Heimweg." „Und, gibt es etwas, das Sie überhaupt nicht mögen?"

Ich sehe ihn groß an: „Plumpe Anmache?" „Nein, ich meine das Essen. Keine Frau mag es, plump angesprochen zu werden." Ich überlege, dann zucke ich mit den Schultern: „Keine Ahnung. Kochen Sie einfach etwas. Ich lasse mich überraschen." Sein freudiges Lächeln ist absolut ansteckend. Er winkt erneut der Bedienung. Schuldbewusst kommt sie an den Tisch, weil sie ihn für den Moment vergessen hatte. Mein Gegenüber winkt lächelnd ab: „Gar nicht schlimm. Sie haben viel zu tun. Bitte heben Sie die Bestellung für morgen auf. Wir haben für den Augenblick andere Pläne. Wenn Sie mir bitte die Rechnung bringen. Das geht übrigens zusammen." Sein Zeigefinger kreist über dem Tisch. „Dankeschön", sage ich und grinse in mich hinein. *Ein Mann von der alten Schule!*

Den ganzen Nachmittag beobachte ich sie nun schon durch die Glasscheibe. Sie tut so, als bemerke sie mich nicht. Doch sie spielt ihre Rolle schlecht. In zwanzig Minuten ist meine Chance rum! Ich muss endlich zu ihr gehen. Ich nehme meinen Mut zusammen und schiebe die Glastür beiseite. „Hallo Mona, ich möchte dir etwas zeigen, kommst du grad mal zu mir rüber?" Ich drehe mich um und verschwinde wieder in meinem Kasten. Ihren unwilligen Blick spüre ich deutlich im Nacken. Ich stelle mich ans Mikroskop und sehe es mir noch einmal an. *Diese Farben! Die Chemie hat wirklich Schönes zu bieten.*

Ich höre, wie sich die Tür schließt. Sehe auf: „Schau dir das an, Mona." Ich mache ihr Platz am Mikroskop." Sie sieht hinein. Mit großen Augen sieht sie mich an: „Eine Gasverpuffung. Dafür holst du mich rüber? Oder habe ich etwas übersehen?" Ich schüttele meinen Kopf: „Nein, hast du nicht. Aber scheinbar ist dir entgangen, wie wunderschön sie ist."

Irritiert schaut sie nochmals hinein. Vorsichtig lege ich meine Hand auf ihre Schulter: „Mona, bitte lass uns reden." „Ich wüsste nicht, worüber." „Such es dir aus. Über unsere gemeinsame Freundin, über uns oder von mir aus auch über die Gasverpuffung." „Das ist mir zu blöde", meint sie und will den Raum verlassen. Ich halte sie am Arm zurück: „Bitte!" Sie macht sich von mir los: „Ich habe keine Lust, mit dir zu reden. Such dir jemand anderen für deine Spielchen!" „Lass uns was zusammen essen." „Ich habe keinen Hunger!" Ich lasse mich auf der Tischkante nieder. „Ich liebe sie", sage ich leise. Blitzartig dreht sie sich zu mir um: „Ich auch, aber deswegen bringe ich sie nicht beinahe um! Du hast eine komische Art zu lieben!" Das war`s. Ich sitze da, Mona hat meinen Glaskasten verlassen.

Ich öffne die Tür zu meiner Wohnung, bereit, diesen Tag aus meinem Gedächtnis zu streichen. Matthias mit seinen Liebesschwüren aus meinem Hirn zu verbannen. Es riecht wunderbar. Ich habe keine Ahnung wonach. *Vielleicht Rotkohl? Ich weiß es nicht.* Auf jeden Fall reagiert mein Magen sofort. Solchen Hunger habe ich den ganzen Tag über nicht gespürt.

Neugierig sehe ich in die Küche. Der Mann im schwarzen Anzug sitzt am gedeckten Tisch und liest in seinem Buch. Sein Jackett hat er ordentlich über die Stuhllehne gehängt. Silbrige Löckchen blitzen unter den aufgekrempelten Ärmeln hervor. Die Küche ist sauber und aufgeräumt. Auf dem Herd stehen drei blinkende Töpfe. Ein Brett liegt auf der Arbeitsplatte. Darauf verbirgt sich irgendetwas unter dem Geschirrtuch.

Ich sehe ihn verdutzt an: „Wir sind zu zweit, nicht wahr?" Er nickt mir zu und sieht mich fragend an: „Ich denke schon, warum? Wenn Ihnen das nicht recht ist, rufen Sie ruhig noch jemanden an, das Essen wird schon reichen." Ich starre auf die drei Töpfe:

„Davon bin ich überzeugt." *Ich bin noch immer gereizt! Tut mir leid, guter Mann. Aber so schnell bekomme ich das nicht abgeschaltet,* denke ich mir.

„So rufen Sie jemanden an", er sieht auffordernd zu mir. Ich schüttele meinen Kopf: „Die Reste essen wir morgen." „In Ordnung", sagt er während er aufsteht, sein Buch zur Seite legt und sich dem Herd zuwendet. „Wenn Sie sich frisch machen möchten, oder sich etwas bequemes anziehen oder was auch immer, in zehn Minuten ist das Essen fertig." *War das jetzt ein Rausschmiss?* „Was gibt es denn?", frage ich, an den Türrahmen gelehnt.

„Ich habe mich für ein schlichtes, aber gutes Menü entschieden. Es gibt Rolladen mit Klößen und dazu Rotkohl und einen Feldsalat mit Fenchel. Trinken sie Rotwein? Sie müssen dazu Rotwein trinken! Ich habe übrigens auch frischen Ingwer besorgt. Den können wir mit aufgekochtem Wasser und Honig zum Abschluss trinken. Aber erst, wenn wir uns durch die Nachspeise gelöffelt haben."

Er sieht über seine Schulter zu mir rüber. „Sie können sich natürlich auch sofort an den Tisch setzen, ich dachte nur ..." „Ich ziehe mir rasch etwas an, das diesem Essen gerecht wird." Und schon verschwinde ich in meinem Zimmer.

Dieser Mann ist süß und tut mir gut. Grinsend schlüpfe ich in das kleine Schwarze. *Was muss der für ein Geld ausgegeben haben! Nur exklusives Zeug!* Mein Kleid ist bequem und sieht dabei blendend aus. Schnell habe ich mir durch die Haare gebürstet und leicht die Wangen geklopft, schon stehe ich wieder im Türrahmen zur Küche. Er schenkt gerade mit einer eleganten Handbewegung den Wein in unsere Gläser ein. „Setzen Sie sich bitte."

„Ich fühle mich ganz fremd in meiner Küche", sage ich leichthin, während ich zu dem freien Stuhl gehe. Zuvorkommend schiebt er meinen Stuhl an den Tisch, während ich mich setze. „Ach was, Mona. Sie sind es nur nicht gewohnt, in den eigenen vier Wänden ein kleines bisschen verwöhnt zu werden."

Mit einem breiten Lächeln stellt er den angerichteten Teller vor mir auf den Tisch. Es sieht aus, wie aus einem Werbeblättchen für irgendein Sternelokal, das sich niemand leisten kann.

Nachdem der Mann mir gegenüber Platz genommen hat, hebt er sein Glas: „Auf die schönen Frauen." Auch ich hebe mein Glas: „Auf die phantastischen Köche." Wir stoßen an.

Bei dem hellen Klingen unserer Gläser, muss ich an Selene denken. Wenn eine von uns etwas Besonderes gekocht hatte, dann war sie es. Und nur dann haben wir aus diesen Gläsern getrunken. Große Kelche mit einem herrlichen Klang. Der Mann stellt sein Glas ab: „Ein Schatten zieht sich über Ihr Gesicht. Mona, was bedrückt Sie?" Ich schüttele meinen Kopf: „Ach nichts. Lassen wir das Essen nicht kalt werden. Es sieht wunderbar aus. Haben Sie den ganzen Nachmittag daran gekocht?"

„Nein, ich saß eine ganze Weile in dem Park am Ende der Straße. Ein schöner Ort, aber man sollte nicht denken, er könne die Natur ersetzen." „Nun, es gibt sicheren Schatten dort." „Wofür soll der gut sein, wenn die Sonne nicht durchkommt?" Ich sehe ihn mit schräggelegtem Kopf an: „Manchmal kommt sie durch. Und dann kann man froh sein, wenn man Schatten findet. Das wissen Sie doch sicher." Er zuckt mit den Schultern: „Nennen Sie mich doch Frithjof." „Frithjof. Nachdem, was Sie mir erzählt haben, macht Ihr Name mir ein bisschen Angst."

Er sieht mich erstaunt an: „Sie haben Angst vor mir? Und dann lassen Sie mich allein in Ihrer Wohnung hantieren? Das verstehe ich nicht." Er tupft sich mit der Serviette den Mund ab und sieht mich erstaunt an. „Nicht vor ihnen habe ich Angst! Ihr Name erschreckt mich!"

„Dann denken Sie sich doch einfach, er würde ohne H geschrieben." „Dafür ist es zu spät. Sie mussten mir ja diese dumme Geschichte erzählen. Obwohl, wer solche Rolladen macht, kann kein böser Mensch sein. Hmm, sie zergehen auf der Zunge." „Ich bin nicht böse. Vielleicht habe ich ein paar seltsame Eigenarten, aber die hat doch jeder, oder?"

Es schellt an der Wohnungstür. Ich lasse mich gegen die Lehne des Stuhles zurückfallen. Frithjof sieht mich auffordernd an: „Öffnen Sie ruhig, es ist genug da." Ich verschränke meine Arme: „Ich bin mir sicher, ich möchte diesen Gast nicht bei uns haben." „Ihr Verehrer?" Ich ziehe abfällig meine Mundwinkel herunter: „Wohl kaum. Der Verehrer meiner Freundin. Er scheint sie zu lieben, obwohl er sie fast umgebracht hat! Verstehe einer die Männer!"

Mein Gegenüber sieht mich amüsiert an: „Ich könnte ein bisschen böse zu ihm sein … Sie wissen ja; Frithjof mit H!" „Ich weiß nicht, wir tun lieber so, als sei niemand da." „Wollen wir nicht du zueinander sagen? Schließlich lassen Sie mich hier bei sich schlafen." „Im Zimmer meiner Freundin!" Er nickt lächelnd: „Natürlich! Mona. Ich bin übrigens in festen Händen. Machen Sie sich keine Sorgen." „Ich denke, Sie wollten du sagen … Wo ist Ihre Frau?" „Sie ist zur Zeit sehr beschäftigt." „Aha", fragend sehe ich ihn an. „Nun, sie kümmert sich um jemanden, der dringend ihre Hilfe braucht. Aber das wird nicht ewig dauern und dann ist sie wieder bei mir."

Ich nicke und schiebe mir etwas Rotkohl auf die Gabel: „Sie wird sich freuen, wenn Sie wieder für sie kochen! Sind da Kirschen drin?" Er sieht mich aus seinen dunklen Augen rätselhaft an: „Meine Frau isst nicht sonderlich gern. Früher einmal, ja. Aber das ist schon lange her." Verwirrt sehe ich ihn an: „Das ist aber traurig." „Irgendwie schon. Aber Essen ist schließlich nicht alles, nicht wahr? Wir sind sehr glücklich miteinander." Ich nicke ihm zu und halte erneut meine Gabel mit dem Rotkohl hoch.

„Ja, Amarenakirschen. Sie unterstreichen das fruchtige Aroma des Rotkohls auf ganz besondere Weise." *Es stimmt, was er sagt. Es schmeckt ganz ausgezeichnet.* Erneut klingelt es an der Tür. Frithjof steht auf: „Soll ich ihn reinlassen?" Ich schüttele nur den Kopf. „O.k., wie Sie … Wie du willst."

Er verlässt die Küche. Um alles mitzubekommen, laufe ich hinter ihm her, verschwinde in meinem Bad ohne Tür und halte mich dort verborgen. Kurz grinsen wir uns verschwörerisch an, als es schon wieder klingelt. Im selben Moment reißt Frithjof die Tür auf. Er ist groß und kräftig. Gegen Matthias fast schon ein Hüne.

„Wer stört!" sagt er energisch. „Was machen Sie hier? Wer sind Sie?", fragt Matthias. „Ich bin Monas Gast. Ich wüsste aber nicht, dass sie Sie auch eingeladen hätte." „Ich muss mit Mona sprechen." Die Männer tauschen Blicke. Dann sagt Frithjof: „Gehen Sie einfach", und schließt leise die Tür. Ich höre schleppende Schritte auf den Stufen. Frithjof dreht sich zu mir: „Rufen Sie ihn zurück." „Nein!" „Es ist besser, glauben Sie mir."

„Waren wir nicht beim du?" „Mach schnell!" Ich reiße die Tür auf. „Matthias! Komm, lass uns reden", sage ich versöhnlich.

Eilig kommt er zurück. Im Eingang umarmt er mich kurz: „Danke." Er sieht an mir runter. Erstaunt meint er: „Du siehst toll aus, Mona." Frithjof schließt hinter uns die Tür. Fragend sieht Matthias auf den fremden Mann. Der streckt ihm seine Hand entgegen: „Falkenstern." „Remmer", antwortet er knapp. Frithjof holt ganz selbstverständlich für Matthias ein Gedeck aus meinem Küchenschrank und stellt alles ordentlich auf den Tisch. „Hast du dich für den alten Mann so in Schale geschmissen?", fragt er mich mit gedämpfter Stimme.

Mit dem Teller in der Hand verschwindet Frithjof am Herd. Ich grinse Matthias nur frech an. Matthias wirft mir fragende Blicke zu. Frithjof ergreift das Wort: „Mona hat mich im Kaffeemanie aufgelesen und beherbergt mich für ein paar Tage. Dafür bekoche ich sie. Ich bin nur auf der Durchreise." „Aha", die Fragen scheinen sich auf Matthias Stirn zu häufen.

„Komm Mona, du magst sicher noch einen kleinen Nachschlag." „Ja gerne, vor allem von dem Rotkohl bitte." „Wird sofort erledigt", meint er galant. Als Frithjof mir den Teller reicht, strahlt er übers ganze Gesicht. Nachdem er auch seine Portion aufgefüllt hat, setzt er sich zu uns an den Tisch. Erneut hebt er sein Glas: „Auf einen anregenden Abend." Die Gläser klingen.

Wir nippen an dem köstlichen Wein. „Verrückt, dass du keine Badezimmertür hast, Mona", eröffnet er das Gefecht, „hat man das in dieser Gegend so? In diesem Fall, bin ich wirklich froh, dass ich in keiner Herberge gelandet bin. Mit dir teile ich gern …, aber", er nimmt meine Hand behütend in seine beiden großen Hände, „es ist sehr ungewohnt für mich."

Eine warme Wattigkeit umhüllt mich. *Ist es dieser geheimnisvolle Fremde? Oder ist es der Wein? Ich weiß es nicht zu deuten, doch ich wünsche mir, er würde meine Hand nicht mehr loslassen. Eine solche Geborgenheit!* Ich kann nur verträumt vor mich hin lächeln. Matthias starrt auf unsere Hände. Frithjof dreht ihm langsam seinen Kopf zu: „Probieren Sie die Rolladen, sie sind mir sehr gut gelungen." „Ich, ich habe eigentlich gar keinen richtigen

Hunger", kurz wirft er mir einen Blick zu, „ich wollte nicht stören, ich wusste ja nicht ..., du hast mir nicht gesagt, dass du verabredet bist." Frithjof löst eine Hand von der meinen und zeigt auf den unberührten Teller: „Verschmähen Sie mein Essen nicht. Sie sind wirklich willkommen." Dabei durchbohrt er ihn fast mit seinen dunklen Augen. „Ich bin mir sicher, Sie sind aus einem dringenden Anlass hier, sonst hätten Sie nicht mehrmals geschellt." Mit meiner freien Hand pieke ich mir ein Stück Rollade auf. „Oh verzeih, Mona." Mit einem Lächeln gibt er meine Hand frei.

Frithjof selbst greift erneut nach Messer und Gabel und zieht genüsslich ein Stückchen Kloß durch die tiefbraune Soße. Matthias hat noch immer keinen Bissen angerührt. Frithjof hebt sein Glas und hält es fordernd in die Höhe. „Wenn Sie schon nichts essen möchten, so trinken Sie wenigstens diesen guten Tropfen mit uns." Und wieder nippen wir an unseren Gläsern.

„Matthias, du musst wirklich davon probieren", ich zeige aufmunternd auf seinen Teller, „in dem Rotkohl sind Amarenakirschen!" Er gibt sich einen Ruck und greift nach Messer und Gabel, lässt sie sofort wieder auf den Tisch sinken. „Eigentlich wollte ich mit dir über Lene reden", verstohlen sieht er zu Frithjof, „doch ich vermute, dies ist nicht der richtige Augenblick." Ich halte kurz inne, während ich mir gerade eine Gabel Rotkohl zum Mund führen wollte: „Der Augenblick passt prima. Mal sehen, was mein Gast dazu zu sagen hat."

Ich werfe Frithjof einen Blick zu: „Lene, das ist die Frau, die er angeblich liebt", ich zeige mit meinem Finger auf Matthias, „aber gestern Nacht beinahe umge ... ." Sofort fällt er mir ins Wort: „Es ist nicht so, wie du annimmst." Ich sehe ihn verblüfft an: „Ach nein? Wie denn? Du erinnerst dich, dass ich im selben Raum war?" „Ich versuche schon seit einer Ewigkeit, sie für mich zu gewinnen. Aber sie ist ja auf nichts eingegangen! Du kennst sie. Sie kann einen ganz schön abservieren!"

„Wie ist sie denn so? Darf ich das fragen?", wirft Frithjof dazwischen. Ich kämpfe gegen meine Tränen an. Atme tief, bevor ich zu sprechen beginne. Frithjof sieht mir meine Not an. Er streicht mir über den Arm. Sofort fühle ich mich gestärkt. Verblüfft sehe ich ihm in seine dunklen Augen. „Du schenkst Frieden!", sage ich leise. Er zuckt mit den Schultern: „Alles ist möglich, wenn man nur will." Matthias fragender Blick ist deutlich zu spüren. Ich atme tief durch, versuche ein Lächeln: „Frithjof, ich kann dir kaum etwas über sie erzählen. Lange Zeit dachte ich, ich kenne sie. Aber nun bin ich mir nicht mehr so sicher, alles ist anders …" Matthias schnaubt kräftig die Luft aus seiner Nase: „Natürlich kennst du sie. Lene ist überheblich, macht es einem nicht leicht, sie zu mögen ohne sich selbst aufzugeben! Schon vergessen? Du bist die einzige, die es auf Dauer mit ihr aushält! Und trotzdem … Ich muss sie finden!" Ich springe vom Stuhl auf: „Für Achim!" „Nein Mona, wegen Achim! Ich muss sie vor ihm finden. Wenn *er* sie vor mir in die Finger kriegt, endet sie vielleicht wie Arend von Lichtstetten!"

Ich stütze mich mit meinen Händen auf der Tischplatte ab. „Was hat ihr Vater damit zu tun?" Mattias beugt sich bedrohlich zu mir vor: „Er ist nicht an einer Krankheit gestorben, wie alle denken!" „Was du nicht sagst! Ich war schon mit Selene befreundet, als er im Sterben lag. Wir waren acht und du warst wer weiß wo! Also woher willst du das von ihrem Vater wissen?" Matthias beugt sich noch näher zu mir: „Weil es Berichte über ihn gibt, in die ich Einblick bekommen konnte!"

Langsam setze ich mich wieder hin. Kurz herrscht Stille am Tisch. „Wenn ich zusammenfassen darf", Frithjof sieht uns beide aufmerksam an, „Lene ist mit euch beiden befreundet? Irgendwie zumindest … Wird von einem gewissen Achim gesucht, aber vorher wollten Sie sie sicherheitshalber umbringen, damit ihr nichts schlimmeres passiert?" Dabei zeigt er mit seinem Finger auf Matthias und sieht ihn dabei an, dass man eine Gänsehaut bekommen könnte.

„Mona! Bitte schaff diesen Mann raus!" „Ich wüsste nicht warum, er ist mein Gast. Ich finde, Frithjof hat eine gute Auffassungsgabe!" „Mona bitte! Hör mir bitte zu! Ich will deine – nein unsere Freundin beschützen! Achim darf sie nicht finden! Er hat sie geortet und folgt ihr bereits!" „Weil du ihm direkt ihre Zugangsdaten zugespielt hast!" „Ich habe sie von dir!" „Ich dachte, ich könnte dir vertrauen!" „Wenn du etwas weißt, dann sag es mir. Jetzt!" „Ich werde dir gar nichts mehr sagen. Das verspreche ich dir!"

In verzweifelter Geste zieht er die Finger durch seine Haare: „Bitte Mona. Nun sei doch nicht so stur! Gemeinsam können wir ihr vielleicht helfen!" Ich werfe mich gegen die Stuhllehne, verschränke die Arme: „Vergiss es, Matthias. Du denkst dir jetzt wahrscheinlich; ein Versuch war es wert, gehst einfach nach Hause und legst dich schlafen. Für dich ist es nur ein Spiel. Für Selene geht es um alles und sollte ich etwas von ihr erfahren, werde ich es dir ganz gewiss nicht sagen. Das schwöre ich, bei allem, was mir wichtig ist. Und jetzt verlass bitte sofort meine Wohnung, sonst hole ich erneut die Polizei." Ruckartig springt Matthias auf und stapft mit großen Schritten hinaus. Ohne ein weiteres Wort wirft er die Tür hinter sich zu.

Ich vergrabe mein Gesicht in den Händen. Aus dem Augenwinkel beobachte ich, wie Frithjof sich die Rollade von Matthias Teller holt. „Wann begleitest du mich zum kahlen Asten?" Ich sehe irritiert auf, sehe zu, wie er sich genüsslich ein Stück Fleisch in den Mund schiebt: „Hm?" „Wann sehen wir uns den kahlen Asten an?" „Ich muss mir erst einen Wagen besorgen", sage ich verwirrt. „Es ist nicht direkt um die Ecke. Wie kommst du denn jetzt darauf?" Frithjof zuckt nur mit den Schultern: „Nimm dir frei morgen, bitte." „Was? Das geht nicht so einfach, Frithjof!" „Aber warum? Du könntest Kopfschmerzen, Fieber oder Durchfall haben." Ich schüttele meinen Kopf. „Deine Periode?" Ich muss grinsen. Schließe meine Augen und schüttele den Kopf. *Der ist unmöglich!*

„Nein Frithjof, wenn jemand krank ist, so geht er zum betriebseigenen Arzt. Der bestätigt, dass es einem schlecht geht, oder eben nicht." Mein Gegenüber sieht mich groß an. Plötzlich huscht ein Lächeln über sein Gesicht. „Du wirst morgen frei bekommen, das verspreche ich dir. Geh ruhig zu ihm." Erschreckt sehe ich ihn an: „Was hast du vor? Willst du mich vergiften?" Er wiegt abschätzend seinen Kopf hin und her. Dann sagt er empört: „Natürlich nicht! Eher den Betriebsarzt. Hast du Wanderschuhe?"

„Sieh auf den Monitor! Wir sind viel schneller unterwegs, als sie." Zufrieden wende ich mich an Stöcker. Der nickt mir selbstgefällig zu: „Wir werden sie bald eingeholt haben." Ich greife nach dem Headphone und spreche den Piloten an: „Gute Arbeit Henry. Wir sind ziemlich schnell unterwegs." „Danke Achim. Ich hoffe, das Zielobjekt zu greifen wird genauso einfach, wie ihm zu folgen." „Warum sagst du das?" „Ich weiß nicht. Ist nur so ein Gefühl."

„Na, wie findest du das?" Ich drehe mich zu Wido und strahle ihn an. „Ich hab`s ganz allein geschafft! Auch ohne Hildrun. Maya Delshay wird Augen machen!" Sanft streicht er mir über die Wange. „Hoffen wir, dass es keinen Frost gibt, bis sie heimkommt." Ich sehe ihn erstaunt an und ziehe meinen Yeti enger um mich: „Du glaubst, es wird noch kälter?" Er sieht mir treu in die Augen. „Das kann schon sein, manchmal gibt es um diese Zeit erste Nachtfröste. Tagsüber wird es trotzdem wieder ganz angenehm, aber auch ein Nachtfrost macht diesen Rosen den Gar aus."

Niedergeschlagen lasse ich mich auf die Wiese plumpsen. Wido hockt sich vor mich: „Selene Liebes, das ist normal! So ist die Natur! Mit ein bisschen Glück wird Maya sich an diesen Rosen erfreuen können. Sie brauchen nur ein bisschen Glück." „Wann wird sie kommen?" „Ich weiß es nicht. Bestimmt bald." Ich puste die Luft aus meinen Wangen: „Du willst mich nur trösten!" Er wuschelt mir durch die Haare: „Stimmt!" Sein freches Grinsen krallt sich an mir fest. Ich starre auf die Grashalmspitzen, die langsam in der Dämmerung verschwinden.

Mit einem mal sehe ich auf: „Hast du was gesagt?" Wido steht auf, schüttelt den Kopf: „Komm, es ist schon spät, lass uns zurück zur Lichtung gehen. „Nein warte! Ich glaube, es ist Frithjof!" Gebannt konzentriere ich mich, starre auf die Rosen, die im Dämmerlicht langsam ihre Farbe verlieren.

Ganz unvermittelt höre ich ihn so deutlich, als säße er neben mir: Selene? Kannst du mich jetzt endlich hören? *Ja Frithjof, was machst du?* Ich versuche schon seit einer ganzen Weile zu dir durchzukommen. *Ich habe an mir gearbeitet.* Das ist gut, Selene. Bist du zufrieden? *Mayas Rosenbeet ist frisch erblüht. Es sieht toll aus. Wido hat allerdings angedeutet, dass sie den nächsten Frost nicht überleben werden. Bald ist Oktober, es wird kälter.* Ich denke, er hat recht. *Ja, vermutlich hat er das! Es ist ganz schön frisch. Nochmal danke für deinen Mantel.* Es ist jetzt deiner! Möchtest du deine Freundin treffen? Sie ist ganz in Ordnung, finde ich. *Meinst du? Glaubst du, sie kann damit umgehen?* Da bin ich mir sicher, Selene. Gib ihr eine zweite Chance. Sie hat aus ihren Fehlern gelernt. *Meinst du wirklich?* Eine zweite Chance ist weitaus kostbarer, als die erste Gelegenheit. Glaub dem alten Mann. Mona wird dich nicht verraten. Du hast deine Freundin nicht verloren! Und Matthias ist inzwischen auch auf deiner Seite. Aber ihn sollten wir besser noch eine Zeit lang zappeln lassen. Mona bringt mich morgen auf den kahlen Asten. *Sie muss doch arbeiten!* Das hatte sie auch eingewendet. Sie wird frei bekommen, vom Betriebsarzt persönlich. *Wie soll das gehen?* Otrun wird sich kurz um ihn kümmern ... *Vor euch ist aber auch niemand sicher, hm?* Ich vernehme ein freudiges Lächeln! Wir treffen uns morgen auf dem kahlen Asten. O.k.? Bring Albrun mit. *Albrun? Wer ist das?* Sie ist sehr zurückhaltend. Wido wird dir helfen. Wir brauchen ihr Geschick da oben. *Wenn du meinst. Was hast du vor?* Ich will Mona zeigen, was wir so alles können. *Schocktherapie? Oder willst du nur angeben?* Nenn es, wie du willst. Sie hat schnell mitbekommen, dass ich nicht wie alle anderen bin. *Nun, das war vermutlich nicht sonderlich schwierig.* Nein, war es nicht. Aber es erschreckt sie kaum. Sie ist mutig wie du. Bis morgen. Ruh dich aus, Selene. Ich brauche dich auf dem kahlen Asten in Bestform. Schlaf gut. *Wo schläfst du denn?* In deinem Bett.

Ich sehe Wido verwundert an: „Er schläft in meinem Bett!" Wido grinst: „Und, ist das alles?" Ich schüttele meinen Kopf: „Frithjof will sich morgen mit Albrun und mir auf dem kahlen Asten treffen. Er bringt Mona mit. Wirst du schlau daraus?" Wido steht vor mir, die Arme vor seiner Brust verschränkt. „Hat er es dir nicht erklärt?" Ich schüttele den Kopf: „Nein, das hielt er nicht für nötig." Wido streckt mir seine Hand entgegen: „Komm Selene, es ist bereits spät. Ruh dich besser aus." „Das hat Frithjof auch gesagt", antworte ich gedankenverloren.

Gemeinsam gehen wir durch den dunklen Wald. Unter meinen Füßen knacken kleine Ästchen. Ein Nachtvogel stößt seinen Ruf aus. Fahles Mondlicht sucht sich mühsam den Weg durch die Baumlücken. „Was wird er denn vorhaben?" Widos Hand hält mich für einen Augenblick fester als nötig: „Selene Liebes, das ist doch völlig klar!" „Hm?" „Er will sie für die gute Sache gewinnen." „Hm?", ich verstehe immer noch nicht. „Frithjof will, dass deine Freundin mit ihren eigenen Augen sieht, was möglich ist. Sie soll dich fliegen sehen. Sie soll an scheinbar Unmögliches glauben. An unmöglichen Dingen teilhaben. Genau das ist sein Plan." „Meinst du?" „Ganz sicher. Und jetzt zerbrich dir nicht den Kopf. Ruh dich besser aus." Ich sehe sehnsüchtig in sein Gesicht: „Und das möchtest du wirklich?" Wido grinst: „Oh ja, Selene. Aber ich bestehe darauf, die Nacht mit dir zu verbringen, schließlich bist du morgen schon wieder unterwegs!" „Mit Albrun. Ich weiß gar nicht, wer das ist", nörgele ich herum. „Ich werde mit ihr reden. Aber nicht jetzt!", mit diesen Worten schließt er die Werkstatt hinter uns beiden und zieht mich auf mein Deckenlager.

Ich erwache. Richte mich aufgewühlt auf. „Was ist?", fragt Wido. „Nichts, ich gehe kurz Luft schnappen." Und schon bin ich bei der Tür, als er mir wie ein Schatten folgt. Gemeinsam treten wir in das Mondlicht. Es ist so hell in dieser Nacht, dass die Bäume um uns herum bizarre Schatten werfen. Ich sehe in den Himmel. Mir ist zumute, als wolle der Mond mir etwas mitteilen. Ich bleibe einfach stehen und lasse die Stimmung auf mich wirken. Kurz schaue ich mich um. Wido ist verschwunden.

Ich gebe mich diesem eigentümlichen Moment hin. Verschmelze mit dem Augenblick. Mein Kopf ist völlig frei von Grübeleien. Ich weiß nicht, was mit mir passiert, doch eine unerklärliche Zuversicht gibt mir Sicherheit. Der Wind streicht an meinem Körper entlang. Ich fühle das silbrige Licht wie einen süßlichen Guss auf meiner Haut. Ohne darüber nachzudenken öffne ich meine Arme und richte meine Handflächen himmelwärts. Es kommt mir vor, als befände ich mich in einem Vakuum.

Mir ist angenehm warm und ich erfreue mich an dem kühlen Lufthauch, der einer Katze gleich, um meine Beine schleicht. Halte inne. Koste diesen Augenblick aus. Mit einem Mal schiebt sich eine Wolke vor den Mond. Ich möchte von dieser Stimmung nicht ablassen, versuche den Moment festzuhalten. Doch um mich herum wird es nun dunkel. Unwillig kehre ich zurück. Ich atme tief und nehme wieder meine Umgebung wahr. Wido ist bei mir.

Er legt eine wärmende Decke um meinen nackten Körper. „Du bist wunderschön", raunt er in mein Ohr. Noch leicht benommen drehe ich mich zu ihm: „Was war das?" „Ich weiß es nicht, Selene. Etwas Heiliges." Er nimmt mich in seine Arme: „Wie fühlst du dich, Liebes?" „Gut. Rundum gut."

Ich starre auf die Tür zum Wartezimmer. Zwei weitere Personen sitzen hier und warten. Ich kenne sie nicht. Eine Frau sieht mich aus fiebrigen Augen an. Bei dem Mann weiß ich nicht, was der haben soll. Vermutlich mustert er mich genauso. Die Tür öffnet sich einen Spalt. „Mona Wentop!" Ich stehe mit wackeligen Beinen auf. Dummerweise habe ich keine Ahnung, was ich dem Arzt sagen soll. *Frithjof meinte zwar, dass ich mir keine Sorgen machen solle, aber eine gute Ausrede hat er mir nicht mitgegeben!* Zögerlich betrete ich das Behandlungszimmer.

Dr. Frei sieht mich an: „Guten Morgen." Er reicht mir seine Hand zum Gruß. „Guten Morgen", antworte ich. Meine Hand wird von der seinen geschüttelt. Lange und ausgiebig. Dann weist er mir den Patientenstuhl zu und setzt sich mir gegenüber aufrecht hin. Einen Moment ist es still. Er hebt kurz seine Hände: „Ich sehe es schon. So können Sie unmöglich ins Labor!" Verblüfft blicke ich ihn an, bringe keinen Ton heraus. *Was sieht dieser Mann?* „Gönnen Sie sich ein wenig Ruhe. Sie sehen ja völlig erledigt aus! Gehen Sie an die frische Luft, machen Sie eine Wanderung. Ich denke, zwei Tage sollten Sie wieder ins Lot bringen. Sonst sprechen Sie einfach noch einmal bei mir vor. Die Benachrichtigung wird von uns aus ans Labor geschickt. Gehen Sie heim. Ich wünsche Ihnen eine gute Genesung."

Und mit diesen Worten schiebt er mich fast zur Tür hinaus. Perplex starre ich auf die Frau am Computer, die sich sofort erhebt, um den nächsten Patienten zum Arzt reinzurufen. *Wie lange war ich da drin? Eine halbe Minute? Eher weniger!* Irritiert sieht sie mich an: „Möchten Sie ein Glas Wasser?" Ich schüttele meinen Kopf: „Nein, nein. Ist schon gut."

Frithjof wartet direkt hinter der Tür. „Siehst du! Alles halb so wild, nicht wahr?" Er sieht begeistert aus. Ich betrachte ihn ernst: „Hattest du deine Finger im Spiel?" Er zuckt nur mit den Achseln: „Ich war nicht dort. Oder hast du mich irgendwo gesehen?" „Nein", ich gehe an ihm vorbei und hole mir ein Glas Wasser, „aber komisch, also seltsam war es schon. Dr. Frei hat mich überhaupt nicht untersucht!"

Frithjof stellt sich eine Spur zu dicht vor mich: „Du siehst eben blass aus. Was hat er denn gesagt?" „Ich habe zwei Tage frei." „Gut. Wie kommen wir an einen Wagen?" „Zwei Straßen weiter ist der Verleih." „Warum? Hast du kein eigenes Auto?" Ich sehe ihn verdutzt an: „Nein! Wofür denn auch! Es ist kein großes Ding. Wenn man einen Wagen braucht, mietet man sich einen. Für ein paar Stunden, für einen Tag ... Dafür muss ich mir nicht so eine Blechkiste vors Haus stellen. Überleg mal, was das kosten würde!" Erneut zuckt er nur mit den Achseln.

Sie sieht mir aus ihren samtig braunen Augen zu, wie ich mein Müsli löffele. „Bist du sicher, dass du mich tragen kannst?" Ihre Stimme ist leise und zischelnd. Kurz schaue ich auf, schenke ihr ein Lächeln: „Aber sicher, so groß bist du ja nicht." Sie wendet sich an Wido: „Bist du schon mit ihr geflogen?" „Nein, aber Basti! Ihm hat es gefallen. Und Frithjof." Ich sehe die Frau an. Sie ist ein gutes Stück kleiner als ich, was natürlich nichts außergewöhnliches ist. Die Haare gehen ihr bis zur Taille. Sie sind dunkelbraun und weich. Von der kleinsten Brise werden sie zum Wehen gebracht. Sie trägt ein sackleinenartiges Kleid mit einem sehr zerschlissenen Saum. Durch das Band, das um ihren Laib geschlungen ist, wird deutlich, wie zart sie ist. Ihr Gesichtsausdruck ist freundlich, aber auch distanziert. Zwischen den anderen Hexen erscheint sie beinahe unsichtbar. Frithjof braucht auf dem kahlen Asten ihr Geschick. Ich bin gespannt, was das sein soll …

„Wir waren doch ganz nah dran! Was ist das jetzt?" Der Bildschirm, auf dem wir Lenes Signal verfolgen, ist schwarz. Und auch im Cockpit scheint einiges falsch zu laufen! Über das Headphone rufe ich nach Henry: „Was ist los?" „Ich weiß nicht, plötzlich sind ein paar Anzeigen ausgefallen. Unter anderem haben wir auch das Signal des Zielobjekts verloren." „Wie konnte das passieren?", schreie ich ungehalten in das Mikro. „Ich weiß es nicht, Achim! Die flugrelevanten Anzeigen sind alle noch intakt. Das ist das Wichtigste."

„Das Wichtigste ist das Zielobjekt! Wir waren doch fast dran!" „Jetzt bleib mal cool da hinten! Punkt eins: Ich lasse mich von dir nicht anschreien! Punkt zwei: Das Wichtigste für mich ist, dass ich uns alle drei heil runter bringe, alles andere ist irrelevant! Punkt drei: Unser Zielobjekt kann nicht weit sein. Seht doch zur Abwechslung einfach mal aus dem Fenster und nicht immer nur auf den Bildschirm! Over!"

Ich bekomme, trotz des heftigen Windes, eine sanfte Landung hin. Albrun mustert mich mit geröteten Wangen, ihre Haare wehen wild durch die Luft: „Bastian hat recht behalten!" Fragend sehe ich sie an. „Womit?", schreie ich gegen den Wind an. „Es macht Freude, mit dir zu fliegen! Ich danke dir für diese gute Erfahrung!" Verwundert ziehe ich meine Brauen hoch: „Gern geschehen! Was kannst du, was die anderen nicht können?" Sie zuckt mit den Achseln: „Frithjof wollte bestimmt nur, dass ich auch mal mit dir fliege!"

Langsam sieht sie sich um, hält sich mit einer Hand die Haare zusammen. „Ein trostloser Ort, findest du nicht?" „Ja, Steppe! Alles ist verdorrt! Und es zieht ein bisschen, meinst du nicht auch? Bei euch auf der Lichtung kann man leicht vergessen, wie es um unserem Planeten wirklich bestellt ist!"

Sie sieht mich ruhig an und kommt mit ihren Gesicht dicht an mein Ohr, um nicht immer schreien zu müssen: „Bei uns auf der Lichtung, wolltest du hoffentlich sagen. Du gehörst zu uns, Selene." Ich freue mich über ihre Worte, gehe aber nicht weiter darauf ein. Lächele vor mich hin. „Ich habe dich beobachtet!" „Da bist du nicht die einzige!" Sie sieht mich milde an: „Nein, bin ich nicht! Du hast so eine Art, die gefällt mir!" „Und die wäre?" „Du tust, was du dir in den Kopf setzt. Ja, das ist es! Das gefällt mir an dir richtig gut!" „Aha?" Sie dreht sich von mir weg und blickt in die Weite. „Du suchst ständig nach deinen Grenzen", ohne mich anzusehen greift sie nach meinem Arm. „Deine Suche wird Erfolglos bleiben!" „Hm? Ist das nun gut oder schlecht?" „Gut!"

Ich blicke in die Richtung, die Albrun anvisiert. „Was siehst du in der Ferne?" „Nichts! Ich versuche mich auszuruhen! Aber bei diesem unerbittlichen Wind, wird das nicht so einfach!" „Das sollte ich auch tun! Frithjof hat irgendwas vor! Aber ich weiß nicht, was er von uns erwartet!" „Dann gönn dir eine Pause und grübele nicht über alles nach!" „Ich weiß nicht, wie das gehen soll! Ich bin nervös!" „Ja, das bist du! Es gibt keinen Grund dafür!" „Ach, meinst du?" „Ja! Frithjof weiß was er tut! Dieser Mann ist, wie die Sträucher um uns herum! Sieh sie dir genau an, dann weißt du schon, was ich meine! Aber jetzt ruh dich aus! Such dir einen Punkt im Nichts! Schaff Platz in deinem Kopf! Dafür darfst du keinen Gedanken fassen! Denk an gar nichts! Leere! Du wirst bald spüren, wie sich eine starke Energie in dir sammelt!"

Für eine Weile folge ich ihrem Blick. Versuche alles auszublenden. Vergebens, zu viele Fragen lauern in meinem Kopf. *Wie wird Mona reagieren? Wird sie sauer werden, wenn sie den Zusammenhang zwischen Frithjof und mir begreift? Oder ist es wirklich so, wie Frithjof sagt? Und ich habe meine Freundin nicht an mein neues Dasein verloren? Was hat Frithjof überhaupt vor? Er braucht uns in Bestform! Wie ergeht es Hildrun und Papa. Was treiben Otrun und Witta? Und wie lange wird es dauern, bis meine Haut auf diesem Berg verbrennt? Und was hat Albrun mit Frithjof und den Sträuchern gemeint?*

Skeptisch sehe ich mit vorgehaltener Hand gegen die Sonne. Es ist diesig, doch die runde Sonnenkugel zeichnet sich deutlich ab.

Blendet durch das milchige Licht. Außerdem ist es sehr warm. Durch diesen kräftigen Wind, spüre ich die Hitze allerdings kaum. Ich bin mir sicher, meine Haut wird heute verbrennen. Der Staub, der in Wellen über die Steppe getrieben wird, sieht beinahe wie Wasser aus. Die kleinen zähen Sträucher halten stand. Der Wind zerrt wie verrückt an ihnen. *Sicher wissen sie selbst nicht, warum sie noch hier sind.*

Was hast du schon wieder für trübe Gedanken in deinem Kopf, Selene! *Frithjof?* Wer sonst. Wir sind gleich bei euch. Bitte flieg eine Runde. Ich möchte, dass wir einen verlassenen kahlen Asten vorfinden. Dann sehen wir in die Weite und Mona entdeckt dich irgendwo am Himmel. So habe ich mir das vorgestellt. *Kennen wir uns?* Aber sicher. Ich muss dich in meine Arme schließen können, Selene. Du hast mir gefehlt. *Wie lange braucht ihr noch?* Wenige Minuten. Es ist sicherer, du fliegst jetzt. *In Ordnung, bis gleich.* Ich freu mich auf unser Wiedersehen.

Wer hätte gedacht, dass ich diesen Mann je vermissen werde, doch jetzt bin ich ganz aufgeregt, ihn gleich wiederzusehen! „Albrun, komm wir fliegen ein bisschen! Frithjof und Mona werden gleich hier sein", rufe ich aufgekratzt. „Du fliegst, mich kann deine Freundin ohnehin nicht sehen!" „Aber es ist ein großes Gelände hier oben! Vielleicht kommen sie woanders lang!" „Da hast du allerdings recht, Selene", ihr Mund bleibt ernst, doch ihre Augen lächeln, „na dann …"

Ich nehme sie auf meinen Rücken. Mit kräftigen Flügelschlägen geht es der Sonne entgegen. *Wie schön, dass das hier so eine verlassene Gegend ist …* Ich segele mit dem Wind. Es geht höher und höher. Der kahle Asten wird unter uns kleiner und kleiner. Doch er ist unbarmherzig. Nicht umsonst ist er so derart verlassen.

„Sag mal, bist du eine Maschine?" „Drücken deine Schuhe? Hast du die falschen Schuhe an?" „Nein Frithjof, meinen Füßen geht es gut, aber mein Herz schlägt mir bis zum Kragen! Wir kommen auch an, wenn wir ein bisschen langsamer gehen." Er bleibt stehen und dreht sich zu mir um und sieht mich höhnisch an: „Soll ich dich ein Stück tragen?" „Wohl kaum. So schlimm ist es auch nicht."

Er zieht sich grinsend seinen Rucksack von der Schulter nach vorn. „Komm trink einen Schluck. Ich habe uns Wasser mitgenommen. Spürst du das? Der Wind nimmt zu, wir sind gleich oben." Ich lächele ihn dankbar an und nehme die Flasche, die er schon für mich geöffnet hat. Es tut gut, stehenzubleiben, ein bisschen zu trinken, Luft zu holen. „Sag mal, woher nimmst du diese Kraft. Ich dachte, du wärst ein älterer Herr." „Ach wirklich? Wie alt schätzt du mich denn?" *Ich hasse diese Art von Fragen, auf die es nur falsche Antworten gibt!* „Na, ich tippe auf hundertfünfzig", meine ich leichthin und grinse ihn frech an. Er grinst zurück und meint anerkennend: „Nicht schlecht, du bist nah dran! Ich ahnte, dass du gut bist, aber das erstaunt mich jetzt doch!" „Und, wie alt bist du wirklich?" „Komm lass uns weiter gehen."

Ich reiche ihm die Flasche zurück: „Danke. Na? Wie alt bist du nun?" Er nimmt auch einen kleinen Schluck. Während er die Flasche absetzt und zuschraubt, meint er scheinbar ganz nebenbei:

„Ich bin einhundertachtundvierzig und kerngesund. In knapp zwei Jahren nulle ich wieder einmal." Ich sehe ihn erstaunt an.

Er sieht nicht aus, als wolle er mich verulken. Zur Erklärung fügt er hinzu: „Ich bin im Sommer 1975 im Zeichen des Löwen geboren." Wie angewurzelt stehe ich da, rechne kurz nach. Die Zahlen tanzen in meinem Kopf. „Bist du ein Geist oder so was?" „Nein, ich lebe. Sehe ich so schlecht aus?" Verdattert schüttele ich meinen Kopf: „Irgendetwas ... Mein Gefühl sagt mir, dass du die Wahrheit sagst." „Natürlich, Mona. Warum sollte ich mich älter machen, als ich bin? Aber jetzt lass uns weitergehen. Komm, wir wollen auf den Gipfel. Was meinst du, wie schön es da oben sein wird." „Da sieht es genauso aus wie hier, Frithjof! Und langsam bin ich mir sicher, das weißt du ganz genau." „Stimmt", erwidert er trocken.

„Ein grässliches Gelände, und deshalb werden wir dort ganz für uns sein. Und das macht diesen Ort wiederum sehr schön, meinst du nicht?" Er packt meinen Arm und zieht mich mit sich. „Ich habe Sachen für ein Picknick eingesteckt." „Das habe ich gesehen." „Wann das?" „Als du noch kurz bei der Toilette warst. Ich konnte allerdings nicht mehr herausfinden, was in der Tüte steckt." Frithjof schüttelt erfreut den Kopf. „Sehr gut. Ich hatte schon ein bisschen Angst um dich." „Hm?" „Na, ich mag dich, weißt du? Ich muss sagen, ich hatte wirklich Angst um deine Sicherheit. Du warst so frei und offen! Zu offen! Hast mir direkt deinen Schlüssel anvertraut, ich durfte in deiner Küche hantieren, in deiner Wohnung schlafen, du bist mit mir hier rauf, du trägst nicht mal deinen Wavewatch!" „Das hast du bemerkt?" „Natürlich."

„Vielleicht hast du recht. Ich bin ein bisschen zu offenherzig. Matthias hat das kräftig ausgenutzt. Du vielleicht auch ... Ich weiß es nicht." Frithjof legt seinen Arm um mich: „Ich nicht. Gleich sind wir oben und dann gibt es leckere Tunfischsandwiches." Ich lehne meinen Kopf an seine Schulter, fühle mich wohl und geborgen. *Nein, dieser Mann führt zwar irgendetwas im Schilde, aber ausnutzen will er mich nicht. Das sagt mir klar und deutlich mein Gefühl. So muss es sein, einen Opa zu haben ...*

Und endlich wird das Gelände flach. Wir sind oben. Eine kräftige Windbö empfängt uns. „Sandwiches mit Beilage!", stöhne ich. „Vielleicht finden wir ein geschütztes Plätzchen", schreit Frithjof gut gelaunt gegen den Wind an. „Vergiss es! Sieh dich nur um! Hier oben gibt es keinen Schutz! Vor nichts!" Ich sehe gegen die Sonne. „Ach was, Mona! Das machen wir schon! Ich habe aus deinem Bad ohne Tür die Sonnencreme eingesteckt!" Frithjof wühlt im Rucksack.

„Du denkst ja an alles!" „Ich bemühe mich", ruft er und reicht mir mit einem warmen Lächeln die Tube. „Danke, willst du nichts?" Er schüttelt seinen Kopf: „Ich bin die Sonne gewohnt!" Ich sehe auf seine wesentlich dunklere Haut und nicke zustimmend. Der Wind hat einzelne Strähnen aus seinem Haargummi gerissen. Wie aufgeregte Schlangen tanzen sie um seinen Kopf. „Matthias hat sie eingetreten!" „Das dachte ich mir schon!" „Wie das?" „Ich kann eins und eins zusammenzählen!" Vom Wind abgewandt reibe ich mein Gesicht und den Hals dick ein. „Wirklich? Ich glaube kaum, dass du dir vorstellen kannst, was in der letzten Zeit alles passiert ist", schreie ich ungläubig. „Möchtest du darüber reden?" „Lieber nicht! Ich bin so durcheinander! Es sind Dinge geschehen … Bisher dachte ich, so was gibt's nur in Romanen!"

Ich spüre, wie Frithjof mich beobachtet. Schnell wechsele ich das Thema: „Wenn du wusstest, wie es hier oben aussieht, warum sind wir dann hier? Es ist grässlich!" Sein Bart zieht sich in die Breite: „Wegen dem Picknick!" Ich stehe vor ihm, mit verschränkten Armen. Insgeheim freue ich mich über die Windjacke, die er mir aufgeschwatzt hat. „Das ist das erste Mal, dass du mich wirklich anlügst! Stimmt`s?", meine ich streng. Auch er verschränkt seine Arme: „Sagen wir mal; einen Bären aufbindet! Das klingt nicht so gemein!" „Na gut! Im Ergebnis dennoch das Gleiche!" „Finde ich nicht!" Ich lasse meine Arme auf die Hüften fallen: „Na, wenn du meinst!" Ich betrachte das Panorama.

Obwohl es hier oben wirklich garstig ist, birgt es doch eine gewisse Schönheit. Eilig ziehen die Schwaden über den Himmel. Der Wind kennt kein Erbarmen. Die Sträucher biegen sich fast bis zum Erdreich nieder, der lockere sandige Boden fegt in wellenartigen Verwirbelungen über sie hinweg, nur die Sonne starrt bedrohlich ruhig durch die hastig dahinziehende Wolkendecke.

Am Himmel bewegt sich etwas. Ich ziehe mir eine Strähne aus dem Mundwinkel und halte mit meiner Linken die Haare zusammen, aufgeregt zeige mit der freien Hand in die Höhe: „Ein Vogel, schau!" Frithjof legt seinen Arm um meine Schulter. Mit der anderen Hand schützt er sich ein wenig vor der Sonne: „Das glaube ich nicht!" „Was sonst? Ein Flugzeug?" „Wohl kaum, sieh genau hin!" „Also doch ein Vogel! Aber ein großer!" „Es ist kein Vogel, das ist unsere gemeinsame Freundin!"

Ich zucke zusammen: „Bitte was?" Er bleibt still, hält mich fest an sich gedrückt. Der Vogel kreist weit über uns. Zieht gewagt seine Runden. *Unsere gemeinsame Freundin? Haben wir gemeinsame Bekannte? Das wäre mir neu! Wer soll das sein? Es kann nur … Ist das wirklich Selene? Frithjof kennt sie? Wenn ja, woher?*

Außerdem! Achim und der fette Stöcker sind ihr doch auf den Fersen! Na das gibt ein schönes Wiedersehen! Wie kann ich Selene warnen, wenn sie das da oben wirklich ist? Ängstlich sehe ich an Frithjof hoch. Er steht sicher und frei da, und sieht auf den bewegten Punkt in der Ferne. Hält mich in eisernem Griff um meine Schulter. Stets bereit mich zu fangen, sollten meine Beine nachgeben. *Er muss wissen, dass sie es ist. Und jetzt glaubt er, mir könnte das zu viel werden. Ich mag diesen alten Mann.*

Und wieder fliegt dieses Etwas zwischen den dunstigen Wolken eine gewagte Schleife. *Selene! Ich fasse es nicht!* Er klopft mir die Schulter: „Siehst du, sie kommt näher. Gleich wird sie auf uns zustürzen", erklärt er dicht an meinem Ohr, um nicht immer so schreien zu müssen. Ich schüttele meinen Kopf. „Ich kann das alles nicht glauben!" „Erkennst du sie immer noch nicht? Es ist Selene!" „Doch, eigentlich schon! Aber ich kann es nicht glauben", nuschele ich vor mich hin. „Woher kennst du sie?" „Fliegt sie nicht wunderbar, Mona? Ich könnte ihr stundenlang dabei zusehen! Selbst bei diesem Wind! Es scheint, als könne er ihr gar nichts anhaben, meinst du nicht?" „Woher kennst du Selene?", wiederhole ich meine Frage.

„Maya Delshay hat sie zu mir gebracht!" Ich starre nur auf Selene, unfähig zu antworten. *Maya Delshay! Sie hatte Selene einfach mitgenommen.* Benommen stehe ich da und stiere in den Himmel. Und dann passiert, was Frithjof schon angekündigt hatte. Sie stürzt in einem irren Tempo auf uns zu! Ich halte die Luft an. Vor Schreck bleibt mir fast das Herz stehen! Frithjof hält mich fest an sich gedrückt. *Gleich wird sie auf den harten staubigen Boden knallen!* Am liebsten würde ich meine Augen schließen, aber es geht nicht! Ich kann meinen Blick nicht abwenden!

Nur noch einen Augenblick, dann ...! Vielleicht vier, höchstens fünf Meter über dem Boden breitet sie plötzlich ihre Flügel weit aus. Fängt den Schwung ab und landet weich auf ihren Füßen. Eine kleine Staubwolke wird eilig vom Wind davon getragen. Ich fasse es nicht! Bekomme tatsächlich weiche Knie. Frithjof stützt mich. *Ich werde mich später dafür bedanken, jetzt kriege ich keinen Ton heraus.*

Selene

„Albrun, kannst du sie sehen! Da unten, Frithjofs schwarzer Anzug. Der blonde Haarschopf daneben ist Mona!", rufe ich gegen den Wind an und fliege ausgelassen eine gewagte Schleife. Albrun drückt ihre Beine ein wenig fester um mich: „Wer soll es sonst sein?" *Da hat sie wohl recht. So leicht verläuft sich niemand hier her.* „Halt dich fest, es geht abwärts!" Und schon lasse ich uns Richtung Erde sausen. Albruns Kehle entfährt ein erschreckter Laut. *Wir sind sehr schnell! Vielleicht, weil ich so glücklich bin, die beiden zu sehen. Vielleicht um ein bisschen Eindruck zu machen. Ach nein!* Knapp über dem Gelände fange ich den Schwung mit meinen Flügeln ab.

„Ich war mir sicher, dieses Mal geht es daneben! Selene du bist völlig wahnsinnig! Zum Glück bin ich schon lange tot!" „Albrun beruhige dich, wir sind weich gelandet! Alles ist gut." „Wenn du das so siehst ... Du bist diejenige, die ein Leben zu verlieren hat! Mir kann`s also egal sein", meint sie schon ruhiger.

Ich will mir meine Laune nicht verderben lassen und gehe auf Frithjof und Mona zu. Frithjof sieht zufrieden aus. Er hält meine Freundin fest im Arm. Er kommt mit Mona zielstrebig auf mich zu. *Sie sieht eher blass aus!* Ich laufe ihnen entgegen. Dann schließe ich die beiden gleichzeitig in meine Arme. Ich spüre Monas Zittern.

„Ist dir nicht gut?", frage ich. Sie sieht mir mit feuchten Augen ins Gesicht. Zuerst bekommt sie keinen Ton heraus. Nach einer Weile meint sie leise dicht an meinem Ohr: „Es ist so schön dich gesund zu sehen, aber du musst von hier verschwinden! Achim ist hinter dir her! Der fette Stöcker begleitet ihn. Du weißt, die sind eiskalt! Die kennen keine Skrupel." Stille Tränen rollen über ihre Wange und hinterlassen helle Streifen auf ihrem staubigen Gesicht.

„Ich war so dumm! Bitte verzeih mir!" Ich schließe sie fest in meine Arme. Frithjof zieht sich für einen Moment zurück, lässt uns Freundinnen für uns sein. „Mach dir keine Sorgen, sie folgen einer falschen Fährte", flüstere ich in ihr Ohr, während ich ihr übers Haar streiche. Sie löst sich von mir: „Wie das?" Ich zeige ihr mein freies Handgelenk. „Es ist ziemlich einfach, oder? Sie folgen blind einem Gerät! Wie ich die kenne, schauen sie weder nach rechts, noch nach links! Nur auf irgendeinen Bildschirm!" Dabei grinse ich sie breit an. „Aber …" Weiter kommt sie nicht.

„Gute Freunde lenken meine Jäger ab!" Das Lächeln auf Monas Gesicht kehrt zurück: „Dann bist du ja in Sicherheit!" Sie wischt sich übers Gesicht und nimmt mich erneut in ihren Arm: „Ich bin so froh, dass es dir gut geht!" Und an Frithjof gewandt: „Dieser Ort ist wirklich sehr schön!" „Weil wir nicht gestört werden", schreit Frithjof ergänzend. „Richtig", nickt Mona und streicht ihm über den Arm. „Danke Frithjof! Deine Eltern haben dich falsch eingeschätzt! Völlig falsch!"

Ich sehe fragend von Mona zu Frithjof. Er schüttelt nur leicht den Kopf und zwinkert ihr zu. „Ihr versteht euch gut, wie ich sehe", rufe ich lachend mit gerunzelter Stirn. Sie holt tief Luft und zeigt mit dem Finger auf ihn: „Gestern war er ganz Gentleman, heute allerdings ein bisschen borstig! Aber wir verstehen uns gut, ja!" „Ein bisschen borstig! Ich konnte wohl kaum zulassen, dass wir kurz vor dem Ziel umdrehen, oder?" Mona schüttelt den Kopf: „Nein, das wäre wirklich zu blöde gewesen!"

Sie lächelt still. „Ja, Maya Delshay hat dich zu ihm gebracht, aber warum? Wie gut kennt ihr euch?" Kurz überlege ich, wie ich es am besten erkläre. „Er ist mein Meister!" Monas fragender Blick schweift von mir zu Frithjof und dann in die Weite. „Du bist inzwischen eine ganz andere, nicht wahr?"

Ich wende mich, so gut es geht, vom Wind ab: „Mag sein, dass ich mich verändert habe! Dennoch bin ich immer noch Selene!" Sie schaut mir ins Gesicht. „Das ist schön! Du bist übrigens voller Pigmentflecken", lacht sie. „Von weitem siehst du richtig braun aus! Und jetzt dreh dich mal um! Pff, hast dir ein Tattoo stechen lassen! Gerade du, du Angsthase!"

Lachend kehre ich ihr den Rücken zu. Gehe zwei Schritte von ihr weg und öffne meine Schwingen. Mona gibt einen überraschten Laut von sich. Dann lege ich sie wieder an und drehe mich zu ihr. Mit staunenden Augen raunt sie: „Das ist Wahnsinn! Selene, du bist wunderschön!" „Na ja, ich finde sie auch ganz hübsch!" „Darf ich sie mal berühren?" „Natürlich Mona, wollen wir eine Runde fliegen?" Sie sieht mich verdutzt an. „Ehm, später vielleicht! Bei so einem Wind herrscht Start- und Landeverbot!" „Klar, ich bin hier der Angsthase!" Frithjof schaltet sich ein: „Ich bin auch mit ihr geflogen! Sie hat mich sicher hier hergebracht!" „Du kannst nicht fliegen, Frithjof?" Er schüttelt seinen Kopf. „Ich denke, du bist ihr Meister!" „Mag sein, ja! Aber fliegen kann nur sie!" „Aha?"

Ich betrachte meine Freundin. Tausend Fragen warten darauf, ausgesprochen zu werden. Sie scheint ein bisschen überfordert, dennoch hält sie sich tapfer. *Sie tut so, als wäre das alles beinahe alltäglich. Frithjof hat recht, sie ist wirklich mutig. Das hatte ich in all den Jahren unserer Freundschaft nie an ihr bemerkt.*

Ich richte mich an Frithjof: „Hast du was zu essen dabei?" „Natürlich!" „Sehr schön!", freue ich mich. Frithjof sieht mich abschätzend an: „Hast du nichts gegessen?" Ich winke ab: „Doch natürlich!" „Sie hat sich ein Müsli gemacht", wirft Albrun dazwischen. „Wido und Wondering Bear passen auf, dass ich brav esse!" „Das ist gut! Auf die Jungs ist Verlass!" Frithjof strahlt mich an. „Und wie findest du`s hier?" Ich sehe mich um: „Windig und trostlos, meinst du nicht?" Er nickt mir zu. „Wir müssen was tun!"

„Wie das?" Ich sehe fragend zu Albrun. Sie lächelt still. Frithjof sieht auf Mona: „Kannst du noch? Wir müssen ein Gebiet abschreiten! Wir sollten es nicht zu klein anlegen! Möchtest du mitkommen? Oder hier auf uns warten!" Mona sieht mich fragend an. Ich zucke mit den Achseln. „Ich komme mit", sagt sie. „Sehr schön", meint Frithjof und nickt mir dabei zu. „Selene, wir müssen als erstes gemeinsam den Wind zügeln! Er reißt alles mit sich! Das ist dir, denke ich, auch klar."

Ich sehe ihn fragend an: „Und wie machen wir das?" „Mit dem Willen, wie immer!" „Und Mona?" „Sie wird uns begleiten und auf dich aufpassen! Kommt, als erstes schreiten wir das Gelände ab!" „Aber was muss ich tun, Frithjof?" Unbeholfen und auch ein wenig ängstlich sehe ich ihn an. „Du sparst noch ein wenig deine Energie für später! Im Moment kommst du mit uns und stellst dir unseren Wald vor! Führe ihn dir genau vor Augen! Vergiss, was du hier siehst! Du konzentrierst dich auf den Wald und unsere Lichtung! Und wünsche sie dir herbei. Albrun und ich besorgen vorerst den Rest!"

Ich reibe mir angespannt den Dreck aus dem Gesicht. „Mona, denk nicht, ich verstehe, was er sagt! Er erklärt niemals mehr als nötig!", rufe ich ihr etwas unwirsch zu. „Mehr würde dich nur verwirren! Kommt!" Frithjof geht mit Albrun vorneweg. Er hält sie bei der Hand. Mir geht durch den Kopf, dass Mona Albrun gar nicht sehen kann. Es kommt mir seltsam vor …

In zügigem Tempo marschieren wir einen weiten Bogen. Ich tausche mit Mona fragende Blicke. „Selene, du bist nicht bei der Sache!", ermahnt mich Frithjof. Kurz schließe ich die Augen, atme tief durch und schlucke die Antwort hinunter. „Besser so", ruft Frithjof gegen den Wind in meine Richtung. Mona erhascht mein Augendrehen und muss grinsen.

„Selene, konzentrier dich!" „Ok, ich versuche es! Versprechen kann ich aber nichts!" „Du brauchst nichts versprechen, du sollst dich nur konzentrieren! Erspüre deine ersten Erfahrungen mit dem Wald! Mona, halte du ihren Arm fest, dann braucht sie nicht auf den Weg achten! Führe sie!"

Ich sammele mich, gebe mir Mühe. Es ist schwierig. Ich fühle mich völlig abgelenkt, von dem heißen Wind, der uns wie irre um die Ohren pfeift, von Monas Gegenwart, ihr fester Druck auf meinen Arm, von all den Eindrücken um uns herum. Ich versuche mir die Rinden der Bäume vorzustellen. Manche rau und rissig, andere weich und korkig. Kleine Astlöcher, in denen sich Getier eingenistet hat. Und die Geräusche der Ruhe. Der leise Wind in den Baumkronen. Stattdessen brüllt der Wind in meinen Ohren.

Abrupt bleibt Frithjof stehen. Wir knallen fast in ihn rein. „Selene, so wird das nichts!" Kräftig puste ich die Luft aus meinen Backen: „Was mache ich denn falsch? Sag mir wie! Ich kann mich bei diesem Getöse nicht fühlen, wie in deinem kleinen Paradies!" Er legt seine Hände an meine Arme an. Der Mantel aus Ruhe und Gelassenheit umfängt mich. Jetzt spüre ich, wie sich auch mein ratterndes Herz langsam beruhigt.

„So ist es besser, Selene. Und nun atmest du mit mir." Er sieht mir fest in die Augen. Gemeinsam atmen wir tief ein und wieder aus. Weit. Es fühlt sich an, als wäre meine Lunge auf Rosinengröße zusammengeschrumpft. Als ich denke, jetzt geht nichts mehr, holen wir endlich wieder Luft. Mit der Zeit weiß ich kaum noch, was eben mein Problem war. Ich fühle mich ganz ausgeglichen. Frithjof holt mich sanft zurück: „Bist du bereit?" Zuversichtlich nicke ich ihm zu.

Unser Marsch geht weiter. Mona hält mich am Arm. Ich schließe meine Augen. Vertraue mich ihr an. Nun gerät es besser, diese unwirschen Begebenheiten auszublenden. In meinem Geist herrscht endlich Ruhe. Die Luft wird klar und angenehm. Hier flattert ein Vogel auf, dort summt ein Insekt. Immer weiter vertiefe ich mich in meine Erinnerungen. Äste knacken unter meinen Schritten. Alles wird einfacher. Ich rieche den Duft der Nadelbäume. Leises Plätschern irgendwo. Ein wenig entfernt. Der Geruch des Waldbodens steigt in meine Nase. Wo nur wenig Licht hinfällt, sprießen die Pilze aus dem Boden. Meine Füße treten weich auf dicke Schichten von herab gefallenen Baumnadeln. Ameisen überall. Wie besessen tragen sie ihre Fundstücke über holpriges Gelände zum Bau.

Bis zum Himmel ragen die grün bemoosten Baumriesen. Wie fühlt sich eine Ameise neben diesen Giganten? Mit einem Mal spüre ich das silbrige Mondlicht. Es umhüllt mich. Ich bade in dem kühlen Schein. Ein sanfter Guss aus Silberlicht. Die Welt um mich schimmert in tiefen Blautönen. Ich fühle mich sehr stark, nahezu unbesiegbar.

„Wie bitte? Mona Wentop ist krank? Was hat sie denn jetzt? Sorgen Sie dafür, dass ich Dr. Frei ans Telefon kriege. Ich bin in meinem Büro." Verärgert stapfe ich zurück in meinen Glaskasten. *Gestern Abend ging es Mona doch noch ausgesprochen gut! Sie ist bestimmt mit diesem Alten im Bett! Komischer Kauz! Wie hat sie ihn noch genannt? Friedrich? Nein, irgendwie anders, ungewöhnlicher. Ist auch nicht wichtig. Ich sollte mir eigentlich frei nehmen! Die Sorge um Lene bringt mich fast um!* Über den Wavewatch versuche ich Achim zu erreichen.

„Was willst du jetzt? Hast du Neuigkeiten für uns?"

„Hallo Achim. Nein ich dachte, ihr wüsstet vielleicht was Neues. Ihr wolltet mich auf dem Laufenden halten. Aber ihr meldet euch nicht."

„Von der Lichtstetten gibt es nichts Neues. Komplikationen! Hier sind alle Instrumente ausgefallen!"

„Alle? Dafür klingst du aber ruhig! Meine Hochachtung!"

„Nein, nur alles, was uns bei der Suche nach ihr hilft. Mit einem Mal war alles schwarz. Jetzt müssen wir aus dem Fenster spähen, um sie wiederzufinden!"

„Das ist ja dumm!" Konzentriert versuche ich, meine Freude in meiner Stimme zu unterdrücken und reibe mir aufgeregt die Hände. „Habt ihr denn gute Sicht?"

„Es geht so. Ich habe Henry gesagt, er soll höher steigen. Aber er meint, weiter oben könnte das Zielobjekt auf keinen Fall fliegen. Also versuchen wir durch die Wolkenschwaden hindurch, etwas zu erkennen."

Der Apparat auf dem Schreibtisch blinkt. „Achim, ich muss Schluss machen. Es kommt gerade ein Gespräch auf der Hausleitung rein. Bitte halt mich auf dem Laufenden."

Erstaunt sehe ich, dass Achim unser Gespräch bereits beendet hat. *Sehr freundlich! Zielobjekt! Ich fasse es nicht. Wenn schon, dann Zielsubjekt! Lene ist doch ein Mensch! Nicht wie wir alle, aber dennoch ein Mensch!* Kopfschüttelnd nehme ich den Hörer.

„Jürgen, einen schönen guten Morgen! Wie ich gehört habe, war Mona Wentop heute früh bei dir."

„Oh ja, sie sah gar nicht gut aus. Völlig überarbeitet. Ich habe sie für zwei Tage aus dem Verkehr gezogen. Das ist dir ja sicher recht. Wie ich gehört habe, steht ihr euch ziemlich nahe."

Ich atme tief durch und starre für einen Moment an die Decke. „Du bist nicht ganz auf dem neuesten Stand, Jürgen. Sie hat mich raus geschmissen und sich bereits jemand anderen ins Haus geholt. Einen älteren Herrn."

„Vielleicht ein Verwandter. Ihr zwei. Mir gefällt die Vorstellung."

„Vergiss es. Mona will mich nicht. Sie hat mich von der Polizei aus ihrer Wohnung entfernen lassen!"

„Nun, als sie bei mir war, sah sie sehr mitgenommen und bedrückt aus. Sicher tut es ihr leid und alles renkt sich wieder ein. Mein Freund, manchmal muss ein Mann geduldig sein."

Langsam setze ich mich auf die Kante meines Schreibtisches. Von meinen Beobachtern abgewandt. Ich spüre die Hitze in meinen Augen. Als ich sie schließe, rollen tatsächlich Tränen! Es ist mir unmöglich, ein Wort heraus zu bringen.

„Du weinst ja! Matthias, ihr seid beide ganz schön am Ende, was? Dich kann ich auch beurlauben."

„Lass gut sein. Hast du vielleicht Zeit?", frage ich mit belegter Stimme.

„Heute Abend? Neunzehn Uhr im Kaffeemanie?"

Ich nicke gegen die Wand. „Danke", bringe ich noch heraus und lege dann langsam den Hörer in die Station. In meinen Hosentaschen krame ich nach einem Taschentuch.

„He! Spinnst du? Was ist denn in dich gefahren?" Ich halte mir meine Nase, fühle, wie das Blut in Richtung Mund läuft. Eilig greife ich nach der Papierserviette, in die das Sandwich eingeschlagen war und versuche es aufzuhalten. Missgestimmt sehe ich zu Stöcker rüber. Der stiert aus dem Fenster, als wäre nichts gewesen. Das macht mich noch wütender.

„Pass auf, dass ich dir nicht auch eine lange!" Er dreht sich zu mir um. Unschuldsblick. „Was ist denn? Hast du was an der Nase?"
„Ein guter Freund hat mich gegen die Scheibe gestoßen. Ich weiß noch nicht weshalb, aber vielleicht verrät er es mir gleich", broddele ich durch die Serviette.

Stöcker sieht sich um. „Jetzt tu nicht so! Wir beide sind alleine hier drinnen. Und Henry lenkt vorne die Maschine, der wird's wohl kaum gewesen sein!" Stöcker sieht mich irritiert an: „Ich hab wirklich nichts gemacht!" Er zuckt mit den Schultern. „Hast du draußen was gesehen? Das kommt schon mal vor, wenn man etwas durch eine Scheibe anvisiert, sieht man sie irgendwann nicht mehr und stößt sich den Kopf." „Aber nicht so, du Witzbold!" Ich tupfe das Blut von meiner Nase. „Ja, ich habe was gesehen. Einen großen, majestätischen Vogel und wums! Knallst du meinen Kopf gegen das Fenster!" Ich lehne mich zurück und schließe die Augen. Stechende Kopfschmerzen übermannen mich.

„Wie hat sie das bloß gemacht?" Ich sehe auf. Stöcker redet unbeirrt weiter: „Als sie spürte, dass wir ihr dicht auf den Fersen sind, hat sie alle Anzeigen, die sie betreffen, ausgeschaltet! Und eben hast du was gesehen und dieses Wunderweib hat dich dazu gebracht, dir die Nase einzuhauen!" Er atmet tief durch und sieht mich erwartungsvoll an. „Du überschätzt die Lichtstetten." Ich lehne mich wieder zurück. „Dumme Zufälle", nuschele ich, tupfe das Blut von meiner Nase und schüttele den Kopf.

Durch das Headset erreicht mich Henrys Stimme: „Kommt mal einer nach vorn. Ich glaube, ihr müsst nur die Zieldaten neu eingeben, irgendwas hat sich hier verstellt."

„Ich komme sofort."

Ich zwänge mich durch die kleine Öffnung in die Pilotenkabine. *Stöcker käme hier sowieso nicht durch!* „Meinst du?" Henry nickt. „Was hast du denn gemacht?" „Ach nichts", winke ich ab. „Du siehst aus, als würdest du bluten! Versuch mal, die Daten von ihrem Wavewatch einzugeben. Ich hab so ein Gefühl. Ein paar Schalter waren umgelegt. Hat ein bisschen gedauert, bis ich sie gefunden habe. Wer rechnet auch mit sowas?"

Wir tauschen irritierte Blicke. Ich habe mir den Zugangscode bereits mehrmals notiert und ihn fest in meinem Kopf gespeichert. Eilig gebe ich ihn ein. Es dauert einen Moment, und schon ist ihr Signal wieder sichtbar. Als wir uns zufrieden angrinsen hören wir von hinten lautstarken Jubel.

Meine Schulter wird gerüttelt. Benommen öffne ich die Augen. Irritiert stelle ich fest, dass der tosende Wind inne hält. Ich sehe mich um. Die kleinen Büsche stehen still, ruhen aus. Dafür ist es wesentlich wärmer als zuvor. Ein kleines Tier sieht erstaunt durch sein Erdloch. Es hält schnuppernd seine fein geschnittene Nase in die Luft, verschwindet aber blitzschnell wieder in der Tiefe.

„Selene", Frithjof hält mich am Kinn und funkelt mich mit seinen dunklen Augen an. „Hm?" Ich schiele zu Mona rüber, doch er korrigiert meinen Blick indem er mein Kinn zu sich wendet. „Gut gemacht, Mädchen. Aber wir sind hier noch nicht fertig." Er schenkt mir ein Lächeln. Sofort fühle ich mich besser. „Was muss ich tun?" Frithjof grinst: „Das gleiche, wie mit Mayas Rosenbeet." Ich sehe mich um. „Es gibt hier keine Rosen." „Es gibt jede Menge kleine Stielchen, die große Bäume werden wollen. Ich habe gesehen, dass du`s kannst." „Ganze Bäume?" Frithjof nickt: „Wir brauchen Schatten, meinst du nicht?" Es brennt heiß auf meine bloßen Schultern. Ich nicke ihm zu. „Für ein gutes Picknick brauchen wir Schatten." Sein Bart zieht sich in die Breite. Zufrieden wuschelt er mir durchs Haar. „Komm." Er nimmt mich bei der Hand. „Wir suchen jetzt die richtigen Stängel aus." Mona folgt uns aufmerksam.

„Sieh her, das könnte eine Eiche werden." Er zeigt auf ein blattloses etwas. „Versuch es." Dann wendet er sich meiner Freundin zu: „Komm Mona, wir setzen uns hier auf die Steine. Sie wird ein wenig Zeit brauchen." Frithjof lässt die trockene Erde durch die Finger rieseln. „Ich hoffe, es macht dir nichts aus, wenn deine Haare nass werden. Aber ohne Wasser wird das nichts. Wir brauchen einen schönen weichen Regen." Kurz sehe ich zu den beiden rüber. Sie sieht ihn mit ihren haselnussbraunen Augen fragend an.

„Albrun. Du wusstest, weshalb ich dich hier haben wollte, nicht wahr?" Sie sieht ihn ruhig an. Bestätigend nickt sie ihm zu. Dann öffnet sie sich zum Himmel. Ihre Handflächen vor den Körper gestreckt steht sie da und beginnt zu summen. Eine Melodie, wie ich sie irgendwann einmal gehört habe, ich weiß nicht … Es klingt zugleich fremd, und doch vertraut.

Langsam wende ich mich dem kleinen Baum zu. Er ragt vielleicht fünfundzwanzig Zentimeter aus dem Boden, eher weniger. „So, du bist also die kleine Eiche." Ich umschließe das Pflänzchen mit meinen Händen. Beschwöre es in Gedanken zu wachsen. Zufrieden stelle ich fest, dass es immer leichter wird. Die Übungen am Rosenbeet haben sich gelohnt. Ein paar einzelne Tropfen treffen meine unbedeckten Schultern. Schon bald setzt ein leichter Regen ein. Aus meinem Bäumchen sprießen die leuchtend grünen Blätter. *Eichenblätter. Wie konnte er das sehen?* Ich konzentriere mich auf meine Aufgabe. Schon bald überragt mich die Eiche. Frithjof steht neben mir: „Lass gut sein. Andere Bäume brauchen ebenfalls deine Kraft." Er zieht mich ein Stück weiter und zeigt auf den nächsten Stängel.

Völlig ausgelaugt sitze ich auf einem Stein und starre ins Leere. Frithjof hält mir einen Becher hin: „Selene! Bist du noch da?" Ich sehe auf und nehme das Wasser entgegen. Der Regen hat aufgehört. Es ist wieder warm und wir sitzen gemütlich im Schatten. Dem Schatten der Bäume, die eben noch jämmerlich klein waren. Eine leichte Brise weht uns um die Beine. Kein Vergleich zu dem fürchterlichen Wind, der vor ein paar Stunden über dieses Gebiet hinweg fegte. Die Luft ist noch ein bisschen feucht, aber angenehm.

Frithjof sieht mich ruhig an: „Ich sagte dir ja, ich brauche dich in Topform." Ich nicke ihm zu und blicke auf die aufsteigenden Perlen in meinem Wasser. Ich sitze da, völlig erledigt. Langsam gleitet mein Blick zu Mona. Sie beobachtet mich schon eine ganze Weile. Ich lächele sie erschöpft an: „Matthias war ziemlich sauer auf mich, hm?" Sie zuckt mit ihren Schultern: „Wer will sich schon vorstellen, wie sich ein Mann fühlt, der über Jahre abblitzt." „Mona. Er war nie an mir interessiert. Nur an meiner ... Besonderheit. Im Nachhinein glaube ich, er wusste schon lange vor mir Bescheid." „Er hat mir selbst gesagt, dass er dich liebt."

Ich sehe sie mit großen Augen an. „Was für ein Ekel! Erst geht er mit dir ins Bett und dann sagt er dir, dass er *mich* liebt? Unsensibler Mistkerl!" Mona schiebt sich eine nasse blonde Strähne hinter ihr Ohr: „Er war sehr durcheinander." „Du hast auch noch Verständnis für den? Du magst ihn wirklich!" Frithjof kramt in seinem Rucksack. Ein paar Frischhaltedosen kommen zum Vorschein. „Wollen wir endlich was essen?", fragt er gut gelaunt. Ich habe gar keinen Hunger mehr. Er sieht mich schräg an und hält mir ein in Zellophan gewickeltes Sandwich hin. Ich sehe ihn träge an.

„Komm Selene, tu mir den Gefallen. Du musst was essen." Als ich nicht reagiere, reicht er Mona das Päckchen und will sich gerade zu mir setzen. Aggressiv blicke ich zu ihm auf: „Fällst du jetzt wieder über meinen Willen her?" Er grinst lässig: „Wenn`s sein muss, mach ich das. Du hast Schwerstarbeit geleistet und jetzt wird gegessen." Genervt nehme ich ihm das Brot ab. „Na geht doch", meint er und setzt sich wieder auf seinen Platz. Zu Mona meint er: „Sie ist manchmal etwas borstig! Ab und zu muss man sie ganz schön bemuttern!"

Ich schließe meine Augen. *Scheinbar hat er Freude an dieser Formulierung! Ich wünschte, Wido wäre hier. Aber sein Erscheinen kann ich leider nicht beeinflussen. Er muss geduldig auf der Lichtung warten.* Ich sehe Mona an: „Der liebt mich nicht, das verspreche ich dir." Mona lächelt still und beißt in das Sandwich. Genussvoll schließt sie ihre Augen. Als sie gekaut und geschluckt hat, meint sie zu mir: „Du musst davon probieren, Selene." „Ja ich weiß, Frithjof macht seine Sache gut. Aber um auf Matthias zurückzukommen …"

Mona sieht mich missbilligend an: „Lass uns nicht davon reden." Ein Schmunzeln stiehlt sich über Frithjofs Gesicht. Auffordernd sehe ich ihn an: „Wie ich dich kenne, hast du eine Antwort darauf." „Sicher", sein Grinsen wird breiter, „du hast Otrun doch selbst zu ihm gebracht." „Ach", mein Kopf versinkt in meiner Hand, „ich bin zu müde, um klar zu denken! Natürlich!" Ich blicke zu Mona: „Wenn du wüsstest! Es ist alles ganz anders. Frithjof, wo fange ich denn an?"

Er lehnt sich selbstzufrieden zurück: „Vorne. Beginne mit unserer Familie." Ich reibe mir gestresst die Stirn: „Unsere Familie." Ich lächele ihn dankbar an. „Es ist also auch meine?" Frithjof schließt kurz bestätigend die Augen. „Natürlich Selene." Positiv gestimmt beginne ich zu erklären: „Mona, hältst du es für verrückt, dass wir hier das Klima verändern, oder dass ich ein Paar Flügel besitze?" Ich beobachte, wie sie ihren Bissen herunterschluckt. Sie räuspert sich: „Ja, wenn du mich so fragst, ich halte es für völlig verrückt und wenn ich es nicht mit eigenen Augen gesehen hätte, würde ich es niemals glauben."

Ich nicke. „Es kommt aber noch besser", ich versuche ein Lächeln. „Frithjof hat mich unter seine Fittiche genommen. Will mir alles beibringen, mir all meine Möglichkeiten aufzeigen." Mona sieht mich erwartungsvoll an. „Nun, er lebt nicht allein. Er hat einen ganzen Hexenclan um sich. Keine von ihnen ist noch am Leben."

Kurz beobachte ich ihre Reaktion, bevor ich weiter ausführe: „Geister. Gute Geister. Du hast mitbekommen, dass Frithjof eben mit einer Albrun sprach. Sie hat den Regen bewirkt. Sie sitzt hier unter uns. Sie ist sehr sensibel und zurückhaltend. Und dazu außerordentlich hübsch. Sie ist ein gutes Stück kleiner als du, zart, trägt ihr Haar offen bis über den Po und hat samtig braune Augen. Kannst du sie dir vorstellen?

Ich habe sie mit hierher gebracht. Auf meinem Rücken. Ich kann sie alle sehen, fühlen, hören. Und ich kann sie ausblenden, wenn ich das will. Na ja, und sie mich lassen. Oder mich auf sie konzentrieren. Alles passiert in meinem Kopf. Das gelang mir nicht von Anfang an. Zuerst fühlte ich mich nur irgendwie beobachtet, konnte sie wahrnehmen, aber mehr nicht."

Mona sitzt da, mit gerunzelter Stirn. Frithjof hält ihre Hand. „Und jetzt fliegt eine Hexe mit deinem Wavewatch durch die Gegend?" Ich lächele sie an, atme tief durch und antworte ihr: „Keine der Hexen kann fliegen. Sie wandeln über den Erdboden. Nichts mit Besen und dergleichen. Nicht eine von ihnen ist garstig und hässlich. Die einzigen, die fliegen können sind mein Vater und ich. Arend lenkt meine Jäger ab."

„Dein Vater? Ich dachte, er wäre tot!" „Er ist tot, genau wie alle anderen, außer Frithjof und mir." Mona starrt mich mit runden Augen an: „Das ist wirklich gruselig! Sieh her, ich bekomme richtig Gänsehaut!" „Ist es nicht, glaub mir. Es ist eine wirklich gute Gesellschaft." Bei meinen Worten muss ich selber lachen: „Oh man, das ist so abgedreht! Ich kriege das kaum noch mit, aber jetzt, wo ich dir davon erzähle …! Doch eigentlich wollte ich ja was ganz anderes sagen. Matthias. Lass mich erklären."

Ich atme tief durch. Frithjof legt seinen Arm um Monas Schulter. „Sie heißt Otrun und ist Frithjofs …" „Sie ist meine Frau." Ich nicke: „Genau. Also Otrun kann die Menschen beeinflussen, so in etwa, wie Frithjof es gerade bei dir tut, damit du dich nicht zu sehr aufregst. Sie kümmert sich um Matthias." Ich knibbele an meinen Fingern herum, beobachte Mona aus meinem Augenwinkel, wie sie bleich in Frithjofs Arm versinkt. *Sie sieht so zart aus!*

„Otrun lässt ihn glauben, dass er mich liebt, um mich zu beschützen. Falls Achim und der fette Stöcker nicht länger dem Wavewatch folgen sollten, wird er ihre Unternehmungen boykottieren. Er wird mich schützen, weil er genau weiß, dass sie mir wehtun werden, sollten sie mich in die Finger bekommen. Und jetzt glaubt er tatsächlich, er fände mich toll, obwohl er von dir träumt. Aber das ist nur eine Illusion! Verstehst du? Er weiß in diesem Moment nicht, was er selber fühlt!"

Mona lehnt sich benommen an Frithjof. „Und wie wäre es mit der Wahrheit? Wir können mit Matthias sprechen." „Nein Mona, er kann damit nicht umgehen. Glaub mir, ich habe hin und her überlegt. Es gibt keinen anderen Weg, als diesen. Zumindest im Augenblick." Sie sieht zu Frithjof hoch: „Deine Frau könnte die Wahrheit ganz langsam in ihn hineintröpfeln lassen, sodass Matthias annimmt, es seien seine eigenen Ideen."

Mit ruhiger Stimme meint Frithjof: „Das würde nichts ändern. Glaub uns bitte, es wäre zu gefährlich für Selene, für mich und unser kleines Reich, dass wir uns geschaffen haben. Das primäre Ziel ist, die Erde wieder ein bisschen grüner zu machen, ihr zu helfen, sich zu erneuern. Alles andere müssen wir hinten anstellen. Und die Sache mit Matthias bekommen wir bald hin, das verspreche ich dir."

Sie sieht in die wüstenartige Weite: „Da habt ihr euch aber was vorgenommen! Wie lange werden diese jungen Bäume standhalten?" „Länger als du denkst. Diese Pflanzen sind zäh. Wir haben sie nicht eingepflanzt. Selene hat ihnen nur geholfen, groß und widerstandsfähig zu werden. Das ist der Unterschied. Und je mehr solcher Oasen es geben wird, desto stärker wird sich das Klima verbessern und solche Grünflächen von selbst entstehen lassen. Noch ist nicht alles zubetoniert. Der Mensch ist inzwischen recht vernünftig geworden, sodass unsere Erde eine wirkliche Chance hat." „Das hört sich schön an", sie lehnt in Frithjofs Arm und sieht verträumt ins Leere.

„Natürlich müssen die jungen Menschen von heute bereit sein, für Nachwuchs zu sorgen, sonst ist es die Mühe kaum wert."

Dabei sieht er mir mit stechendem Blick in die Augen. Ich lache laut und ein bisschen hysterisch auf: „Frithjof, für solche Spielchen bin ich im Augenblick zu müde! Hör bloß auf! Das entspringt Otruns Kopf und ich habe ihr klipp und klar meine Meinung dazu gesagt!"

„Ich weiß das. Aber mir gefällt ihre Idee. Wir haben Zeit", sagt er und kramt in seinem Rucksack, „ich kann sehr geduldig sein. Außerdem hast du dein Sandwich immer noch nicht angerührt. Iss bitte endlich was, sonst komme ich doch noch zu dir rüber." Langsam ziehe ich das Zellophan herunter, beiße ab und sehe in sein zufriedenes Gesicht. Erneut widmet er seine Aufmerksamkeit dem Rucksack. Neugierig beobachte ich ihn. Er zieht eine Tüte hervor. Grinsend streckt er sie mir entgegen: „Hier, ich habe dir was mitgebracht." Ich lege mein Brot zur Seite und werfe einen Blick auf den Inhalt. *Meine Unterwäsche!* Ich strahle ihn an: „Danke." „Da sind ganz hübsche Teile zwischen", er schenkt mir sein frechstes Grinsen. Ich schüttele nur meinen Kopf. Auch hinter vorgehaltener Hand kann ich mein irrsinniges Kichern nicht verbergen. Es war ein sehr anstrengender Tag! „Nun iss endlich!"

„Wollen wir langsam aufbrechen? Ich bleibe bei Mona. Dann bin ich auch in Otruns Nähe", sagt Frithjof und beginnt seinen Rucksack zu verschließen. Ich nicke ihm zu und erhebe mich mit steifen Gliedern. Reiße meine Arme in die Höhe und strecke mich erst mal aus. „Wird's denn gehen? Meinst du, du kannst fliegen?" „Aber sicher, Frithjof. Wido wartet bestimmt schon." Er wuschelt mir ein weiteres Mal durchs Haar, „sei vorsichtig".

Ich sehe Mona an. „Bist du o.k.?" Sie nickt: „Lass mich mal über alldem schlafen, ja?" „Klar. Ich habe auch ein paar Nächte gebraucht." Sie lächelt mich an, „wollen wir uns morgen wieder treffen? Ich habe noch einen Tag frei." „Gern, wenn dir das nicht zu viel wird?" „Hier oben?" „Ich nicke ihr zu", und an Frithjof gewandt, „vielleicht kommt Wido morgen mit." „Es wäre besser, du fliegst mit Albrun. Dann können wir da weiter machen, wo wir heute aufgehört haben." Mein Lächeln schleicht sich davon: „Natürlich, wenn sie möchte, dann machen wir das so."

Ich nehme die Tüte vom Erdboden auf: „Komm Albrun, lass uns fliegen." Kurz drücke ich Mona an mich. „Und ich?", Frithjof steht mit ausgebreiteten Armen vor mir. Ich mache den Schritt auf ihn zu. Er nimmt mich in seine Arme. „Sei nicht sauer, Kleines. Es ist gut, wenn wir diesem Ort noch etwas mehr Starthilfe geben." Ich sehe ihm in die Augen. Er meint es ehrlich. „Ich weiß, aber ich bin so unendlich müde!" „Ruh dich aus." Ich nicke ihm zu: „Danke für die Wäsche." „War mir ein Vergnügen!" *Du alter Schlingel!* Denke ich mir. Frithjof grinst und tritt zurück, sodass ich meine Flügel ausbreiten kann.

Matthias

Ich bin spät dran, drücke die Tür zum Kaffeemanie auf. Jürgen hat sich so gesetzt, dass er den Eingang im Blick hat. Ich gehe auf seinen Tisch zu. Er hebt zum Gruß die Hand. „Entschuldige, ich bin zu spät. Sobald ich etwas vorhabe, komme ich nicht raus aus dem Laden." „Halb so wild. Frederike hat mich mit einem herrlichen Mocca getröstet. Wollen wir eine Kleinigkeit essen?" „Das wäre gut. Was gibt es denn heute für eine Tagessuppe?" „Tomatensuppe mit Reis, Basilikum und einer Sahnehaube", sagt Frederike, die gerade zu uns an den Tisch tritt. Ich sehe Jürgen an. Er nickt mit geschürzten Lippen. „Gut, dann nehmen wir zweimal die Tomatensuppe. Gibt es Brot dazu?" „Natürlich", Frederike strahlt uns an. „Und was wollen die Herren trinken?" Ich sehe zu Jürgen. Er meint: „Eine Flasche trockenen Rotwein. Einen Italiener." Sie nickt: „Einen Chianti also. Haben die Herren sonst noch einen Wunsch?" „Nach der Suppe bestimmt", meine ich. Frederike schenkt uns ein Lächeln und verschwindet in der Küche.

„Ich liebe Bedienungen. Sie sind immer gut gelaunt und geben einem das Gefühl, jemand ganz besonderes zu sein." Jürgen sieht mich ernst an: „Das ist ihr Job! Damit meint sie nicht uns, sondern sie freut sich, dass wir ihren Arbeitsplatz sichern." „Das ist mir gleich. Es fühlt sich prima an. Ich komme mir attraktiv und wichtig vor." Mein Gegenüber schüttelt den Kopf: „Mona Wentop macht dir ganz schön zu schaffen, was?" Ich zucke mit den Achseln: „Die Frauen mögen mich scheinbar nicht sonderlich." Jürgen sieht mich mit gerunzelter Stirn an. Ich stütze mein Kinn auf die Fäuste.

„Nun erzähl schon", fordert er mich auf. „Ich habe den ganzen Tag versucht, sie zu erreichen. Entweder sie nimmt nicht ab, oder sie war den ganzen Tag unterwegs. Sicher mit dem Alten." „Hm, ich riet ihr zu einem Ausflug." Ich schließe kurz meine Augen:

„Den ganzen Tag?" „Vielleicht hast du sie nur knapp verfehlt. Erzähl mal der Reihe nach, was ist denn vorgefallen, dass sie dir überhaupt den Laufpass gegeben hat." Ich fahre mir mit den Fingern durchs Haar. Überlege kurz, wo ich anfange: „Du kennst Selene von Lichtstetten?"

„Wer kennt die nicht? Ein bisschen reserviert, aber… Wie soll ich sagen? An der Frau stimmt alles." Ich nicke bestätigend: „Fast. Du kennst bereits die Akte ihres Vaters?" „Natürlich, von Berufswegen. Ein interessanter Fall, leider ohne Happy End." Wieder nicke ich: „Ich hatte den Auftrag, sie im Auge zu behalten. Sie arbeitete in meiner Abteilung. Es war einfach, ich brauchte nur aus dem Glaskasten zu spähen, um irgendwelche Veränderungen an ihr zu beobachten. Du kannst dir sicher vorstellen, dass sie mir gefiel."

Jürgen grinst unverschämt: „Sonst würde ich mir Sorgen um dich machen, mein Freund." „Ich hatte versucht, sie mal auf einen Kaffee einzuladen. Wollte bei ihr anbandeln. Leider ohne Erfolg. Sie hat mich stets auf Distanz gehalten." „Die hält jeden auf Distanz! Und das weißt du so gut wie ich!" „Dummerweise ja. Und plötzlich war sie weg! Kam einfach nicht mehr zur Arbeit. War wie von Erdboden verschluckt!"

Frederike bringt den Wein an unseren Tisch. „Die Suppe kommt sofort", meint sie und ist schon wieder unterwegs. „Ich rief Mona Wentop in mein Büro. Mir war bekannt, dass die zwei Freundinnen sind und dass sie eine gemeinsame Wohnung haben. Ich dachte mir, je näher, desto besser. Und wer hätte das gedacht? Ich hatte Erfolg! Als hätte sie auf mich gewartet, ging alles sehr schnell. Und sie ist süß, wirklich süß." Jürgen nickt lächelnd: „Ohne Frage."

„Sie hat mich mit offenen Armen aufgenommen. Ich habe veranlasst, dass eine Kamera und Licht im Hauseingang installiert werden und außerdem habe ich Mona die Zugangsdaten zu Lenes Wavewatch entlockt. Erst wollte sie nicht so recht damit rausrücken, aber dann meinte sie doch, mir vertrauen zu können." Ich schließe kurz meine Augen. „Jürgen, ich fühle mich schrecklich! – Na ja, nach ein paar Tagen, kehrte Lene tatsächlich heim. Mitten in der Nacht. Licht und Kamera haben sich bewährt. Und ich war da. Erst dachte ich, das wäre mein Glückstag. Jetzt im Nachhinein denke ich, sie hätte bleiben sollen, wo sie war. Sie ist, wie ihr Vater. Das kannst du dir nicht vorstellen. Diese Frau besitzt ein wunderschönes Paar Flügel. Bewegt sich so elegant und leicht in der Luft …! Immer wieder muss ich an ihren Anblick denken. Kraftvoll und grazil zugleich!" Kopfschüttelnd reibe mit beiden Händen über mein Gesicht.

Jürgen beobachtet mich ruhig. Ich sehe ihn hilfesuchend an: „Ich kenn mich nicht mehr aus! Ich weiß nicht, was ich wirklich fühle!" „Und was war dann?" „Hmmm, da kommt ja die Suppe!", freue ich mich. Frederike stellt sie vor uns ab und wünscht uns einen guten Appetit.

„Komm, wir gehen noch ins Kaffeemanie", sage ich zu Frithjof. „Heute wird nichts mehr gekocht." „Wir haben noch Reste von gestern", meint er. Ich schüttele den Kopf: „Das macht nichts, die halten sich auch noch einen Tag länger."

Zielgerichtet steuere ich aufs Kaffeemanie zu. Er hält mich bei der Schulter, als wir nur ein paar Schritte von der Eingangstür entfernt sind: „Da drin sitzt dein Matthias und der Betriebsarzt. Sie sind gute Freunde." Ich sehe ihn mit großen Augen an: „Woher weißt du das?" Sein Bart zieht sich leicht auseinander: „Ich habe so meine Quellen." „Was meinst du? Sollen wir?" „Ich denke schon. Ich wollte dich bloß vorbereiten. Denk nur! Du könntest mit Matthias ein wenig Zeit verbringen und ich mit Otrun. Vielleicht wird es ein netter Abend." Ich mache runde Augen: „Nett? Ich weiß nicht so recht. Aber neugierig bin ich schon." „Der Tisch neben ihnen ist noch frei, wir könnten ihn ranschieben." „Aha? Du weißt ja bestens Bescheid! Warum wundert mich das kaum noch?" Ich muss grinsen. „Was bist du eigentlich für einer? Ein Zauberer oder wie soll ich mir das vorstellen?" „Otrun sagt, ich sei ein Hexer." Frithjof grinst mich breit an. Lachend nicke ich ihm zu: „Frithjof mit H! Mir gegenüber benimmst du dich ja ganz ordentlich. Lass uns rein gehen. Aber wenn es nicht gut läuft, rettest du mich! Versprochen?" „Versprochen!"

Erstaunt sieht Jürgen von seiner dampfenden Suppe auf. „Was ist?", frage ich ihn. Er zuckt mit seinen Augenbrauen: „Die Frau deiner Begierde betritt das Lokal." „Welche jetzt?" Jürgen übergeht grinsend meine Frage. „Der ältere Herr, von dem du mir erzähltest, begleitet sie. Und die beiden kommen direkt auf unseren Tisch zu. Jetzt dreh dich nicht um!" Dieser Versuchung kann ich nur mit Mühe widerstehen. Doch es vergeht kaum ein Augenblick, da steht dieser Hüne auch schon an unserem Tisch. Er hat seinen Arm besitzergreifend um Monas Schulter gelegt und meint gutgelaunt: „Ein bekanntes Gesicht und ein freier Tisch! Dürfen wir uns dazusetzen, oder stören wir?" *Sie ja, du nicht! Würde ich gern sagen, aber das bringe ich leider nicht über meine Lippen.*

Während ich den alten Mann mustere, antwortet Jürgen für mich: „Natürlich, sehr gern. Wir können die Tische ja zusammenschieben. Mona Wentop, wie ich sehe, haben Sie diesen Tag genutzt. Sie haben Farbe bekommen." Mona lacht ein wenig schüchtern und hält sich dabei die Wangen: „Ja, wir waren den ganzen Tag an der Luft." „Als Ihr Arzt, bin ich sehr zufrieden." Der Mann führt mein Mädchen zu dem Platz neben mir. „Setz dich bitte", sagt der Alte zu ihr. Ich sehe zu, wie er Mona den Stuhl an den Tisch schiebt. Und mir entgeht ebenfalls nicht, wie verstohlen sie sich darüber freut. Ganz ruhig sieht er mich an, während er um den Tisch herum geht, um selbst Platz zu nehmen. Er setzt sich mir schräg gegenüber, vielleicht um mich besser im Auge behalten zu können. *Mona sitzt so dicht bei mir. Ich brauche bloß die Hand auszustrecken.*

Der Alte durchbohrt mich mit seinem Blick. Vielleicht liest er meine Gedanken, denn plötzlich lächelt er mich breit, ja regelrecht spitzbübisch, an. „Wie ist die Suppe?", fragt er so dahin. Jürgen antwortet: „Ausgezeichnet. Die kann ich ohne Einschränkungen empfehlen." Mona tippt mich an: „Darf ich mal probieren?" Verdutzt reiche ich ihr den Löffel. Sie nimmt ihn strahlend entgegen. Kurz tausche ich einen Blick mit Jürgen. Ein winziges Lächeln umspielt seine Mundwinkel. „Hm! Ja Frithjof, die sollten wir bestellen!", meint Mona ausgelassen. Mit samtig tiefer Stimme fragt er sie: „Wollen wir ebenfalls einen Wein dazu trinken?" Sie nickt ihm freudig zu. Der Alte nimmt unsere Flasche und liest auf dem Etikett. Dann schnuppert er am offenen Flaschenhals und zieht ein Gesicht. Mona greift nach meinem Glas und reicht es ihm. „Er darf doch, ja?" Bevor ich überhaupt antworten kann, nippt der an meinem Wein. Er spült ihn in seinem Mund hin und her, zieht ihn durch die Zähne. Dann meint er mit gekrauster Stirn: „Wenn wir genug davon trinken, wir er irgendwann schmecken." *Was für ein arroganter Angeber!*

Frederike erscheint an unserem Tisch. Der Alte fragt: „Verzeihen Sie bitte. Aber haben Sie auch einen etwas besseren Roten?" Er zeigt mit dem ausgestreckten Finger auf unseren Chianti. „Einen Barrollo vielleicht?" „Nein leider nicht. Aber wir haben einen frühen Jahrgang Brunello Montalcino und ebenfalls einen ausgezeichneten Montepulciano d`Abruzzo im Hause." „Welchen der beiden würden Sie empfehlen?" „Den Montepulciano. Tiefrot und samtig. Ganz wunderbar zu unserer Tagessuppe. Übrigens, auf ihre Anregung hin haben wir frische Citrusfrüchte im Hause." Sie sieht sich im Lokal um und zwinkert dem Alten zu. „Es kommt gut an, bei den Leuten. Dankeschön." Frithjof grinst breit: „Wir nehmen Ihre Empfehlung und für mich noch ein Mineralwasser mit Zitrone …", er sieht zu Mona rüber. Sie nickt ihm zu. „Also zwei Mineralwasser und für den Wein bitte vier Gläser und zweimal die Suppe. Das Brot hätten wir gern in ein wenig Butter geröstet und außerdem hätte ich noch gern einen Marsala dazu. Bitte einen Guten." Frederike markiert noch einen Augenblick alles auf ihrem Gerät, nickt uns zu und verschwindet in der Küche.

Selbstzufrieden sieht der Alte in die Runde. „Den Chianti können wir später immer noch trinken. Entschuldigen Sie, ich bin ein bisschen eigen. Von Berufswegen. Sie sollen wissen, ich bin selbst Koch, auch wenn das schon lange her ist. Hat man sich einmal an einen gewissen Standard gewöhnt, so ist man auf ewig völlig verdorben, glauben Sie mir." „Was verschlägt Sie in unsere Gegend?", fragt Jürgen, um das Gespräch in Gang zu bringen. „Ich bin nur auf der Durchreise. Wenn ich mir unser Land nicht jetzt ansehe, wann soll ich es dann tun? Wie Sie unschwer erkennen können, bin ich nicht mehr der Jüngste." „Sie sehen sehr gesund aus, wenn ich das als Arzt so anmerken darf. Sie strahlen mehr Energie aus, als manch junger Mensch." Der Alte lächelt geschmeichelt: „Vielen Dank. Ich bin viel an der Luft und scheue auch körperliche Arbeit nicht." „Was machen Sie denn so?" „Hm", der Alte reibt sich seinen Bart. „Ich lebe ein wenig abgelegen und betreibe so etwas, wie einen kleinen Biohof. Ich versorge mich weitgehend selbst." Er grinst breit: „Bis auf den guten Wein. Den muss ich von weither kommen lassen. Hinter die Herstellung eines edlen Tropfens bin ich noch nicht gestiegen." Er zuckt mit den Schultern: „Nobody is perfekt."

Frederike kommt mit den Getränken. Sie verteilt die großen Weinkelche auf dem Tisch. Zunächst schenkt sie dem Alten einen kleinen Schluck ein. Der probiert auf seine arrogante Art und Weise. *Spült die Brühe in seinem Mund hin und her.* Doch dann lächelt er und nickt anerkennend: „Sehr gut, den nehmen wir." Frederike schenkt uns allen ein, stellt die zwei Wasser dazu und ebenfalls den einzelnen Marsala. „Noch einen kleinen Augenblick, dann ist auch das Brot soweit", sagt sie, lächelt den Alten an und verlässt unseren Tisch.

Ich räuspere mich: „Seit Sie hier am Tisch sitzen, sieht Frederike ausschließlich nach Ihnen!" Er schaut mich ruhig an: „Ich kann nichts dafür mein Freund, das war schon immer so." *O.k., die Vorlage war blöde!* „Ich liebe die Frauen, und die Frauen lieben mich. Inzwischen sehen sie mich leider eher, als den lieben Opa, den sie selber gerne hätten. Nicht wahr Mona?" Mona grinst verschmitzt zu ihm rüber: „Meinst du wirklich?" Er greift nach ihrer Hand und nickt ihr zu, während er ihr einen Kuss auf den Handrücken haucht. *Ich weiß nicht so recht, was mich auf diesem Stuhl hält!*

Frithjof erhebt sein Glas: „Stoßen wir an. Auf einen netten Abend und natürlich auf die schönen Frauen!" Dabei blickt er Mona tief in die Augen. Die Kelche klirren. „Ein wirklich guter Tropfen", meint Jürgen. „Da kann ich mich nur anschließen. Auf den edlen Spender", füge ich knirschend hinzu und noch einmal trinken wir von dem dunklen Wein.

Ich werde es jetzt einfach wagen! Ganz unauffällig streiche ich mit meiner Hand vom Knie aus, über ihren Oberschenkel. Sie lässt es geschehen. Langsam taste ich mich ihrer wärmsten und schönsten Stelle entgegen. Vorsichtig lenke ich meinen Blick zu ihr. Ich erhasche ein kleines, aufgeregtes Lächeln um ihre Mundwinkel. Sie öffnet leicht ihre Beine, sodass ich sie besser erreichen kann. *Der siebte Himmel ist so nah!*

Die Suppe und das geröstete Brot werden gebracht. Ich presse meine Hand auf ihre intimste Stelle. Frohlockend schließt sie ihre Beine und hält mich somit fest. Der Alte steht auf, nimmt den Marsala und lässt ein wenig davon, von weit oben herab, in Monas Suppe laufen. Das gleiche macht er bei meiner, bei Jürgens und zu allerletzt auch bei seiner eigenen Tomatensuppe.

Das ganze passiert sehr schnell und ohne, dass ein Tröpfchen daneben geht. Ich sehe ihm erstaunt zu. Er macht mir Zeichen zu kosten: „Probieren Sie! Sie werden erstaunt sein. Dafür müssen Sie allerdings wieder Ihre Hand auf den Tisch zurückholen!" Als hätte ich mir die Finger verbrannt, ziehe ich meine Hand zurück. Stoße mich kräftig an der Tischplatte. Ich ärgere mich maßlos über meine Reaktion! *Das hier ist nicht deine Liga! Der Alte macht dich fertig!* Mona strahlt ihn begeistert an. *Sie glüht!* Als hätte Jürgen überhaupt nichts mitbekommen, kostet er den ersten Löffel Tomatensuppe mit Marsala. Er nickt anerkennend: „Wer hätte das gedacht! Sie sollten dem Koch hier ein paar Kniffe zeigen!" *Ich werde diese Suppe nicht mehr anrühren! Sie ist sowieso inzwischen beinahe kalt.* Stattdessen greife ich nach der teuren Flasche, gieße meinen Kelch voll und trinke ihn auf ex. „Jeder hat seine eigene Art, den Geschmack zu gestalten", erklärt der Alte, bevor er auch seine Suppe löffelt.

Achim

„In etwa vier Minuten landen wir. Ein kleiner Sportflughafen liegt direkt vor uns und wir haben Landeerlaubnis."

„Warum das? So kriegen wir sie nie!"

„Ohne Treibstoff kommen wir nicht mehr weit, außerdem brauchen wir alle eine Pause, vor allen Dingen ich!"

„Werden wir sie wieder einholen?"

„Wir können wesentlich schneller als das Zielobjekt fliegen. Also macht euch keine Gedanken. Wir haben es schon einmal eingeholt. Schnallt euch an, wir landen – jetzt."

Einige Augenblicke später setzen wir mit einem leichten Rumpeln auf. Ich freue mich, endlich festen Boden unter die Füße zu bekommen. Henry fährt uns über eine buckelige Piste zur Tankstation.

„Wenn ihr wollt, könnt ihr aussteigen und euch die Füße vertreten."

Das lassen wir uns nicht zweimal sagen. Ich drücke die Tür auf. Kühle Abendluft empfängt uns. Gerade als ich aussteigen will, bekomme ich einen kräftigen Stoß von hinten. „Au!" Ich ramme mir den Kopf an dem Metallholm ein. „Sag mal, was treibt dich denn heute?" Ich halte mir die Stirn und spüre, die heiße Stelle dick werden. „Stöcker! Deinen Unschuldsblick kannst du dir wirklich sparen! Wenn die Sache hier rum ist, rechnen wir ab. Glaub mir!" „Was denn?" „Ja, ja, frag du ruhig", maule ich im Aussteigen vor mich hin. Henry kommt um die Maschine herum: „Kann man euch denn nicht allein lassen?" Ich zeige mit dem Daumen hinter mich: „Frag ihn. Der neigt heute zu Aggressionen!" „Lass mal sehen", Henry fegt mir die Hand von meiner Stirn. Kopfschüttelnd wendet er sich zum Gehen: „Ich habe vorne ein Kühlkissen." Stöcker legt seine Hand auf meine Schulter: „Bist du gestolpert?" „Nein du Drecksack! Du hast mich gestoßen!" Er geht kopfschüttelnd an mir vorbei und lässt mich stehen.

Henry reicht mir das Kühlkissen: „Komm, wir trinken einen Kaffee. Du hast Glück gehabt. Der Striemen geht haarscharf an deiner Brille vorbei." Die Kälte tut gut, dennoch schwillt mir die Nase zu. *So ein Irrer! Ich kann doch nichts dafür, dass Henry die Maschine auftanken muss!*

Der kleine Stehtisch ist völlig überladen mit unserem Kaffee, ein paar Brötchenhälften, einer Kekspackung und den kleinen Wasserflaschen. „Sagt mal, kommt euch das nicht auch seltsam vor? Wir sind nun seit heute Morgen unterwegs und folgen diesem Signal. Die von Lichtstetten ist doch ein Mensch, oder? Wie kann es sein, dass sie keine Rast machen muss?" Wir sehen uns verblüfft an. „Daran habe ich überhaupt nicht gedacht", gebe ich zu. „Ich schon. Doch ich habe mir insgeheim überlegt, dass sie einen Rucksack oder ähnliches dabei hat, aus dem sie sich verpflegt", meint Stöcker dazu. „Überlegt doch mal! Fliegen! Das muss ähnlich anstrengend sein, wie Joggen oder zumindest

Gehen. Schnelles Gehen! Das hält doch niemand aus!" „Matthias meinte, sie hätte unglaubliche Kräfte", gebe ich zu bedenken. „Also wenn ihr mich fragt, ich glaube, es ist ein Fehler, dem Signal zu folgen." „Tja, das Signal ist aber unser einziger Anhaltspunkt, Henry." Ich nicke bestätigend. „Wir werden dem Signal weiter folgen", beschließt Stöcker. Henry zuckt mit den Achseln: „Ich wollte es nur zu bedenken geben." Ich klopfe ihm die Schulter: „Ganz Unrecht hast du nicht. Die Sache ist schon eigenartig."

Selene

Im Dämmerlicht kann ich die Gruppe an der erloschenen Feuerstelle ausmachen. „Ist es nicht wunderbar, heimzukehren?" Albrun hat keine Zeit für eine Antwort, denn ich lasse uns direkt in die Tiefe sausen. Stumm umschließt sie meinen Körper fest mit ihren Beinen. Als wir gelandet sind, lasse ich mich ins Gras sinken und will mich vorerst nicht mehr bewegen. Albrun klopft mir die Schulter: „Ruh dich aus Selene." Ich nicke ihr hinterher, während sie schon zu den anderen geht. *Aufrecht und grazil, mit wehenden Haaren. Was für eine besondere Frau,* denke ich mir. *Doch wirklich kennengelernt habe ich sie heute immer noch nicht.*

Wido und Wondering Bear kommen auf mich zu. Mein Atem hinterlässt kleine Rauchwolken in der Luft. Mich fröstelt. Wido trägt meinen Yeti über seinem Arm: „Du kannst nicht auf dem Boden sitzen bleiben, Liebes." Er zieht mich an der Hand hoch und legt mir meinen Mantel um die Schultern." „Ich habe gar nicht gemerkt, wie kalt es ist." Und schon liege ich in Widos Armen. Seine Hand streicht über meinen Rücken. „Ihr wart lange fort", bemerkt Wondering Bear. Ich sehe auf: „Es war auch ein langer Tag. Und morgen geht es weiter. Ich weiß gar nicht …" Ich fahre mir mit den Fingern durchs Haar: „Ich bin völlig erledigt."

Die kleine blonde Frau nähert sich uns. Widos Vater legt seinen Arm um sie: „Siegrun, schau sie dir an. Kannst du was tun?" Sie lächelt erst zu ihm, dann zu mir hoch: „Zunächst ruhst du dich aus, Kindchen. Albrun sagte, dass ihr beide morgen in der Frühe wieder rausfliegt. Wir werden dich zeitig wecken und kümmern uns um dich. Wir wissen einen Weg, Selene. Du wirst stärker sein, denn je." Dann zieht sie ihren Liebsten mit sich: „Komm

Wondering Bear, gönn den beiden ein paar Stündchen zu zweit." Über ihre Schulter lächelt sie noch einmal breit zu uns zurück.

Wido schließt die Werkstatttür hinter uns. Ich vergrabe mein Gesicht in seinem duftenden Haar. „Was haben die vor?", nuschele ich in ihn hinein. „Sie werden ihre Energien zu dir fließen lassen. Du wirst sie gut brauchen können." „Kannst du so was auch?" „Nein Liebes", flüstert er in mein Ohr und gibt meinem Yeti einen kleinen Schups. Er fällt zu Boden. „Ich lasse meine Liebe zu dir fließen. Ich habe jede Stunde des Tages auf dich gewartet. Wie kannst du mich morgen schon wieder allein lassen? Kannst du wirklich so grausam zu mir sein?", fragt er mich, während sich das Band in meinem Nacken löst.

Mit einem leisen Plubs landet die Unterwäschetüte auf dem Boden. „Ich will das gar nicht, glaub mir! Es hat sich so ergeben und Frithjof ist ein strenger Lehrer. Er beschließt und ich muss folgen." „Ich werde ihn mir vorknöpfen, wenn er erst wieder hier ist", raunt Wido mit einem leisen, heiseren Lachen in seiner Stimme. „Ich weiß wirklich nicht, ob ich das noch einmal schaffe!" „Du wirst morgen stärker sein, als du es dir vorstellen kannst. Verlass dich auf die Gemeinschaft. Sie alle stehen geschlossen hinter dir." „Nirgends fühle ich mich so geborgen, wie in deinen Armen." Ich kuschele mich an ihn. „Das ist gut so, Liebes."

„Du Schurke!", lache ich, als wir über den Parkplatz nach Hause gehen. „Wie kannst du nur so gemein sein?" Frithjof schüttelt mich leicht an der Schulter: „Er hat deine Tür eingetreten! Schon vergessen? Eine kleine Abreibung hat er sich verdient!" „Du hast ihn behandelt, wie einen kleinen Jungen!" „Mona! Er ist ein kleiner Junge!" Ich sehe zu ihm hoch. Frithjof lacht selbstzufrieden auf und wirkt mindestens hundert Jahre jünger, als er vorgibt zu sein. Ich knuffe ihn in die Seite. Er lacht noch lauter: „Keine Bange, sobald ich das Feld räume, steht dein Kleiner auf der Matte." „Außer, du hast ihn bis dahin so sehr schikaniert, dass es ihm peinlich ist, zu mir zu kommen!" „Ach was, an allem, was passiert, wird er mir die Schuld geben. Ich kenne das nicht anders." Ich sehe forschend zu ihm auf. Frithjof ist guter Dinge.

Matthias

Endlich schließt sich die Tür hinter den beiden. Ich lasse mich erschöpft gegen die Stuhllehne fallen und halte mir die Hände vor mein Gesicht. „Matthias, Matthias! Was lässt du dich fertig machen!" Ich sehe auf: „Der ist ein Scheusal. Arrogant, bis zum Gehtnichtmehr!" „Ich finde ihn interessant. Sobald er an unserem Tisch war, hatte ich zu jeder Zeit das Gefühl, dass er uns alle in der Hand hat. Er übernahm die Kontrolle! Über alle! Nicht gerade angenehm, das gebe ich zu, aber ... interessant. So einer ist mir noch nicht untergekommen."

„Mona steht auf den Alten", sage ich resigniert und greife nach meinem Weinglas. „Natürlich, sie bewundert ihn auf gewisse Weise. Aber sie steht auf dich, hast du das nicht mitbekommen? Obwohl du dich mehr als dumm benommen hast." Jürgen schüttelt den Kopf. Ich sehe ihn verwundert an. Er lächelt mir väterlich zu: „Wie kannst du dich in einer solchen Situation so gehen lassen?" Ich zucke nur mit meinen Schultern. „Sie spielt mit dir, wie eine Katze mit ihrer Beute." „Aber die treibende Kraft ist nicht Mona", stelle ich klar. „Natürlich nicht, aber es gefällt ihr schon ein bisschen. Du hast sie verletzt und jetzt lässt sie dich eben zappeln. Ich denke, das ist in Ordnung so." Ich sehe ihn überrascht an: „Das ist in Ordnung, findest du? Ich dachte, du seist mein Freund!" „Bin ich auch, deshalb schmiere ich dir auch keinen Honig um den Mund. Du hast dich ihr gegenüber unmöglich verhalten. Natürlich fühlt sie sich ausgenutzt und jetzt will sie sich von dir zurückerobern lassen. Frauen mögen so etwas, glaub mir. Leg dich ein bisschen ins Zeug, und schon wirst du ihr Held sein."

Selene

„Selene, Liebes! Sie warten auf dich." Ich öffne einen spaltbreit die Augen. Das fahle Mondlicht scheint zum Fenster hinein. Wido streicht mit seiner Nasenspitze über meine Wange. Die langen Haare kitzeln ein wenig. Ein sanfter Kuss, dann stehe ich auf und ziehe lediglich meinen Yeti über. Ohne groß nachzudenken, gehe ich barfüßig zu ihnen. Die zottigen Haare meines Mantels wehen im kühlen Nachtwind. *Ich fühle mich beinahe wie sie alle um mich herum. Wie ein Geisterwesen. Keine Ahnung, ob es mit zu wenig Schlaf oder dem Mondlicht zu tun hat.*

Basti kommt auf mich zu und nimmt mich bei der Hand. Aus dem Augenwinkel erhasche ich einen Blick auf Wondering Bear. Er lehnt lässig an der Bank und lächelt mir zu. Wir bleiben im silbrigen Mondlicht stehen. Sie bilden einen engen Kreis um mich, stehen Schulter an Schulter. Langsam strecken sie ihre Handflächen dem Himmel entgegen. Es ist sehr still. Selbst die nächtlichen Geräusche des Waldes scheinen zu ruhen. Ihre Hände und Arme leuchten weißlich im Mondschein. Es kommt mir vor, als stünde ich in einem hell erleuchteten Stern. Ich lasse mich treiben, strecke auch meine Hände vor. Licht und Wärme ummanteln mich. Ich lasse meinen Yeti von den Schultern rutschen, um alles in mich aufnehmen zu können. Von der Kühle der Nacht ist nichts mehr zu spüren. Ich stehe in einem Energiefeld. Bade in kosmischen Schwingungen. Meine Haut prickelt, als würden unter ihr kleine Bläschen ihren Weg an die Oberfläche suchen. Fein und silbrig.

Voller Tatendrang komme ich zu mir. Sämtliche Augenpaare beobachten mich. Ich sehe mich nach Albrun zwischen den Zauberinnen um. Als sie meinen suchenden Blick auffängt, frage ich: „Wollen wir?" Sie nickt mir lächelnd zu und reicht mir ihre Hand: „Komm Selene. Lass uns unser Werk vervollkommnen." Kurz sehe ich zur Bank. Wondering Bear und sein Sohn stehen ganz still. Ich hebe die Hand. Wido grüßt zurück und schenkt mir ein trauriges, aber verständnisvolles Lächeln. Ich küsse ihn durch die kühle Nachtluft. Wido schließt kurz die Augen. Albrun legt ihre Hand auf meinen Arm: „Er versteht dich, Selene. Mach dir um ihn keine Sorgen." Kurz nicke ich ihr zu: „Ich ziehe mir kurz was über." „Ich warte hier."

„Pass auf dich auf, Liebes." Ich bemerke, wie sich die Schleife in meinem Rücken schließt. „Schön, dass du da bist." Ich drehe mich zu ihm: „Komm mit uns." Er schüttelt nur seinen Kopf. „Ich warte hier auf dich." Ich hebe mit meinem ausgestreckten Zeigefinger sein Kinn an: „Du fürchtest dich immer noch!" „Sicher Liebes." Ich sehe ihn schäl von der Seite an. „Ich hole dich gleich", dabei drücke ich ihm einen Kuss auf die Wange. „Erst bringe ich Albrun dort hin und dann bin ich wieder bei dir." Ohne eine Antwort abzuwarten, eile ich aus der Werkstatt. „Ich bin soweit."

Gemeinsam wandeln wir über den nicht mehr ganz so kahlen Asten. Die Luft ist kühl und feucht. Völlig anders, als ich sie von hier kenne. Als würde Albrun meine Gedanken hören, nickt sie mir zu: „Wir haben bereits einiges bewegt, nicht wahr?" „Ja, hoffentlich ist es von Dauer." Sie legt ihre Hand auf meine Schulter: „Ganz bestimmt, Selene. Und jetzt hol Wido! Ich weiß doch, dass du gar keine Ruhe hast, jetzt mit mir das Gelände hier zu erkunden." Ich drücke sie kurz an mich: „Du hast recht. Danke." „Nun vergeude keine Zeit. Bald geht die Sonne auf!", lacht sie mir entgegen.

Von Euphorie und Vorfreude angetrieben, schwinge ich mich eilig in die Lüfte.

Achim

„Was war das jetzt?" „Ich bin mir nicht sicher!" Ich spüre Stöckers Blick auf mir, während ich in die Dunkelheit spähe. Als ich zu ihm rüber sehe, ist auch sein Blick wieder auf den langsam blau werdenden Horizont gerichtet. „Ich glaube, das war sie", äußere ich aufgeregt. „Das Zielobjekt muss sich rechts hinter uns befinden!", gibt Stöcker nach vorne weiter. Mein Magen macht einen Satz, als die Maschine plötzlich abdreht. Henrys Stimme ertönt in unserer Kabine: „Habe ich euch gesagt, dass das Singnal uns folgt, seit wir uns auf dem Rückflug befinden?" „Du hattest absolut Recht. Es war irgendein fieser Trick! Gut, dass wir doch auf dich gehört haben! Das muss die Lichstetten sein! Lass sie nicht aus den Augen!" Stöcker sucht aufgeregt den Himmel ab. Ich habe sie nur für einen Augenblick erahnen können. „Haltet die Augen auf, ich kann sie nirgends ausmachen", schallt es aus dem Cocpit. Ich sehe zu Stöcker: „Hast du sie wirklich gesehen?" „Kennst du Vögel dieser Größenordnung?", fragt er zurück, ohne auch nur für einen Moment den Blick von der Scheibe zu lösen. „Da unten rennt Mona Wentop an der Hand eines alten Mannes in extrem grünes Dickicht!", schallt es aus dem Cocpit, „habt ihr schonmal sowas gesehen?"

Selene

„Selene, pass auf!" Vor lauter Glück habe ich das Motorengräusch gar nicht an mich herankommen hören. Blitzartig lege ich meine Flügel an und lasse uns beide steingleich zur Erde sausen. Wido entfährt ein erschreckter Schrei. „Hast du Angst, mein Lieber?" rufe ich ihm zu. „Nur um dich! Mir können sie wohl kaum etwas anhaben!" „Glaubst du, sie können mir mit ihrer unbeweglichen Maschine wirklich folgen?" „Ich würde es nicht darauf ankommen lassen!" „Nein, besser nicht! Wir sind ja gleich da!" „Ja prima. Sie werden dir folgen und die Bäume finden, die es Vorgestern noch gar nicht gab!" „Vielleicht freuen sie sich darüber." „Deine Nerven möchte ich haben!" „Gleich sind wir bei Albrun. Frithjof kann ich ebenfalls sehen. Er wird Rat wissen. Papa und Hildrun sind garantiert auch in der Nähe. Warum machst du dir solche Sorgen? Wir sind nicht allein!" „Doch Selene! Im Augenblick schon!"

Mona

„Hörst du das?" Frithjof sieht in den Himmel: „Ja Mona! Ein Flugzeug. Ein Sportflugzeug. Um diese Tageszeit eher untypisch, meinst du nicht?" „Allerdings! Ich habe kein gutes Gefühl." „Ich auch nicht! Komm, wir müssen uns beeilen!" Mit diesen Worten greift er grob nach meiner Hand und zieht mich eilig mit sich. Mit einem Mal wird mir klar, wie Selene sich häufig neben ihm fühlen muss. Der alte Mann zerrt mich den Berg hinauf. Bald sind bereits die großen Bäume in Sicht. „Albrun erwartet uns", sagt er knapp und legt noch einen Schritt zu. „Was ist passiert?", ruft Frithjof gegen den Wind. Am Rande des kleinen Waldes hält er inne. Ich folge seinem Blick gen Himmel, und plötzlich sehe ich sie. Selene rast im Sturzflug direkt auf uns zu, so kommt es mir vor. *Das geht doch nicht!* Denke ich mir. *Hier ist es viel zu eng für eine Landung! So viel freies Feld ...* Noch bevor ich diesen Gedanken beenden kann, saust sie schon haarscharf an uns vorbei, in den Schutz der Bäume.

Selene

Wie ein Blitz schießen wir gemeinsam in das Waldstück hinein. Doch hier gibt es für mich nicht die Möglichkeit, zu landen, ohne mir die Knochen zu brechen. Also schnellen wir weiter. Wieder hinaus aus dem Schutz der Bäume. „Selene, sieh zu, dass du festen Boden unter die Füße bekommst!", ruft mir Wido zu. Doch ich schwinge uns in Richtung Wolkendecke. „In den Wolken werden sie uns kaum finden! Dort kann man nur wenige Meter weit sehen!", schreie ich in den Wind. Das Geknatter wird wieder lauter. „Dich, nicht uns! Bitte Selene, bring uns runter!" „Am Boden haben wir keine Chance! Glaub mir! Sie werden mich betäuben und ihr könnt garnichts daran machen! Aber was sollen sie schon in der Luft bewirken? Abschießen werden sie mich wohl kaum. Schließlich wollen sie an mir Versuche durchführen, mich erforschen … Die Wolkendecke ist das beste Versteck!" Es ist nicht mehr weit und dann …

„Siehst du, man sieht kaum die Hand vor Augen." Das Gift nimmt mir den Atem. *Lange kann ich das nicht aushalten!* Kurz stoße ich durch die Wolken, um Luft zu holen. „Sie kommen! Tauch ab!" Ich spüre Widos Angst. Oder ist es meine? Mit einem Mal erstirbt das Motorengeräusch. „Was ist das? Sind sie weg?" „Nein Wido, hör genau hin. Der Wind bricht sich … Sie haben die Motoren abgestellt, wollen sich anschleichen." „Ewig können die das aber nicht machen!" „Ewig halte ich es auch nicht in diesem Gestank aus!" Ich spüre, wie Wido sich auf meinen Rücken anlegt. Er flüstert in mein Ohr: „Ich liebe dich für immer."

Achim

„Was ist da vorne los, Henry? Sind nun die Motoren ausgefallen?" „Nein, wir gleiten. So kommen wir besser ran. Ohne viel Lärm." Stöcker grinst listig. Plötzlich sacken wir empfindlich ab! Ein verärgerter Aufschrei aus dem Cockpit: „Das gibt es doch nicht!" Schnell gewinnen wir wieder an Höhe. Bei diesem Auf und Ab spielt mein Magen völlig verrückt. „Irgendwas ist mit den Hebeln los!", ertönt Henrys Stimme hysterisch. Die Maschine wackelt empfindlich. „Passt auf, ob ihr sie sehen könnt!"

Wir spähen aus den Seitenfenstern. Nichts als dichte Wolken. Man sieht kaum bis ans Ende der Tragflächen. *Was tue ich hier eigentlich?* Überlege ich gerade, als die Maschine mit einem lauten Wums ins Trudeln gerät.

Ich sehe zu Stöcker rüber: „Hatten wir einen Zusammenstoß?" Er sieht mich mit schreckgeweiteten Augen an. Dann geht es abwärts! Mit der Nase voran! „Was ist los?", rufen wir wie aus einem Mund nach vorne.

„Ich habe sie erwischt! Ich habe sie erwischt! Oh nein! Ich habe sie erwischt!" Mein Magen drückt mir gegen den Kehlkopf! Wir fliegen wie ein Stein Richtung Erde. *Gleich ist alles aus!* Doch dann bekommt Henry die Maschine doch noch herumgezogen. Wir landen holperig, aber wir landen!

Mit weißen Gesichtern sehen wir uns an. Wie versteinert und dennoch rast mein Herz. „Raus hier! Bevor noch mehr passiert!" Wie eine benommene Marionette lasse ich mich zur Seitentür schubsen. Sobald ich festen Boden unter meinen Füßen habe, muss ich mich übergeben. Meine Beine halten nicht stand. Ich knie in meinem eigenen Dreck.

Kräftige Hände ziehen mich fort. Fort von der Maschine. Ich finde mich neben Henry und Stöcker wieder. Ein fremder Mann macht sich an dem Flugzeug zu schaffen. „Kommen Sie da weg!", höre ich Henry rufen.

Der Fremde kauert neben der Maschine.

Ich fühle mich leicht und silbrig. Der Schreck zu groß, um Schmerzen zu erleiden. Ich habe sie nicht kommen sehen. Und sie mich auch nicht.

Dennoch bin ich benommen und mir nicht ganz sicher, ob ich vielleicht nur träume. In Gedanken rufe ich Wido auf, mich zu wecken, diesen Traum zu beenden. Doch es passiert nichts.

Ich schaue hinab. Frithjof kniet neben dem Flugzeug, sein Gesicht in den Händen verborgen. Mona schwankt wackelig auf ihn zu. Hockt sich zu ihm. Streicht über sein Haar.

Witta schaut zu mir empor. Sie gibt mir Zeichen herunter zu kommen. Wido schlurft trüb zu der kleinen Gruppe. Ich sehe Papa und Hildrun auftauchen.

Papa und Hexchen für immer und ewig. Ja, sie sind alle noch da. Und ich auch!

Ich gleite zu ihnen hinunter. Wido schließt mich still in seine Arme. Ich sehe ihm in seine dunklen Augen, „bin ich tot?" Mit gepressten Lippen nickt er kurz und schmiegt sich an mich. *Immerhin konnten sie mich nicht mit ihren Spritzen quälen.*

Ich beuge mich zu Frithjof. Nehme sein Gesicht in meine Hände. „Du warst ein guter Lehrer." Er sieht mich resigniert an, „warum du und nicht ich?" „Sie haben Jagd auf mich gemacht, so ist das eben. Was denkst du, werde ich mein Werk vollenden können?" Dabei sehe ich auf das kleine Waldstück. Er zuckt mit den Schultern, „probiere es."

Langsam erhebe ich mich, gehe ein kleines Stück und suche mir ein Zweiglein aus. Ich nehme es schützend in meine Hände und konzentriere mich. Weich und durchscheinend fühle ich mich. Und so scheint auch meine Kraft dahin zu sein. Ich sehe zum Himmel empor.

Als hätte der Mond mich erhört, trifft mich schemenhaft das Licht. Silbern und stark. Mein Körper kribbelt, als würde die Erde beben. Perlen steigen auf. Genauso, wie die Pflanze. Sie erhebt sich und lässt mich neben ihr klein werden. Lässt mich in ihrem Schatten zurück. Ich traue meinen Augen kaum.

Nichts ist vorbei, es fängt gerade erst an!

Wer denkt, ich hätte mir ein Törchen offen gelassen, und eventuell vor, aus der Trilogie noch eine längere Bücherreihe zu machen, der irrt.

Ein offenes Ende, das jeder mit etwas Phantasie in seinem Sinne weiterführen kann. Wollte ich doch nicht den Leser aller Hoffnungen berauben!

Lieber hinterlasse ich ein warmes und gutes Gefühl.

Ein bisschen Herzklopfen vielleicht.

Ich hoffe, mir ist das gelungen.

Hier ist die Geschichte für mich zu Ende.

Schluss, Aus, Feierabend.

Andere Geschichten warten auf mich …